떠나는 것은 어려운 일이 아니다

떠나는 것은 어려운 일이 아니다

Leaving Isn't the Hardest Thing

로렌 허프 지음

정해영 옮김

'ㅁ'

처음엔 광신 집단에서 어린 시절을 보낸 한 백인 여성의 성장담이리라 착각한 채 책을 읽었다. 얄팍한 예측은 깨어졌다. 《떠나는 것은 어려운 일이 아니다》는 '위대한' 미국의 역사이자 삶이라는 거대한 그물망 안의 대서사시이다. 안락한 집에서 쓴 글이 아닌 사우스 캐롤라이나 공군 기지, 게이 바, 독방동, 거리의 밴, 그리고 작가 로렌 허프에게 끈덕지게 붙어 있는 광신 집단 공동체의 기억 속에서 뼛속까지 내려가 쓴 글이다. '눈을 부릅뜨고 주변을 둘러보는 법'을 일찍 배운 작가는 우리가 얼마나 거짓된 것들에 권력이 있다고 믿는지, 광신 집단과 미국식 자본주의의 광기가 어떻게 닮았는지, 우리가 악착같이 얻으려 하는 '정상성'을 띤 모든 것에 서늘한 질문을 던진다. 그래서 지금 당신은 안전하다고 느끼는지. 소비와 SNS '좋아요'의 알고리즘으로 점철되는 삶에서 작가는 배운 모든 것에 질문을 던지며 거짓 서사를 해체한다. 대신 그는 책과 예술, 진심으로 서로를 보살피는 관계와 대화, 힘찬 포옹, 풀밭에서 바라보는 별들 속에서 "사는 것처럼 사는 것을 꿈꾼다."
소름 끼치게 잘 쓴 책이다. 로렌 허프의 문장들은 나를 갈기갈기 찢어놓았다. 그리고 그 찢어진 틈으로 오직 진실한 것만이 선사할 수 있는 뜨거운 온기가 찾아왔다.
—김보라, 〈벌새〉 감독

로렌 허프의 특별한 에세이집 《떠나는 것은 어려운 일이 아니다》는 신랄한 만큼 강렬하다. 이 이례적으로 공들여 쓴 에세이들 속의 많은 순간이 나를 눈물짓게 하지만, 얼마 지나지 않아 로렌이 휘두르는 면도날처럼 예리한 위트에 나도 모르게 웃고 있는 자신을 발견하게 된다. 이것은 많은 주제에 대한 회고적 에세이다. 학대적인 광신 집단에서의 성장, 군대에서 레즈비언으로 성년을 맞이한 경험, 동성애 혐오증으로 인한 어쩔 수 없는 제대, 노동 계급 여성으로서 소외된 생활, 그리고 세상이 요구하는 모습으로 성장하는 것이 어떤 기분인지를 다루고 있다. 로렌 허프의 글은 당신의 마음을 아프게 할 것이다. 그녀가 스스로를 여과 없이 드러내는 방식은, 그런 민감한 취약성을 폭로하는 데 얼마나 큰 힘이 필요한지에 대해 혀를 내두르게 만든다. 숨 막히는 결말부에 이르면, 인간 삶의 아름답고도 너저분한 진실을 안고 살아가는 게 어떤 기분인지 알게 될 것이다. 이 얼마나 압도적이고 잊을 수 없는 봉헌물인지. 이것은 즉시 문학 정전에 포함될 흔치 않은 책들 중 하나이며, 문학계는 이 책으로 인해 한층 더 발전할 것이다.
—록산 게이, 《나쁜 페미니스트Bad Feminist》 저자

사회 전반에 대한 로렌의 시각은 매우 놀라워서 못 본 척하거나 못 들은 척할 수가 없다. 로렌의 글은 인간의 정신을 소집하는 나팔이다. 마치 로렌이라는 여성과 같다. 요 몇 년간 로렌과 나의 대화는 진실했고 날것이었으며 우스울 만큼 재밌었다. 그리고 나는 로렌의 우정과 글솜씨를 매우 소중히 여긴다. 로렌의 글들을 처음 읽었을 때부터 《떠나는 것은 어려운 일이 아니다》의 교정쇄를 마구 섭취했을 때까지 참으로 어떤 여행이나 마찬가지였다. 그렇지만 로렌의 글들을 소리 내어 읽은 것은 아마 가장 대단한 계시였다.
—케이트 블란쳇, 영화배우

적나라하고 매혹적이고…… 극도로 솔직하고 종종 지독히 웃기다…… 로렌의 구어체 산문은 블루스 가수의 목소리처럼 읽힌다. 노래 중간 중간 가슴 아픈 경험을 운문으로 읊으며 청중들에게 우는 대신 웃도록 유도한다.
—리 미라코어, 《뉴욕 타임스The New York Times》

통렬한 유머와 무력한 분노를 예리한 지성과 결합하는 강렬한 문학적 스타일을 이용하여 종종 충격적인 상황들을 풀어낸다…… 로렌 허프의 구원은, 좀처럼 듣기 힘들지만 슬프게도 믿을 수밖에 없는 인간 사회의 진실을 말하는, 흉내 낼 수 없는 목소리의 발견이다.
—멜리사 홀브룩 피어슨,《워싱턴 포스트The Washington Post》

폭로적이고 솔직하다…… 있는 그대로 이야기를 하고, 그 이야기는 가슴 아프다…… 사실 로렌 허프의 책은 광신 집단 회고록이 아니다. 그보다 훨씬 더 많은 이야기를 담고 있다…… 자신의 성장 경험과 미국적 이데올로기의 문제점 간의 연관성을 분명히 하면서도 작은 저항의 행동들을 통해 희망의 여지를 열어놓는다.
—일라나 마사드, NPR

[로렌의] 글은 솔직하고 가슴이 미어진다…… 어딘가에 소속되는 것과 그렇지 못한 것에 대한, 그리고 새로운 시작이 어떤 의미인지에 대한 흥미진진한 이야기다.
—《라이브러리 저널Library Journal》

생각이 깊고 때로 종잡을 수 없는 이 책은 과거가 어떤 힘을 형성하는지 파헤치고, 무엇이 광신 집단을 이루는지 도발적인 질문을 던진다. 통렬하고 당당한 회고 에세이.
—《커커스Kirkus》

회복력과 어렵게 획득한 힘에 대한 이 감동적인 이야기는 참신한 독창성으로 가득하다.
—《퍼블리셔스 위클리Publishers Weekly》

여성 동성애자로 군 복무를 한 경험에서 술집 기도로 일한 경험에 이르기까지, 이 매혹적인 에세이집에는 한순간도 지루할 틈이 없다.
—《리더스 다이제스트Reader's Digest》

압도적인 자서전…… 로렌은 공군으로, 광신 집단 생존자로, 바텐더로, 여러 인생을 살아왔지만, 특유의 덤덤한 솔직함은 보기 드문 수준이다.
—《오프라 데일리Oprah Daily》

강력하다…… 로렌의 직설적이고 솔직한 방식은 우리를 웃게 만들고 공감하며 고개를 끄덕이게 만든다. 인생에서 장애물을 극복하며 나아가는 내용의 회고록이나 책의 팬이라면, 또는 나처럼 강인한 동성애자에 관해 읽는 것을 좋아한다면 이 책이 딱이다!
—크리스티나 파스쿠찌-치암파,《보스턴 매거진Boston Magazine》

로렌 허프의《떠나는 것은 어려운 일이 아니다》는 너무도 눈부시고, 너무도 인간적이며 신랄하고 너무 웃기면서도 생각할 거리를 던져주는 한편 매우 아름답게 쓰여서, 이 책은 다양한 사람에게 다양한 의미로 다가갈 것이고 어쩌면 싸움을 일으킬 수도 있다는 것 외에는 달리 표현하기 어렵다. ……그녀는 무엇이건 흥미롭게 만들 수 있는 특별한 종류의 작가다. 이 에세이집은 맑은 시야와 아플 만큼 날카로운 블랙 유머로, 그리고 본인과 남들에 대한 가차 없는 표현으로 저자의 놀라운 삶을 다루고 있다. 이런 책은 어디에도 없을 것이다. 모든 문장이 좋았다.
—엘리자베스 맥크라켄,《보울어웨이Bawlaway》 저자

로렌 허프는 최근 몇 년간 읽어본 것 중에 최고의 새로운 목소리다. 지독히 솔직하고 재미있고 뻔뻔하고 완고하다. 무엇보다 좋은 점은《떠나는 것은 어려운 일이 아니다》의 추진력 있는 스토리텔링이 매순간 숨 막히게 하는 예기치 못한 부드러움과 취약성에 뿌리를 두고 있다는 사실이다…… 떠나는 것은 어려운 일이 아닐지 모르지만, 이 생동감 있고 가슴

이 미어지는 회고록을 잊는 것은 거의 불가능하다.
—헤더 하브릴레스키, 《이만하면 충분한 삶What If This Were Enough》 저자, 칼럼리스트

아, 로렌 허프는 해야 할 이야기가 있다…… 이 에세이들은 재미있고 심오하며 마치 로렌이 늦은 밤 조용한 바에서 우리에게 이야기하고 있는 것처럼 언뜻 느슨해 보인다. 그러나 이 에세이들은 잘 짜여 있으며, 로렌의 다양한 경험들과 정체성 찾기, 그리고 보다 넓은 차원의 문화를 예기치 못하게 엮는다. 무엇보다 로렌의 글은 목소리에 관한 내용이며, 그녀의 독특한 스타일이 독자를 끝까지 이끌어 간다. 에세이집의 마지막에 이를 때쯤 당신은 그녀를 안다고 느끼고, 그녀가 글쓰기를 통해 자신의 길을 찾고 있음을 알게 된다. 로렌 허프는 눈여겨봐야 할 작가다.
—사라 맥크로 크로우, 《북페이지BookPage》

로렌 허프는 우리의 정체성 찾기가 얼마나 지독히 무섭고 얄궂게 재미있고 전적으로 시도할 가치가 있는지를 용감하고 설득력 있게 말한다.
—《리얼 심플Real Simple》

이 통렬하게 솔직하고 통찰력 있는 에세이집은 독자로 하여금 광신 집단에서 성장하고 동성애자로 군대를 제대하고 정체성을 찾아가는 로렌 허프의 세상과, 겸손한 동시에 해방적인 자아의식을 엿볼 수 있게 한다.
—《미즈 매거진Ms. Magazine》

로렌 허프는 굉장한 작가다…… 이상하고 참신하고 특이한 《떠나는 것은 어려운 일이 아니다》는 더없이 멋진 양질의 독서 경험을 준다. 독특하고 독특하게 인간적인 읽을거리에 관심이 있다면 이 에세이집이 딱이다.
—《메인 엣지The Maine Edge》

역경과 차별, 머리가 빠개질 듯한 절망의 순간들을 아는 독자들에게, 《떠나는 것은 어려운 일이 아니다》는 마치 집에 온 것처럼 편안하게 느껴질 것이다.
—줄리 풀, 《텍사스 옵저버The Texas Observer》

이 에세이들은 로렌 허프의 다채롭고 매혹적인 삶과 자신의 정체성을 확립하기 위한 노력을 파헤치고 있다. 뿐만 아니라 그녀는 기막힌 작가다.
—데보라 던다스, 《토론토 스타The Toronto Star》

신랄한 위트와 디테일을 포착하는 날카로운 눈, 문제의식이 열거된 긴 목록으로 무장한 로렌 허프는 부조리하고 때로는 끔찍한 경험들을 감내할 가치가 있는 삶을 숨김없이 털어놓는다……《떠나는 것은 어려운 일이 아니다》는 또 다른 미국을 엿볼 수 있게 해주고, 그것과 당신이 알고 있는 미국을 조화시키게끔 이끈다.
—《필라델피아 인콰이어The Philadelphia Inquirer》

타는 듯이 강렬하다…… 자신의 가장 사적인 기억을 여과 없이 드러낼 때도, 로렌 허프의 날카로운 유머와 용감한 솔직함이 빛을 발하며 감동적인 회복의 이야기를 더욱더 두드러지게 한다.
—《북 라이엇Book Riot》

《떠나는 것은 어려운 일이 아니다》는 내용으로도, 그에 못지않게 매혹적인 스타일로도 눈을 뗄 수 없는 죽여주는 데뷔작이다.
—《북페이지BookPage》

나의 두 할머니
넬과 바바라에게 이 책을 바친다

차례

한국 독자에게

내 책이 한국어로 번역된다는 소식을 듣고 정말로 영광스러웠다. 팬데믹으로 여행이 불가능까지는 아니어도 상당히 어려워진 이 시기에도 말은 여전히 국경과 대양을 건널 수 있다는 사실에 무척 안심이 된다.

우리는 기술을 통해 모두가 정보에 접근할 수 있어야 마땅한 시대에 살고 있다. 그것이 인터넷의 꿈이었다. 그러나 현실은 그렇지 않다. 정보와 진실이 통제되고 왜곡된다. 우리는 우리를 분리하고 나누고 우리가 부스러기를 가지고 서로 싸우게 만들고 권력을 쥔 자들이 더 많이 갖는다는 사실을 깨닫지 못하게 하는 거짓말에 질렸다.

그것은 새로운 전술이 아니다. 유사 이래로 계속 먹혀온 전술이다. 정보를 통제하고, 우리가 차이점보다 공통점이 더 많다는 사실을 못 보게 하는 것. 우리를 집단으로 분류해서 다른 집단을 의심하게 만드는 것.

내가 어렸을 때 우리한테는 책을 읽는 것이 허락되지 않았다. 외부인과 이야기를 나누는 것도 허락되지 않았으니, 외부인과 인간관계를 쌓는 것은 두말할 나위 없었다. 그러나 아이들에게 무엇을 하면 안 된다고 말하는 것은 종종 역효과를 부른다. 아이들이 으레 그렇듯 나는 호기심이 많았다. 낯선 사람과 대화를 나눌 수 없었기에, 할 수 있을 때마다 책을 읽었다. 나는 우리의 차이가 우리를 흥미로운 존재로 만든다고 생각했다. 우리의 공통점이 우리를 동등한 인간으로 만든다고 생각했다. 그리고 나는 더 알고 싶었다.

글로 쓰인 말의 미덕은 그것이 확산된다는 점이다. 인쇄된 책은 친구들에게 전달되고 모텔에 남겨지고 해외의 친척에게 우편으로 날아간다. 우리에게 호기심이 있다면, 그리고 그런 호기심을 유지할 수 있다면 우리는 글을 읽을 수 있고, 그럼으로써 저자와 등장인물, 그리고 글 속에 표현된 생각과 연결될 수 있다.

여러분이 이 책을 집어들 만큼 호기심이 있다는 것에 나는 무척 감사한다. 그리고 우리가 조만간 여행을 할 수 있기를, 그래서 서로 만날 수 있기를 바란다. 그때까지 나의 글이 우리를 계속 연결해주기를 희망한다.

작가 노트

우리는 암송을 하려고 성경 구절이 담긴 책을 들고 다니면서 하루에 한 절씩 암기했다. 그러고 나서 독실한 '패밀리'의 아이라면 응당 알아야 하는 기도문과 찬송가, 성경을 장 단위로 외웠다. 내가 문제라도 일으키면 예컨대 〈히브리서〉 11장 같은 걸 암기하게 했다. 나는 자주 문제를 일으켰다. 그리고 암기하는 데 선수였다. 그러나 단어와 문구 들을 기억 속에 집어넣기 위해 반복해서 되뇌고 테스트를 하고 기도문에 인용하는 과정에서, 나는 단어를 추가하고 바꾸고 삭제했다. 내가 알고 있는 한 구절을 지금 찾아서 확인해보면, 내 머릿속에 들어 있는 것과 다를 것이다. 의미는 같을 테다. 하지만 나는 '너'를 뜻하는 고어 'thee'와 'thou'를 서로 바꾸거나, 조동사 'shall'과 'will'을 바꿨을 것이다. 나는 이것이 일종의 개정판이라고 확신한다. 아마 뉴 인터내셔널 버전쯤 되겠다. 그러니 페이지의 단어들이 기존 성경의 것과 정확히 똑같지는 않을 것이다.

내 기억들도 이와 크게 다르지 않다. 그 기억들은 내가 여러 번 되뇌는 과정에서 문구를 추가하고 인물을 삭제한 이야기들이다. 날씨를 추가하고 냄새를 삭제한 이야기, 맛을 추가하고 경계를 삭제한 이야기들이다. 내 관점에서 의미는 달라지지 않았다. 그러나 내 기억은 구절들의 집합이 아니다. 사건들에 대한 기억도 아니다. 그것은 기억들에 대한 기억이다.

나는 최대한 정확하고 진실하게 쓰려고 노력했다. 그러나 내가 아는 진실이란 기억에 대한 기억이며, 내가 모든 것을 이해하기 위해 스스로에게 건넨 이야기다.

죄가 있든 없든, 실명을 밝히면 곤란해질 수 있는 사람들의 이름은 바꿔 썼다. 그리고 사랑하는 사람들을 살짝 위장하기 위해 사소한 세부사항을 변경했다. 형제자매가 있는 사람이라면 누구나 알다시피, 동일한 사건을 경험했다고 해도 일어난 사건을 두고 모두 같은 입장은 아닐 수 있다. 내 형제자매에게는 불행하게도, 그 이야기를 하는 쪽은 나다. 내가 여러분에게 해줄 수 있는 최선의 말은 만일 여러분의 아이가 작가가 되고 싶어 하면, 아이를 사촌들과 함께 살게끔 보내라는 것이다.

혼자서 하는 카드놀이

당신이 내게 어디 출신이냐고 물어오면, 나는 거짓말을 할 것이다. 우리 부모님이 선교사였다고 말하겠다. 보스턴 출신이라고 말할 테고, 텍사스 출신이라고 말할 테다. 그런 거짓말을 사람들은 믿는다. 나는 진실한 말보다는 거짓말을 더 잘한다. 거짓말을 할 때면 긴장하지 않게 되니까. 진실을 밝힌다는 생각만 해도, 어색한 웃음이 나오고 손바닥에 땀이 나고 상대방의 눈을 피하고 싶어진다. 내가 맞이하게 될 반응이 결코 좋지 않으리라는 걸 알기 때문이다.

호튼 보안관이 자동차 진입로에 연기를 내며 서 있는 내 차를 지나쳐 현관으로 느릿느릿 걸어왔을 때, 나는 최대한 진실에 가깝게 말해야겠다고 생각했다. 그가 잔디밭에 서 있던 소방관들과 이야기를 나누는 모습을 보았지만, 억수같이 쏟아지는 비 때문에 몇 마디 말고는 알아들을 수 없었다.

나는 계단에 앉아 수건으로 머리를 말리고 있었다. 말리는 데 시간이 얼마 걸리지 않았다. 그해 여름 사우스 캐롤라이나의 기온이 37도를 웃돌고 습도가 100퍼센트에 이르는 통에 바깥에서 걸어 다니면 마치 작동 중인 식기세척기를 열고 기어 들어가는 것처럼 느껴져서 머리칼을 짧게 잘라버린 터였다.

호튼이 모자를 벗어 들고 허벅지를 툭툭 쳐서 물기를 털어냈다. 나는 일어섰고, 그가 나보다 키가 작다는 사실을 깨달았다. 뒤로 물러섰다. 내 키가 180센티미터인데, 남자들은 자신이 작다고 느끼는 걸 좋아하지 않는다. 나는 손을 내밀었고, 그는 두툼한 손으로 으스러질 듯 내 손을 꽉 잡았다.

"방화인 것 같습니다." 호튼은 이렇게 말하고서 "그걸 말이라고 해?"라는 말 말고 다른 대답을 기대하는 것처럼 나를 빤히 쳐다보았다. 그래서 나는 말했다. "그래요. 휘발유 냄새가 나네요." 나는 그의 억양을 흉내 냈다.

때로는 무의식적으로 흉내를 낸다. 누군가의 억양을 파악하는 건 그가 나와 다르다는 사실을 알 수 있는 가장 빠른 방법이다. 해외에서 몇 년을 보낸 뒤에 이를테면 텍사스의 애머릴로 같은 곳으로 돌아오면, 사투리가 진짜 빠르다는 사실을 알아차리게 될 것이다. 사우스 캐롤라이나도 크게 다르지 않다. 당신이 그들처럼 말하지 않으면 당신에게 "어디 출신이세요?" 따위의 질문을 던지기 시작한다. 그래서 무의식적으로 상대의 말투를 따라하게 된다. 당신이 다르다는 걸 사람들이 모르는 편이 더 안전하다.

나는 말보로에 불을 붙였다. 주머니에 손을 넣지 않아야 한다는 것쯤은 알고 있었기 때문에 손으로 뭔가를 하기 위해서였다. 남부의 규칙은 군대 규칙을 따른다. 권위 있는 인물과 말을 주고받을 때는 주머니에 손을 넣지 않아야 한다.

나는 그에게 담배를 권했다. 그는 지금 담배를 피우는 것이 과연 좋은 생각인 것 같냐고 묻고는 고갯짓으로 내 차가 연기를 내며 서 있는 쪽을 가리켰다. 소방관들은 잔디밭에서 호스를 챙기며 큰 소리로 농담을 주고받았다. 나는 화재 위험이 크리라고는 생각하지 않았다고 말했다. 그는 우리가 안에 들어가봐야 하지 않겠느냐고 물었다. 나는 담배를 치켜들었다. 그것이 우리가 안으로 들어가지 말아야 할 이유라는 듯이. 그는 눈썹을 치켜올렸다. 그것은 좋은 이유가 아니라는 듯이. 나는 여기가 내 집이 아니어서 집 안에 들어가는 것을 허락할 수 없다고, 그 편이 이성적으로 보인다고 말했다. 그가 안에서 무엇을 찾으려 했는지는 모르겠다.

그는 누가 방화를 저질렀는지 아느냐고 물었다. 나는 아마도 나를 죽이겠다고 협박 메시지를 남긴 자와 동일 인물일 거라고 대답했다. 그는 수첩을 꺼내며 그의 이름을 물었다. 나는 이름을 모른다고 했다. 그는 히죽거리며 왜 누군가가 나를 협박하냐고 물었지만, 그는 이미 알고 있었다.

불과 한 달 전에 누군가 먼지 낀 내 렌터카에 손가락으로 “다이크*, 죽어라”라고 써놓았을 때, 좀 더 주의를 기울였어야 했다. 누군가에게 말을 했어야 했다.

나는 스물세 살의 공군 이등병**이었고, 전투 구조 통제사였다. 멋진 직업처럼 들릴 것이다. 당신은 내가 헬리콥터에서 뛰어내려 적들에게 대응 사격을 하고 전투기 조종사를 구하는 모습을 상상할 것이다. 그러나 실제로 내가 하는 일은 뭔가를 읽고 혼자 카드놀이를 하다가 일주일에 한 번 상황실에서 파워포인트 슬라이드를 클릭하는 게 전부였다.

내가 처음 협박 메시지를 발견했을 때 우리 부대는 이집트에서 훈련 중이었다. 모처럼 내 근무처인 사우스 캐롤라이나의 쇼 공군 기지를 벗어나는 반가운 임무였다. 여기서 훈련이란 다른 곳에 가서 컴퓨터로 혼자 카드놀이 하는 걸 말한다. 책상에서 뭔가를 읽는 것은 허용되지 않았기 때문이다. 그러면 프로처럼 보이지 않으니까. 쉬는 시간에는 서로에게 장난질을 하며 보냈다. 침낭에 접착제를 발라서 입구를 막아버리거나 누군가의 군화에 날달걀을 넣거나 테이프로 사람들을 야전 침대에 묶어놓고 ‘무료 구강성교’라고 쓴 보드지를 함께 두는 따위의 장난이었다.

* 주로 거칠어 보이는 여성 동성애자를 가리키는 속어.

** Airman. 미국 공군에서 Airman Basic 계급보다 위고 Airman First Class 계급보다 아래다.

그 첫 번째 메시지를 봤을 때, 유머 감각이 형편없는 누군가의 장난일 거라고 믿고 싶었다. 나는 아무도 본 사람이 없기를 바라며 차에서 먼지를 털어냈다. 그러고는 그 메시지에 대해 까맣게 잊었다. 이집트 체류 중에 다른 일이 일어났기 때문이다. 그리스의 아락소스 공군 기지로 이동 명령을 받은 것이다.

나는 2년 동안 쇼 기지에 있었고 새 발령이 날 예정이었다. 하지만 공군이 나를 사우스 캐롤라이나에 처박아 두고 있었기 때문에 아마 사우스 다코타 같은 또 다른 형편없는 국내 기지로 보내겠거니 하고 반쯤 예상하던 참이었다.

내가 할 일은 잠시 쇼 기지로 돌아가서 위협처럼 보이는 멍청한 장난질에 대해 입을 다물고 있는 것뿐이었다. 그러면 두 달 뒤에 그리스로 가게 될 터였다. 나는 생각했다. 그리스 바다에서 수영을 하고 우조를 마셔야지. 카드놀이도 질리도록 할 거야. 누군가에게 내가 동성애자라고 밝힐 때는 좀 더 신중하게 상대를 골라야겠어. 나는 다른 사람이 될 거야. 내가 기억하는 한 항상 그래왔듯이. 새로운 나라. 새로운 도시. 새로운 이야기.

나는 쇼 기지로 돌아왔고, 그 문제를 이집트에 남겨두고 왔기를 바랐다. 그리고 거의 그렇게 믿었다. 어쩌면 쇼 기지에 소속된 누군가의 소행이 아닐 수도 있었다. 훈련에 참여한 캠프 르전의 해병대원이거나 포트 브래그에서 온

병사일 가능성도 얼마든지 있었다. 그런데 하루는 아침에 일어나보니 타이어 네 개 모두 펑크가 나 있었다. 펑크 난 타이어는 빌어먹을 장난이 아니다. 그때 경찰을 불렀어야 했다. 그래서 내 차 와이퍼 뒤에 끼워져 있던 쪽지에 적힌 다음번 메시지를 막았어야 했다. 나를 불태우겠다는 메시지, 또는 나를 죽이겠다는 그 다음번 메시지를.

내 차가 불타버린 날, 나는 상관인 피터스 병장을 위해 아이를 돌봐주기로 동의했다. 그러면 이틀 밤 동안 HBO 채널을 보며 지낼 테고, 룸메이트와 어젯밤에 설거지물을 버린 게 누구였는지, 무슨 영화를 볼지를 두고 아웅다웅하지 않아도 될 터였기 때문이다. 나는 피터스 병장을 좋아했다. 그는 크고 뚱뚱한 남자였는데, 나를 때린 적이 한 번밖에 없고 그가 술을 마실 때 내가 그를 거절해도 그저 뚱한 반응만 보일 뿐이었다. 군인에게 기대할 수 있는 건 그 정도가 고작이라는 사실쯤은 알 만큼 나는 공군에 오래 있었다. 내가 동성애자라고 밝히면 그들은 거절을 비교적 쉽게 받아들였다. 아마도 그래서 내가 속한 작은 부대의 사람들 대부분이 나에 대해 알게 된 것 같다. 적어도 내 생각에는 그랬다. 내가 나서서 선언을 한 건 아니었다. 하지만 한 남자에게 순전히 그에게 가능성이 없다는 사실을 알려주기 위해 얘기를 하면, 스무 명에게 말한 것만큼 효과가 있었다. 그렇더라도 시답

잖은 농담을 제외하면, 소문이 큰 문제가 되진 않았다. 어쨌든 나는 피터스를 제법 좋아했고 아이는 그다지 큰 골칫거리가 아니었다. 그렇지만 내가 가장 좋아한 건 그 집에서 키우는 저먼 셰퍼드 두 마리였다.

그날 밤, 나는 잘 시간이라며 아이를 보낸 뒤 VCR에 〈에드 TV〉를 넣고 집에서 가장 안쪽에 있는 거실 소파에 자리를 잡았다. 나는 레즈비언이어서 엘렌 드제너러스*의 영화는 빠짐없이 보았다. 그때 창문이 덜컹거리는 소리가 들리더니 개들이 미쳐 날뛰었다. 나는 앞 창문으로 뛰어갔다. 새로 구입한 내 차, 반짝이는 검은색 아큐라 인테그라가 불길에 휩싸인 것이 보였다.

파자마 차림의 아이가 비몽사몽 간에 복도로 걸어 나왔다. 아마 당시에 열두 살쯤 되었을 것이다. 나는 아이에게 뒷문으로 나가라고 했다. 집에 불이 옮겨 붙었는지 어땠는지 몰랐지만, 아직 옮겨 붙지 않았다면 곧 그렇게 될 터였다. 내 차는 차고에서 겨우 1미터도 안 되는 지점에 주차되어 있었다. 내가 개들을 붙잡으려 버둥대고 있는데 아이가 앞문을 여는 것이 보였다.

나는 아이를 돌려 세워 개들과 함께 뒷마당으로 내보낸 뒤에 안으로 뛰어 들어가 전화기와 아이가 감기에 걸리

* 미국의 유명 토크쇼 〈엘렌 드제너러스 쇼〉의 호스트로, 〈오프라 윈프리 쇼〉에서 레즈비언이라고 커밍아웃했다.

지 않도록 담요를 챙겼다. 나는 911에 전화를 걸면서 불덩이가 높이 튀어 올라 지붕 위로 넘어가는 것을 보았다.

소방관들이 달려와서 불을 끄고 보안관에게 전화를 했다. 그들이 내게 집은 안전하다고 말했다. 나는 아이를 침대로 돌려보내고 피터스 병장에게 전화를 했다. 그는 아무도 집 안에 들이지 말라고 지시했다. 피터스는 총기류를 좋아했는데, 그가 소지한 총이 전부 합법적인 건 아니었을 것이다.

그래서 나는 1999년에 남부연합기가 미국 국기보다 많은 사우스 캐롤라이나 깡촌에서 보수적인 남부 보안관과 이야기를 나누고 있었고, 누가 이런 짓을 했겠냐고 묻는 그의 얼굴에 떠오른 능글맞은 웃음이 일종의 암시라는 걸 알아챘다.

나는 어떻게 대답해야 할지 생각할 시간을 벌기 위해 담배를 꺼냈다. 나는 누군가가 나를 동성애자로 생각한다고 말했다. 내가 동성애자라고는 말하지 않았다.

보안관이 내게 동성애자냐고 물었다.

나는 1990년대식 유행어로 대답했다. "이봐요, 묻지도 말하지도 말라, 몰라요?"*

내가 늘 이렇게 차분하고 침착한 건 아니며, 대체로 그렇지 못하다. 이런 반응은 권위 있는 인물을 대할 때나 나온

* 'Don't ask, don't tell'은 미군의 동성애자 복무 제한 규정이다. 당시에는 동성애자가 성적 지향성을 밝히면 군에서 복무할 수 없었다.

다. 나는 이런 사람들과 똑바로 눈을 맞추지 못한다. 그렇지만 두려움을 내보이지 않으려고 애쓴다. 나도 그쯤은 안다. 예전에도 이런 일을 겪었으니까. 경찰들과 겪은 건 아니다. 나는 성장할 때 심문에 이골이 나 있었다. 그래서 어떻게 대처해야 하는지 알았다. 침착함을 유지하라. 질문 뒤에 숨은 의도를 파악하라. 최대한 진실에 충실하라. 너무 많은 것을 말하지 말라. 그러면 상대는 당신이 뭔가를 숨기고 있다고 생각할 것이다. 거짓말쟁이는 항상 설명을 많이 하는 법이다.

호튼 보안관은 웃지 않았다. 자신은 동성애자에게 불만이 없다고 말했다. 엘렌을 좋아한다고도 했다.

나는 그에게 말했다. "대답할 수 없습니다. 대답할 수 없다는 걸 아시잖아요."

그가 자동차에 문제가 있었냐고 물었다.

"진입로에서 연기를 모락모락 내고 있는 것 말고 또 다른 문제 말씀이신가요? 그렇다면 없습니다."

그 순간 남동생 마이키가 한 말이 떠올랐다. 그해 8월에 할머니 장례식에서 우리가 마지막으로 만났을 때 한 말이었다. 아큐라가 내 소유가 된 지 한 달도 채 되지 않았을 때였다. 나는 엄마와 이모들이 저녁을 먹기 위해 만나자고 한 레스토랑 주차장에서 내 차 문이 다른 자동차의 문과 부딪치지 않을 만한 공간을 찾으려고 돌아다니고 있었다. 그때 마이키가 말했다. "진심으로 하는 말인데 내가 나가서 누나의 차 문을 걷어차주면 나한테 고마워할 거야. 더는 그 걱정을 안 해도 되니까." 그래서 내가 말했다. "개소리 집어치워."

그 기억을 떠올리며 미소 짓는 모습을 아마도 보안관이 포착한 것 같다.

그가 네 손가락으로 펜을 쥐고 수첩에 몇 가지 정보를 적어 넣었다. 이름, 보험회사, 전화번호, 주소. 그 외에는 그에게 말할 것이 없었다. 그때 보안관이 마치 나중에 함께 맥주라도 마시러 갈 것처럼 내게 친한 척 굴었다. 그는 어디 출신이냐고 물었다. 그 질문. 어떻게 대답해야 할지 결코 알 수 없는 질문. 보통은 보스턴 출신이라고 말해왔다. 하지만 이번에는 텍사스라고 대답했다. 호튼 보안관 같은 부류의 남자들은 북부 출신을 좋아할 것 같지 않아서였다.

나는 호튼 보안관에게 트렁크에서 물건들을 꺼내 혹시 건질 게 있는지 확인해도 되겠냐고 물었다. 이집트 훈련을 위해 지급받아 놓고 아직 반납하지 못한 화생방 보호복. 이집트에서 기념품으로 구입한 아빠에게 줄 체스 세트, 엄마에게 줄 파피루스 종이 그림, 마이키에게 줄 물담뱃대, 언니의 아이들에게 줄 작은 장신구. 그는 수사를 마칠 때까지 기다려야 한다고 했다. 지금은 모든 것이 증거라면서.

그가 사우스 캐롤라이나 공군 기지가 마음에 드는지 물었다. 나는 그만하면 괜찮다고, 하지만 한 달 뒤에는 그리스로 갈 거라고 대꾸했다.

"그건 두고 봐야 알겠죠." 그는 그렇게 말하고 수첩을 덮었다.

지금도 그 생각을 하면 힘들다. 나는 빌어먹을 기지를 거의 떠날 수 있을 뻔했다. 애초에 나를 왜 쇼 기지에 보냈는지 도무지 알 수 없었다. 나는 훈련소에서 해외 배치를 자원한 유일한 훈련병이었고, 동시에 국내에 배치된 유일한 훈련병이었다. 나는 독일로 가기를 희망했다. 아니면 영국에라도 정착했어야 하는데, 빌어먹을 사우스 캐롤라이나라니.

쇼는 전투 기지였지만 나는 미공군중부사령부CENTAF에서 근무했다. 그건 중요치 않다. 중요한 건 내가 주 기지와 분리된 별도의 임무를 띤 작은 부대, 부대원 전원이 서로를 훤히 아는 작은 부대의 작은 사무실에서 일하게 되었다는 점이다. 장교들은 승진에 열을 올렸다. 하사관들은 도급업자들과 인맥을 쌓는 데 정신이 팔렸다. 사병들은 술을 마시며 다음번 발령 때까지 날짜를 셌다.

2년 전에 도착했을 때부터 나는 쇼가 싫었다. 그곳에서 몇 주를 보냈을 무렵 우리 건물에서 일하던 한 남자가 사우디아라비아로 3개월간 발령이 났다고 불평을 했다. 그의 아내는 임신 중이었다. 그들은 자동차가 없었다. 나는 그에게 서로 근무지를 바꾸어도 된다고 허락을 받아오면 내가 대신 가겠다고 말했다.

그는 극구 만류했다. 나는 그를 탓하지 않았다. 내 제안이 이타심 때문이라고 오해한 것은 십분 이해한다. 하지만 나는 이타심 때문에 그런 게 아니었다. 사우스 캐롤라이나가 미치게 보고 싶어서 공군에 들어오는 사람은 없다. 나는 해외에 가고 싶었다. 그것이 사우디아라비아를 뜻한다 해도 말이다. 하지만 그보다 더 큰 이유가 있었다. 나는 문제에서 벗어날 수 있는 다른 장소가 필요했다.

나는 동성애자였고 그 문제를 어떻게 처리해야 할지 몰랐다. 시간이 필요했다. 딱히 사우디아라비아에 가겠다는 생각을 해온 건 아니었다. 하지만 나는 풀지 못할 문제를 일단 피하기로 작정했고, 사우디아라비아에서 3개월을 보내는 건 시간을 버는 완벽한 방법으로 보였다.

우리는 그렇게 합의했다. 그리고 나는 사우디아라비아로 갔다. 떠나면서 자동차 열쇠를 그에게 맡겼다. 쇼보다는 차라리 사우디아라비아가 좋았다. 3개월 동안 겨우 두 번 아바야와 히잡을 뒤집어쓰고서야 밖으로 나올 수 있을 만큼 기지에 갇혀 살았지만 그 편이 차라리 좋았다. 우리는 모두 기지 안에 갇혀 있었기 때문에 그 안에서 나름의 사회생활을 했다. 우리는 기지 바에서 달리 할 일이 없는 사람들과 가짜 맥주를 마시고 카드놀이를 했다.

그렇게 3개월을 보내고 쇼로 돌아왔을 때 달라진 건 아무것도 없었다. 그러나 서서히 나는 변했다. 나는 이제 스물한 살이 되었고, 내 정체성을 감추지 않아도 되는 컬럼비아와 플로렌스 같은 대도시의 게이 바로 탈출할 수 있었다. 그리고 게이트웨이 컴퓨터를 구입해서 매일 밤 방에서 몇 시간씩 AIM과 Gay.com에서 채팅을 하며 보냈다. 사우스 캐롤라이나 바깥세상은 빠르게 발전하며 나 같은 사람들에게 점점 덜 위험한 곳이 되어가는 것처럼 보였다. 뉴욕, 워싱턴 D.C., 보스턴에서는 길에서 동성끼리 손을 잡고 다녀도 얻어맞지 않는다고 했다.

공군은 그냥 직업일 뿐, 모험도, 내 인생도 아니었다. 군복을 벗으면 나는 거의 나 자신이 되었다. 가끔 친구를 사귀어보려고 할 때면 그들에게 내가 동성애자라고 털어놓기도 했다. 이는 나에 대한 흥미로운 사실처럼 보였다. 누구도 신경 쓰지 않았다. 적어도 그렇게 느껴졌다. 물론 나는 사람들이 레즈비언에게 항상 묻는 101가지 표준적인 질문에 대답해야 했다. 가령 정말로 가위치기*를 해요? 같은 질문. 하지만 때는 1990년대 후반이었다. 〈프렌즈〉에서 레즈비언의 결혼식을 방송했고, 비록 나중에 잘렸지만 엘렌이 전국 방송 텔레비전에 나왔고, 다음에는 〈윌 앤 그레이스〉가 방송되었는데 윌은 잘생기고 독신주의자라서 괜찮았다. 또한 태미 볼드윈이 국회의원으로 당선되었고, 클린턴이 물론

* 여성끼리 성행위를 하는 모습을 빗대어 표현한 성교 체위.

결혼보호법DOMA*에 서명했지만 그건 그의 진심이 아니었다. '묻지도 말하지도 말라'가 여전히 규칙이었지만, 이전에 가졌던 내 피해망상증은 근거 없는 것처럼 보였다. 나는 생각했다. '내가 조심하는 한, 다른 군인과 사귀지 않고, 아무에게도 자세히 말하지 않고, 엉뚱한 사람을 믿지 않는 한, 괜찮을 거야.'

내가 제복을 입고 사무실에서 혼자 카드놀이를 하며 보내던 삶의 일부분은 덜 중요하고 거의 일시적인 것처럼 보였다. 문밖 세상이 너무도 빠르게 달라져서 공군이 변하는 것도 시간문제로 보였고, 어차피 나는 쇼에 영원히 있지 않을 터였다.

2년 동안은 별다른 사건이 일어나지 않고 지나갔다. 그런데 이집트로 떠났을 때 협박이 시작되었다. 하지만 이미 말했다시피, 나는 그리스로 발령이 났다. 어느 쪽이 먼저였는지는 기억이 가물가물하다. 나는 쇼로 돌아와서 냉정을 잃지 않으려 애썼다. 내가 떠나면 이런 멍청이의 협박 따위는 문제가 되지 않을 테니까.

불이 나고 며칠 뒤에 호튼 보안관이 내 사무실로 전화를 걸어왔다. 그는 그 집에서 급하게 달아나는 흰색 차를 목격한

* 연방 정부가 동성혼을 인정하지 않도록 금지한 결혼보호법. 클린턴은 2013년에 이 법을 위헌이라고 밝히고 사과했다.

사람이 있다고 말했다. 그러고는 흰색 차를 모는 사람을 알고 있느냐고 물었다. 아무도 떠오르지 않았다. 그랬더니 거짓말탐지기로 검사를 받으라고 했다.

나는 텔레비전을 수없이 보고 법정 스릴러 소설을 물리도록 읽었기 때문에, 내가 용의자라는 사실을 알 수 있었다. 나는 기지의 법무팀에 전화를 걸었다. 변호사는 그렇게 걱정할 필요는 없지만 이제부턴 경찰과 직접 이야기하지 말고, 경찰에게 자신과 이야기하라고 말하라고 일러주었다. 그리고 상황에 어떤 변화라도 생기면 자신에게 전화를 걸라고 했다.

그렇게 해서 공군이 수사를 인계했다. 수사관들이 기지 내 모든 사병에게 허프 이등병이 괴롭힘을 당하고 있다는 걸 알았는지, 허프 이등병이 동성애자라는 사실을 알았는지 질문하는 동안 나는 기다렸다. 수사관들이 텍사스에 있는 할머니 집을 찾아가는 동안 기다렸다. 그런데 그들은 할머니가 공군의 아내였다는 사실을 몰랐다. 할머니는 한국전쟁과 베트남 전쟁 사이 어느 시점의 미국 공군에 대해 속속들이 알고 있었다. 그들이 자기소개를 미처 마치기도 전에 할머니는 면전에서 문을 쿵 닫고 내게 전화를 걸었다.
"로렌, 공군 특별조사국OSI 사람들이 방금 집에 찾아왔지 뭐니. 그자들이 그 멍청한 배지를 보여주기도 전에 내가 대번에 알아봤지. 그자들한테서는 냄새가 나거든." 언제나처럼 할머니는 안부 따위는 물을 새도 없이 다짜고짜 용건으로 들어갔다.

나는 귀찮게 해 드려서 죄송하다고 했다. 진심이었다.

“그런 건 신경 쓰지 마라. 그런데 그자들이 원하는 게 뭐냐?” 할머니가 물었다.

“그 사람들이 말 안 해요?”

“내가 기회를 안 줬지.” 할머니가 웃었다.

그래서 내 차와 살해 협박에 대해 설명했다. 그러자 거짓말 안 보태고 할머니는 이렇게 말했다. “오, 다행이다. 난 네가 장교 마누라와 정분이 나는 멍청한 짓을 한 건 아닌지 내심 걱정했거든.”

여기서 우리 할머니에 대해 당신이 알아야 할 사실이 있다. 애머릴로에서 할머니와 함께 살았을 때, 할머니는 내가 그곳에서 만난 유일한 민주당원이었다. 할머니가 재활용부터 요가, 페미니즘, 동성애자 인권 같은 온갖 미친 신념을 실천하는 애머릴로의 유일한 진보주의자라고 반쯤 확신했다. 그 때문에 이웃들로부터, 장로 교회 노파들로부터, 가족으로부터 온갖 욕을 들었지만, 할머니는 신경도 쓰지 않았다. 그들은 주기적으로 할머니를 “늙은 미친년”이라고 불렀다. 공정하게 말하면, 할머니는 사람들이 상냥하다거나 자상하다고 말할 만한 인품을 가지고 있진 않았다. 물론 누군가 필요하다고 하면 입고 있던 셔츠라도 벗어줄 사람이긴 하다. 하지만 그러고 나서 그의 한심한 태도에 욕을 퍼부을 것이다. 우리가 어렸을 때 엄마는 레스토랑에서 밤늦게까지 일했는데, 할머니는 우리가 밤새도록 TV에서 〈달라스〉와 〈마이애미 바이스〉를 보도록 내버려뒀다. 그리고 우리가 묻는 어떤 질문에도, 그런 이야기를 하기에 적절한 나이인지 개의치 않고 선뜻 대답해주었다. 덕분에 나는 또래 2학년생 어느 아이보다 매춘부와 코카인에 대해 잘 알았다. 할머니는 고고학 발굴 현장에 우리를 데려가서 화석을 캐내는 방법을 보여주었다. 그런 다음 당신은 브리지 게임을 하러 간다며 브래지어에서 땀내 절은 1달러짜리 지폐 세 장을 꺼내 쥐여주고는 우리 넷을 재상영관 앞에 내려주었다. 할머니는 악보를 보지 않고 쇼팽을 연주할 수 있었다. 학위도 몇 개나 가지고 있었다. 세상의 온갖 것을 다 읽었고, 뭔가를 잊는 법이 없었다. 할머니는 심지어 내가 부모님보다도 먼저 커밍아웃을 한 사람들 중 한 명이었다. 할머니는 나를 재단하려 들지 않으리라는 걸 알았기 때문이다.

그래서 나는 수사관들이 할머니를 걱정시킨 것에도 화가 났지만, 내가 상상할 수 있는 이유 때문이 아니라 내 정체성을 폭로해서 굴욕감을 주기 위해 할머니 집 문을 두드렸다는 사실에 더 화가 났다.

수사관들이 내 룸메이트에게 사실을 전달했을 때 사태가 또 다시 꼬여버렸다. 그가 나더러 거짓말쟁이라고 한 것이다. 가끔 우리가 살던 곳에서 영화를 볼 때면 나는 "저기 가봤어"라고 말하곤 했다. 나는 세상 곳곳에서 성장했다. 일본, 스위스, 아르헨티나, 칠레. 그래서 어떤 사람들은 고향에서 그렇게 먼 곳에 살지 않는다는 사실을 가끔 잊곤 한다. 사람들은 대부분 고향이 어디인지 안다. 그렇다고 해도 내가 무심결에 다른 실수를 하지 않은 이상, 단지 "저기 가봤어"라고 말했다는 이유로 내 룸메이트가 나를 거짓말쟁이로 모는 상황을 이해할 수 없었다.

시종일관 거짓말을 하는 건 힘들 수 있다. 말하자면 직업적 위험이 있다. 그 직업, 다시 말해 빌어먹을 거짓말쟁이는 나를 사람들과 멀어지게 한다. "어디서 왔어?"처럼 우정을 나누기 시작할 때 묻는 가장 기본적인 질문에조차 거짓말을 하거나, 아니면 최소한 답변을 생략해야 한다. 하지만 나는 말하고 싶었다. 다른 모든 사람처럼 이야기를 가지고 싶었다. 가끔은, 그야말로 가끔은 작은 것을 무심코 흘리기도 한다. "나는 베를린에서 태어났어." 또는 "한때 오사카에서 살았어", "부모님은 선교사였어"처럼. '이건 나에 대한 얘기야. 나도 어엿한 사람이야. 제발 나를 좋아해줘.' 그렇지만 아마 나는 곧이곧대로 말하지는 않았을 것이다.

이런 혼란의 와중에 나는 그토록 떠나고 싶었던 기지 생활관 숙소로 돌아갔다. 공군 이등병은 기지 밖에서 생활하는 것이 허용되었고 나는 그 점을 활용해왔다. 기지 밖에는 생활관 검사가 없었고, 공공 구역을 순찰하며 미성년자 음주나 휴게실에서 벌어지는 구강성교를 적발하는 상사도 없었다. 나는 그 점이 내게 일정 부분 사생활을 허용해주었다고 생각해서 좋아했지만, 잘못 생각한 것이었다. 경계심을 늦추었고 믿어선 안 될 사람들에게 약간의 정보를 흘렸다. 광신 집단에서 성장했다는 사실이 드러날 정도는 아니었지만, 어쩌면 대화에 끼어들기에 충분할 만큼은 말이다.

베리 윈첼 육군 일병이 동성애자라는 이유로 켄터키에 있는 주둔지 막사 복도에서 야구방망이로 얻어맞아 사망하고 1년도 채 지나지 않은 시점이었다. 나는 예전부터 두려웠다. 내가 두려워한 최악의 사태는 공군에서 쫓겨나는 것이었다. 내 자동차에 불을 붙인 행위는 살인과는 큰 차이가 있어 보였다. 구타 가능성은 좀 더 커보였다. 그러니까 자동차가 불에 타고 6개월이 지난 6월에 나는 다음 메시지를 받았던 것이다. "총, 칼, 방망이 중에 뭐가 좋을지 결정을 못하겠군."

자동차에 화재가 나고 몇 개월이 지난 터여서 누가 차에 불을 질렀건 이제 그건 끝난 일처럼 보였다. 내가 조사를 받고 있으므로 괜한 말썽을 피우기보다는 이쯤에서 발을 빼고 그냥 나를 내버려두기로 작정한 모양이라고 생각했다. 아니면 범인이 다른 기지로 전근을 갔는지도 모를 일이라는 생각도 들었다.

공군의 조사는 교착 상태에 빠졌다. 결론이 나지 않자 답답해진 보험회사가 자체적으로 조사관을 보냈다. 그는 경찰들이 모은 증거를 살피고, 나와 기지 사람 몇몇을 면담하고는 고맙게도 호튼 보안관을 욕하며 이틀 만에 내게 잘못이 없다고 판단했다.

보험으로 자동차 할부금은 완납 처리되었고 덕분에 한시름 놓았다. 공군 조사관들은 방화범 찾기를 포기한 것 같았다. 나는 1월에 배치일을 놓쳤기 때문에 그리스의 내 자리에 누군가 대신 들어갔을 거라고 짐작했다. 그런데 아락소스에서 내 새로운 상관이 될 예정이었던 하사에게 물었더니, 그 자리에 아무도 들어오지 않았다면서 새로 발령을 내달라고 요청해보겠다고 했다. 새로운 협박을 받기 직전에 정말 그의 약속대로 그리스로 이동하라는 명령을 새로 받았다. 나는 그 문제에서 손을 떼기 위해서라도 공군이 보내줄 거라고 생각했다.

그러나 가장 최근의 메시지를 받고 나서부터 쇼에 처박혀 있거나 공군에서 쫓겨나는 사태는 이제 나의 가장 큰 두려움도, 가장 가능성 있는 결과도 아니었다. 그 쪽지는 나의 우선순위를 분명하게 설정해주었다. 나는 윈첼을 떠올렸고, 두려움이 밀려왔다.

나는 공군 수사관들에게 전화를 걸었다. 그들은 그 쪽

지에 손을 댔느냐고 물었다. 그들은 나를 자기네 사무실로 데려갔고, 복도를 따라가서 어느 방으로 안내하더니 사무용 의자에 앉으라고 했다.

방 내부 분위기는 그리 위협적이지 않았다. 벽에는 거울도 없었다. 철제 의자도 없었다. 그저 정부에서 지급하는 회색 책상 하나와 파란색 사무용 의자 세 개만이 있었다. 캠벨 조사관은 어깨하며 이마하며 마치 미식축구 수비수 같았다. 6월 중순인데 감청색 정장 차림이었다. 나는 그가 공군 특별조사국에서 이 일자리를 얻기 전 FBI에서 그의 구직 신청을 얼마나 많이 거절했을지 궁금했다. 그는 협박 담당일 것이다. 그 옆에는 말도나도 조사관이 있었다. 그녀는 임신 중이었고 회유 담당이었다. 캠벨은 말도나도가 의자 높이를 조정하려고 애쓰는 동안 기다렸다. 좌석 높이를 낮추는 레버가 작동하지 않아서 다리가 바닥에 닿지 않았다.

결국 두 사람은 자리를 바꿔 앉았다.

말도나도가 의자 때문에 애를 먹는 동안, 나는 그녀의 블라우스 밖으로 빠져나온 황금색 십자가를 바라보았다. 그녀는 친절하게 행동했지만 할 수만 있다면 사형 종용도 불사할 사람이라는 걸 나는 알았다. 그녀는 목걸이를 다시 집어넣은 뒤 목청을 가다듬으며 서류철을 열었다. 그녀의 입에서 나오는 첫마디가 "기도할까요?"일 거라고 반쯤 예상했다. 그러나 그들은 가만히 앉아서 나를 쳐다보기만 했다. 마치 누가 먼저 말을 하는지 지켜보는 게임인 것처럼. 나는 내 손을 내려다보았고, 기지 법무팀의 변호사를 불러 달라고 요청했다. 공군 사병한테도 변호사를 선임할 권리가 있다. 나는 이미 변호사와 얘기가 되었다고 말했다. 말도나도는 내가 용의자가 아니며, 그래서 변호사는 필요 없다고 설명했다. 그다지 설득력 있는 회유는 아니었다.

"언제 쪽지를 발견했나요? 누가 쪽지를 남겼죠? 이런 일이 일어난 게 처음인가요?"

"변호사를 불러주세요. 기지 변호사가 질문에 대답하지 말라고 했습니다."

"당신은 용의자가 아니에요. 당신 차에 대해 조사하는 게 아닙니다. 협박 사건을 조사하는 거예요. 우린 당신을 도우려는 겁니다."

그때 눈에 눈물이 차올랐고, 나는 손등으로 눈물을 훔쳤다. 우는 건 아니었다. 그저 눈에서 눈물이 새어나오는 것뿐이었다. 사실 둘 사이에는 차이가 있다. 나는 답답할 때 눈물이 새어나온다.

말도나도가 물었다. "당신이 아무 짓도 안 했다면 왜 그렇게 동요하는 건가요?"

나는 변호사를 불러 달라고 말했다.

잠시 후 그들은 포기하고 서류에 뭔가를 써넣었다. 말도나도는 뭘 좀 먹어야겠다고 말했다. 캠벨이 나를 다른 방으로 데려갔다. 거기서 어깨에 비듬이 하얗게 쌓여 있고 칼라가 누렇게 변색된 채 실험실에 처박혀 일만 할 것 같은 사내가 내 손에 잉크를 뿌리고 지문을 찍었다. 그러고 나서 DNA 검사를 하려고 내 머리 몇 군데에서 머리칼을 뽑았다.

그때 수사관들이 살해 협박 쪽지를 누가 보냈는지 조사하고 있는 게 아님을 직감했다. 그들은 나를 믿지 않고 있었다. 특별조사국의 초기 조사가 교착 상태에 있었지만, 그들은 여전히 내가 내 차에 방화를 했다고 확신했다.

그들은 연료 탱크에 쑤셔 박혀 있던 걸레 때문에 내 DNA가 필요한 거였다. 걸레에는 불이 붙지 않았다. 내 차에 방화한 어떤 인간이 쏟아지는 빗속에서 걸레에 불을 붙이려다가 실패하자 차에 휘발유를 붓고 불을 붙인 것이다. 경찰들은 걸레에 붙어 있는 머리칼을 찾아냈다. 캠벨은 내게서 반응을 기대하며 조금 전에 그 사실을 언급했다.

그러고 나서 수사관들은 나를 보내주었다. 하지만 나는 이제 망했다고 확신했다. 그리스로 가는 건 물 건너간 일이라고 백 퍼센트 확신했다.

내가 살면서 뒤늦게 깨달은 사실 한 가지는 나쁜 일이 일어나면 충격을 받는 사람들이 있다는 것이다. 그뿐이 아니다. 심지어 그들은 좋은 일이 일어날 거라고 예상한다. 또한 남들에게 긍정적인 생각을 하고 예쁜 무언가에 집중하면 우주가 그것을 내어줄 거라고 말하는 사람들도 있다. 마치 당신이 소중한 존재인 것처럼. 마치 우주가 어여쁜 생각을 하는 작고 사랑스러운 당신에게 마음을 쓰는 자애로운 영혼인 것처럼. 그런 사람들은 막상 나쁜 일이 터지면 자신이 그에 관한 꿈을 꾼 적이 있다고 말할 것이다. 하지만 IT 부서의 스티브가 욕구불만을 이기지 못하고 직장에 엽총을 가져왔으니 오늘은 출근하지 말라고 누구도 전화를 걸어 말해주지 않는다. 아무도 그 비행기에 타지 말라고 말해주지 않는다. 당신의 개가 한 자동차 앞으로 뛰어든 다음에야 그 친구, 당신에게 자신의 여행 이야기를 늘어놓는 친구는 정말 불길한 기분이 들었다고, 무슨 말이라도 해줄 걸 그랬다고 말한다.

나는 그런 사람들 가운데 하나가 아니다. 때로는 그들처럼 되고 싶다는 생각도 한다. 내가 뭔가를 간절히 원하면, 내가 어떤 긍정적인 것을 마음에 그리면, 편안한 삶을 보상으로 받게 되리라고 믿을 수 있는 삶을 살았더라면 좋았겠다고 말이다. 가끔은 그렇다. 하지만 마법 같은 생각을 한다고 해서 우주가 선처해주지 않는다는 사실을 직시하는 편이 더 낫다고 대체로 생각한다. 나는 최악을 예상하는 건 아니지만, 최악의 경우에 놀라지 않는 법을 배웠다. 인터넷이 끊기면 나는 답답해서 울어버릴 것이다. 하지만 자동차에 불이 나면 그냥 그러려니 한다. 그 일로 누군가 나를 탓하면, 그러면 그렇지 싶다. 누군가는 이런 태도를 냉소주의라고 할 수도 있겠다. 나는 그것을 광신 집단에서 자란 사람의 특징이라고 말한다.

'하나님의 자녀들The Children of God'은 1960년대 말과 1970년대 초에 우후죽순처럼 생긴 많은 광신 집단 가운데 하나다. 이 집단은 실패한 오순절주의* 설교자이자 대단히 성공한 알코올 중독자인 데이비드 버그가 창시했다. 다른 시대였다면 그는 온종일 목욕 가운을 걸치고 있어야 하는 곳에 갇혀 살았을지도 모른다. 우리 시대에 그는 자유롭게 여러 직업을 전전했다. 군인, 법률 비서, 택시 기사, 설교자. 그러다가 천직을 찾았다. 아버지로, 할아버지로, 모세 다윗으로 불렸던 그는 마침내 온종일 목욕 가운만 입고 지낼 수 있는 생활 양식에 이르렀다.

사변적 심리학자 행세를 좀 해보자면, 나는 그를 악의적 자아도취자로 분류하겠다. 어쩌면 그는 정말로 환영을 보고 환청을 들었을지도 모른다. 어쩌면 자신이 정말로 신과 대화할 수 있다고 믿었는지도 모른다. 사실 그건 중요하지 않다. 중요한 건, 베트남에서 전쟁이 일어나서 나라가 둘로 쪼개질 것 같던 1968년에 캘리포니아 헌팅턴 비치에 있는 '그리스도를 위한 젊은이'라는 커피숍에서 데이비드가

* 성령의 초자연적인 능력을 강조하는 개신교 내 교파.

히피들에게 설교를 시작했다는 사실이다.

당시 버그의 아이들은 십 대 후반이었고, 버그는 아이들을 미끼로 이용했다. 그들은 노래를 불렀고 커피와 딱딱해진 도넛과 주거지를 제공했다. 버그는 새로운 종류의 복음을 시도했다. 예수가 그들처럼 긴 머리의 히피고, 사회주의자고, 사상 최대의 급진주의자라는 것이었다. 주류 교회에서는 아직 청소년 사역의 열기가 그렇게 뜨겁지 않았다. 당시 그의 설교를 들은 사람이라면 예전에는 그런 이야기를 들어본 적이 없다고 말할 것이다. 그는 그들이 이미 혐오하게 된 물질주의에 대한 해답 이상의 것을 제공하고 있었다. 그는 그들이 알지 못하던 것을 주었다. 바로 무조건적인 사랑과 목적이었다. 그들 중 50명가량이 버그를 따라 전국을 돌아다니면서 버스와 썩어가는 캔버스 천막에서 반쯤 굶주린 상태로 생활했다. 그들은 전쟁에 반대했다. 그리고 버그가 가르쳐준 복음을 설파했다. 모든 것을 버리고 예수를 따르라. 여기서 '모든 것'이란 과거의 삶 속에 있는 모든 사람과 모든 물건을 뜻했다.

1971년에 150명 남짓한 신도들이 댈러스에서 동쪽으로 약 한 시간 거리에 위치한 '텍사스 영혼 치료소'라 불리던 목장으로 이주했다. 신도들은 절대 빈곤 속에서 공동생활을 했다. 섹스도 마약도 없었다. 그들은 예수에 열광했고 오두막에서 추위에 떨며 지냈다. 그러나 버그는 댈러스에 있는 달콤한 보금자리로 옮겨갔고, 참 상투적이게도 아내를 버리고 그 자리에 비서를 들였고 첩도 여럿 만들었다.

하나님의 자녀들은 전국의 대학으로, 버스 정류장으로, 개종자를 찾을 수 있는 곳이면 어디든 팀을 보냈다. 베옷 차림으로 이마에 재를 칠하고 UN 건물과 백악관, 타임 스퀘어 한복판에 줄지어 섰다.《타임》은 그들을 '예수 괴짜들'이라고 불렀다. 그들이 목장을 떠날 무렵에 버그는 1,400명의 추종자를 모았다. 나의 부모님도 그들 중 하나였다.

1972년 무렵에 버그는 모세의 서신이라는 뜻의 '모 레터'를 통해서만 사람들과 소통했다. 페이스북 지역 뉴스 페이지에서 우주선이며 백신이며 조지 소로스와 할리우드 소아성애자들에 대해 설교하는 미친 남자를 상상해보라. 이제 작은 카세트를 들고 그를 따라 다니면서 술기운 거나한 지혜의 말씀을 받아쓰고 그것을 인쇄해서 신도들에게 배포하는 누군가를 상상해보라(2016년 이전*이었다면 아마 상상하기가 더 힘들었을 것이다). 기본적으로 자동차 엔진에서부터 나쁜 습관, 성서 이론, 꿈의 해석에 이르기까지, 온갖 주제에 관해 술 취한 멍청이가 해댄 완전히 미친 비판에 불과하다. 그것이 바로 모 레터다. 그리고 그가 내뱉은 모든 말은 법이었다. 전체 분량은 픽업트럭을 가득 채우기에 충

* 트럼프 전 대통령 당선 이전을 가리킨다.

분했는데, 그 가운데에는 이 늙은 불한당이 숟가락으로만 음식을 먹는다고 지껄이는 내용도 있었다. 포크는 필요 없다는 것이다. 사실 포크는 위험할 수 있다. 당시 전 세계에 있던 하나님의 자녀들 신도들이 식탁에서 포크를 치워버렸다. 또 다른 모 레터에서는 미국을 사탄의 탕녀 바빌론이라고 선언했다. 하나님이 아메리카 대륙을 파괴할 거라고 말했다. 그래서 자연스럽게 모두 유럽으로 건너갔고, 처음에는 영국, 나중에는 스칸디나비아, 독일, 프랑스 등으로 신도들을 확보하며 더 멀리 퍼져갔다.

당국이나 언론이 불안하게 압박해올 때마다 버그는 예언을 받았다. 첫 번째 예언을 받고 은신에 들어갔으며, 그때부터 고위 신도 몇몇만 그의 위치를 알았다. 나중에 예언은 집단을 해체하고 이름을 바꾸고 나라 사이, 대륙 사이를 이동하게 하고, 집단을 재편성하게 하는 등 버그가 필요로 하는 모든 일을 했다.

1977년 내가 태어났을 무렵에는 전 세계에 130개가 넘는 공동체가 있었고, 이름이 '사랑의 가족'으로 바뀌었다. 버그가 '사랑의 법'을 도입했을 즈음이었다.

리버 피닉스와 호아킨 피닉스, 로즈 맥고완, 그리고 밴드의 결정적 기회가 되었을 위스키 어 고 고 나이트클럽에서의 쇼가 있기 전날 밤 이 집단에 합류하기 위해 돌연 사라진 플리트우드 맥의 제레미 스펜서*처럼, 이 집단을 거쳐 간 유명인들이 꽤 있었다. 누군가 이 광신 집단에 대해 들어보았다면 아마도 그들 때문인 경우가 대부분일 것이다. 그런데 이들 외에, 사람들을 그 집단에 빠져들게 만드는 주된 이유는 무엇일까? 그는 추종자들이 완전히 의존하게 될 때까지 기다렸다. 추종자들이 모든 관계를 끊게끔 했다. 추종자들은 대개 아이가 있었고 직업은 없었으며 이제 외국에서 살았다. 그의 최우선 메시지는 단순했다. 사랑으로 실천하는 모든 일은 선하다는 것이다. 무슨 인스타그램 문구처럼 들린다. 하지만 여기에는 어두운 반전이 있다. 나이트클럽에 가서 부유한 남자를 꼬드겨 침대로 유인하라. 그들에게 예수에 대해 설교하면 그것은 매춘이 아니다. 누군가 당신이나 당신의 남편과 성교하고 싶어 해도 질색할 것 없다. 우리는 이제 모두 한 가족이다. 근친상간? 그건 우리에게 수치심을 느끼게끔 만드는 사탄의 개념일 뿐이다. 하나님의 유일한 법은 사랑이다.

광신 집단은 전형적인 학대 관계를 바탕으로 하고 있다. 애정 공세를 펼치고, 고립시키고, 의존을 조장하는데, 피해자는 떠날 힘이 없다. 비록 관계 유지가 데이비드 버그

* 플리트우드 맥의 멤버 제레미 스펜서는 1971년 돌연 밴드를 떠나 하나님의 자녀들에 합류했고, 현재도 여기에 소속되어 활발히 활동하고 있다.

의 새로운 복음을 믿는다는 것을 의미한다고 해도. 한마디로 세인들 눈에 하나님의 자녀들, 당시에 사랑의 가족은 '섹스교'로 비쳤다.

많은 사람이 그의 메시지에 동의하지 않았고, 언론은 그의 새로운 사역에 대해 알게 되었다. '하나님의 탕녀'와 '사탄은 섹스를 증오한다' 같은 제목의 모 레터가 엉뚱한 손에 들어갔다. 그때 버그는 주특기를 동원했다. 또 다른 예언을 받은 것이다. 그는 지도부, 자신에게 반대 의견을 제시하는 사람은 누구든 모조리 해고했다. 그리고 모두에게 집단이 해체되었다고 말했다. 더 이상 대규모 공동체는 없다. 유럽은 가망이 없다. 그러니 우리가 지금 개발도상국이라고 부르는 제3세계로 가라. 그리고 당시 사랑의 가족으로 개명했던 하나님의 자녀들은 다시 이름을 바꾸어 그냥 가족, '패밀리'가 되었다.

광신 집단에서 어린 시절을 보낸 나의 기억이 사람들이 상상하는 것보다 좀 더 목가적으로 비치는 이유도 이 때문일 것이다. 우리는 칠레와 아르헨티나의 야영지에서 살았다. 아빠가 중고 버스를 개조해 만든 부에노스아이레스의 캠핑카에서, 염소가 있는 멘도사 농장에서, 산티아고의 초가집에서 살았다.

부모님과 언니 두 명, 남동생 하나인 우리의 작은 가족은 또 다른 작은 가족과 팀을 이루어 살았다. 가끔 다른 신도들이 스쳐가기도 했다. 그러나 대부분은 그냥 우리뿐이었다. 그리고 우리는 절망적으로 가난할 때가 많았다.

가끔 돈에 쪼들리면 엄마와 아빠가 내기 당구장이나 술집에 가곤 했다. 아빠는 골든 리트리버만큼 붙임성이 좋은 데다 훤칠한 키와 선량해보이는 잘생긴 외모 덕분에 상대에게 신뢰감을 주었다. 게다가 누구와도 편안하게 대화를 나누는 사람이었다. 그런 점이 엄마의 강렬한 존재감을 희석했다. 엄마의 칠흑처럼 까만 머리는 눈을 뗄 수 없게 만드는 연파란색 눈을 보완하며 서늘한 느낌을 주었다. 엄마의 아름다움에는 마치 똬리를 튼 뱀처럼 강렬함이 깃들어 있다. 두 사람은 술을 주문하고 당구 게임을 했다. 엄마가 초구를 있는 힘껏 친다. 아빠는 엄마에게 치는 공을 잘 보라고 끈기 있게 일깨운다. 그러다가 아빠가 대기 중인 사람들과 대화를 시작한다. "친선 게임 한 판 어때요? 물론 돈 몇 푼을 걸 수도 있겠죠. 그래야 더 재밌으니까." 멍청한 미국인 관광객 부부의 돈을 따먹는 내기를 마다할 사람은 없다. 그때 엄마가 청소년 시절 NCO 클럽과 베를린 술집에서 갈고 닦은 실력으로 공격에 들어간다. 아빠도 당구 실력이 어설프지 않다. 그러나 엄마가 당구대를 깨끗이 쓸어버리기 전에 득점할 기회를 얻기란 좀처럼 어려웠다. 선무당이 사람 잡는 상황이 연출되었다.

완벽한 팀이었다. 적어도 나는 그렇게 생각했다. 그러나 툭하면 싸웠고, 바람을 피우고 헤어졌다가 재결합하고 또 바람을 피웠다. 그럼에도 나는 행복했던 것으로 기억한다.

길모퉁이에서 호기롭게 거리 공연을 했던 기억이 난다. 그러면 낯선 사람들이 우리에게 돈과 먹을 것을 주었다. 야영지에서 놀던 기억도 난다. 독거미가 우글대던 야영지, 우리가 바다에 들어가서 놀던 해변의 야영지, 버스 지붕에 담요를 잔뜩 쌓아놓고 올라가 앉아서 들리지도 않던 영화를 보던 야외극장 근처의 야영지. 아빠는 내게 개 한 마리를 구해다 주었다. 우리는 넥타이를 매야 하는 학교에 다녔다. 맨다기보다는 클립으로 고정하는 방식이었지만 말이다. 나는 언니들보다 어렸다. 중간 서열의 형제들이 늘 그렇듯이 나와 줄기차게 싸워대던 둘째 언니 앤이나 일곱 살 때부터 식사를 준비하고 빨래를 하고 우리의 상처를 치료해줬던 첫째 언니 발레리에게 물어보면, 두 사람은 그 시절에 대해 달리 기억하고 있을 것이다. 막내로 태어날 만큼 똑똑한 다른 모든 남자아이와 마찬가지로 맹목적인 사랑을 받은 마이키는 어쩌면 아예 기억하지 못하는 편이 나을지도 모른다.

그 후 내가 일곱 살이 되기 직전에 우리는 떠났다.

부모님은 광신 집단을 떠나면 난파 직전의 결혼 생활을 지켜낼 수 있으리라고 생각했다. 그러나 텍사스로 이주한다고 결혼 생활이 지켜지는 건 아니다. 분명 우리 부모님의 결혼 생활은 그랬다. 언젠가 아빠는 엄마와 대화 한 번 나눠

보지 않고 결혼했다고 말했다. 두 사람은 히피 문화를 상징하는 멋진 플라워 파워* 글씨체로 "하나님의 자녀들"이라고 쓴 이층 버스에서 생활하며 영국을 돌아다니고 있었다. 그러던 어느 날 누군가가 일행끼리 집단 결혼을 하자고, 그러면 혁명적일 거라고 말했다. 아빠는 예쁘고 착해보이는 엄마에게 청혼했다. 두 사람이 결혼을 결정할 때 마치 어떤 영화를 볼지 선택하는 일쯤으로만 생각했다는 사실을 고려하면, 그들의 순탄치 못한 결혼 생활이 이해되기도 한다.

우리가 텍사스에 도착하고 얼마 지나지 않아서, 그러니까 내 일곱 번째 생일 직후에 아빠는 텍사스를 떠나 독일에 있는 광신 집단으로 돌아갔고, 곧 언니들도 아빠를 따라갔다. 나는 비탄에 젖어들었다. 두 사람이 우리를 이렇게 갈라놓아선 안 되는 거였다. 형제들과 함께 자랄 때 사람은 개인보다 전체의 일부가 된다. 그런데 부모가 우리를 반으로 갈라놓았다. 설명이라도 해줬더라면 그나마 도움이 되었을 텐데. 내 기억에 엄마와 아빠는 우리에게 아무런 말도 하지 않았다. 발레리 언니가 일러주었다. 우리가 할머니네 벽장 안에 수북하게 쌓인 《내셔널 지오그래픽》 더미 뒤에 숨어 있을 때였다. 하지만 언니도 이유까지는 알지 못했고, 그냥 '이혼'이라고만 말했다. 당시는 1980년대였고, 우리도 그것

* flower power. '꽃의 힘'은 1960년대 후반부터 1970년대 초반 사이에 미국에서 있었던 반전, 비폭력 저항의 상징이다.

이 우리의 끝을 의미한다는 것쯤은 알았다. 아빠가 나를 떠났고, 이후에 나의 반쪽인 언니들도 가버렸다는 것이 내가 아는 전부였다.

얼추 1984년에서 1987년까지 그곳에서 보낸 몇 년 동안, 마이키와 나는 새아빠 게이브와 함께 다분히 미국인다운 유년 시절을 보냈다. 게이브는 젊었다. 엄마와 그는 스테이크하우스 체인점에서 직장 동료로 처음 만났는데, 그때 그는 스물세 살이었다. 게이브는 처음에는 멋졌고, 든든한 큰오빠 같았다. 그는 오프로드 오토바이를 타고 다녔고, 우리가 엄마의 퇴근을 기다려야 할 때면 팩맨 오락기에 넣을 동전을 항상 챙겼다. 우리는 애머릴로에 있는 할머니 집에서 나와 오클라호마 시티의 아파트로 이사를 갔다.

내가 아홉 살 때 우리는 광신 집단에 다시 합류했다. 그런데 만약 당신 어머니가 생부를 3년 동안 보지 못한 당신에게 누군가를 만나러 댈러스에 갈 텐데 그것이 깜짝 선물이라고 말한다면, 당연히 당신은 그 누군가가 아빠라면 좋겠다고 생각할 것이다. 그러나 깜짝 선물은 아빠가 아니었다.

내가 알던 '패밀리'는 더는 존재하지 않았다. 신도 수가 만 명까지 불어났고 이제 공동 주택에서 최대한 많은 사람이 집단생활을 했다. 벽장과 복도도 침실로 사용했다. 댈러스에서 우리는 15명쯤 되는 아이들과 한 방을 썼고, 나는 멜로디라는 이름의 코를 후비는 아이와 한 침대를 썼다.

화장지를 몇 장 써야 하는지부터 누군가 칭찬을 하면 어떻게 말해야 하는지까지 모든 일에 규칙이 있었다. 칭찬에 대한 대답은 “고맙습니다”가 아니라 “주님을 찬양합니다”였다. 내가 착한 일을 해도 그것은 내가 아니라 하나님이 하신 일이라는 이유에서였지만, 내가 잘못을 하면 하나님이 대신 책임을 져주지는 않았다. 그 집은 목자라고 불리는 노인들이 관리했는데, 그들은 우리가 하는 모든 일과 일하는 모든 방식을 통제했다. 부모님 자리는 ‘자비’를 뜻하는 머시라는 이름의 목자가 대신했다. 어쩌면 머시는 본명이 아니라 그녀가 관리하는 패밀리의 이름일지도 모른다. 패밀리 이름은 주로 성경에서 따오거나 신체적, 정신적 질병을 치료하고픈 염원을 담고 있었다. 한번은 ‘빅토리’라는 목자를 알게 되었는데, 빅토리는 그녀의 천식을 치료하기 위해 지은 이름이었다. 치료 측면에서 그 이름이 ‘머시’보다 더 효과적일 리는 없었다.

텔레비전도 없고 놀잇거리도 별로 없었다. 그 집단에는 우리를 시스템과 외부 세계 그리고 속세에 사는 사람들, 즉 속세인으로부터 분리하는 자체적인 음악과 자체적인 책 그리고 부호와 두문자들로 이루어진 자체적인 언어가 있었다. 학교는 없었다. 우린 이미 읽고 쓰는 법을 알고 있고, 우리가 할 일은 각자의 경건한 본분을 수행하는 것뿐이었으니까. 아이들에게도 본분이 있었다. 집 안을 청소하고 다른 아이를 돌보고 성경 구절을 암기하고 종말의 시간을 준비하기 위해 패밀리의 교리를 공부하는 것이다. 우리는 적그리스도와 싸워야 했다. 미국을 떠나야 했다.

1987년에 우리는 오사카로 날아갔고, 그곳에서 그들은 내 이름을 바꾸고 또 바꿨다. 또 다른 나라에서는 또 다른 이름을 얻었다. 그것은 이제 중요하지 않았다. 하루는 또 다른 하루에 묻혀 희미해졌다. 기저귀 갈기. 구걸하기. 예수님은 당신을 사랑하신다, 적그리스도가 오고 있다, 배 속 아이를 지우지 말라 같은 메시지를 전파하기 위해 만든 전단지와 비디오테이프, 패밀리 음악, 저예산 뮤직 비디오 따위를 방문 판매 하기. 우리는 성경을 암기했다. 별자리를 암기했다(할아버지 버그라 부르건, 늙은 변태 버그라 부르건 그는 별자리라는 것들을 사악한 마법이라고 여겼다. 하지만 그럴 거면 애초에 '히피 광신 집단'을 시작하기 전에 그 생각을 했어야지).

그 무렵 그들은 에이즈에 대한 두려움과 지역 당국과의 마찰 때문에 난잡한 성생활을 단절하기로 맹세했다.

패밀리는 다가오는 종말의 시간과 계시에 집중했다. 그보다 더 최악인 상황도 있을 수 있었다. 결국 웨이코 참사* 처럼 끝날 수도 있었다. 그러나 우리의 미치광이 지도자는

* 1993년 웨이코에서 총기와 탄약을 비축하던 신흥 종교 다윗교를 당국이 무력 진압했다.

우리가 실제 총 대신 초능력을 이용할 거라고 말했다. 어쩌면 그는 그때 몽상가였을지도 모른다. 아니면 그저 그가 군대에서 보낸 시간을 싫어한 것이 우리에게는 행운이었는지도 모른다. 하기야 손가락에서 레이저 빔을 쏠 수 있는데 왜 소총이 필요하겠는가? 패밀리 만화는 오락거리이기도 했지만, 우리에게는 복음이고 종말의 시간을 대비하는 훈련 교범이었다. 그리고 레이저나 비행에 대한 얘기는 농담이 아니었다.

우리에게는 아직 초능력이 없었기 때문에, 그들은 우리가 경찰과 언론으로부터 우리의 믿음과 활동에 대한 질문을 받게 되는 지극히 현실적인 가능성에 대비해서 우리를 훈련하는 데 집중했다. 훈련은 주효했다. 마침내 당국이 패밀리 집들을 급습해서 아이들을 심문했을 때 별다른 학대 증거를 찾지 못했다. 그들이 우리에게 주입한 경찰에 대한 두려움 역시 주효했다. 또한 그들이 평소에 하던 심문들, 예를 들어 그들이 내게 규칙을 어겼다고 자백하게 만들려 했던 시간들이나, 내가 목소리가 너무 크거나 말수가 너무 적거나 너무 고집이 세거나 지극히 남자 같다는 이유로 나를 의심하고 추궁했던 수많은 시간도 우리가 경찰의 심문에 대처하는 데 도움이 되었다. 어차피 경찰의 심문이건 그들의 심문이건 그게 그거였다.

참 긴 사연이다. 그렇지 않은가? 여전히 당신은 의문스러울 것이다. 그러나 어쩌면 이제 내가 왜 그저 텍사스 출신이라고 말하는 선에서 이야기를 마무리했는지 이해하기가 더 수월해졌을 것이다. 내 과거사를 생각하면, 내가 왜 과거에 대해 이야기하기를 꺼렸는지, 과거를 숨기려고 반사적으로 거짓말까지 했는지, 특별조사국의 심문에 그토록 익숙한 기분을 느꼈는지 상상하기가 그리 어렵지 않을 것이다.

특별조사국이 보내준 뒤 길 건너 기지 법무팀 사무실로 가서 의자에 앉아 변호사를 기다렸다. 변호사가 있다면 조사국 사람들이 내게 대답할 수 없는 질문들을 그만 던지도록 해줄 터였다.

변호사는 수사관들에게 더는 답하지 말라고 했지만, 자신이 나를 대변할 수는 없다고 했다. 자신은 내 조사에 관여했던 검찰 측에서 방금 전출되어 온 사람이라고 했다. 군법회의가 열린다면, 다른 기지에서 피고 측 변호사를 보내줘야 할 거라고 했다. 나는 내가 피고인이 되는 군법회의가 열릴 거라고는 생각해본 적이 없었다. 그 대화를 나눌 때까지, 나는 그들이 누가 범인인지를 밝혀내거나 아니면 조사를 종결하거나 둘 중 하나를 할 거라고 생각했다. 나는 아무 짓도 안 했으니까 말이다.

나는 항상 침대 옆에 칼을 두고 잤다. 술에 취한 군인이 방문을 열려고 시도한 밤이 부지기수였다. 그러나 최근에는 상황을 감안해 칼 대신 총신이 짧은 38구경 권총을 놓고 잤다. 기지와 섬터라는 인근 도시 사이에 있는 전당포에서 구입한 총이었다.

권총을 구입한 날, 나는 차를 타고 변두리로 가서 맥주병을 일렬로 세워놓고 연습 삼아 몇 발을 쏴보았다. 맥주병은 멀쩡했다. 나는 기초 훈련을 받았을 때 소총 다루는 자격도 겨우 얻었다. 그리고 사격장에서 옆에 있던 활달하고 성격 좋은 소령이 내 한심한 사격 실력이 딱한 나머지 "이런, 젠장"을 내뱉으며 내 표적에 몇 방 더 구멍을 내주지 않았더라면, 나는 9밀리미터 구경 권총 자격은 따지 못했을 것이다. 그는 정중앙에 한 발을 명중시켜 구멍을 냈고, 이어서 쏜 나머지 탄알들도 그 구멍을 통과했다. 그는 나를 돕는 데 자신의 사격 라운드를 할애할 수 있었다. 나는 총이 필요해질 상황이 없기만을 바랐다. 자칫하다 내 텔레비전이나 복도 건너편의 누군가를 쏴버릴지도 모를 일이었다.

다음 주에 그들은 내가 더는 사무실에서 일할 수 없게 되었다고 말했다. 조사 때문에 내 보안 허가 상태가 일시 정지된 것이다. 그들은 나를 체육실로 보냈다. 나는 신분증을 맡기고 수건을 빌렸고, 누구도 나와 눈을 마주치지 않았다.

8월의 어느 날 아침, 부대장 집무실로 출두하라는 명령을 받았다. 나는 기지 법무팀에 전화를 걸었다. 그들은 내게 군법회의에 가야 하니 변호사를 배정해주겠다고 말했다. 아무 말도 하지 말라면서, 내가 사건 기록부에 서명해야 할 거라고 알려주고, 다시 전화하라고 했다.

장교가 사병보다 많은 우리 부대 같은 작은 부대에서도 내가 부대장을 만난 건 딱 한 번뿐이었다. 그나마도 새로 임명된 CEO가 사무실에 들러서 모든 직원과 악수를 할 때처럼 그냥 한번 훑고 지나간 수준이었다. 그의 비서병은 동정 어린 시선을 보내며 내게 말했다. "부대장님 앞에서 신고문을 외워야 할 거야."

몇 년 동안 그런 걸 한 적이 없었다. 하지만 기초 훈련과 주특기 훈련 학교에서 어찌나 연습을 시켰는지 결코 잊히지 않았다. 신고문은 친절을 베풀려고 만든 게 아니었다. 하지만 신고문을 외우면 얼굴이 벌겋게 달아오르고 손이 떨릴 때 훈련받은 대로 무표정한 군인으로 돌아가기가 한결 쉬워진다. 당당하게 걸어 들어가서 준비 태세를 갖추고 차렷 자세를 하고 경례를 한다. "이등병 허프, 부르심을 받고 왔습니다."

군대 사법 시스템의 이상한 점 중 하나는 누군가를 어떤 범죄로 기소할지 여부를 결정하는 최종 권한이 부대장에게 있다는 것이다. 부대장은 대개 법무관의 조언을 따를 것이다. 그러나 강간이나 배우자 학대로 기소된 수많은 남자는 알겠지만, 최종 결정은 지휘관이 한다. 영 대령은 자신이 결코 별을 단 장군은 될 수 없으리라는 사실을 아직 받아들이지 못해서 조심스러웠거나, 아니면 나를 구제하고 싶지 않았던 모양이다.

그는 사건 기록부를 읽었다. 사기 의도가 있는 방화. 그리고 어울리지 않는 행동. 하지만 그들은 으레 이 항목을 덧붙인다고 들었다. 만일 미국 공군에게 어울리는 범죄가 있다면, 그들은 그 범죄로 아무도 기소하지 않을 것이다. 내 눈은 첫 줄에 꽂혔다. "미국 공군 대 로렌 허프 공군 이등병." 정말이지 완전히 부조리하고 더럽게 무서운 일이었다.

나는 사건 기록부에 서명했다. 대령은 나를 내보냈고, 나는 당당하게 걸어 나왔다. 그리고 길 건너 기지 법무실까지 걸어와서 화장실에 틀어박혀 울었다. 부모님에게 전화를 걸어야 했다.

법무실에서 책상과 전화를 사용하게 해주었다. 아빠에게 연락할 방법을 몰랐기 때문에 엄마에게 먼저 전화를 걸었다. 자동차 방화가 일어났을 당시 엄마에게 얘기했더니 엄마는 이렇게 말했다. "이런, 맙소사, 로렌. 레즈비언 짓 때문이구나. 대체 어떻게 해야 할지 모르겠다."

이번에도 엄마가 어째서 레즈비언 짓이 바람직하지 않은지에 대해 얘기할까 봐 걱정스러웠다. "넌 아이도 가질 수 없어. 그건 그냥 쾌락주의일 뿐이야, 로렌." 쾌락주의는 얼마간의 행복을 필요로 할 것이다. 엄마는 본인이 '레즈비언 짓'이라고 부르는 것에 익숙해질 시간이 많지 않았다. 이 일이 벌어지기 몇 년 전에 내가 엄마에게 말했을 때, 엄마는 내가 마음을 바꾸었으면 했다. 그 첫 번째 논쟁이 있은 뒤로 통화를 할 때마다 엄마는 울기만 했고 전화를 끊고는 내가 울었기 때문에, 우리 사이에는 일종의 묻지도 말하지도 말라 정책을 적용하기로 합의했다.

그러나 엄마는 그 얘기는 단 한 마디도 꺼내지 않았다. 엄마는 그저 나를 위해 기도하겠다면서 재판 때 오겠다고 말했다. 그리고 변호사를 선임할 돈이 필요하냐고 물었다. 나는 공군에서 한 명 붙여줄 거라고 했다.

"난 괜찮을 거야. 아빠 전화번호를 알고 싶어." 엄마는 발레리 언니에게 물어보라고 했다. 아마 알고 있을 거라고.

내가 전화했을 때 발레리 언니는 아직 근무 중이었다. 나는 전화해 달라고 메시지를 남겼다. 그리고 마이키와 통화를 하려고 했다. 내가 집을 떠나 공군에 입대한 이후 우린 대화를 많이 나누지 않았다. 마이키는 대학에 다니고 있는데, 내가 공군에 입대하기 위해 집을 떠난 뒤 엄마와 이혼한 게이브와 여전히 함께 살고 있었다. 엄마는 매사추세츠로 이사를 갔지만, 마이키는 아직 대학을 마치지 못해서였다.

게이브와는 몇 년째 이야기를 하지 않았다. 나는 텍사스에 있는 집으로 전화를 걸었고 게이브가 받았다. 나는 그가 전화를 끊을 때까지 "마이키와 통화할 수 있어요?"라고 묻지 못했다.

그 순간까지 아빠에게 전화를 걸어야 할지 확실하게 마음을 정하지 못했다. 그러나 전화가 끊기는 찰칵 소리가 멎어 수화기를 내려놓기 전 어느 순간에 전화를 걸어야 한다는 확신이 들었다. 나는 생활관 숙소로 돌아와서 전화벨이 울리기를 기다렸다.

발레리가 전화를 걸어와서 아빠는 아마 스웨덴의 패밀리 집에 있을 거라며 그곳 전화번호를 알려줬다.

아빠는 여전히 패밀리에 남아 있었기 때문에 우리는 아빠의 행방을 확실하게 알 수 없었다. 아빠가 언젠가는 패밀리를 떠나게 될지 그것도 알 수 없었다. 아빠는 내가 열다섯 살 때 우리가 그 광신 집단을 떠난 뒤에 두어 번 찾아왔다. 그러나 아빠가 그들을 옹호하는 바람에 만남의 기쁨은 열띤 논쟁과 눈물로 뒤범벅이 되었다. 아빠는 촉촉해진 눈을 하며 말하곤 했다. "우리 그냥 서로 의견이 다르다는 걸 인정하자." 그러면 나는 말하곤 했다. "그 사람들이 그렇게 말하라고 시킨 거잖아." 정말로 그랬다. 나는 쪽지를 읽어서 알고 있었다. 그러나 가끔 나에 대한 아빠의 사랑이 한 광신 집단 신도의 머릿속 안개를 뚫고 나올 때가 있었다. 내가 동성애자라고 밝혔을 때, 아빠는 나를 비난하지 않았다. 나는 아빠가 당연히 비난할 줄 알았다. 그런데 그러지 않았다. 아빠가 한 말은 "이런, 우리 딸이 정말 힘들어지겠구나"

가 전부였다. 나는 다시 한 번 우리의 마음이 안개를 뚫고 서로에게 가닿을 수 있기를 바랐다.

그러나 그것이 항상 쉽지는 않았다. 공군에 입대했다고 알렸을 때 아빠에게 상처를 주려는 의도가 있었다. 아빠는 징집을 피하기 위해 광신 집단에 들어갈 정도로 평화주의자였다. 열아홉 살이 되던 해에 히치하이킹을 하며 멕시코로 갔다. 광신 집단 신도 두 명이 댈러스의 도서관 앞에 앉아 있는 아빠를 발견하고 하나님을 믿느냐고 물었다. "물론이죠. 나는 하나님이고, 당신도 하나님이고, 우리 모두 하나님이죠." 그들은 아빠를 텍사스 영혼 치료소로 데려갔다. 그리고 30년이 지난 지금 아빠는 다른 대륙에서 여전히 그들의 영향력 아래 살고 있다. 나는 논쟁을 한다고 해도 누군가를 망상에서 빠져나오게 할 수 없다는 걸 알았다. 그렇지만 아빠가 군법회의에 와주기를 바랐다. 최소한 아빠가 공군 편에 설 일은 없을 테니까.

그 집에 전화를 걸었다. 시차 같은 건 신경 쓰지 않았다. 내가 누굴 깨우게 될지도 상관하지 않았다. 그들도 내 수면 따위는 존중한 적이 없으니까. 전화를 받은 남자는 처음에는 영어를 못하는 척했다. 스웨덴말로 내 말을 못 알아듣겠다고 했는데, 나는 없는 스웨덴어 실력으로 겨우 그 말을 알아들었다. 그래도 나는 말했다. "난 아빠를 찾고 있어요. 키 큰 미국 남자요. 아마 조수아라는 이름으로 통할 거예요. 베네수엘라 여자랑 결혼했는데, 그 여자는 아마 에스더로 통할 거구요."

그가 말했다. "어, 여기 없는데." 미국식에 가까운 발음이었다. 경음과 귀에 거슬리는 강한 억양. 그들은 전부 그런 식으로 말한다. "몇 시간 있다가 다시 걸어줄래요?"

내가 물었다. "아빠가 지금 거기 없다는 건가요? 아니면 거기 살지 않는다는 건가요?" 나는 신중해야 했다. 그 남자가 전화를 끊으면 아빠에게 연락할 방법이 없었다.

그가 말했다. "여기 안 살아요."

"그런데 전화를 다시 걸 수가 없어요. 아빠를 찾아야 해요. 긴급 상황이에요."

그가 말했다. "알았어요. 한 시간 있다가 다시 걸래요? 누구에게 물어봐야 해요. 하나님의 은총이 있기를."

복도 끝에 있는 방에서 파티가 한창임을 소리로 알 수 있었다. 시끄러운 목소리들, 림프 비즈킷의 노래, 금요일 밤의 생활관.

그 번호로 다시 전화를 걸었다. 벨이 울렸다. 세 번. 네 번. 그 남자가 전화를 받지 않을까 봐 두려웠다. 그들이 전화를 받고 짐을 싸서 집을 떠나버렸을까 봐 두려웠다. 실제로 그런 일이 있었다고 들은 적이 있다. 그들에게 "집에 가는 길에 백설탕을 살까?"라고 묻기만 하면 떠나게 만들 수 있다. 그 질문은 "경찰이 오고 있다"를 의미하는 패밀리 집단의 공통 암호다. 그러면 집은 한 시간 이내에 텅 비게 될 것이다. 그들은 쉽게 겁을 먹는다. 그러나 일곱 번째 벨이 울렸을 때, 그 남자가 전화를 받았다. "여보세요?"

"누구라도 찾았나요?"

"아, 그래요." 그가 말했다. "물론 확신할 수는 없어요. 이건 모스크바에 있는 집 전화번호인데, 국가번호는 당신이 찾아야 해요. 아마 그 사람은 거기 있을 거예요. 만일 없으면 스위스 아론을 찾으세요. 그가 알 겁니다."

모스크바라고? 특별조사국이 내 전화요금 고지서를 완전히 새로 조사하기 시작할 텐데. 하지만 그런 걱정을 하고 있을 여유가 없었다. 스위스 아론이 나를 다른 누군가에게 연결해줬고, 그 사람은 또 다른 누군가에게 연결해줬다. 다른 나라, 다른 집이었다. 총 다섯 개의 전화번호를 거쳐서 스웨덴에 있는 다른 집에 전화를 걸었을 때 드디어 아빠가 전화를 받았다. 비록 스웨덴어로 말했지만, 아빠의 목소리를 단번에 알아들었다.

내가 안녕이라고 하자 아빠는 "샤츠!"라고 불렀다. 아빠는 항상 나를 그렇게 부른다. 독일어로 '내 사랑sweetie'이라는 뜻이다. "헤이, 어떻게 지내니?" 이때 생각 정리가 끝났다. 지금은 새벽 5시였고, 아빠가 내 목소리를 듣고 얼마나 흥분했는지 알 수 있었다. 울고 싶었다. 요즘도 낚시를 하냐고 묻고 싶었다. 내가 해야 하는 말 말고 뭐든 다른 말을 하고 싶었다.

“아빠, 문제가 생겼어.”

“뭐라고? 맙소사. 무슨 문제야?” 아빠가 물었다.

나는 전모를 얘기했다. 살해 협박에서 시작해 자동차 화재, 특별조사국의 조사까지. “아무튼, 그래서 군법회의가 열릴 거야.” 아빠는 그것이 어떤 의미인지 아리송할 것이다. “그건 재판하고 비슷한 거야, 아빠. 그래서 그들이 유죄라고 하면, 나는 감방에 가야 해. 최대 10년 동안.”

“하지만 넌 아무 짓도 안 했잖아. 그럼 걱정할 필요 없는 거 아니야?” 적어도 아빠는 나를 위해 기도하겠다는 말은 하지 않았다.

내가 말했다. “그렇지가 않아. 상황이 정말 안 좋게 돌아가. 그들이 범인을 찾지 못해서 내가 유일한 용의자거든. 그리고 그들은 내가 그리스에 가기를 싫어했다고 생각해.”

아빠가 내 말을 끊고 물었다. “왜 그리스에 가기 싫어해? 멍청한 얘기잖아.”

내가 말했다. “그걸 내가 어떻게 알아? 하지만 그들은 내가 자동차를 감당할 여력도 없고 그리스에 가기 싫어서 불을 냈다고 말을 해. 모르겠어. 상황이 안 좋은 것 같아.”

아빠는 내 전화번호를 묻고서 다시 전화를 걸겠다고 했다. 나는 아빠가 목자나 다른 누구든 그 집의 책임자를 깨울 거라고 생각했다. 그들은 기도할 테고 결국 내게 일어난 일,

나의 인생 이야기에 신경 쓰는 것은 주님의 뜻이 아니라고 아빠를 설득하겠지. 아빠가 다시 전화를 걸지 의문이었다.

전화벨이 울렸다. "그래, 그게 언제니?" 아빠가 물었고 나는 날짜를 말해줬다. 아빠가 오겠다고 했다. 믿을 수가 없었다. 내가 입대한 것도 싫어한 아빠다. 일곱 살 이후 몇 번밖에 보지 못한 아빠다. 우리가 떠난 뒤로도 오랫동안 패밀리에 머무른 아빠다. 그런 아빠가 내 재판에 온단다. 나는 기대를 품지 않으려고 안간힘을 썼다. 아빠는 변호사인 삼촌에게 전화를 걸었는데, 삼촌이 민간인 변호사가 필요할 거라고 했단다. 아빠는 할머니가 남겨준 돈이 있는데, 그 돈으로 변호사 비용을 대겠다고 했다.

그래서 아빠는 개리 마이어스라는 이름의 변호사를 구해줬다. 내 변호를 맡을 개리는 내가 다른 기지에서 무료 공군 변호사를 선택할 수 있으며 그래야 한다고 설명했다. 두 변호사를 모두 두는 편이 낫다는 거였다. 공군은 오클라호마 기지에서 대위 한 명을 내게 보내주었다. 나는 그를 '사도'라고 불렀다. 그가 내게 기독교인이냐고 물었기 때문이다. 이제는 아니라고 대답했더니 그는 나와 함께 기도하고 싶다고 했다. 나는 그가 나를 변호해주기를 바랐지만 그는 그저 기도하기를 원했다. 하지만 내게는 개리 마이어스가 있었다. 그는 변호사 노릇을 하기에 딱 좋은 '밥맛없는' 남자였다.

정말이다. 그는 전화기에 대고 내가 호튼 보안관과 기지의 조사관들에게 이야기를 했다고 호통을 쳤다. 내가 말했다. “그때는 제가 잘 몰랐어요. 법무팀에 알린 다음부터는 보안관과 말하지 않았고요.”

그가 말했다. “완전히 바보는 아닌가 보군요. 좋아요. 그렇게 계속 입 다물고 있어요.”

군법회의는 2000년 10월에 열렸다. 재판은 나흘 동안 진행되었다. 엄마와 아빠는 공항에서 차를 렌트해 같이 타고 와서 같은 호텔에 묵었다. 두 사람은 매일 아침 찾아와서 법정 밖에 앉아 있었다. 법정 안으로 들어올 수 없었지만 혹시 증인으로 호출될 때를 대비해서였다.

검찰 측이 논고를 시작했다. 검찰, 배심원, 재판. 군대에서는 이들에 대해 다른 용어를 사용하지만, 여기서 군법 교육은 생략하겠다. 그들은 내가 거짓말쟁이고 감당할 수도 없는 자동차를 샀다고 말했다. 내가 살해 협박에 대해 아무에게도 말하지 않았다고 했다. 첫 번째 주장은 사실일 수 있지만, 그들이 말한 의미에서는 아니었다. 그렇지만 “좋아요. 하지만 저는 제 정체를 숨기기 위해 거짓말을 한 겁니다”라고 말해봤자 적절한 변론이 되지 못한다.

피터스 병장이 증인석에 섰다. 다른 기지로 전출되었지만 재판을 위해 온 것이었다. 그는 말했다. “우리 집 개들은 죽은 듯이 잠들어 있다가도 거리에 뭐라도 나타나면 항상 짖어댑니다." 나는 누군가가 초인종을 누르지 않는 이상 그의 개들이 절대 짓지 않으리라는 걸 증명하기 위해, 그의 집까지 차를 몰고 가서 마당 잔디밭에서 터치풋볼 게임이라도 해야겠다고 생각했다.

그가 내게 등을 돌린 건 놀랍지 않았다. 당신은 시체 파묻는 일마저 도와줄 친구들이 있다고 생각할 것이다. 그런데 막상 경찰이 나타나서 번쩍이는 배지를 보여주면 그 친구들은 경찰의 시선이 자신에게 향하는 것을 막기 위해 당신이 본 적도 없는 시체를 가리킬 수도 있다. 세상에는 오직 두 편만이 존재한다. 그리고 뒤가 구릴 게 없는 사람들도 결국에는 권력을 가진 자의 편에 서게 되어 있다.

그들은 내 옛날 룸메이트 에릭을 증인석에 세웠다. 그는 말했다. "허프 이등병은 항상 차를 잠가뒀습니다."

내가 항상 차를 잠가뒀다면, 경보음을 발동시키지 않고는 다른 누가 차 안에 휘발유를 부을 수 없었을 것이다. 그가 언급하지 않은 사실은 내가 경보음을 설치해놓고 곧바로 돈을 낭비한 사실에 후회했다는 것이다. 전투기가 윙윙거리며 날아오를 때마다 기지 내 모든 자동차의 경보음이 발동된다. 우리는 그 이야기를 나눴고, 그는 경보음 센서를 조정하라고 조언했다. 그러는 대신 나는 경보음이 발동되지 않게 하려고 그때부터 자동차 문을 잠그지 않았다.

그가 말했다. "차에 불이 나기 전에 허프 이등병의 CD가 차 안에 없었습니다."

차 안에 내 CD가 없었다면, 분명 내가 차에 불을 붙이기 전에 미리 치워두었다는 얘기가 된다. 아니면, 내가 CD를 듣거나 CD를 다시 정리하려고 집으로 가지고 들어간 것이거나. CD를 두 꾸러미 소유한 사람이면 누구라도 가질 법한 취미다. 어쩌면 이때는 기분 내키는 대로 행동했던 것일지도 모른다. 사실 기억나지 않는다. 그때도 기억나지 않았다. 그가 이렇게 말했을 때 느낀 분노만 기억한다. "며칠 뒤 집 안에서 CD 케이스를 봤어요." 검사가 결정적인 증거를 잡았다는 표정으로 배심원단을 바라보았다.

에릭이 말했다. "허프 이등병은 그리스에 가기 싫어했습니다."

아빠 말대로 멍청한 얘기였다. 내 변호사들이 뭐라고 대꾸해주기를 바랐다. 내가 떠올릴 수 있는 말이라곤 이것뿐이었다. '정말 우라지게 멍청한 소리예요. 나는 두 번이나 그리스에 가려고 시도했다고요.'

에릭은 말했다. "허프 이등병이 두어 주 전에 제게서 휘발유통을 빌려갔습니다."

상황이 나쁘게 굴러갔다. 정말로 나빠 보였다. 그 사실을 두고 내가 한 해명도 별로 도움이 되지 않았다. 휘발유통을 빌리기 전에 차를 몰고 앨라배마로 갔을 때 나는 주유소

화장실에서 뛰쳐나와야 했다. 한 여고생이 남자친구와 친구들에게 "저 변태가 여자 화장실에 있었어"라고 말했기 때문이다. 내가 심각한 부상을 가까스로 면하고 바닥에 쓰러져 있을 때 지미 T라는 트럭 운전사가 내 제복을 보고 끼어들었다. 그가 나를 부축해서 내 차로 데려가며 말했다. "자네가 사는 방식은 내 알 바 아니야. 하지만 그 제복에는 의미가 있지. 이미 죽었다면 예수님에게 돌아가지 못해." 아마도 그는 '한번 구원받으면 영원히 구원받은 것'이라고 믿는 부류의 기독교인은 아닌 것 같았다.

그해 추수감사절 동안 그날의 경험을 반복하지 않도록 가능하면 붐비는 화물차 휴게소에서만 정차할 생각이었다. 그리고 만약의 경우를 대비해서 에릭에게 휘발유통을 빌렸다. 그런데 돌아가는 길에 어떤 사람이 휘발유가 떨어졌다며 도움을 청하기에 휘발유를 줬다. 돈보다는 휘발유를 주는 편이 더 도움이 되겠다고 생각했기 때문이다. 그리고 그 사건이 있은 뒤에 그들이 내 차에서 녹아버린 휘발유통의 흔적을 발견한 것이다.

이 순간은 검찰에게 중요한 타이밍이었다. 그들은 그 점을 강조했고, 에릭 또한 기꺼이 동조했다. 에릭은 제대해서 오하이오로 돌아가면 주 경찰이 되고 싶어 했다. 그의 형이 경찰인데 에릭에게 중죄인과 엮이면 지원할 때 불리할 거라고 말했다.

그가 말했다. “허프 이등병은 그 사건을 두고 농담을 했습니다. 무서운 게 없어 보였어요.” 그가 잘 몰라서 하는 소리니까 내가 두려움을 느끼는 정도에 대한 이런 평가는 무시하자. 나는 농담을 했다. 그건 사실이다. 내가 그 사건에 대해 밖으로 내보인 반응은 모든 사람의 기대에 걸맞지 않았다. 사람들 앞에서 울었더라면 그들은 나를 믿었을 것이다. 그러나 그들은 패밀리에서 성장하지 않았다. 끊임없는 두려움 속에서 성장하지 않았다. 그래서 가끔은 할 수 있는 것이 빌어먹을 웃음뿐이라는 걸 알지 못했다.

호튼 보안관이 증인석에 섰다. 그가 총을 소지하고 법정에 들어오는 바람에 공군 경찰이 빼앗는 과정에서 약간의 실랑이가 있었다. 그는 내가 의외의 정서적 반응을 보였다는 에릭의 의견을 뒷받침했다. 내가 그에게 진술할 때 지나치게 차분했다고 설명했다. “그런 상황에서 사람들은 대개 입에 거품을 물고 그런 짓을 저지른 악당을 죽여버리겠다며 울고불고합니다. 그런데 허프 이등병은 그냥 웃더군요.” 무슨 말인지 알겠는가?

내 변호사 개리는 호튼에게 그 동네에서 재빠르게 달아난 흰색 차를 찾아보았는지, 다른 누군가를 눈여겨보지 않았는지 물었다.

호튼은 고쳐 앉으며 답했다. “음, 아니요. 하지만 허프 이등병은 거짓말탐지기 검사를 받지 않으려고 했습니다.”

"모두 정황일 뿐입니다." 개리가 내게 말했다. "원래 이런 거예요. 심지어 당신은 스스로가 유죄인 것 같다는 생각마저 들게 될 거예요. 우리 차례가 올 때까지 그냥 버텨요." 그는 열성적인 지지자 스타일이 아니었다. 재판에 나올 때까지 완벽하게 사무적이었다. 내가 어떻게 견뎌낼지 따위는 안중에도 없어 보였다. 그러던 그가 지금 나를 위로하고 있었고, 그래서 도리어 나는 무서워졌다. 물론 내게 죄가 없다는 건 알았다. 하지만 내 경험에 비춰보면 죄가 있고 없고는 그렇게 중요하지 않았다. 나는 패밀리에서 경험한 상황이 그곳을 떠날 때 생각했던 것처럼 유일무이한 건 아니라는 사실을 배우고 있었다.

증언과 증언 사이에, 개리는 복도를 왔다 갔다 하며 혼잣말을 했다. 사도는 엄마와 함께 기도를 했다. 알고 보니 그는 제법 유용했다. 아빠는 의자에 앉아 있었고 멍해 보였다. 나는 밖에 나가서 담배를 피웠다. 그리고 감방에 대해 생각했다.

방에 갇힌 적은 예전에도 있었다. 나 같은 문제아들은 나머지 아이들과 격리할 필요가 있다고 패밀리는 믿었다. 썩은 사과 한 알이 나머지 사과를 전부 망가뜨린다는 얘기였다. 마지막으로 갇혔을 때, 나는 열네 살이었는데 겨우 이틀 만에 허물어졌다. 벽들이 점점 다가오는 것 같았다. 나는 숨을 쉴 수 없었고 눈앞이 캄캄해졌다.

격리는 시시각각 사람을 변하게 만든다. 처음 몇 시간은 그냥 조용히 견딘다. 그러다 보면 혼잣말을 하기 시작한다. 자기 맥박을 재고, 갈라진 모발과 내성 모발과 상처에 생긴 딱지를 잡아 뜯는다. 잠을 청해본다. 그러다 깨어나면 방이 더 작아져 있다. 밖으로 나가야만 한다. 가슴이 답답해진다. 공간이 필요하다. 그저 작은 산들바람이. 하늘을 봐야 하는데, 별 하나를. 다 잘될 거라고 혼잣말을 한다. 그들이 내보내줄 거라고. 하지만 스스로도 그 말을 믿지 않는다. 호흡을 조절하려고 애쓸수록 숨 쉬기가 더욱 힘들어진다. 환청이 들리기 시작한다. 그러고 나면 정말로 공황이 시작되고 넋이 나간다. 일단 공황이 시작되면 끝날 줄 모른다. 파도 타는 법을 배울 수 있지만, 파도 하나하나가 다 생존을 위한 투쟁이다. 그렇다고 파도를 넘을 때마다 더욱 강해지는 것도 아니다. 매번 뭔가를 잃어버린다. 스스로에 대한 믿음을 잃는다. 또다시 그런 일을 겪을 수는 없었다.

검찰 측 논고가 끝났고 이제 내 변호사 개리 차례였다. 피더스의 후임으로 들어온 새로운 병장이 말했다. “기지에 있는 모든 사병이 감당할 능력이 없는 차를 몹니다. 돈이란 걸 가져본 적 없는 바보 같은 애들이 하는 짓이죠.”

우리 비행편대의 사병 두 명이 말했다. “허프 이등병이 동성애자인 건 모두 알고 있고, 어떤 사람들은 그걸 크게 문제 삼습니다.” 그들은 이집트에서 첫 번째 메시지, 먼지 덮인 내 차에 누가 손가락으로 써놓은 메시지를 보았다. 따지고 보면 놀랄 일도 아니었다. 그 차는 작전실 밖, 모두가 담배를 피우던 공간에 주차되어 있었다. 하지만 나는 아무도 그 메시지를 보지 않았기만을 바라는 데 급급해서 혹시 목격한 사람이 있는지 물어볼 정신이 없었다.

또 다른 룸메이트가 말했다. "허프 이등병은 뭐든 잠가 놓는 법이 없습니다. 게으름뱅이죠. 가끔 CD를 집으로 가져와서 잠도 안 자고 밤늦게까지 음악을 듣곤 했죠. 그 친구가 하는 얘기라고는 이 기지를 떠나겠다는 것뿐이었어요. 여기가 얼마나 엿 같은지 아냐고 말이죠."

실험실 남자가 말했다. "걸레에서 찾은 모발의 DNA를 검사했는데, 결과가 확증적이지 않았습니다."

개리가 말했다. "여기 우리가 가진 결과에는 불일치라고 되어 있는데요."

"예, 제 말이 그 말입니다." 남자가 답했다.

엄마는 증인석에 서서 내가 얼마나 많은 나라에서 살았는지 증언했다. 그리고 내가 어딘가에 가봤다고 말했다면 그건 아마 거짓말이 아닐 거라고 설명했다. "뭔가 일이 단단히 잘못될 때면 로렌은 조용해지거나 농담을 하려고 듭니다. 그 애가 돈이 필요했다면 제게 부탁했을 거예요. 그러면 된다는 걸 본인이 알고 있고요."

증인석에 선 엄마를 보는 게 이상했다. 엄마는 나를 보지 않았다. 그러나 나를 변호했다. 문득 엄마가 왜 예전에는 그러지 않았는지 의문이 들었다. 내가 어렸을 때, 보호해줄 엄마가 필요했을 때. 내가 문제에 휩싸였던 모든 시간이 주마등처럼 스쳐갔다. 엄마가 거리낌 없이 내 편에 서서 말하던 때를 단 한 순간도 떠올릴 수 없었다. 그러나 생각해보면 대부분 그 자리에 엄마가 있지도 않았다.

재판 기간 동안 엄마와 아빠가 매일 밤 함께 저녁을 먹으러 가는 게 좋았다. 그들은 싸우지 않았다. 영화 〈페어런트 트랩〉을 보지는 않았지만, 아이들 대부분은 부모가 재결합할 거라는 환상을 품고 산다. 아빠와 헤어지고 엄마는 재혼을 했는데, 의붓아버지가 멍청이였다. 아빠는 좋은 사람이었다. 하지만 이혼 가정의 아이로 사는 데는 웃기는 부분이 있다. 바로 아이가 부모의 반쪽씩을 갖고 있는데, 각 반쪽 모두 다른 한쪽을 지겨워한다는 점이다. 아빠는 잘 잊어먹고 너무 느긋해서 취한 것처럼 보였다. 엄마가 불안을 내비치는 기본 수준은 이렇다. "방금 거미를 봤어." 그래도 두 사람에게 서로가 있어서 다행이었다. 내가 만일 유죄로 판결나면 절대 감방에 가지 않기로 작정했기 때문이다.

평결이 나오기도 전에 군대는 피고에게 수감 준비를 시킨다. 보관할 소지품을 상자에 담게 하고, 챙겨야 할 물건의 목록을 준다. 흰 티셔츠 다섯 장, 검은 티셔츠 다섯 장, 흰 수건 한 장, 양말 다섯 켤레, 흰색 스포츠 브라 다섯 개, 비누 한 개 등등. 그래서 나는 방에 있는 짐을 모두 정리한 뒤에 아빠의 렌터카를 빌려 월마트로 가서 필요한 물품을 샀다. 그리고 스포츠 용품 코너에 들러 칼들을 눈여겨보았다. 이 칼들은 소용이 없을 것이다. 너무 느리다. 기지 병원은 법정에서 도보로 5분 거리에 있다.

나는 기지 호텔에 차를 주차한 뒤 아빠에게 열쇠를 주고 포옹했다. 아빠는 내가 그곳에 머물기를 원했다. 적어도 맥주 한 잔은 하고 가라고 했다. "네 엄마가 전화를 기다리고 있다." 나는 맥주를 마시지 않았고 전화도 하지 않았다. 엄마가 자기 방에서 자고 가라고 설득하리란 걸 알기 때문이었다.

생활관 숙소로 돌아와서 두 사람에게 각각 쪽지를 썼다. 많은 말을 하지는 않았다. 그냥 두 사람에게 스스로를 탓하지 말라고만 썼다. 미안하다고도 썼다. 나는 벽에 걸린 그림 뒤에 쪽지를 숨겼다. 동생이 그려서 좀 더 보고 싶은 마음에 아직 치우지 않고 남겨둔 그림이었다. 다른 모든 소지품은 상자에 넣고 보관을 위해 딱지를 붙여두었다. 나는 청색 군복을 입고 약장 홀더가 반듯한지 확인한 뒤에 재킷으로 가려진, 허리에 찬 벨트 안쪽에 총을 쑤셔 넣어보았다. 아무도 모를 것이다. 나는 총을 다시 빼고 앉아서 아침이 오기를 기다렸다.

나는 맨 매트리스 위에 앉아서 밤을 지새웠고, 밤새 그러지 말라고 스스로를 설득하려 애썼다. 겨우 10년이야. 어쩌면 10년을 다 채우지 않을지도 모르지. 엄마 앞에서 그런 짓을 할 수는 없어. 어떻게 엄마에게 죽는 모습을 보이겠어? 하지만 그들이 당장 내 손에 수갑을 채우면 어쩌지? 아빠가 거기 있을 거야. 어쩌면 아빠나 다른 누군가가 눈치 채고 엄마의 눈을 가려줄 거야. 빠르게 움직여야 해. 하지만 형량은 고작 10년이고, 10년은 받아들일 수 있어. 출소하면 서른셋이야. 그렇게 많은 나이는 아니지. 나는 그림을 바라보았고 동생에게 전화를 걸고 싶어졌다. 동생에게는 말하지 않을 것이다. 하지만 말을 하면, 동생은 그러지 말라고 설득하려 들지 않을 것이다. 그냥 얘기를 하겠지. 내 동생만 할 수 있는 온갖 엉뚱한 농담과 적절한 말을 주저리주저리 늘어놓겠지. 전화를 끊을 때쯤이면 감방에서 살기 싫은 마음보다 죽기 싫은 마음이 더 커질 것이다. 하지만 나는 전화를 걸지 않았다.

우리, 부모님과 내 변호사들 그리고 나를 위해 증언해준 사병 몇몇은 법정에 앉아서 아무 말도 하지 않고 배심원이 내 운명을 결정하기를 기다렸다. 나를 게으름뱅이라고 부른 룸메이트가 자신은 리키 마틴이 겁나게 섹시하다는 걸 인정할 만큼 안정된 사람이라고 농담을 했다. 새로운 병장은 “어머님 존재감이 굉장하시네. 배짱 있는 재클린 오나 시스 같아"라고 거들었다. 그들이 긴장된 분위기를 풀어보려고 애쓰는 게 고마웠지만, 그때 내가 생각할 수 있는 건 오로지 그 일을 할 수 있을지 없을지뿐이었다.

그들이 내가 유죄가 아니라고 말했을 때 엄마가 울기 시작했고 나도 울었다. 그러고 나서 웃기 시작했다. 사람들이 나를 보고 있다는 걸 알았다. 배심원들은 자신들이 내린 평결에 의구심을 느낄 것이다. 이런 상황에서 누가 웃겠는가? 누가 재판을 받고 나서 웃겠는가? 광신 집단에서 자란 사람은 웃는다. 물론 그들은 그 사실을 몰랐다. 그러나 나는 웃었다. 어쩌면 그건 단지 몸에서 긴장이 풀리는 방식이었는지도 모른다. 어쩌면 그 한 번, 어쩌면 내 일생에 단 한 번 우리 부모님이 나를 옹호해줘서 내가 살 수 있게 되었기 때문이었는지도 모른다.

다음 주에 나는 곧바로 내 자리로 돌아가게 되리라고 기대하지 않았다. 나는 '이겼지만', 쇼 기지에서 노력해서 얻은 그 작은 자리조차 잃었다는 것을 알았다. 나는 그리스에 가기로 되어 있었기 때문에 그들은 이미 내 자리에 다른 누군가를 들였다. 게다가 내 보안 허가에도 문제가 있었다. 그들은 내 예전의 직무가 아닌 새로운 직무를 주었지만, 이제 적어도 체육관에서 수건을 반납할 필요는 없었다. 새로운 직무는 이제 막 훈련소를 나와서 전구 교체, 휴게실 청소, 잔디 깎기 등 생활관을 유지 보수하는 임무에 배정된 신병을 감독하는 일이었다. 처음에는 그 일이 좋았다. 나는 골프 카트를 몰고 다니며 모든 작업이 잘되었는지 확인했다. 그러나 특별조사국이 그 작은 조사로 얼마나 큰 피해를 끼쳤는지가 곧 분명해졌다.

기지 내 모든 사람이 내 정체성을 알게 되었고, 오래지 않아 내가 감독하는 신참내기 사병들에게까지 소문이 퍼졌다. 대부분은 그냥 농담을 했다. 내가 "어디에 있었나? 두 시간이나 늦었다"라고 물으면, "묻지도 말하지도 말라 모르세요?"라고 대답하는 식이었다. 하지만 두어 명은 내 말을 아예 듣지 않았다. 내가 휴게실 청소를 지시하면 그들은 내게 더는 제복을 입으면 안 된다고, 계급장을 다는 것은 더더욱 안 될 일이라고 말했다. 거기에 대고 내가 할 수 있는 일은 쥐뿔도 없었다.

한 달이 지나고 또다시 그리스로 이동하라는 명령이 나왔다. 어쩐 일인지 1년 전에 지원했던 자리가 여전히 공석이었다. 그런데 자축할 시간은 단 하루뿐이었다. 갑자기 발령이 취소된 것이다. 그리스에 파견되려면 인력 신뢰성 프로그램PRP으로 부가적인 보안 허가를 받아야 했다. PRP는 자격을 갖춘 사람만 핵 시설에 접근할 수 있도록 보장했다. 나는 식품 알레르기 때문에 거부당했다. 누군가 과카몰리를 사무실로 가져오면 아보카도 알레르기가 있는 내가 허둥대다가 발사 버튼을 눌러버릴지도 모르는데, 그런 위험을 감수할 수 없다는 뜻이었다. 그때 나는 알았다. 부대에서 내 복귀를 환영하지 않을 것임을. 나의 경력이 끝났음을 말이다. 그때 드디어 마이키의 연락을 받았다.

누구나 휴대전화를 들고 다니기 한참 전이어서 전화로 많은 이야기를 나눌 수 없었기 때문에 우리는 서로에게 책을 보내곤 했다. 나는 마이키에게《파운틴헤드》를 보냈다. 에인 랜드의 발상이 대단하다고 생각했기 때문이다(나는 열아홉 살이었다). 마이키는 그에 대한 답변으로《인간의 굴레》를 보냈다. 나는《제5도살장》을 보냈고, 마이키는《캐치-22》를 보냈다. 나는《트레인스포팅》을 보냈고, 몇 달 뒤에 마이키가《파이트 클럽》을 보냈다. 우리는 좋아하는 구절에 밑줄을 치고 때로는 여백에 몇 마디 글을 남기기도 했다. 내가 집을 떠난 이후로 줄곧 그렇게 해왔다. 그래서 우편함을 열고 소포에 쓰인 뭉뚝한 글씨체를 보았을 때 우편실에서 그것을 곧바로 열어보지 않았다. 나는 하루가 끝날 때까지 기다리면서 온종일 동생이 무엇을 보냈을지 짐작해 보았다. 저녁에 생활관 숙소로 돌아와서 갈색 봉투를 뜯고는 자리에 앉아서 웃었다. 오스카 와일드였다. 나는 책을 훑어보며 동생이 동그라미 친 구절을 찾았다.

우리가 구성해온 사회에는 우리를 위한 자리가 없다. 우리에게 내어줄 것이 없다. 그러나 자연은 내가 숨을 수 있는 바위틈과 내가 방해받지 않고 울 수 있는 조용하고 비밀스러운 계곡을 품고 있다. 자연은 내가 어둠 속을 걸을 때 넘어지지 않도록 밤에 반짝이는 별을 달아주고, 누가 나를 추적해서 해치지 않도록 내 발자국 위로 바람을 보내준다. 자연은 거대한 물속에서 나를 정화시키고 쌉쌀한 약초로 나를 온전하게 만든다.

남동생은 나와 함께 모든 일을 겪었다. 우리는 패밀리에서 함께 성장했고, 몇 년 동안 같은 침대를 썼으며, 우리가 사랑받기에 충분할 만큼 착한 아이들이라고 생각한 적 없는 같은 의붓아버지 밑에서 살았다. 마이키는 내 최악을 보았지만 여전히 나를 사랑했다. 이유를 물을 필요도 없다. 그는 내 동생이기 때문이다. 그리고 마이키는 내가 무엇을 원하는지 알았고, 어쩌면 공군에 입대한 이유를 나보다 더 잘 이해했다. 나는 군대에서 뭔가를 찾을 거라고 생각했다. 다른 사람과 똑같은 제복을 입을 거라고. 내가 그들 중 하나이므로 그들이 나를 받아들일 거라고. 내가 읽은 모든 책과 내가 본 모든 영화가 나에게 찾게 될 거라고 말해준 것들, 말하자면 친구, 그리고 어쩌면 일종의 가족, 내가 속한 장소를 찾게 될 거라고 생각했다.

그러나 내가 한 일이라고는 또 다른 종류의 광신 집단

에 들어간 것뿐이었다. 그들은 지난번 집단과 마찬가지로 나를 원하지 않았다. 그리고 동생은 내가 알고는 있었지만 받아들일 수 없었던 사실을 말해준 거였다. 내가 결코 이곳에 속하지 못할 거라는 사실을. 하지만 어쩌면 그래도 괜찮을 것 같았다. 나는 책을 읽으며 밤을 지새웠다. 그리고 해야 할 일을 깨달았다. 나는 편지를 썼다.

며칠 뒤 나는 두 번째이자 마지막으로 영 대령의 집무실로 갔다. 대령의 비서병이 내게 신고 절차를 일깨워줄 필요는 없었다. 그가 "쉬어!"라고 말했을 때 나는 편지를 건네주었다. 내가 해야 할 말인 "부대장님께 용무가 있어 왔습니다" 말고 다른 말을 할 수 있을지 나 자신을 믿을 수 없었다. 편지에는 "저는 동성애자입니다. 저를 제대 처리해주십시오"라고 쓰여 있었다. 그리고 2001년 1월 12일, 명예 제대증과 함께 기지를 떠나도록 48시간이 주어졌다.

내 군 복무 기록 DD214에는 '동성애 입대'라고 적혀 있을 뿐, 다른 부분들은 빠져 있다. 공군이 내가 쇼 공군 기지를 떠나 다른 곳으로 파견되어 가도록 내버려두지 않았을 거라는 사실, 그들이 나를 협박한 게 누구인지, 내 차에 불을 붙인 게 누구인지, 그 사람이 다음번에는 무슨 짓을 할지에는 관심이 없었다는 사실 말이다. 서류에는 그들이 나를 결코 받아들이지 않을 것이며 내게 선택의 여지를 주지 않았다는 것도 기록되어 있지 않았다.

그래서 어린 시절 내내 급하게 떠날 준비를 해야 하는 순간을 위해 훈련받은 대로 했다. 꼭 필요한 물건은 챙기고 없어도 되는 물건은 팽개치는 것이다.

그리고 새로운 인생 계획을 세우려 했다.

나락

내가 제이를 만났을 때 그는 콧수염을 길렀고 줄리아 수가바케르* 같은 말투를 썼다. 물론 그녀가 제이처럼 가족이 이동 주택 두 채를 연결해서 살았다고 떠벌리지는 않았지만 말이다. 이제 콧수염은 없어졌지만 특유의 말투는 절대 희미해지지 않았다. 그러나 가끔 있는 일이지만, 내가 그의 목을 조르고 싶어질 때는 그 말투가 도움이 되었다. 그는 아침에 기분 좋게 일어나서 베트 미들러의 '로즈'를 목청껏 부르면 상대의 기분도 좋아질 거라고 생각하는 괴짜였다. 그는 조지아와 플로리다주 경계에 위치한, 트레일러 주차장이 있는 어느 시골 상가에서 오순절주의 신자로 성장했다. 그는 눈雪을 본 적이 없었다. 하지만 그 상가에는 모병소가 있었다. 그래서 그는 공군에 입대했고, 북쪽으로 약 50마일 떨

* TV 시트콤 〈디자이닝 위민〉의 등장인물.

어진 곳에 있는 쇼 공군 기지에 배치되었다.

제이에 대한 또 하나의 사실이 있는데, 그가 나보다 똑똑하다는 거였다. 자신의 트럭에 첫 번째 협박 메시지가 날아들었을 때 그는 차에 불이 날 때까지 기다리지 않았다. 공군이 그에게 수작을 부리기 전에 묻지도 말하지도 말라 규칙을 깨고 자발적으로 공군에서 쫓겨났다.

나는 제대 후에 사우스 캐롤라이나주 컬럼비아에 있는 한 게이 바에서 그와 우연히 다시 마주쳤다. 그가 던진 첫마디는 “이런, 맙소사. 머리에 무슨 짓을 한 거야?”였다. ‘머리’라는 단어를 세 음절로 발음했다. 나는 방금 삭발을 한 상태였다. 인정한다. 내 두상은 삭발하기에 적합한 형태가 아니다. 너무 늦을 때까지 그 사실을 몰랐다. 한편 나는 그의 콧수염에는 신경을 쓰지도 않았다.

나는 워싱턴 D.C.로 가는 중이라고 말했다. 그는 애틀랜타도 괜찮을 것 같다며, 어쩌면 우리가 같은 차를 타고 갈 수도 있을 거라고 말했다. 우리는 둘이 팀을 이루면 생존 확률이 높아질 수도 있겠다고 생각했다. 맥주를 주문했고 바텐더가 잔돈을 내줬을 때 나는 동전 더미에서 1센트짜리를 하나 뺐다. 앞면이 나왔다. 제이가 먼저 밖으로 나갔다. 나는 마지막 실업 수당을 기다리는 중이었다. 헌혈을 몇 번 더 하고 30달러씩 받아 거기에 보태면 두어 주 버티기에는 충분하겠다는 계산이 나왔다.

맨홀 뚜껑이 공중으로 날아오르고 사람들이 찬드라 레비*가 자신들의 체육관에서 복근 운동을 했다고 말하던 여름, 워싱턴 D.C.로 갔다. 라디오 방송국마다 '레이디 마멀레이드'를 틀었다. 요즘 사람들이 "미국이 변하기 전"이라고 말하던 시절이었다.

우리는 D.C.에서 수월하게 일자리를 찾을 거라고 생각했다. 어쩌면 나만 그랬는지도 모르겠다. 나는 순진하게도 내가 군대에서 배운 것들 가운데 뭐 하나라도 바깥세상에서 써먹을 수 있을 거라는 말도 안 되는 믿음을 가지고 있었다. 내가 묻지도 말하지도 말라 원칙 때문에 공군에서 방금 쫓겨났다고 말하면 동성애자들이 연민이나 뭐 그런 것 때문에라도 나를 고용해줄 줄 알았다. 내 생각이 짧았다.

묻지도 말하지도 말라 원칙 이전보다 열 배나 많은 동성애자들이 군대에서 쫓겨나고 있다는 사실을 군대 밖에서는 아무도 모른다는 걸 나는 알지 못했다. 그 원칙 때문에 안전하리라 믿고 입대하는 동성애자가 늘어났다고 주장하는 사람들도 있을 것이다. 하지만 그들은 틀렸다. 제이와 나 같은 사람들에게 군대는 거지 같은 도시와 고기 도축 공장의 중간관리자가 될 비참한 운명에서 벗어날 수 있는 유일한 기회였다. 당시 우리에게는 구글이 없었다. 우리는 대학

* 2001년에 실종되어 2002년에 시신으로 발견된 연방 교도소 인턴.

교육과 해외 파견, 수요가 많은 분야에서의 훈련을 약속하는 광고를 보았다. 이력서에 '검증된 지도자'라고 한 줄 올리고 신분 상승을 하는 것이다. 공군 제복은 성공으로 가는 황금 티켓이었다. 그런데 결국 우리는 구직 신청을 할 때마다 보여줘야 하는 '동성애자 입대' 도장이 찍힌 제대증을 가지고 사우스 캐롤라이나에 있었다.

D.C.로 이주하는 문제를 놓고 대화를 나눌 때 우리는 정체성을 숨기고 살 필요가 없어야 한다고 얘기했다. 게이 바에서 나갈 때마다 혹시 동성애자들에게 빈 맥주병을 던지려고 기다리는 보수적인 남부 사람이 탄 트럭이 없는지 확인하느라 길 양쪽을 살피지 않아도 되는 곳에서 살아야 한다고 얘기했다. 우리는 동성애자 친구들을 사귀는 것에 대해 얘기했다. 우리는 살아가는 것에 대해 얘기했다.

어쩌면 우리는 일자리와 주거지에 대해 더 많은 이야기를 주고받았어야 했다. 우리가 어떻게 일자리도 없이 주거지를 찾을 수 있을 거라고 기대했는지 모르겠다.

내가 차를 팔아서 마련한 돈으로 방 한 칸 얻는 것이 유일한 선택지였다. 그렇지만 광고를 보고 판단하건대, 내가 집을 함께 쓰게 될지도 모르는 개망나니들은 참아주기 힘든 존재들이었다. 그들은 모두 똑같아 보였다. "육식주의자 사절, 엄격한 채식주의자 사절, 동성애 허용되나 노골적으로 드러내는 것 금지, 견실한 분 환영, 전문직 환영, 신앙인 환영, 음주 금지, 모든 룸메이트의 동의 없이 손님을 재우는 것 금지, 약물 금지, 광란의 하우스 파티 열림, 정숙 및 청결, 성격 순한 분 환영, 공동 조리, 남의 식료품에 손대는 것 금지, 매춘부 사절, 품행이 단정하지 못한 자 사절, 퇴폐 행위 금지, 공화당 사절, 민주당 사절, 흡연자 사절, 실외 흡연만 허용, 대마초 허용, 드라마 금지, 무신론자 사절, 고양이 허용. 발랄한 분, 활기찬 분, 긍정적인 분."

그들은 모든 권력을 가졌고, 자신이 권력을 가졌다는 걸 알았다. 며칠, 몇 주를 찾아본 결과 직장이 없는 우리에게 세를 주려는 사람은 없었다. 그때 우리한테는 주소는 고사하고 구직 신청서에 쓸 빌어먹을 전화번호도 없었다.

모두 휴대전화를 들고 다니기 시작할 즈음이었다. 아직 휴대전화가 없는 게 이상할 정도는 아니었지만, 하다못해 서로를 찾기 위해서라도 전화가 있었더라면 도움이 되었을 것이다. 방을 얻지 못해서 우리는 각자의 차에서, 그러니까 나는 포드 어스파이어에서, 제이는 싱글 캡 레인저 트럭에서 생활하고 있었는데, 딱지가 붙거나 견인을 당하지 않도록 계속 이동해야 했기 때문이다.

낮에는 듀폰트 서클의 주택가를 선택했다. 호기심 많은 동네 사람들의 눈이 누군가가 창문을 깨고 우리의 알량한 소지품을 훔쳐가는 것을 막아주지 않을까 해서였다. 밤에는 술에서 깨기 위해 잠시 눈을 붙이고 있다고 사람들이 생각하기를 기대하며 17번가에 있는 술집 근처에 주차했다.

자동차에서 늦잠이란 있을 수 없다. 자동차 앞 유리에 햇살이 비치면 잠에서 깬다. 맥도널드 화장실 세면대에서 재빨리 씻고 나면, 이제 커피숍에서 드립 커피 한 잔을 나눠 마시며 구인 광고를 확인하기 위해 버려진 신문이 있나 살펴볼 차례다.

낮 시간 동안 시내를 걸어 다니며 얻지도 못할 일자리에 구직 신청을 한 뒤에는 평소 우리가 다니던 도로에서 제이의 노란색 레인지를 찾아다니는 것이 나의 일과였다. 어떤 날은 제이를 찾지 못하기도 했다. 그를 찾으면 함께 저녁을 먹었다.

저녁은 세븐일레븐에서 파는 나초였고, 알포 개 사료처럼 생긴 칠리 양념을 그 위에 얹어 먹었다. 우리는 제이의 트럭 뒤 칸에 걸터앉아 있었다. 제이가 국회의사당 근처에 있는 술집에서 사람을 구한다는 얘기를 들었다고 말했고, 나는 원룸 아파트를 봐뒀다고 말했다. 이층 침대와 공동 냉장고, 핫플레이트가 제공되고 월세가 1,100달러였다. 그러고 나면 그는 자신에게 술을 사줄 만한 사람이 있는지 찾아보기 위해 바에 가곤 했다. 가끔은 나도 따라갔지만, 대개 문을 닫기 한참 전에 먼저 빠져나왔다.

이곳은 내가 적응해야 할 동성애자 사회였다. 그러나 하얗고 고른 치아와 운동으로 다져진 구릿빛 피부, 아베크롬비 앤 피치 티셔츠와 제이크루 샌들, 세러피 예약과 브런치 데이트, 레호보스 비치에서 즐기는 휴가와 뉴욕에서 보내는 주말을 누리는 듀폰트 서클의 부유한 백인들은 무척이나 행복하고 안정돼 보여서, 그들 주변에 있으면 소름이 돋았다. 행복하고 안정된 사람은 군대에 입대하지 않는다. 입대할 필요가 없다. 두말할 필요도 없이, 광신 집단에서 행복하고 안정된 아이들은 흔치 않다. 그러나 광신 집단과 새하얀 치아의 동성애자들이라는 두 문화는 미소에 대한 규칙을 공유한다. 둘 다 긍정의 힘이 노숙자 신세를 막아준다고 믿는다. 그래서 누군가 실패하면 그건 순전히 자업자득이다. 누구나 그런 일이 자신에게도 일어날 수 있다고 생각하고 싶지 않기 때문에, 그런 일이 일어나는 데는 반드시 이유가 있다고 여긴다.

나는 미소를 짓지 않아서 곤경에 빠지곤 했다. 나는 이상한 종류의 틱을 가지고 있다. 내가 느끼는 감정이 대체로 얼굴에 표현된다는 뜻이다. "행복해하라!"는 바깥세상에서 말하는 "긍정적인 에너지"만큼이나 공동체에서 흔하며 이는 패밀리의 명령이기도 하다.

나는 가장 어처구니없는 이유로 가장 큰 곤경에 빠진 경험이 있다. 오사카에 살 때 우리는 작은 아파트에서 다른 두 가족과 함께 살았다. 한 가족이 방 하나씩 썼고, 독신인 한 사람은 거실에서 생활했다. 오사카와 워싱턴 D.C.는 기후가 비슷하다. 끔찍하게 추운 겨울과 음습한 여름. 우리는 선풍기 두어 대를 선한 기독교 선교사들에게 기부해 달라고 선풍기 가게 주인을 설득했다. 그러나 움직이는 더운 바람은 크게 도움이 되지 않았다.

나는 등과 배에 난 땀띠를 긁지 않으려고 애쓰면서 동생과 함께 쓰는 요에 누워 있곤 했다. 야간 불꽃놀이의 소음을 차단하려고 창문을 닫을 때마다 우리는 뜨거운 열에 질식할 것 같았다. 나는 잠을 이룰 수 없었다.

어느 날 아침, 내가 빨래를 개며 말했다. "커피가 필요해." 이성적인 사람 같으면 "넌 겨우 열 살이야"라고 반응했을 것이다. 하지만 난 이성적인 사람들 손에서 자라지 않았다. 그들은 내가 왜 힘없이 걸어 다녔는지(피곤해서였다), 내가 미소 지으라는 말을 듣기 전에 왜 자발적으로 미소를 짓지 않았는지(피곤해서였다), 왜 열 살짜리 아이가 "나는 예수님이 필요해"나 "성령이 필요해", "난 기도가 더 필요해"처럼 사람이 피곤할 때 하는 정상적인 말을 하지 않고 "커피가 필요해"라고 말했는지를 알아내기 위해 이틀 동안 나를 극렬히 구타하고 집중 기도를 했다. 그런 뒤에 그들은 모든 것이 자신들 책임이며 내가 성령을 받지 못했기 때문임을 알아냈다.

그들은 마치 소파 쿠션을 열심히 뒤지다가 냉장고에서 리모컨을 찾은 사람처럼 웃었다. 그것은 우스꽝스러운 실수였다. 쉽게 바로잡을 수 있는.

그들은 기도했다. 나도 기도했고 성령을 받아들였다. 우리는 손에 얼굴을 묻은 채 땀을 흘리며 다다미 바닥에 무릎을 꿇고 앉아 기다렸다. 아무 일도 일어나지 않았다. 그래서 나는 그런 상황에서 누구라도 할 법한 일을 했다. 방언을 한 것이다. 나는 들킬 거라고 생각했다. 내가 하는 짓이 쇼라는 걸 알아차릴 거라고 생각했다. 그런데 하나님이 지정해준 우리 작은 아파트의 책임자인 목자가 내 방언을 킹 제임스 성경 영어로 번역하기 시작했다. 그들이 내 얼굴에서 회의적인 모습을 볼까 봐, '흥, 성령 좋아하시네. 당신들은 내내 쇼를 하고 있어'라는 표정을 볼까 봐 나는 눈을 꼭 감았다. 그때 그들은 내 이름을 메리로 바꿨다.

나는 조금도 피곤함이 풀리지 않았고 쥐뿔만큼도 더 행복해지지 않았다. 하지만 낙천적이 되고 긍정적으로 들리는 목소리를 내려고, 메리라는 이름의 미친 아이처럼 얼굴에 미소를 띠고 걸어 다니려고 신경을 썼다.

어느 날 밤 듀폰트 서클의 바에서 나는 제이의 말투를 '맛있다'고 느낀 어떤 남자가 사준 맥주를 거나하게 마셨고, 그는 내게 좀 웃으라고 말했다. 나는 짜증을 유발하는 존재가 되어가고 있었다. 나는 피곤해서 그런다며 요즘 차에서 잔다고 답했다. 그는 말했다. "네가 긍정적인 기운을 내뿜지 않으면 절대로 상황을 해결하지 못할 거야."

그런 사람들 때문에 나는 밤에 그냥 걸어 다니는 편이 차라리 마음 편했다. 엄마가 토스트처럼 구워진 아큐라 대신 사촌 경차 포드 어스파이어에서는 앉아서 자거나 뒷자리에서 몸을 구기고 잘 수밖에 없었다. 너무 더워서 차창을 꽉 닫고 잘 수 없었는데, 모기는 혈관을 찾는 것만큼이나 빠른 속도로 차창 틈새를 찾아냈다. 나는 공기가 웬만큼 시원해질 때까지, 그리고 잠들 수 있을 만큼 지칠 때까지 도시 주변을 걸어 다녔다.

가끔은 밤에 내셔널 몰*까지 걷기도 했다. 나는 밤의 내셔널 몰을 좋아했다. 너무 어두워서 죽은 풀도, 쓰레기도 보이지 않았고, 햇볕에 그을린 아이들을 땀을 뻘뻘 흘리며 이 기념물 저 기념물로 끌고 다니는 관광객들도 없었다. 가두시위를 벌이면서 시위자 몇 명을 더 확보하거나 또는 대중매체가 자신들의 시위를 다뤄줄 거라 확신하는 망상에 사로잡힌 활동가들도 없었다. 손을 꼭 잡고 다니는 행복한 연인들도, 삼삼오오 모여 원반 던지기를 하는 친구들도 없었다.

밤의 내셔널 몰은 서부 텍사스처럼 보인다. 어둡고 쓸

* 워싱턴 D.C.의 국회의사당과 링컨 기념관 사이에 위치한 국립 공원.

쓸하다. 하지만 멀리서 빛을 내는 대형 곡물 창고 대신에 화강암 기념물들이 자리를 잡고 있다. 그리고 재향군인 노숙자들이 있다. 그들 중 한 명에게 개가 있었다. 개는 링컨 기념관 대리석 계단에 떨어진 핫도그 찌꺼기를 핥고 있었다.

나는 그 늙은 재향군인에게 영화 속 등장인물들이 은밀히 만나서 아이스크림을 먹는 장소가 여기라는 게 이상하다고 말했다. 딱히 그에게 말하려던 건 아니었다. 또 혼잣말을 했을 뿐이다. 나는 간혹 뭔가를 속으로 생각하다가 다음 순간 입 밖으로 내뱉은 사실을 깨닫고는 길을 걷다가 넘어졌을 때처럼 혹시 들은 사람이 없는지 주변을 둘러보곤 했다. 그리고 나한테는 마치 영화 속 등장인물처럼 계단에 앉아 거울 같은 연못을 바라보고 있는 게 이상하게 느껴졌던 것이다. 영화와는 달라 보인다. 영화보다 더 커 보인다. 더 진짜처럼 보인다.

그가 말했다. “아이스크림 장수들은 너무 비싸게 팔아.” 그는 계단에 앉아 있었고 내게 남는 담배가 없냐고 물었다. 나는 주머니를 뒤져서 일전에 접어 넣은 1달러짜리 지폐 몇 장은 그냥 두고 담뱃갑만 꺼냈다. 개를 쓰다듬어도 되냐고 물었고, 그는 고개를 끄덕이며 답했다. “물론이지. 얘는 서전트(병장)야.” 그러더니 덧붙였다. “하지만 암놈이지.”

그 개, 엄밀히 말하면 흰색 반점이 있는 갈색 강아지는 몸을 뒹굴어서 제 배를 쓰다듬게 해주었다. 그러더니 쏜살

같이 제 주인에게 뛰어갔다. 나는 강아지가 배를 다시 쓰다듬게 해주기를 바라며 계단에 앉았다. 우리는 그 개에 대해 잠시 대화를 나눴다. 내가 왜 서전트냐고 물었고, 그는 대답했다. “그 녀석이 나를 계속 통제하거든.”

그에게 담배와 함께 1달러를 줄 걸 그랬다는 생각이 자꾸 들었다. 우리가 대화를 나누는 도중에 준다면 무례하게 보일 터였다. 자칫하면 정상적인 상호 작용의 순간을 중단하고 그의 처지를 일깨워주게 될 것 같았다. 그래서 그가 일어서서 배낭을 집어들 때까지 기다렸다.

그러고 나서 나는 그에게 1달러를 건넸다. 그가 돈을 받아들고 악수를 청하듯 손을 내밀었다. 그래서 우리는 악수를 했다. 다음 순간, 그는 부드럽게 내 손을 가져가서 지폐를 손바닥에 쥐여주었다. 그러고는 말했다. “너무 늦기 전에 돌아가는 길이나 잘 찾아.”

나는 “그럴게요”라고 말하며 이 장면이 끝나기를 기다렸다.

그는 내 손을 놓지 않았다. 촉촉한 눈이 내 눈을 뚫어져라 쳐다보았다. “내 말 잘 듣게. 나락으로 미끄러질 때까지 기다리지 마.” 그가 무슨 말을 하는지 알 것 같았다. 상황이 점점 이상해지고 있었다. 나는 그가 무섭지 않았다. 그에게는 개가 있었다. 그렇다고 손을 잡고 있는 게 그리 편하지도 않았다.

"그럴게요. 정말이에요." 나는 부쩍 확신이 줄어든 목소리로 말했다.

그는 내가 남의 말을 듣지 않는 멍청이라는 듯 고개를 천천히 저었다. 그러고는 '나락이란 사람이 노숙자로 보일 때'라고 말했다. "나처럼 말일세. 이 수염 보이나? 내 옷도? 나한테서 나는 냄새도? 너무 많은 걸 잃어버리게 되지. 세면도구가 바닥나고. 신발이 닳고. 옷이 이렇게 보이기 시작하지. 그러면 사람들이 화장실에 들어와서 씻도록 놔두지도 않아. 일단 그렇게 되면 여기서 돌아가지 못해." 그러고 나서 휘파람으로 개를 부르고는 가버렸다.

나는 한동안 그곳에 서서 생각했다. '이런, 빌어먹을.' 다음 순간, 그 생각을 소리 내어 말한 것을 깨달았다. 나는 생각했다. 내가 만일 다른 사람이었다면, 그는 그저 1달러에 고마워하며 사정이 좋아질 거라고 말하고 긍정적인 반응을 보였을까? 한마디로 우리가 가난한 사람들에게 요구하는 '할 수 있어'의 태도를 보였을까?

나를 두렵게 만든 건 내가 오갈 데 없는 처지인 것을 그가 안다는 사실이었다. 더욱 두렵게 만든 건 그가 돈을 돌려줬다는 사실이었다. 그날 밤에는 잠을 한숨도 못 잔 것 같다. 그가 말한 나락에 내가 얼마나 가까이 있는지를 생각하지 않으려 애썼다. 하지만 내가 거기에 얼마나 가까워졌는지 그는 알았다. 나는 그것을 뭐라고 규정짓기를 거부했다.

'그들이 옳았어'라고 말하게 될까 봐 두려웠기 때문이다.

광신 집단에서 자라서 겪게 되는 불쾌한 심적 장애 중 하나는, 물론 유쾌한 건 하나도 없지만, 마음 한구석에 자리 잡고서 신경을 갉아먹는 그들이 옳았을지도 모른다는 생각이다. 그들은 우리에게 겁을 주려고 할 때마다 '정신적 충격의 증언'이라는 이야기를 이용했다. 이 이야기는 시리즈로 구성되어 있다. 줄거리는 항상 똑같았다. 누군가 패밀리를 떠나서 하나님에게 등을 돌리고 예언을 거부하며 시스템으로 돌아갔다. 그런데 나쁜 일이 일어났다. 그는 결국 마약에 손을 대고 무신론자 여자를 만나고 플리트우드 맥에 다시 합류했다. 어떤 식으로든 패밀리를 떠났던 바보는 자살 충동을 일으키는 우울증이나 깊은 슬픔에 빠졌다. 그는 자신이 이기적이고 오만했음을 깨닫고 패밀리로 돌아왔다. 그랬더니 그의 모든 문제가 사라졌다. 예수님이 여전히 그를 사랑하시기 때문이다.

나는 '정신적 충격의 증언' 중 하나를 경험하고 있었다. 물론 그 이야기에서 노숙자가 된 남자는 일단 패밀리의 집으로 돌아가면 더는 노숙자가 아니게 되었다. 그래서 그가 절박했던 결정만큼의 대단한 교훈을 얻었는지는 모르겠다.

어쨌거나 그 이야기는 그들이 예언이라고 부르는 협박이었다. 내가 떠나면 결국 뉴욕 거리의 노숙자가 될 거라는 협박. 결국 매춘부가 될 거라는 협박. 그들은 그리 창의적이지 않았다. 하지만 작전은 주효했다. 내가 뉴욕으로 갈 버스표를 살 여유가 없다는 사실은 큰 위안이 되지 않았다. 나는 인생을 완전히 망쳤고, 그래서 그들이 옳았다는 것을 입증하고 있었다. 그럼에도 나에겐 그 순환 과정을 완성하기 위해 패밀리로 돌아갈 계획이 추호도 없었다.

다음 날 밤, 제이를 따라 술집으로 갔다. 더는 혼자 걸어 다니다가 아는 게 너무 많은 이상한 노숙자와 말을 섞지 않았다. 그리고 우리는 결국 일할 사람을 구하는 어느 술집에 들어가게 되었다.

《블레이드》에 실렸던 광고 내용은 정확히 기억나지 않는다. 제이와 내가 그 광고가 '수상해' 보인다는 데 동의했다는 것만 기억한다. 또한 우리는 M 스트리트 444번지에서 어떤 방을 보게 되건 그 방을 계약한다는 데 동의했다. 어차피 돈이 바닥나서 듀폰트에서 지하철을 탈 푼돈조차 없었다.

동네는 수상했고, 지금은 컨벤션 센터가 세워졌지만 당시에는 그냥 땅 구덩이에 불과했던 곳 아래쪽에 있었다. 구강성교나 코카인이 필요할 때 찾을 법한 부류의 동네였다. 하지만 나는 동네는 신경 쓰지 않았다. 적어도 그 동네에서는 누구도 미소 지으라고 말하지 않는다. 한 남자가 그랬지만, 그저 나를 털려고 시도한 남자였다. '시도'라고 말하는 이유는 내가 제이슨 본처럼 무술로 그를 제압하고 총을 겨

눴기 때문이 아니다. 가라데는 할 줄 모른다. 그는 총을 가지고 있었다. 나는 3달러를 가지고 있고 지금 탐폰을 훔치러 가게에 가는 중인데 돌아오는 길에 공격하고 싶으면 그렇게 하라고 말했다. 그가 나를 한동안 쳐다보았다. 그러더니 총을 주머니에 집어넣고 싱긋 웃으며 말했다. "미소 지어. 당신은 백인이잖아. 당신은 총이 필요 없지." 나는 미소 지었다. 하지만 그것은 한참 뒤의 일이었다.

칼이라는 작자가 머리를 질끈 묶고 하늘거리는 카프탄 차림으로 문을 열어주었을 때, 우리의 의심은 확신이 되었다. 역시 수상하군. 칼은 자신을 미국 성공회 목사라고 소개했다. 그는 우리에게 생년월일을 묻고는 할인해서 50달러에 별자리를 봐주겠다고 제안했다. 꿈을 좀 더 크게 꾸었다면 사이비 종교 지도자가 되었을 수도 있는 인물이었다. 그는 나에게 좋은 기운이 있다고 했지만, 얼굴을 보면 마치 방금 자신의 콧수염에서 불쾌한 냄새를 맡은 것 같은 표정이었다. 나는 그가 싫었다.

그 집 일 층에는 십자가상이 널려 있었고, 또 힌두교의 시바와 부두교 신상, 불상들이 있었는데 내가 일본에서 보고 기억하는 통통하고 미소 짓는 부처가 아니라 동남아시아의 마른 부처였다. 그곳은 정신이상자들을 위한 퓨전 교회처럼 보였다. 그리고 영국식 지하실이 있었는데, 분홍색 젤리 샌들을 신고 계단을 오르던 칼이 출입 제한 구역이라고 일러주었다. 우리는 나중에 그 지하실이 마약을 만드는 곳이라는 사실을 알게 되었다. 그때는 그 냄새를 인식하지 못했지만, 그것을 결코 잊을 수 없었다.

칼은 돈이 필요해서가 아니라 단지 세입자들과 함께 지내는 것이 좋아서 세를 주고 있다고 말했다. 세입자들은 삼 층을 공유했다. 방 세 개. 화장실 하나. 토니라는 남자가 있었다. 사실 그의 이름은 토니가 아니었지만, 그는 뉴저지 출신이었다(나는 〈소프라노스〉*를 몇 편 보았다). 그리고 어쩐지 빌리 브래그를 떠올리게 하는 국회의사당 인턴 앨라나가 있었다. 그리고 우리 방, 정확히는 내 방이 될 문 달린 벽감이 있었다.

길이가 3미터에 폭이 2미터도 채 안 되는 그 골방은 일인실이었다. 칼은 요지부동이었다. 한 사람이 추가되면 일곱 밤 이후부터 일 박당 10달러가 부과된다고 했다. 나는 제이를 바라보았다. 그는 일인용 침대를 보고 있었다. 침대를 창문까지 바짝 붙였는데도 남는 공간이 별로 없었다. 나는 칼에게 방은 나 혼자 쓸 거라고 장담했다. 제이는 자기 집이 있다. 그냥 이삼일만 여기에 머물지도 모른다. 별일 아니다.

칼은 두 달치 월세와 보증금으로 1,500달러를 요구했다. 나는 '우리'가 돈을 가지고 다시 오겠다고 했다가 고쳐

* 뉴저지를 배경으로 한 인기 TV 시리즈. 토니라는 마피아 갱단의 중간 보스가 주인공이다.

말했다. “아, 미안해요. ‘내가’ 돈을 가지고 올 거예요. 제이는 자기 집이 있으니까요.” 우리는 합의하고 악수했다.

그날은 일요일이었다. 월요일에 카맥스에서 포드 어스파이어 값으로 1,650달러를 받았다. 수표로 받았는데 현금화하는 데 24시간이 걸렸다.

이제 하룻밤만 버티면 되었다.

이메일을 확인한 지 일주일이 지났다. 당시에는 소셜미디어가 존재하지 않아서 그나마 다행이었다. 내가 보낸 구직 신청서 57개를 “긍정적인 기운을 보내주세요” 따위의 문구와 함께 희망을 담아 페이스북에 업데이트할 필요가 없었다. 잠시 멈추고 꽃향기를 맡으라는 포부 어린 문구로 어스파이어 사진을 장식하지 않아도 되었다. 아무도 인스타그램에서 우리의 알포 나초 사진을 보지 않았다. 하지만 가까운 미래에 방과 일자리가 생길 테니—#잘됐으면좋겠다—, 나는 커피숍 컴퓨터에 몇 달러를 낭비하기로 작정했다.

쇼 기지에서 알고 지낸 남자가 보낸 메시지(핫메일)가 있었다. 그는 지금 국방부에 재직하고 있었다. 그가 맥주나 한잔하자고 했다. 나는 그의 집에서 하룻밤 신세 져도 되겠냐고 묻는 답신을 보냈다. 친구를 데려간다는 말은 하지 않았다. 새로고침을 몇 번 눌렀다. 제이에게도 그의 이메일을 확인하게 했다. 그런 뒤 다시 내 메일을 열었을 때 답신을 받았다. 그는 일을 해야 한다고 했다. 하지만 국방부 건물

주차장에 주차된 자신의 트럭 바퀴에 열쇠를 남기겠다고 했다. 단순한 계획처럼 들렸다.

우리는 우선 자축의 의미로 술을 마셨다. 국방부 건물에 도착했을 무렵에는 거의 새벽 2시였다. 빌어먹을 바나나색 트럭을 몰고 돌아다니는데 왜 아무도 우리를 제지하지 않은 건지 모르겠다. 나는 국방부 건물에 가본 적이 없었고, 주차장에서 회색 쉐보레 트럭을 찾을 확률은 그 건물로 침입할 확률만큼 희박하다는 사실을 몰랐다. 주차장 하나가 웬만한 중서부 지역 마을보다 컸다. 빌어먹을 트럭들은 죄다 은색 아니면 회색이었다. 나는 트럭들을 탓하기 시작했다. 빌어먹을 군대에 대해 소리치기 시작했다. 그러다가 울기 시작했다.

무일푼이 될 때까지 점점 줄어드는 현금을 보며 차에서 잠든 시간들. 실패한 구직 신청. 화장실 세면대에서 눈치보며 씻고, 주차 딱지를 끊을까 봐 마음 졸이고, 남의 눈에 띌까 봐 걱정했던 일. 내가 해결할 수 있는 소소한 문제들에 대한 걱정. 패밀리가 옳았다는 큰 문제는 어차피 내가 해결할 수 없으니까. 화요일에 깨어났을 때 혹시 그 방이나 일자리를 잃게 되거나 수표가 부도날까 봐 끔찍하게 두려웠다.

친구의 트럭을 찾지 못하는 것이 나쁜 징조로 보였다. 아주 나쁜 징조. 내가 징조를 믿는 사람이라면, 이런 식의 나쁜 기분을 믿는 사람이라면, 나는 그때 어떤 일이 닥쳐오고 있었는지 알아챘다고 말할 것이다. 그러면 완전 허풍쟁이가 되겠지.

제이는 흥분하는 나를 능숙하게 달랬다. 어찌 보면 공평했다. 불과 며칠 전에는 내가 부러진 담배 한 개비를 가지고 징징거리는 그를 달랬다. 그는 항상 작은 일에 징징댄다.

제이가 주차된 회색 트럭과 은색 트럭의 열과 열 사이 어디쯤에서 급브레이크를 밟았다. "제기랄. 어디 가서 뭘 좀 먹자. 더럽게 재수 없는 날이군." 남부 게이들은 거시기를 입에 넣을 수는 있지만, 주님의 이름은 함부로 들먹이지 않는다.

대체로 나는 꿈을 기억하지 못한다. 그러나 그날 밤 알포 통에 빠져 허우적대는 꿈을 꾸었다. 깨어보니 제이가 자기 트럭 침대에서 자라며 빌려준 베개가 남은 나초를 깔아뭉개고 있었다.

우리가 코네티컷 애비뉴에서 커피를 마시고 있는데(마지막 남은 5달러를 못 쓸 게 뭐람?), 어떤 남자가 테라스 위로 뛰어와서 세계무역센터 쌍둥이 빌딩에 비행기가 충돌했다고 말했다. 잠시 후 국방부 건물에 비행기가 충돌했을 때 제이가 입을 다물지 못하고 나를 쳐다보던 기억이 난다. 하지만 그는 아무런 말도 하지 않았다.

모두가 기억할 그날에 대해 나는 많은 것을 기억하지 못한다. 요즘 사람들은 모두가 얼마나 단합했는지에 대해 말한다. 어쩌면 그랬는지도 모르겠다. 내가 어느 술집에서 나오려는데 페스트를 기억할 만큼 나이 든 한 무리의 동성애자 남자들이 '미국에 신의 가호가 있기를'을 부르기 시작했다. 나는 그 노래 가사를 모른다는 걸 누구에게도 들키고 싶지 않았다. 모두 그 가사를 언제 배운 거지? 공군에 있을 때 그 노래를 들은 적이 없었다. 술집 밖에서 한 남자가 내게 무너지듯 기대며 흐느꼈다. 쌍둥이 빌딩에 있던 남자친구에게 연락이 닿지 않는다는 것이었다. 그는 어디선가 뛰어왔는지 슬리퍼 한 짝이 벗겨져 있었다. 나는 그를 집까지 데려다줬다. 그가 나에게 전화 통화를 할 사람이 있냐고 물었다. 나는 엄마에게 전화를 걸어서 사랑한다고 말했다. 하지만 거짓말 말고는 달리 할 말이 없었다. 게다가 나 때문에 그가 오래 통화를 못 하게 되는 게 싫었다.

뭔가 통렬하고 날카롭고 가시 돋친 애도가 있었다. 그 뒤에 이어진 며칠, 몇 주 동안, 미국이 습격을 당했다고 사람들이 말할 때, 나는 우리가 다른 시대를 생각하고 있는 것처럼 느껴졌다. 어쩌면 진주만 습격 같은. 그날 아침 나는 미국이 습격당했다기보다 그냥 사람들이 습격당했다고 생각했다. 사람들은 사상 초유의 사태라고 했다. 상황을 바라보는 이상한 미국인다운 방식이다. 나는 어린 시절을 보낸 칠레의 야간 통행금지와 최루탄 냄새와 길거리에 기관총을 들고 서 있던 군인들을 기억한다. 심지어 미국에서도 내가 고등학생 일 때 티모시 맥베이가 오클라호마시에 있는 연방 정부 청사에 폭탄 테러를 자행했다. 그렇게 오래전 일도 아니다.

나는 미국인처럼 느끼고 소속감을 가져보려고 애쓰면서 오랜 시간을 보냈다. 웃기는 건 광신 집단에서 나왔을 때보다 오히려 그곳에 있었을 때 내가 더 미국인 같은 느낌이 들었다는 것이다. 그 집단에 있었을 때, 미국인은 내 정체성의 일부였다. 나는 다른 애들이 미국식 말투라고 부르는 말투를 썼다. 미국 여권도 있었다. 할아버지, 할머니, 이모와 고모, 삼촌과 사촌 들이 미국에 살았다. 우리 부모님은 미국인이다. 그리고 내가 열다섯 살 때 우리가 텍사스로 돌아온 뒤부터 어떤 정체성이라도 간절히 원했던 나는 내가 생각하는 미국적인 방식으로 행동하려고 노력했다. 그러나 그것은 내 생각이었을 뿐, 실제로는 전혀 그렇지 않았다.

나는 학교에서 국기에 대한 맹세를 했다. 컨트리 음악을 듣고 불량 식품을 먹고 물보다 탄산음료와 우유를 더 많이 마셨다. 담배도 말보로를 피웠다. 미식축구를 좋아하려 애쓰고 그냥 축구는 무척 지루한 척했다. 군대에 입대했고 헌법을 수호하겠다는 선서를 했다. 실제로 헌법을 읽었고, 벽에 미국 국기를 걸었다. 그리고 총을 샀다. 나는 마치 내가 본 영화와 내가 읽은 책을 토대로 미국인인 척하는 서툰 스파이 같았다. 그러나 무엇도 효과가 없었다. 아무것도 느끼지 못했다. 내가 어떤 느낌을 가져야 하는지 알 수 없었다.

나는 미국인처럼 느껴지지 않았다. 공군에 있으면서 매일 아침 제복을 입을 때마다 마치 분장 놀이를 하는 기분이 들었다. 예나 지금이나 미국은 내게 한결같은 존재였다. 다른 나라에 가는 길에 가족을 방문하러 들르는 곳. 집처럼 마음이 편안해지지 않는 곳. 지금은 여느 때보다 좀 더 오래 머물고 있을 뿐이었다. 그리고 이제 이 사건, 공유된 경험을 지켜보고 있었다. 하지만 나는 전혀 그 일부가 아니었다.

더는 누구도 안전하다고 느낄 수 없었다. 그들은 계속 말했다. "우리는 이제 안전하지 않아." 나는 이런 말을 들을 때마다 다시금 동요했다. 내 주변에는 안전하다고 느끼며 사는 사람들 천지였다. 그들은 오래도록 안전하다고 느끼며 살았기에 그 느낌을 잃었다고 생각했을 때 충격을 받고 정신적 외상을 입었다. 그들은 평생 안전하다고 느끼며 살았다. 잠에서 깨어 일하러 갔다가 집으로 돌아왔고, 그 모든 과정에서 안전함을 느꼈다. 미소 지을 만큼 충분히 안전하다고 느꼈다. 남들에게 미소와 긍정적인 생각을 요구할 만큼 안전하다고 느꼈다.

대통령이 잔해 더미 위에 서서 "그들은 우리의 목소리를 들을 것"이라고 말하며 모두의 환호를 이끌어냈을 때, 나는 '우리'가 누구를 의미하는지 몰랐다. 군대? 그들은 나를 쫓아냈다. 나라? 나는 난생처음 공포를 느꼈다는 이유로 소리 높여 핏빛 복수를 외치는 내 주변의 자유주의 성향 동성애자들보다는 차라리 듀폰트에서 기도하는 무슬림들과 공통점이 더 많다고 느꼈다.

나는 미식축구 선수들이 몸을 풀고 뽐내듯 활보하며 상대편의 목을 따라고 외치는 모습을 보고 과연 애교심愛校心이 성령과 크게 다른지 의문을 품었던 고등학교 응원전의 공포 버전 속에 갇힌 기분이 들었다.

나는 내가 느끼지 못한 보편적인 감정에 늘 하던 대로 반응했다. 그냥 사라지려 했다.

테러리스트 공격조차 낙관주의라는 국가적 종교를 훼손하지 못하기 때문에 사람들이 쌍둥이 빌딩이 무너지던 모습에 점차 무뎌지면서 평소의 정해진 일과로 돌아갈 무렵 나는 내 머릿속으로 깊숙이 기어들어 갔다. 집 주인이 소름 끼치는 인간이라는 것도, 내 룸메이트가 못 말리는 게이 클럽 댄서라는 것도 상관없었다.

우리는 칼의 집에서 방을 얻고 처음 며칠간은 마치 몇 달 동안 밤을 새운 사람처럼 잠을 잤다. 내 관심은 온통 방문과 지붕과 욕실이 있다는 사실에 쏠려 있었다. 이제 집으로 돌아와서 내 집, 그러니까 내 자동차와 내게 얼마 남지 않은 마지막 물건들이 견인 차량 보관소로 끌려갔을까 봐, 그리고 돈이 없어서 그것들을 찾아오지 못할까 봐 걱정하지 않아도 되었다. 내게는 집이 있었다. 처음에는 그런 안도감 말고 다른 것에는 집중하기 힘들었다. 그러나 가족도 섹스 파트너도 아닌 이상, 열 살이 넘은 사람 둘이서 일인용 침대를 함께 쓸 수는 없다. 제이는 격하게 끌어안는 잠버릇이 있고, 나는 구제불능의 코골이다. 우리 사이에는 베개로 벽을 세울 만큼의 공간조차 없었다. 그렇게 며칠간 제이는 내게 고개 좀 돌리라고 불평하고 나는 제이를 바닥에 떨어뜨리지 않을 정도로만 밀어내며 그의 다리털을 모기로 착각해서 다리를 찰싹 때리느라 잠을 설친 뒤, 우리는 월마트로 갔다. 가장 싼 매트리스가 19.99달러였다. 우리는 기발한 아이디어라고 자부하며, 스포츠 용품 초저가 정리 코너에서 5달러짜리 공기 주입식 고무보트를 샀다. 우리가 그것을 사게 되어 어쩌면 다행이었는지도 모른다. 안 그랬다면 물 위에 떠 있기를 바란 누군가가 익사했을 테니까.

제이가 먼저 일을 마치고 집으로 돌아왔기 때문에 고무보트는 결국 내 차지가 되었다. 우리는 그악스러우리만치 쾌활한 디제이가 진행하는 톱 40 채널을 들었는데, 그녀는 날씨와 교통사고 소식을 읽어줄 때도 명랑한 소리로 낄낄댔다. 브리트니 스피어스와 저스틴 팀버레이크의 완벽한 로맨스와 어떻게 이들이 사랑스러운 아기를 가질지에 대한 이야기들을 쏟아낼 때와 똑같이 말이다. 제이가 잠이 들면 나는 라디오를 끄고 고무보트에서 바람 빠지는 소리를 들으며 잠을 청했다. 이따금 있는 일이지만, 제이가 누군가를 집에 데려올 때 말고는 그랬다.

경악스러우리만치 털이 덥수룩한 제이의 엉덩이가 내 얼굴로 떨어졌던 밤 이후로 머리를 문 쪽에 두고 자는 법을 체득했다. 불과 두어 주 만에 내 차에서 혼자 지내던 날이 그리워지기 시작했다. 그렇다고 다시 차에서 살고 싶어진 건 아니었고, 그냥 일부러 먼 길을 돌아 집으로 오기 시작할 정도였다.

나는 P 스트리트를 걸어 내려가서 듀폰트 서클에서 좌회전해 처치 스트리트로 올라가곤 했다. 나는 처치 스트리트를 좋아했다. 당연한 말이지만 거기에는 교회가 있었다. 이 대륙에 있는 건물치고는 무척 오래되어 보이는 고색창연한 석조 건물이었다. 작은 정원이 하나 딸려 있었는데 집이 생기기 전에는 그곳에 앉아 훔친 신문 속 십자말풀이를 풀곤 했다. 그건 집 없는 사람들이 나락으로 완전히 미끄러져서 정말로 노숙자처럼 보이기 전까지 무사히 할 수 있는 일 중 하나였다.

차에서 생활하면서 낮 동안 듀폰트 주변을 배회하고 다닐 때 처치 스트리트에 주차한 적은 한 번도 없었다. 주차할 만한 장소가 보여도 그냥 지나쳤다. 그 길에서는 동네 사람들이 창문을 두드리며 이곳에서는 잘 수 없다고 말할 것만 같았다. 몰래 잠을 자려면 길이 좀 더 넓어야 했다. 17번가를 지나치면 나오는 R 스트리트는 좋았다. 그곳에는 아직 허름한 선술집이 보드카 소다 한 잔에 15달러씩 하는 곳보다 많았다. 그러나 처치 스트리트는 더 걷고 싶지 않을 때, 레스토랑 테라스에 거의 입에 대지도 않은 채 남은 음식을 보기가 못 견디게 싫을 때 시간을 보내기에 좋은 조용한 곳이었다.

이제는 내게도 방이 생겼지만, 특권층 사람들이 복고풍 철제 문고리에 돈을 뿌려대는 저런 완벽한 집이 그리웠다. 처치 스트리트는 밤에는 고요했다. 그래서 T 스트리트로 올라갔다가 로건 서클로 내려갔다. 사람들이 항상 파티를 여는 듯이 보이는 짙은 황록색 대문의 분홍색 집. 늙은 개가 거리를 지키고 있는 검은색 대문의 갈색 집. 개는 나를 보고 짖은 적이 없었다. 이따금 나는 개가 아직 숨을 쉬는지 확인하기 위해 가만히 지켜보았다. 하얀색 문이 달려 있고 절대 서로를 바라보지 않는 부부가 테이블에 앉아 있는, 카리브해를 연상시키는 파란색 집. 그들은 호퍼의 그림처럼 보였다. 그러나 이 창문 너머에 있는 남자는 신문이 아닌 노트북 컴퓨터 화면을 들여다보고 있었다. 여자는 노트에 뭔가를 쓰고 있었다. 호퍼의 그림 속 여자는 피아노 건반을 두드리고 있다. 연주를 하는 게 아니다. 그저 남자를 성가시게 하려고, 관심을 끌려고 건반을 두드리는 것이다. 그림은 그가 폭발하기 직전의 순간을 포착한다. 다음번에 내가 그 집 앞을 지나쳤을 때 그들은 TV를 보고 있었다.

나는 이들 집을 지나치며 창문 너머를 훔쳐보았다. 그렇게 오래는 아니었다. 멈춰 서서 들여다본 건 아니니까 그렇게 소름 끼치는 짓은 아니라고 스스로를 다독였다. 하지만 나는 보았다. 그리고 그들의 삶은 과연 어떨지 궁금했다. 내가 보지 못한 부분들이 궁금했다. 그들은 노트북 컴퓨터에 무엇을 쓰고 있을까. 그들은 어떤 일로 싸울까. 저녁을 먹으면서 어떤 주제로 이야기를 나누다가 서로 흥분해서 동시에 말을 꺼낼까. 그들은 다른 세상을 경험하기 위해 어떤 책을 읽을까. 그들도 나처럼 외로울까. 새벽녘에 일터에서 집으로 걸어올 때는 그들을 자주 보지 못했다. 모든 사람이 그리운 건 아니었다. R 스트리트의 한 남자는 작은 테리어의 목줄을 하도 세게 잡아당겨서 저러다가 개의 목이 부러지겠다 싶었다. 나는 몇 주 동안 그의 신문을 훔쳤다. 가난하다는 죄로 나를 패배자라고 부른 스완 스트리트의 멍청이. 가끔 우는 아이를 달래며 몽유병자처럼 걸어 다니는 엄마나 아빠도 보았다. 나처럼 불면증이 있는 어떤 사람은 소파에 베개를 올려놓고 몸을 웅크리고 있었는데, 영화 화면에서 나오는 빛이 조명처럼 그의 얼굴을 비추었다.

우리 거실 창문을 통해서는 보이는 것이 많지 않았다. 그러나 불이 꺼지면, 칼이 침실로 간 것이기 때문에 임대료나 점성술 이야기를 듣지 않고 방으로 올라갈 수 있었다.

나는 어둠 속에서 조심조심 발을 내디뎌 계단을 올랐다. 빌어먹을 이 집 계단은 하나하나가 다른 방향으로 기울어져 있었다. 한 계단 한 계단 내딛는 것이 도박이었다. 왼쪽, 오른쪽, 뒤로, 앞으로. 고의로 계단에서 굴러 떨어져서 변호사를 고용해야겠다는 생각 같은 건 떠오르지 않았다. 다행히 가로등 불이 다소 도움이 되었다. 내가 계단을 다 올라왔을 때 창문으로 새어 들어온 가로등 불이 제이의 얼굴을 어렴풋이 비추고 있었다. 적어도 뭔가 잘못되었다는 것을 알아차릴 수 있었다. 제이는 방금 샤워를 마치고 나와서 곧바로 침대에 누운 사람처럼 온몸이 젖어 있었다. 그는 모든 목이 아픈 사람들이 그렇듯 "패혈성 인두염"이라고 속삭였다. 나는 열쇠고리에 달린 작은 펜라이트를 이용해서 그가 틀렸다는 걸 증명하려고 했다. 그러나 그의 목은 마치 여드름 난 햄버거처럼 보였다. 그는 재향군인 병원에 다녀왔다며 약병을 보여주었다.

이렇게 해서 내가 재향군인 병원을 이용할 수 있다는 사실을 알게 되었다. 공군이 나를 내쫓을 때 그런 내용들을 모두 놓친 것이다. 제이는 칼에게 병원에 태워다 달라고 부탁했다가 재향군인 병원에 대해 듣게 되었다(제이는 그 노란색 트럭을 은행이 압류할 수 있도록 캐롤라이나에 있는 엄마 집에 가져다놓고 버스를 타고서 D.C.로 돌아온 터라

차가 없었다. 가엾은 그의 오순절주의 어머니. 제이는 시트 뒤에 포르노 테이프 〈볼즈 투 더 월 4〉를 두고 왔다). 칼은 그에게 두어 블록 위에 그 병원이 있다고 알려줬다. 여기서 '두어'란 약 삼십을 뜻했다. 그러나 나중에 나는 모처럼 칼에게 소리칠 수 있었다. 제이는 칼이 자신의 이마에 오일을 발라줬다고 했다. 예수님께 맹세한다. 오일이다. 나는 작은 소리로 뭔가를 중얼거렸다. 열 살 때부터 내가 감기에는 올리브 오일, 독감에는 엔진 오일이라는 취지로 지어낸 농담이었다. 아직도 그 농담을 좀 더 재미있게 만들려고 연구 중이다.

나는 제이에게 뭐라도 좀 먹었냐고 물었다. 그는 과일 샐러드를 먹었다고 했다. 여기서 '과일 샐러드'란 여느 사람들은 '가니쉬'라 부르고, 식사를 사먹을 여력이 없거나 시간이 없는 사람들은 저녁이라고 부르는 것이다. 그는 올리브를 주식으로 살아왔다. 나도 마찬가지였지만, 나는 아프지 않았다. 나는 찬장에서 깡통 수프를 꺼내 먹고 아무도 그것을 찾지 않기를 기대해볼까 생각했다. 하지만 아는 사람의 물건을 훔치는 건 어려운 일이다. 아무리 그들이 밥맛이어도 금세 꺼림칙한 기분이 들 것이다.

나는 담배에 불을 붙였다. 무엇을 할지는 이미 알고 있었다. 그냥 어슴푸레한 빛 속에 잠시 앉아서 생각하고 싶었을 뿐이다. 내 행동이 결국 어떤 결과로 이어질지 가늠하는 것이 나의 의무라고 생각했다. 최근에 그렇게 하려고 노력해왔다. 장기를 둘 때처럼 생각하자. 매 순간 당장 생존하는 데 필요한 것에만 초점을 맞추어 모든 판단을 내리지 않도록 하자. 하지만 머리가 협조하려 들지 않았다. 나에겐 지붕이 있지만, 집세가 절실했다.

우리가 처한 상황은 극도로 취약해서 이삼일의 결근이나 목구멍의 감염, 한 번의 실수로도 그대로 미끄러질 것이다. 이제 우리를 막아줄 범퍼 따위는 없었다. 제이가 얼마나 오랫동안 아팠는지 나는 몰랐다. 우리 같은 일을 하는 사람들은 병가를 낼 수 없다. 그냥 일한다. 다른 사람들을 감염시킬 수 있지만, 빌어먹을, 그래도 일한다. 의사의 진단서가 우리를 구해주지 않는다. 누구나 보험이 있는 건 아니다. 당신이 버려졌다는 걸 알아차리기도 전에, 그들은 당신을 대신할 누군가를 고용할 것이다.

칼은 벌써부터 우리를 쫓아다니며 괴롭히고 있었다. 집세가 밀렸고, 그는 제이가 나와 함께 산다며 추가 집세를 요구했다. 칼은 그 돈을 받지 못할 것이다. 하지만 칼이 우리를 쫓아내는 데 많은 핑계는 필요치 않을 것이다. 이제는 우리가 잠을 잘 자동차도 없었다. 그래서 나는 뭔가를, 이를테면 탐폰, 양말, 항염제, 숨기기에 좋은 작은 포장 도시락 따위를 훔칠 때마다 감방에 갈 위험을 감수했다. 똑같은 결과. 똑같은 자유낙하. 감방에 가고 전과 기록이 생길 가능성까지 보너스로 더해졌다. 하지만 그런 건 중요하지 않았다. 제이는 아팠고 상태가 악화되고 있었다.

제이는 내 손을 쓰다듬으며 심심하지 않다고 했다. 마치 내가 걱정하는 이유가 그것인 것처럼. 그는 〈제리 스프링거 쇼〉를 보고 있었다고 했다. 뚱뚱한 여자들과 데이트하는 빼빼 마른 남자들이 나왔다고. 나는 한동안 멍하니 바라봤지만 그는 계속 눈을 감고 있었다. 우리는 텔레비전이 없었다.

나는 잠시 나갔다 오겠다고 말했다. 제이는 돌아오는 길에 주스를 좀 가져다줄 수 있냐고 물었다. 나는 그가 완전히 정신착란 상태라는 걸 알았다.

나는 너무 멍청해서 그 동네를 걸어서 돌아다니는 것이 무섭지 않았고, 나와 심야 식료품점 사이에 있는 건물들이 빈민 주택 단지라는 것도 몰랐다. 땅을 보면서 5번가까지 터덜터덜 걸으며 어쩌면 라면 몇 봉지쯤은 살 수 있을 거라고 생각했다. 주머니에 4달러와 잔돈 몇 푼이 있었다. 아니면 건조 수프와 차를 훔칠 수도 있을 것이다. 납작한 제품은 주머니에 잘 들어가니까. 주스 같은 걸 가져다놓은 곳은 없을 것이다. 어쩌면 쿨에이드 정도는 있을지도 모르지. 경찰차 몇 대가 라이트를 깜빡이며 다음번 길모퉁이에 모여 있었다. 나는 다시 눈을 내리깔았다. 그런데 마치 빈민가의 기적처럼, 보도 위에 떨어져 있는 돌돌 말린 지폐 뭉치가 눈에 들어왔다. 주변에는 아무도 없었다.

길거리에 있는 경찰들은 그들이 수색하는 대상을 결코 찾지 못할 터였다. 왜냐하면 그들이 찾고 있는 76달러와 코카인 몇 알을 내가 방금 양말에 쑤셔 넣고 손을 다시 주머니에 찔러 넣었으니까. 나는 계속 걸었다. 심지어 지나가면서 그들 중 한 명에게 꾸벅 인사까지 했다. 마치 동네를 안전하게 지켜주는 노고에 감사한다는 듯이.

나는 식료품을 한 아름 안고 집으로 돌아왔다. 통조림 수프, 라면, 사과 소스. 주스. 그리고 우리의 집세가 될 코카인 몇 알. 팔자수염을 기른 칼의 뻥쟁이 남자친구는 물물 교환을 환영한다고 이미 밝힌 바 있었다. 그 코카인이 우리에게 두어 주의 시간을 벌어주었다. 그동안 나는 동네 집들의 출입구 앞을 지나치고 창문 너머를 흘깃대며 혹시 그들에게 내가 보일까 궁금해하곤 했다.

배드랜즈

듀폰트 서쪽 끝에 있는 게이 클럽 배드랜즈에 취직했을 때 내 나이는 스물셋이었다. 이때 듀폰트는 아직 동성애자 지역이었지만 빠르게 변화하고 있었다. 집세가 오르고 공터에 고급 다세대 주택이 우후죽순 솟아오르며 게이 비디오점을 잠식해갔다. 젠트리피케이션, 즉 '고급 주택화'라는 용어를 아직 사용하지도 않을 때였는데 우리는 이미 그 현상을 목격하고 있었다. 동성애자 지역은 동쪽으로 이동하여 듀폰트에서 로건으로 슬금슬금 기어들어 갔다. 그러자 연립 주택 현관에는 간간이 게이 프라이드 깃발이 걸렸다. 여기저기서 개축 공사가 진행되면서 쓰레기장으로 끌고 갈 석고판 조각과 오염된 카펫이 무더기로 쌓여 있었다. 벽들은 우아한 회색으로 새로 칠해졌다. 동성애자들이 이사와서 개축을 해서 집세가 오르면, 동성애자들이 동쪽으로, 로건 서클이나 그다음에는 쇼든 무슨 동네로든 이동한다. 아직은 터무니없이 높은 집세 때문에 노동 계급이 그 지구에서 배척될 정도까지는 아니었다. 소외된 동네에 걸린 게이 프라이드 깃발 하나가 이미 진행 중인 침략의 신호라는 걸 모두가 인식했는지 모르겠다. 나는 신경 쓰지 않았다. 어차피 나는 노동 계급도 못 되었으니까.

배드랜즈 건물은 예전에 자동차 수리점이었고, 그 전에는 마차 차고였다는 소문이 있었다. 일곱 개의 바, 이층 구조, 다섯 개의 룸, 넓은 댄스 플로어. 나는 내가 고용된 이유가 군 복무 경험 때문이거나, 또는 큰 키와 짧게 자른 머리 그리고 언제든 싸울 준비가 된 듯한 걸음걸이 때문이라고 굳게 믿었다. 그런데 사실은 내가 신청서에 철자를 틀리지 않고 제대로 이름을 썼고 약속한 시간에 늦지 않고 나타났기 때문일 가능성이 더 크다. 어쨌거나 나는 기도로 고용되었다.

클럽에서 나의 관리자는 조이라는 이름의 남자였는데, 해적 셔츠를 걸치고 스케이트보드 슈즈를 신고 다녔다. 머리는 삭발해서 까칠까칠했다. 입을 열기 전까지는 '엄격해' 보이는 인상이었다. 면접을 볼 때 조이가 말했다. "여기서 우리는 가족이야." 이 말을 번역하면 이렇다. '우리가 돈을 덜 주고 끝까지 부려먹으며 너를 개똥 취급해도, 너는 엉뚱한 충성심으로 여기 머물고 미소 지으며 굴욕을 참아줬으면 해.' 구직 면접에서 '가족'이라는 말을 들으면 자리를 박

차고 나가는 편이 현명하다. 나는 그때 그것을 몰랐다. 설령 알았다 해도 내게는 선택의 여지가 없어 보였다. 다른 선택의 여지가 있으면 클럽에서 기도 노릇을 하지는 않을 것이다. '가족'이 그에게 어떤 의미인지는 내 알 바 아니었다. 나는 그냥 가족이라는 단어 자체가 싫었다. 그건 패밀리라고 부르는 광신 집단에서 자랄 때 가지게 된 이상한 콤플렉스였다.

나는 내 진짜 가족과 거의 연락하지 않고 지냈다. 악감정 때문은 아니었다. 한동안은 대체로 수치심 때문이었다. 공군에서 쫓겨났다는 수치심, 차에서 생활한다는 수치심, 딸이 뉴욕 애비뉴 근처에서 거지 같은 방이라도 한 칸 얻을 수 있기를 바라며 엄마가 신용카드를 긁어서 사준 차를 팔아버렸다는 수치심. 남동생은 여전히 애머릴로에서 의붓아버지 게이브와 함께 살고 있었다. 엄마는 언니와 가까이 살려고 뉴잉글랜드로 이사했다. 나는 D.C.에 있었는데, 그 이유를 기억하지 못했다.

나는 내 진짜 가족에게 쓰는 말이 아닌 한, '가족'이라는 단어에 강한 반감을 품고 있었다. 남부에서는 그 단어를 다분히 안 좋은 의미로 사용했다. 내가 동성애자인지 알고 싶을 때, 그들은 내게 가족이냐고 물었다. 내가 그 단어에 본능적인 반응과 자동반사적인 거부감을 보이지 않았다면 지금보다 많은 친구를 사귀었을 가능성이 높다. 비록 광신 집단에 들어간 건 내 의사가 아니었지만 공군에 입대한 건 내 선택이었다. 두 집단 모두 나를 받아들이지 않았다. 이제 어딘가에 들어가는 건 완전 끝이었다.

어감의 문제는 제쳐두고, 나는 선택의 여지가 없었다. 나는 취업을 했고, 여느 일자리에서처럼 입을 꾹 다물고 급료나 챙기겠다고 생각했다. 그런 역할은 할 수 있었다. 새로울 건 없었다. 나는 평생 어떤 역할을 해야만 했다.

광신 집단에서는 내가 작은 한숨만 내쉬어도, 마치 내가 '사탄을 맞이하라'고 고함을 치기라도 한 것처럼 반응했다. 내가 그동안 가진 모든 일자리, 패스트푸드점 계산원, 웨이트리스, 안내원, 피자 배달원은 모두 똑같은 역할을 요구했다. 고객과 관리자 들이 흡족하도록 기꺼이 굴욕을 참기. '선생님이 절대적으로 옳습니다. 우월감을 느끼려는 선생님의 병적인 필요성을 충족할 수 있게 되어 감사합니다. 저는 뭐가 됐든 선생님이 원하시는 존재가 되겠습니다.'

공군에서는 비교적 수월했다. 군대에서 가져야 할 태도는 어린 시절 연습해온 것의 총합일 뿐이었다. 감정을 숨긴 채 적절한 감정을 느끼는 것처럼 위장하고서 시선도 맞추지 않고 빗자루를 들고 다니면 그들은 내가 바쁘다고 생각할 것이다.

관리자인 조이도 수월하게 만족시킬 수 있을 터였다. 기도 업무는 80퍼센트가 청소고, 20퍼센트는 술이나 약에 취해 있는 유약한 자아를 가진 사람들을 설득하는 것이다. 이를테면 그들에게 나를 때리지 않는 게 좋을 거라고, 사실은 그들이 나를 좋아한다고, 내가 그들 말을 듣고 있으며 그들 편이라고 말이다. 자아도취자나 중독자, 분노 조절 장애자의 아이들은 누구나 긴장을 완화하는 데에 전문가다. 그리고 이미 여러 차례 말했다시피, 나는 광신 집단에서 자랐다. 토사물을 걸레로 치우거나 화장실을 청소하는 일은 분명 아기 스무 명의 기저귀를 욕조에 넣고 세탁하는 일만큼 악취가 나지 않을 것이다.

조이의 장점은 내가 그 일에 만족하리라고 기대하지 않았다는 거다. 또한 나에게 말조심 따위를 기대하지 않았다. 누군가 내 사타구니를 처음 잡은 날 그것을 알아차렸다.

나는 공군에서 4년간 복무하면서 군대라는 조직이 불러오고 조장하는 유해한 남성성에 둘러싸여 생활했다. 더욱이 내가 성장한 패밀리는 빌어먹을 섹스 종교 집단이었다. 하지만 공군에서도 패밀리에서도 남자에게 사타구니를 잡혀본 적이 없었다. 그런데 배드랜즈에서는 그런 일이 비일비재했다. 동성애자 남자들이라고 여성 혐오가 없는 건 아니었다. 오히려 더 심하기도 했다. 자신에게 명분이 있다고 생각하기 때문이었다. 웬 멍청이가 내 생식기에 대해 아무 말이든 하지 않고 넘어가는 날이 하루도 없었다. 그런데 막상 누군가가 내 사타구니를 처음으로 움켜잡은 순간 나는 얼어붙고 말았다.

그 일이 일어나기 전 나는 그를 내보내려고 했다. 그는 고주망태로 취해 있었고, 술잔에 얼음을 넣어 술의 양을 줄였다며 바텐더에게 고함치고 있었다. 말도 안 되는 억지였다. 술의 양은 똑같다. 얼음이 들어가면서 줄어드는 건 술이 아니라 희석 음료다. 어쨌거나 나는 남자를 문가로 데려갔다. 그는 걸어가는 내내 자신이 지배인과 얼마나 절친한 사이인지 아느냐며 고래고래 소리 질렀다. 자신이 나를 해고시킬 수도 있다고 했고, 자신은 돈을 지불하는 손님이라고도 했다. 흔히 있는 일이었다. 그런데 문가에 도달한 순간 그 일이 벌어졌다. 남자가 나가려고 해서 긴장을 풀었다. 그런데 그가 갑자기 뒤돌아서 내 사타구니를 움켜잡더니 줄행랑을 쳤다. 그가 뭔가를 말했던 것도 같다. 어쩌면 웃었던 것도 같다. 확실히는 모르겠다. 젊었는지 늙었는지 키가 작았는지 컸는지도 잘 모르겠다. 아무 생각이 없었다. 나는 그냥 거기 서서 그 상황이 끝나기를 기다렸고, 이미 끝났다는 것도 깨닫지 못했다.

나는 눈물에 젖은 눈을 하고 입을 다문 채 조이의 사무실로 갔다. 싸움을 원하는 내 안의 일부가 오래전에 싸움은 피하는 게 상책이라는 교훈을 얻은 다른 일부에게 소리치고 싶어 했다. 사타구니와 가슴, 엉덩이 등을 잡는 남자들은 자신이 그럴 수 있다는 것을 보여주려고 그런 짓을 하는 것이다. 감정을 주체하지 못하고 허물어져서 그들이 이겼다는 걸 입증하지 않아도 충분히 굴욕을 느끼는 짓이었다. 나는 냉정을 잃지 않으려고 안간힘을 쓰며 몸을 부들부들 떨었다.

조이는 위스키 한 잔을 따라주며 왜 그자를 붙잡아서 흠씬 패주지 않았냐고 물었다. 머리를 한 대 얻어맞은 기분이었다. 나는 자제심을 발휘했다고 칭찬을 들을 줄 알았다. 하지만 막상 칭찬을 해줬다면 씁쓸했을 것이다. 조금 전 얼어붙었던 것이 나 자신도 싫었으니까. 나는 "지랄하지 마"라고 내뱉고 술잔을 단숨에 비워버렸다. 이제 끝이라고, 해고되었다고 생각했다. 그리고 그 순간에 그런 건 아무래도 상관없었다. 그런데 그가 말했다. "미안해. 다음엔 아무도 너한테 손대지 못하게 해. 내가 그 모든 걸 충분히 보상해주지는 못하니까."

상황을 완전히 이해하는 데 시간이 좀 걸렸다. 나는 여전히 권위를 가진 누군가에게 지랄하지 말라고 내뱉는 기분이 얼마나 짜릿한지에 흠뻑 빠져 있었다. 이후 몇 년 동안 나는 습관처럼 그렇게 했다. 처음에는 조금 흥분했던 것도 같다. 여전히 업무에 충실했지만, 댄스 플로어의 토사물을 곧바로 치우지 않았다고 조이가 욕을 하면, 그것을 닦기 전에 "놀고 있네"라고 궁시렁거렸다. 그러면 그는 웃었다. 손님들이 선을 넘으면 꺼지라고 했다. 웃기는 건 대체로 그들이 나의 그런 반응을 좋아했다는 거다. 그러나 나는 거기서 멈추지 않았다.

패밀리에는 특유의 말하는 방식이 있었다. 단지 희미한 대륙 억양이나 된소리, 문장 마지막의 높은 어조, '완전'이라는 수식어를 과도하게 사용하는 경향을 말하는 게 아니다. 이 모든 것이 완전 짜증스럽긴 하지만 말이다. 텍사스 억양이 살짝 섞인 내 말투는 그 모든 특징을 망라했다. 그들이 항상 마치 아기에게 이제 잘 시간이라고 설명하는 것처럼 말하던 기억이 귀에 못이 박힌 듯 선명했다. 말하자면 그렇다는 얘기다. 그들은 실제로 아이가 잠을 자지 않고 일어나면 때려눕힐 사람들이다. 하지만 그들의 목소리는 칭찬을 할 때건 저주를 할 때건, 또는 섹스 광신 집단의 성적 특권 중 하나를 통제하려고 헤르페스바이러스투성이일 화장실 청소를 보낼 때건, 늘 한결같았다. 예를 들어 그냥 "소금 좀 주겠어요?"라고 말하면 너무 딱딱하게 들리기 때문이다. 그들의 입에서 나오는 모든 단어는 인생을 즐기는 남부 사람이 커튼을 묘사하는 것처럼 달콤하고 모호했다.

내가 말하는 방식과 그 연장선에서 글을 쓰는 방식은 패밀리식 언어에 대한 반발에서 비롯된 것일 가능성이 크다. 그리고 내가 어떤 말을 하거나 하지 않았다는 이유로 일자리를 잃거나 곤경에 처할 걱정 없이 진정으로 나답게 말할 수 있게 되면서, 나는 비로소 나 자신의 목소리를 찾게 되었다.

나는 마침내 1미터 80센티미터의 몸과 거기서 나오는 목소리로 나답게 사는 법을 배우게 된 것 같았다. 거의 그랬다. 어린 시절과 젊은 시절 대부분을 처벌과 굴욕, 고통과 거부를 피하려고 여러 겹의 필터를 쌓으면서 보냈다. 나라는 존재가 잘못되었다는 가르침을 계속 받아왔기에 덜 나답게 살려고 부단히 노력했다. 그래서 필터를 하나하나 걷어내고 그 밑에 누가 있는지 알아낼 때까지 시간이 한참 걸렸다. 내가 충분히 안전하다고 느낄 때까지는 시작도 할 수 없었다. 어쩌면 번잡한 나이트클럽은 안전함을 느끼기에 이상한 장소이기도 할 것이다. 그러나 나의 관리자가 내게 그것을 허용했다. 내가 개망나니일 수 있다는 건 뜻밖의 발견이었지만, 때로는 그것이 도움이 되기도 했다.

다음에 어떤 놈팡이가 내 사타구니를 움켜잡았을 때, 처음에는 또다시 얼어붙었지만 곧 몸을 흔들어서 뿌리쳤다. 물론 눈을 질끈 감은 상태였다. 이런 것들에는 연습이 필요하다. 그러나 나는 그의 주둥이를 움켜잡았다. 그리고 내가 무슨 일이 벌어졌는지 알아차리기도 전에 다른 기도 한 명이 워키토키로 그를 내리쳤다. 그때 다른 기도들과 조이가 왔고, 조이는 누가 무엇을 시작했는지 묻지 않았다. 그는 전혀 개의치 않았다. 조이 그리고 다른 기도들은 '우리 자신'을 보호하기 위해 그곳에 있었다. 우리냐, 그들이냐. 누가 옳고 누가 그른지를 결정하는 기준은 바로 그것이었다.

나는 그런 감정을 표현하기에 적당한 단어를 모른다. 누군가가 무조건 내 편을 드는 것. 기분이 좋았다. 안전하다는 느낌이 들었다. 비록 내가 그런 단어를 사용하지는 않지만, 어쩌면 그건 가족과 비슷한 무엇처럼 느껴졌다.

북적이는 나이트클럽은 정말이지 안전함을 느끼기에는 이상한 장소다. 금요일이나 토요일 밤마다 상의를 벗어부친 동성애자 남자들이 6백에서 8백 명가량 밀어닥쳤다. 그들에게 우리는 돈을 받을 때나 술을 가져다줄 때, 혹은 그들을 쫓아낼 때 말고는 보이지 않는 존재다. 나는 그들 사이로 비집고 들어가 그들이 안 움직이고 버티면 맥주 케이스로 머리를 툭툭 치고, 너무 취했으면 밖으로 데려와 택시에 태우거나 앰뷸런스에 태우고, 어설프게 공격하려 드는 시도를 단념시키는 법을 배웠다. 그리고 그들은 우리가 먼저 열 받게 하지 않으면 거들떠보지 않았고, 우리 같은 가난뱅이가 수작을 거는 수모를 절대 당하지 않으려고 철벽을 쳤다. 한번은 한 국회의사당 직원이 내가 제일 좋아하는 기도 중 한 명에게 “자기야, 난 도우미랑은 데이트 안 해”라고 말하는 소리를 들었다. 그 국회의사당 직원은 몇 달 동안 매주 제값보다 비싸게 마약을 구입했다. 나는 마약 거래상이 아니었지만 그가 그렇게 똑똑하지 않다는 것쯤은 알았다.

입장하기 위해 문밖에 줄을 선 사람들이 없었던 적은

2002년에 3주간 연속 저격 사건이 있었을 때뿐이었다. 그때 우리는 밖에 서 있다가 손쉬운 표적이 되지 않도록 신분증을 확인하고 입장료를 받는 절차를 생략했다. 그래도 대다수 사람들은 집에 틀어박혀 있었다. 그때를 제외하면 4백 명이 입장해도 장사가 잘 안 되는 축에 들었다.

그 숫자는 내가 대강 짐작한 게 아니다. 나는 이따금 현금출납기 만지는 일을 하곤 했다. 조이가 나를 출입구 옆 작은 매표소에 꽂아 넣을 만큼 믿을 만한 사람으로 본 모양이다. 나는 어항 속 금붕어가 된 기분이었다. 매표소 안에는 간이 의자 하나와 현금출납기, 감시 카메라 말고는 아무것도 없었다. 내가 현금출납기를 관리할 때 현금이 부족한 적이 없었다는 점이 내가 믿을 만한 사람이라는 증거로 받아들여졌다.

일이 진행되는 방식은 이렇다. 먼저 손님이 20달러 지폐를 창문 틈을 통해 쓱 밀어 넣는다. 입장료는 그때그때 차이가 있었는데 20달러라고 치자. 내가 창문 틈으로 표를 쓱 밀어서 건네면, 손님이 그 표를 내 단짝 케니나 도장을 찍는 다른 누군가에게 건넸다. 표를 받은 케니는 손님 손목에 도장을 찍고 표를 작은 상자에 넣게 되어 있었다.

영업이 끝난 뒤에 표의 개수와 현금출납기 액수가 일치하면 우리는 배드랜즈의 정직하고 성실한 직원으로 인정받았다. 절도 가능성을 거의 완벽하게 차단하는 시스템이었다. 돈을 훔칠 수 있는 유일한 방법은 둘이서 공모하여 카메라를 피하는 것뿐이었다. 카메라는 비교적 쉬웠다. 유리창 쪽으로 몸을 기울이며 조이에게 이 빌어먹을 어항에서 내보내 달라고, 내가 이런 개똥 같은 일을 왜 해야 하냐고, 지루해 죽겠다고 소리친다. 그러면서 몸으로 머리 위 카메라를 막는 동안 20달러짜리 지폐 몇 장을 쓱 꺼낸다. 케니가 그 손실액에 상당하는 표 몇 장을 손에 감춘다. 그러면 나는 그 표들을 다시 다음 손님에게 판다.

도둑질이 나쁘다는 건 안다. 하지만 나는 조이의 돈을 훔친 게 아니었다. 그는 지배인이지 주인이 아니었다. 그리고 먹을 것은 고사하고 집세를 낼 돈도 벌지 못할 때는 도덕심이 슬슬 풀어지기 마련이다. 영업이 끝나면 상사는 주차장 건너편 다른 클럽에 있는 금고에 보관될 수 있도록 직원 두 명에게 3만 달러에서 5만 달러가 든 배낭을 들려 거기로 보낸다. 이 클럽은 레호보스라는 뚱뚱한 남자가 주인이다. 정확히 4년에 한 번 얼굴을 보게 되는 인물인데, 그때마다 직원에게 주인도 몰라본다며 소리친다. 배낭을 들고 튀는 이야기도 항상 있었는데, 내가 아는 한 그런 일을 해낸 사람은 없었다.

내가 고용주의 돈을 횡령한 건 이번이 처음은 아니었다. 나는 여러 해 동안 오사카 난바에 있는 다리, 또는 취리히나 루체른이나 뮌헨의 광장, 베른의 상가를 걸어 다니면서 행인들에게 전단지를 나눠주며 일본어, 독일어, 프랑스어로 "그냥 드리는 거니까 가져가세요"라고 말했다. 하지만 그건 거짓말이었다. 그들이 돈을 기부하지 않으면 우리는 도로 빼앗았을 것이다. 허벅지에 땀띠가 나도록 푹푹 찌는 여름에도, 바람이 귓속을 뚫고 지나가는 듯하고 구멍 난 신발 속으로 진창이 된 눈이 스며들어서 발가락이 퍼렇게 변하는 추운 겨울에도 그 일을 했다. "우리는 기독교 선교사입니다. 우리가 하는 일에 기부해주세요."

내가 이런 상황에서 동전 몇 개를 슬쩍하지 않았을 거라고 생각하는가? 그리고 그런 아이가 나쁜이었을 거라고 생각하는가? 여기에 도덕적 상대주의에 관한 연습 문제가 있다. 아이들에게 선교를 명목으로 기부를 간청하게 하고 광신 집단을 지원해 달라고 구걸하도록 시키거나 피고용인에게 최저 임금 이하의 임금을 주는 행태가 더 나쁜가? 아니면 그런 자들의 돈을 훔치는 짓이 더 나쁜가? 그렇게 돈을 슬쩍하는 기도들이 D.C.에서 술에 물을 많이 타기로 유명한 바텐더들보다 나쁠까? 나는 이 점에 대해 깊이 생각했고 늘 똑같은 결론에 도달했다. 나는 생존을 위해 필요한 일을 할 것이다.

클럽에서 일하는 기도들은 사람들이 '기도'라는 말을 듣고 떠올리는 모습과는 달랐다. 조이에게 '이 일자리를 선택할 만큼 절박한 것' 말고 다른 채용 기준이 하나라도 있었는지 의문이다. 그들 중에는 곱상한 젊은 남자 게이도 있고 지저분한 자연인 펑크족도 있고 유행에 민감한 남자 게이도 있고, 편집증적인 마약 중독자도 있었다. 그들은 문신을 했고 피어싱을 했으며 후프스커트만큼이나 펑퍼짐한 청바지를 입었고 상표가 닳아 없어진 스케이트보드 슈즈를 신었다. 그들은 웨스트 버지니아와 사우스 저지, 펜실베이니아의 개똥 같은 소도시에서 왔고, 메릴랜드와 버지니아의 교외와 준교외에서 왔고, 컨트리 음악 가수가 굳이 노랫말로 자랑하지 않을 마을에서 왔고, 성장하는 동성애자 아이들이 어둠 속에서도, 그리고 고통이 아닌 다른 뭔가를 느끼기 위해 마약을 사용한 상태에서도 친구들에게 결코 이야기하지 않을 일들을 겪는 마을에서 왔다. 캐주얼 마약* 사용을 두고 걱정하는 척하는 이들도 있을 것이다. 그런데 우리가 캐주얼 마약을 사용하는 이유는 바로 그런 사람들 때문이다.

그들은 과거 이야기를 슬쩍슬쩍 흘리곤 했다. 그 이야기를 알고 싶게 만드는 일종의 힌트다. 하지만 후속 질문을 던지면 그들은 "쇼야. 그냥 쇼"라고만 말하고 만다. 내가 알기로 그 말은 '드라마야'와 '넌 바보야'의 중간쯤에 있는 뭔가를 의미한다. 동성애와 관련된 이야기를 곧이곧대로 해석하면 곤란한 경우도 있다. 이런 경우에 그 말이 의미하는

* 마리화나 등과 같이 중독성과 독성이 약한 마약을 통칭한다.

것은 '그런 질문은 하는 게 아니야'였다. 다른 나머지는 충격을 안기는 비극적인 이야기들이었다. "이성애자로 만들어 주십사 기도하라고 가게 한 합숙소에서 상담원에게 동정을 잃었어." "한번은 공화당원이랑 했어. 겨우 열네 살에 말이야." "우리 아빠는 유일하게 나를 호모라고 부르는 사람이야."

조이 밑에서 일한다는 이유로 우리가 리틀 조이라고 부르던 풋내기가 있었다. 내 말이 다소 혼란스럽게 들릴까 봐 하는 얘긴데, 어느 때인가는 마이크라고 불리는 바텐더가 넷이나 있었고 이는 끝도 없이 많은 카일이라는 이름에 질서를 부여했다. 아무튼 리틀 조이는 몸무게가 40킬로그램밖에 안 되는 왜소한 체구에 앙상한 팔로 맥주 박스를 날랐다. 금발이었는데 눈 색깔은 정확히 뭐였는지 기억이 안 난다. 그는 항상 태양을 응시하는 것처럼 보였다. 원래 기도로 시작했지만, 어떤 날은 바텐더 보조로 일했다. 바텐더 보조로 일하는 날에는 손님들에게 휘트니 휴스턴의 사진을 건네며 그녀가 오늘 밤 도와줄 거라고 말했다. 그가 자신을 휘트니라고 믿었는지는 모르겠지만, 그랬을 가능성이 있다. 아니, 높다.

리틀 조이는 툭하면 싸움을 걸곤 했는데, 그게 그의 특징이었다. 전적으로 공정한 평은 아니다. 하지만 예를 들어 휘트니 휴스턴이 자신에게 가져다준 권위를 아베크롬비를 입은 여자 역할 동성애자가 인정하지 않으면, 리틀 조이는 결코 물러서는 법이 없었다. 그가 내 이름을 외치기 전에 무슨 일이 있었는지 나는 전혀 몰랐다. 나는 만사를 제쳐두고 무조건 군중 사이를 뚫고서 바를 뛰어넘어 그에게 갔다. 그는 나를 터프가이 큰형이라고 불렀다. 나는 영웅 행세하기를 좋아했다. 그러나 그보다도, 알고 보니 나는 싸움을 좋아했다.

내가 반격할 수 있다는 게 좋았다. 그건 새로운 느낌이었다. 그들이 얼마나 세게 치건 상관없었다. 그들이 이겨도 상관없었다. 어차피 다른 기도들이 곧 나타날 테니까. 내게는 반격할 수 있다는 사실만이 중요했다. 내 덩치와 내 평판과 클럽에 있을 때 드러나는 내 얼굴 표정이 좋았고, 그런 것들로 인해 안전하다고 느끼게 되었다.

나는 잔뜩 성이 나 있었다. 스스로를 애처롭게 생각하는 데 지쳤다. 사실 그래 봐야 달라질 건 없지만, 분노는 위안이 되는 거짓말을 제공한다. 내가 안전하다고, 내게는 자존심이 있다고 말이다.

내 기억에, 나는 수없이 많은 어른에게 맞았다. 파리채가 벨트보다 아프다는 사실을 아는 건 비단 나만이 겪은 특별한 가정 교육 경험이 아니다. 가난한 사람들, 종교적인 사람들, 교육받지 못한 사람들 사이에서는 아이를 때리는 것이 바람직하고 건강하고 유익한 양육 방식이고, 가장 중요한 원칙 중 하나다. 맞는 것만큼 때리기를 좋아하는 아이가 분노 조절 장애를 안고 성장한다는 사실이 어쩌면 부모의 잘못일 수 있다는 증거로 받아들여지지 않는다. 성경에도 이런 말이 있다. "매를 아끼면 아이를 망친다." 또한 성경은 이렇게도 말한다. "폭력은 폭력을 부른다." 성경은 멍청한 소리를 많이 한다.

폭력은 엉망으로 관리된 치아처럼 눈에 보이는 계급 표시는 아닐지 모르지만, 사랑하는 사람이 자행하는 폭력의 역사는 계급 상승을 가로막는 똑같이 큰 장애 요소다. 폭력은 신념 체계라기보다 병이다. 사실은 물려받은 병의 치료를 감당할 자신이 없기 때문에 성경에서 필요한 구실을 찾는 것뿐이다. 폭력은 여전히 치료를 신뢰하지 않는 부모에게서 대물림된 것이다. 그들은 신경이 잔뜩 예민해진 상태로 밤중에 돌아와서 가족들에게 소리치고는 다음 날 일하러 가는 아빠로부터 물려받았다. 이는 남자들에게 당연시되던 행동이다. 그리고 남자들한테는 음주도 당연시되었다. 그래서 아내가 규칙을 어겼을 때 남자가 아내를 때렸으면 어떻게 되었을까? 그냥 똑같다. 그녀는 일자리를 구할 수 없어서 떠나지 못한다. 한 세대 더 거슬러 올라가면, 그나마 도움이 될 만한 결혼 선물은 오직 강간 호루라기뿐이었다. 하지만 호루라기를 불어봤자 아무도 응답하지 않았을 것이다. 이제 우리는 이런 일에 거의 신경도 쓰지 않는다. 아내와 아이 들이 매를 맞던 옛 시절에서 그렇게 많이 달라지지 않았다. 적어도 물려받은 것이 분노뿐인 사람들에게는 그렇다.

비단 우리 의붓아버지들만이 문제는 아니었다. 우리네 엄마들이 그저 하루하루를 버티기 위해 기진맥진할 정도를 훌쩍 넘겨서까지 일하고 있었을 때, 좋은 남자를 만나는 것 말고는 출세할 기회가 전혀 없었을 때, 언제나 한 번의 실수, 하나님의 한 번의 잔인한 행동에 재앙이 닥칠 위험이 도사리고 있었을 때, 빌어먹을 아이가 안경을 깨뜨리거나 재킷을 잃어버리거나 도서관에 책을 반납하는 걸 깜빡했다면 그것이 분노를 터뜨릴 만큼 그토록 충격적인 일일까? 모든 책임을 개인에게 묻는 사회에 살고 있기 때문에, 여기에 작은 중독과 큰 정신 질환, 그리고 장례식을 감당할 여력만 있다면 죽음도 불사할 정도의 정당한 분노가 더해져서, 결국 '분노 조절 장애'라는 걸 갖게 된다.

다른 교훈들보다 또렷이 기억하는 교훈이 한 가지 있는데, 폭력이 해답은 아니지만 언제나 시도해볼 만한 가치가 있다는 것이다. 어른들은 분노와 좌절감과 두려움을 느끼거나 스트레스가 극심해지면 나를 때렸다. 스트레스와 두려움은 거의 끊임없이 나를 따라다녔다. 매질은 아이에게 그런 영향을 미친다. 나는 그 모든 것을 억누르고 있다가 어느 순간 공황에 빠져 폭발했고, 그 공황을 정확히 내가 배운 대로 표현했다. 나보다 작은 누군가를, 주로 남동생을 때렸다. 나는 동생의 눈에서 지독한 공포를 발견하곤 했다. 나 자신이 끔찍이도 싫었다. 하지만 멈출 수가 없었다. 어느 날엔가 동생의 덩치가 커져서 내게 반격할 때까지. 때릴 사람이 없어지니 분노를 터뜨릴 다른 대상을 찾았다. 바로 나 자신이었다. 배드랜즈에 들어올 때까지 그랬다.

어쩌면 나는 다른 누군가를, 나보다 어리고 작은 소년을 보호하는 것이 기분 좋았다. 내가 해결할 수 있어. 내가 상황을 더 좋게 바꿀 수 있어. 그 애를 보호할 수 있어. 리틀 조이는 거의 입 밖에 내지 않았지만, 그가 괴롭힘을 당한 걸 내가 알았다는 사실이 도움이 되었을지도 모른다. 가끔은 그가 선택한 싸움에서 그 점이 분명하게 드러났다.

한번은 리틀 조이가 한 남자를 열 받게 했다. 고등학교 때 운동선수였지만 지금은 나중에 코치로 일하기 위해 체중을 늘리려고 애쓰는 남자였다. 그는 리틀 조이의 멱살을 부여잡고 침을 튀겨가면서 소리치고 위협했다. 내가 중간에 끼어들었다. 그러자 그 미래의 코치는 내가 어떤 권한을 가진 사람이라고 생각했는지, 이치를 따지려고 들었다. 리틀 조이가 자신의 술을 버렸다는 거였다. 그건 올바르지 않은 처사다. 나는 돈을 내는 손님이다. 뻔한 얘기군. 나는 그를 밖으로 데려가서 얘기를 한 뒤에 문을 닫아버릴 생각이었다. 그러면 문제는 해결되었다. 하지만 리틀 조이가 그 정도에 만족하지 못하고 계속 그 코치에게 개자식이라고 지껄이며 비웃었다. 코치가 주먹을 휘둘렀다. 아까 말한 것처럼, 나는 싸움을 좋아했다.

바에서 벌어지는 싸움 대부분은 오래가지 않는다. 대개는 누가 다치기 전에 끝난다. 싸움이 벌어지면, 누구도 턱에 결정적인 펀치를 날릴 필요가 없다. 한 남자가 휘청하며 쓰러지거나, 다른 남자가 발을 헛디뎌 넘어질 것이다. 그리고 다들 술이나 약에 취해 있기 때문에 모든 것이 슬로우 모션으로 벌어진다. 누군가 펀치를 날리면 자기 손을 다치기 십상이다. 그런데 오래전에 무료한 시간을 보내던 해병대 병사들이 내게 가르쳐준 동작들이 떠오르기 시작했다. 주로 손을 다칠 위험 없이 누군가를 쓰러뜨리는 법이었다. 그 동작들은 늘 만족감을 주었다.

직책이 아닌 나이로 따졌을 때 우리의 수석 바텐더는 에이미라는 이름의 여자였다. 나로서는 다행히도 그녀의 나이는 겨우 서른다섯 정도였다. 에이미는 셔츠를 걸치지 않은 채 검은 조끼를 입고 검은 아이라인을 그리고 다녔는데, 레이저 쇼를 하는 남자친구가 있었다. 이건 그녀가 이성애자라는 사실을 알 필요 없는 사람들에게는 부차적인 내용일 것이다. 하여간 에이미는 다소 이성애자였다. 그러나 그녀가 마치 덜 노골적인 포르노 쇼의 스리섬 오디션을 보는 것처럼 키스를 하고 그녀의 남자친구는 끼길 기대했으므로,

그녀의 성향이 뭐든 나와는 별 상관없었다.

에이미는 내가 거리에서 잔돈을 구걸하던 어린아이였을 때부터 깨달아온 사실을 확인해주는 살아 있는 증거였다. 아무 대가도 바라지 않고 누군가를 도와주는 사람은 본인이 가난을 겪어본 사람뿐이라는 사실 말이다.

에이미는 아픈 몸으로 일하는 사람에게 뜨거운 차를 만들어주는 사람이었다. 그리고 우리는 항상 아픈 몸으로 일했다. 건강보험도 없었다. 병가도 없었다. 우리는 '바 독감'이라고 자체적인 진단을 내렸고 쓰레기통에 토했으며 벽장에서 잠시 눈을 붙였고 교대 시간을 버티기 위해 코카인 한 줄을 흡입했다. 그러나 에이미는 항상 브랜드가 없는 테라플루를 가지고 있었다. 탐폰과 진통제 이부프로펜을 바 밑에 챙겨두는 유일한 사람이었다. 내 여자친구 얘기를 듣고 나서도 "맙소사, 당장 헤어져"라는 말을 삼킬 수 있는 사람이었다. 내 화가 폭발하려 할 때마다 에이미는 그랑 마니에르 한 잔을 쓱 건넸다. 썩은 오렌지를 빨아먹는 듯한 맛이 났지만 제법 효과가 있었다. 스스로 인식하지도 못했고 말로 표현한 건 아니지만 어느덧 그녀를 든든한 큰언니처럼 생각하기 시작했다. 내가 안고 있는 문제를 스스럼없이 말할 수 있는 사람, 내가 잘못하면 솔직하게 말해줄 수 있는 사람, 나에게 신경을 쓰고 나를 지켜봐주는 사람으로 말이다.

이따금 에이미는 자신이 몰고 다니는 똥차 도요타 트

링크에 집 근처 빵집에서 산 하루 묵은 빵을 잔뜩 싣고 와서 가족처럼 거의 없다시피 한 급료를 받는(가족에게 돈을 꼬박꼬박 지불할 사람은 없을 테니까) 무일푼의 배고픈 기도들에게 나눠줬다.

그녀가 처음으로 그렇게 빵을 나눠준 건 내가 일을 시작한 지 2주 정도 되었을 무렵이었다. 바의 직원은 강도들의 주요 표적이기 때문에 우리는 항상 무리지어 퇴근했다. 그녀가 모두에게 자신의 차 앞에서 만나자고 했다. 다른 기도들은 반기며 빵 봉지를 받아서 배낭에 넣었다. 나는 손을 주머니에 찔러 넣은 채 그냥 서 있었다.

우리가 가난할 때 사람들이 우리를 바라보는 방식. 그들이 우리가 마땅히 느껴야 한다고 생각하는 수치심. 그런 것들이 우리를 변화시키고, 거저 주는 듯이 느껴지는 것이라면 뭐든지 받아들이기 어렵게 만든다. 우리는 마치 가난이 우리를 더 나은 사람으로 만든다는 듯이 가난을 맹목적으로 숭배한다. 하지만 사실 가난은 비천하게 만들 뿐이다. 가난으로 인한 끊임없는 스트레스. 결코 끝나지 않는 빌어먹을 수치심. 가난하기에 화가 나고 증오심이 생긴다. 더 많이 가진 부류를 질투하는 게 아니다. 그저 그들이 서슴없이 우리에게 안기는 빌어먹을 굴욕에 지쳤을 뿐이다. 우리네가 결코 도달하지 못할 기회의 세계가 있다. 대학. 일자리. 인맥. 계약금을 내기 위해 엄마와 아빠에게 돈을 빌리는 일 따위는 없다. 사람들은 저축한 돈에 손대야 할 때, 신용카드 대금이 불어날 때 '무일푼'이라고 말한다. 반면 통장이라는 게 아예 없는 사람들의 사회도 있다. 그러한 가난의 수치심 때문에 우리가 유일하게 공감할 수 있는 사람은 가난을 겪어본 사람, 우리에게 굴욕을 주지 않을 사람뿐이다.

배고픔을 경험한 사람, 잠들 때 몸이 스스로를 먹어치우는 것처럼 느껴질 정도의 배고픔을 경험한 사람은 늑골 아래를 갉아먹는 듯한 고통을 느껴보지 않은 사람들 곁에 있으면 결코 편안할 수 없다. 나는 오랫동안 사람들과 함께 있는 것이 편안하지 않았다. 그리고 "남긴 음식은 먹지 않아. 난 노숙자가 아니야"라고 말하는 사람은 늘 있다.

미국에서 엄청나게 많은 음식이 낭비되고 있다는 사실이 우리 같은 사람들에게는 얼마나 얼빠진 일로 보이는지, 미국인 대부분은 아마 인식하지 못할 것이다. 우리나라 사람들은 사과 한 알도 끝까지 먹지 않고 꼭 남긴다. 나는 누가 쳐다보지 않으면 끝까지 다 먹는다. 음식점의 일인분은 한 사람이 끝까지 다 먹을 수 없으리만치 많은 것은 물론이고, 일인분을 다른 사람과 함께 나눠 먹을 수 없도록 금지하는 법까지 있다. 사무실 파티와 회사 모임에서 낭비되는 음식을 보면 정말로 가슴 아프다. 마치 잘려나간 손발에서 여전히 느껴지는 통증 같은 구멍이 배 속에 난 것처럼 아프다. 우리는 쓰레기통에 음식을 던져 넣고는 거기에 뛰어들 정도로 절망적인 사람들을 조롱한다. 레스토랑은 내버린 음식물에 배고픈 사람들이 꼬이지 않도록 쓰레기 봉지에 표백제를 붓는다.

나는 음식과 관련해서라면 결코 생존 모드에서 벗어나 본 적이 없다. 식료품점 쓰레기통에서 건진 음식으로 연명하는 사람은 일주일을 버틸 만큼 충분한 음식이 없으면 불안하다. 그러나 사과 한 알을 끝까지 다 먹기, 빵 부스러기나 정어리 통조림 먹기, 채소의 썩은 부분을 도려내고 먹기, 청피망 먹기, 치즈에서 곰팡이를 잘라내고 먹기, 고기가 상했는지 확인하기 위해 냄새 맡기, 또는 내가 먹지 않을 음식의 이름을 대지 못하는 것이 이상하게 여겨진다는 사실을 나는 일찌감치 배웠다.

그래서 트렁크에 가득한 유통기한이 지난 빵을 보고 처음 보인 본능적인 반응은 굶주려 보이는 굴욕의 위험을 감수하기보다 관심 없는 척 눈길을 돌리는 것이었다.

나의 새로운 동료들은 굶주려 보이는 것에는 전혀 신경 쓰지 않았다. 자신들이 같은 부류임을 이미 알고 있었던 것이다. 그들은 빵을 덥석 잡고 베이글을 영국식 머핀과 교환하면서, 자신들이 가난하다는 걸 모두가 알고 있다는 사실 따위에는 전혀 신경 쓰지 않았다.

이제 이들 가운데 한 남자에 대해 말할 텐데, 나는 여기서 그를 카일이라고 부를 것이다. 카일은 어딜 가나 잔뜩 있는 흔한 이름이기 때문이다. 카일의 피부는 마치 조리대 위에서 오래 방치된 마요네즈처럼 다양한 품질의 문신으로 뒤덮여 있었다. 한번은 이런 이야기를 들려준 적이 있다. 그의 아버지가 교도소에 간 뒤로 카운티 보안관이 도로에서 갓 죽은 사슴을 발견하면 어머니에게 전화를 걸었다고 한다. 그러면 그들은 몇 주 동안 사슴 고기를 먹었다.

다소 뜬금없는 이런 이야기를 자세히 듣게 된 건 우리가 함께 집으로 걸어가던 어느 날 밤이었다. 당시에 나는 한 터키 아주머니 집에서 셋방을 얻어 살았는데, 아주머니는 영주권 때문에 내가 자기 아들과 결혼하기를 바랐다. 그랬다면 내게 돈이 좀 생겼을 테지만, 예수님이 내 안의 동성애자를 치료해서 내가 영어를 못하는 165센티미터의 터키 남자와 사랑에 빠졌다는 걸 이민국에서 믿어줄 것 같지 않았다.

우리는 에이미가 준 베이글을 먹으며 코네티컷 애비뉴를 걷고 있었다. 그런데 카일의 베이글 봉지가 찢어지는 바람에 베이글이 빌어먹을 땅바닥을 굴러가다가 그만 웅덩이에 빠지고 말았다. 그는 어느 집 발코니에 매달려 있던 자전거를 주먹으로 내리치다가 거의 손이 부러질 뻔했다. 그러곤 울음을 터트렸는데, 그러더니 불쑥 자동차에 치여 죽은 동물 이야기를 꺼낸 것이다. 우리는 내 베이글 봉지에서 베이글을 나눠 가졌다. 우리 둘 중 누구도 그 얘기는 다시 꺼내지 않았다.

내가 에이미의 트렁크 앞에서 머뭇거렸던 그 첫날, "잠깐만. 뭐라도 챙겼어?" 하고 물어봐준 사람이 바로 카일이었다.

나는 바보였기에 이렇게 대꾸했다. "난 됐어."

그가 말했다. "아직은 상태가 괜찮아." 마치 멍청한 부잣집 도련님에게 유통기한에 대해 설명하려고 발동을 거는 것 같았다. 나는 '아이고, 이 사람아, 유통기한이라면 나도 잘 알아'라고 말하고 싶었다. 그런데 그러는 대신 그가 내민 베이글 봉지를 받아들고는 울음을 터트릴 뻔했다. 그는 자신에게 남은 빵 두 덩이를 보며 말했다. "건포도 안 좋아하면 미안하게 됐는걸." 다른 동료 하나가 자기는 건포도 든 것도 상관없다며 자신의 호밀 흑빵과 바꿔도 된다고 말했다. 나는 베이글 봉지를 가슴에 끌어안고 그저 웃기 시작했다. 패밀리에서는 건포도를 기피하면 생존할 수 없다. 그 자리에 있던 사람들은 분명 나를 괴짜라고 생각했을 것이다. 아마 그랬을 거다. 그러나 그들은 나를 재단하려 들지 않았다.

우리가 재단하는 사람들은 '그들', 다시 말해 고객들뿐이었다. 내가 이미 그들을 썩 좋아하지 않았다는 사실이 한몫했다. 그들 대부분은 워싱턴 D.C. 지역의 부유한 백인 남성 동성애자들이다. 그들 또한 나를 좋아하지 않았다. 그들 대부분은 좀처럼 여자를 참아주지 않았다. 그 점이 바텐더한테는 유리하게 작용하기도 했다. 내가 그들을 개똥같이 취급할수록 팁을 더 잘 줬다. 모두가 무뚝뚝한 바텐더를 좋아한다. 그러나 특히 기도로서 내가 그들의 우월성을 인정하지 않을 때 그들이 처음 보이는 본능적인 반응은 여자가 복종하지 않을 때마다 남자들이 보이는 반응과 동일하다. 내게 그들을 누를 지위가 없기 때문이다. 내가 그들처럼 보인다는 것, 적어도 그들처럼 옷을 입었다는 사실은 중요하지 않았다.

일종의 드래그퀸 은퇴 계획의 일환으로 물품 보관소를 운영하는 늙은 드래그퀸 글래디스는 나의 비공식 스타일리스트였다. 그녀는 침례교 목사의 아내처럼 보였다. 이내 나는 그녀가 좋아졌다. 그녀는 우리 할머니가 이웃들에 대해 말할 때처럼 맥락 없이 이 말 저 말을 하곤 했다. “그때는 미스 앰브로시아가, 지금은 죽었는데, 17번가에 있는 비디오 가게 위층에서 우리랑 함께 살았어. 1년쯤 뒤에 죽은 아론도 같이 살았지. 펠릭스라는 남자애가 있었는데, 여자애였나? 그 애는 다비드 상이 살아 움직이는 것 같았어. 사랑스러운 애였는데 아마 89년엔가 죽었지.”

그녀는 우리가 물품 보관소에 쳐들어가서 손님들이 두고 간 옷가지를 챙기게 내버려두었다. 그녀가 그러지 않았다면 어차피 우리가 필요한 물건을 조금씩 빼돌렸을 테다. 이따금 그녀가 내가 고른 옷들을 보고 “자기야, 그건 영 아니다”라고 거들어준 것이 도움이 되었다. 우리 고객들은 온갖 의류를 가져다 맡겼다. 재킷은 물론이고 바지와 셔츠에 때로는 서류 가방이나 운동복까지. 여러 해 동안 내 옷장은 배드랜즈 물품 보관소에서 가져온 것들로 꽉 채워졌다. 많은 아베크롬비와 바나나 리퍼블릭 옷들. 나는 올드 네이비* 옷을 사야 했거나, 아니면 다른 일자리가 뭐였든 내 하루 일당보다 비싼 셔츠를 입고 거기에 가야 했다.

배드랜즈는 대체로 내 유일한 일자리가 아니었다. 그러나 내가 깽판을 칠 수 없는 유일한 일자리였다. 나는 두 번 해고되었고 한 번은 내가 그만두었는데, 그럴 때마다 조이가 나를 다시 데려왔다. 배드랜즈는 내가 안전함을 느낀 곳이었다. 내가 집처럼 편안함을 느낀 곳. 내가 숨을 쉴 수 있는 곳. 음악과 불빛과 마약이 있어 바깥세상과 거기에 수반되는 모든 고통을 잊을 수 있었다. 적절한 말을 해야 한다는 걱정 따위는 할 필요가 없었다. 클럽 외부의 누군가에게 받아들여질 필요도 없었다. 추수감사절에 집에 갈 수 없다는 건 문제가 되지 않았다. 클럽 사람들은 항상 떠돌이를 맞아들였다.

나는 사회생활이 필요치 않았다. 클럽에 일자리가 있었다. 어차피 사회생활을 할 시간적 여유도 없었다. 저녁 7시에서 새벽 3시, 4시, 심지어 5시까지 바에서 야간 근무를 몇

* 바나나 리퍼블릭 등을 소유한 갭 그룹의 비교적 저가 패션 브랜드.

번만 서면 금세 완전히 야행성이 된다. 처음 한두 주는 곧바로 곯아떨어지지만, 자면서도 여전히 하우스 뮤직으로 고막이 쿵쿵거린다. 그러다 보면 어느 날 다른 직원들과 뒤풀이를 하게 된다. 온수 욕조에 앉아 그랑 마니에르를 홀짝이게 된다. 그랑 마니에르는 사실 달콤하면서도 더럽게 이상한 맛이지만 모두 마시는 술이니 그냥 마신다. 뒤풀이 후에는 팬케이크를 먹으러 간다. 안 될 게 뭐 있나. 어차피 월급을 다 저축해도 집세도 안 나올 판인데. 마지막으로 잠들기 전에 TV 볼 시간이 필요하다. 귀에서 쿵쿵거리는 빌어먹을 소리를 진정시키는 데 도움이 된다. 해가 뜰 때까지 잠들지 않으면 완전 끝장이다. 이제 야간 근무를 서러 나간다. 세븐일레븐 종업원이 내 이름을 안다. 내가 그에게 아이들에 대해 묻는다. 공원 매춘부들이 길모퉁이에 있는 남자들을 경계하라고 알려준다. 로드 아일랜드 애비뉴에 머무는 편이 좋을 거라면서. 점심은 밤 10시에 십자말풀이를 하면서 바에서 먹는 올리브다. 내게 유일하게 친구들이 있다면 마찬가지로 잠을 박탈당한 바텐더와 기도, 성매매업 종사자, 근처 레스토랑에서 일주일 동안 해를 보지 못하고 서빙하는 사람과 요리사 들이다.

그 일자리만으로 충분한 돈을 벌지 못하면, 결코 충분한 돈벌이가 된 적이 없지만, 부업을 한다. 휴대전화에 대고 누군가에게 소리치는 로비스트들을 K 스트리트에서 올드

에빗 그릴까지 고급 세단 타운카로 모셔다 드리는 일. 조지타운의 스타벅스에서 거식증에 걸린 주부들에게 커피를 만들어주는 일. 듀폰트의 애견 미용실에서 불안해하는 래브라두들의 털을 손질하는 일. 부업은 오래가지 않는다. 타운카에서 깜빡 잠이 들어 걸려오는 전화를 놓치면 상원의원이 차를 타기 위해 10분을 더 기다려야 한다. 한 어리숙한 젊은이가 입사 지원서를 요청하자 스타벅스 점장이 그에게 저능아라고 지껄이는 광경을 본 뒤 초록색 앞치마를 내던지고 나가면서 이것은 도덕적인 저항이라고 스스로를 다독인다. 하지만 사실은 잠이 필요한 것이다. 멍청이의 개를 손질해주고 그 개의 귀에 대고 멍청이를 멍청이라고 부른다.

상관없었다. 내게는 클럽이 있었다. 그리고 조이는 항상 나를 맞아주었다.

어릴 적에 스위스 취리히 외곽의 허물어져가는 샬레*에 살았을 때, 나는 그들이 선반에 물건을 얹듯 우리를 얹기 위해 만든 삼층 침대의 맨 위 칸에 놓인 발포 매트리스에 구멍을 뚫고 그 안에 라디오를 숨겨두었다. 밤이 되면 내 선반에 누워 1990년대 대중음악을 들었다. 마돈나, 시네이드 오코너, 록세트, 더 큐어의 음악이 사춘기 직전의 불안한 내 가슴에

* 주로 스위스 산골 마을에서 볼 수 있는 스위스 전통 목조 주택.

묵직하게 와닿았다. 그런 음악을 들으며 성인이 된 나의 삶을 그려보았다.

나는 내가 패밀리 안에 있지 않은 모습을 상상하곤 했다. 적그리스도는 오지 않았다. 어찌어찌해서 나는 패밀리에서 나왔다. 대학에 갔다. 경력을 쌓았다. 그러나 항상 세부적인 내용은 조금씩 흐릿했다. 완벽하게 선명했던 상상은 영화에서 본 것처럼 친구들을 두고 도시에서 사는 상상이었다. 우리는 레스토랑 야외 테라스에, 파격적이고 멋진 아파트 현관 입구 계단에, 브라운스톤으로 지은 타운 하우스의 작은 뒤뜰에, 휴가 동안 자동차 여행을 떠난 해변에 앉아 있다. 나는 여러 장소를 섞기를 좋아했다. 우리는 투명한 잔에 담긴 와인과 맥주, 예쁜 칵테일이나 갈색 리큐어를 홀짝인다. 그리고 우리는 이야기한다. 온갖 것에 대해 이야기한다. 우리의 관계에 대해, 우리의 개에 대해, 우리의 직업에 대해. 그리고 종교와 정치에 대해서도 이야기한다. 누군가가 예를 들어 《뉴요커》에서 읽은 뭔가에 대해 얘기를 꺼낸다. 《뉴요커》는 할머니가 지난 호들을 잔뜩 쌓아둔 덕분에 내가 이름을 아는 유일한 출판물이었다. 우리는 책과 음악에 대해 이야기한다. 우리는 밴드의 이름과 노랫말을 알고 있다. 우리는 위트도 있다. 서로 놀리고 시시덕거리며 농담을 한다. 우리끼리 통하는 농담이 있다. 우리는 담배를 피운다. 어쩌면 시험 삼아 마약을 시도할지도 모른다. 우리는 즐겁다. 흥미롭다. 이야기한다.

그로부터 13여 년이 지난 지금, 내게는 여전히 대학 졸업장도 경력도 휴가도 없었다. 그러나 가끔 우리는 조이가 만들어준 저녁을 먹거나, 에이미 집에 가서 그녀의 흰 담비와 놀고 술을 마시며 책에 대해 이야기를 하거나, 몇 명의 마이크나 카일 중 하나가 사는 공동 주택 뒷마당에 앉아 아무거나 구할 수 있는 술로 만든 칵테일을 시음하며 클럽에서 가져온 마약을 교환하고, 서빙하는 사람과 요리사가 주방에서 슬쩍 해온 음식을 먹으며 해가 떠서 햇빛이 우리를 안으로 쫓을 때까지 아무것도 아닌 온갖 것에 대해 이야기했다.

몇 가지 세부 사항은 달랐지만, 내가 도시에 살았고 뒤뜰에서 술을 마시고 마약을 하며 친구들의 이야기를 들었던 건 틀림없다. 서서히 나는 따로 가입할 필요가 없는 가족 비슷한 무언가의 일부로 받아들여지는 방법을 배우기 시작했다.

방언

공군 기초 훈련을 받던 중에 하루는 그들이 우리에게 진짜 군대에 있는 기분을 느끼게 해주려고 한 적이 있다. 전날 밤 그들은 주방에서 아침 배식 준비를 시작하는 새벽 시간까지 우리를 재우지 않았다. 새벽 무렵 우리는 더플백을 메고 박자에 맞춰 군가를 부르며 몇 마일을 행군했다.

우리는 두어 시간 동안 M16을 쐈다. 그런 다음 흙바닥에 앉아 전투 식량을 골라 먹었다. 영화를 많이 본 유디 훈련병은 럭키 참스 시리얼은 재수가 없다며 피하라고 했다. 우리는 전투 식량을 먹어본 적이 없기 때문에 플라스틱 용기에 든 음식을 즐겁게 먹었다. 그러던 중 그들은 우리를 다시 강당으로 행군시켰다.

우리는 말없이 줄지어 들어갔다. 기초 훈련 6주차였고, 누구도 우리에게 말을 하지 말라고 주의를 줄 필요가 없었다. 불이 꺼지고 스포트라이트만 켜져서 무대 위 의자에 묶여 있는 한 남자를 비추었다. 그는 교관 중 한 명이었다. 악당이 무대로 들어왔다. 그가 머리에 수건을 두르고 있었기 때문에 우리는 그가 악당인 걸 알았다. 악당이 공군 병사를 여기저기 때렸다. 하지만 충직한 공군 병사는 작전 계획을 발설하지 않고, 그냥 이름과 계급 그리고 (사실 사회보장번호와 같은) 군번을 댔다. 악당이 총을 꺼냈다. 병사가 총에 맞아 죽었다. 그리고 다시 조명이 꺼졌다. 그때, 농담이 아니라 정말로, 리 그린우드의 노래 '미국인이라는 것이 자랑스럽다'가 흘러나왔다.

그 순간 주변을 둘러보았다. 모두가 울면서 뭐라고 외치고 있었다. 어떤 병사들은 그들이 받은 복음주의 교육에 기초해 두 손을 들어 허공에 흔들었다. '종교적인 사람인 내가 지금 이런 엄청난 감정을 느끼고 있다'는 것을 보여주는 보편적인 제스처다. 나는 내가 뭔가를 느껴야 한다는 걸 알았다. 느끼긴 느꼈다. 강한 반감을. 나는 예전에도 이런 상황을 겪었다. 이 모든 것을. 잠 안 재우기, 재미있는 야외 전쟁 준비, 악당에게 고문당하는 연극, 그리고 노래. 항상 노래가 있었다.

패밀리에 있었을 때는 이런 장면이 매주 벌어졌다. 조금 가벼운 버전이긴 했지만 말이다. 우리는 모두가 아는 노래를 부른다. 요즘은 잘 부르지 않는 옛날 노래다. 일어나서 동작을 한다.

내가 보병대에서 행군을 하지 못해도(모두가 일어나서 행군하듯 걷는다)
기병대에서 말을 타지 못해도(고삐를 잡은 것처럼 손을 앞으로 뻗고 질주하는 시늉을 한다)
포병대에서 총을 쏘지 못해도(손으로 총을 쏘는 시늉을 한다)
나는 주님의 군대에 있다네(손가락으로 하늘을 가리킨다)

그들이 전용한 옛날 구세군 노래였다. 당연히 어떤 아이는 자신은 냉담한 성격이라서 그런 동작을 할 수 없다고 생각한다. 그때 방 앞쪽에 항상 두어 명 이상 참석해 있던 기타 연주자들이 연주를 멈추고, 목자가 일어서서 우리를 기도로 이끄는 동안 기타에 팔을 얹은 채 대기한다. 처음에는 짧은 기도다. 목자가 심술궂은 사람이 아니라면 그 뒤에 더 어린 아이들은 침대로 보내준다. 목자는 성경이나 패밀리 문서에서 뭔가를 읽어준다. 또는 느닷없이 누군가가 촌극을 벌인다. 공군 촌극과 비슷하지만 은근하게 누군가를 공격하는 수동적 공격성이 엿보이는 촌극이다. 어쩌면 노래를 부르는 동안 손동작을 하지 않은 아이들에 관한 내용일 수도 있다. 그런 다음 적그리스도 군이 집을 습격해서 모두를 죽인다. 이건 정말 촌극이다. 손동작을 하지 않은 아이가 죽은 여동생들의 시체 앞에 엎드려 우는 장면으로 넘어간다. 장담하건대 그 아이는 이제 손동작을 하지 않은 것을 사무치게 후회할 것이다. 앞으로 다시는 그런 실수를 하지 않을 것이다.

그러고 나서 우리는 기도를 하고 반복해서 찬송의 말을 외친다. "예수님감사합니다주님감사합니다." 어떤 암묵적인 합의에 따라 찬송의 말이 잦아들 때면, 목자가 예수님에게 몇 가지에 대해 감사드리고 몇 가지를 요청한다. 그러면 우리는 먼저 예수님에게 아양을 떨어야 하고, 다시 찬송의 말을 외친다. 몇 가지 발표가 있은 뒤에 우리는 침대로 간다.

이것은 진짜를 위한 정비 작업이었다. 진짜는 상황에 따라 한 달에 한 번, 또는 두어 달에 한 번 열렸다. 우리의 앵벌이 수입이 짭짤할 때, 지역 당국이 우리에게 관심을 기울이지 않을 때, 아이들이 시무룩해지거나 헤어 제품을 바르는 일 따위의 심각한 죄를 저지르지 않을 때는 예정되어 있는 기도회들 사이에 정비 작업을 행하지 않을 것이다. 하지만 정비 작업이 필요해지면 보통 몇몇 집이 소규모 기도회를 열기 위해 만나는데, 한나절이나 며칠씩 계속되기도 한다. 대개는 우리에게 먼저 금식을 시킨다. 목자가 음식을 먹지 않고 하루를 버틸 수 있다고 판단한 최소 연령 이상인 사람은 모두 금식 대상이었다.

금식과 잠 안 재우기는 누군가를 세뇌하려 할 때 유용하다. 얼마간 시간이 지나면 배고픈 느낌이 멎고 정신이 몽롱해지기 시작한다. 물론 금식 기간 중에는 어디서나 암시장이 본격적으로 가동되기 마련이다. 누구에게 부탁해야 하는지만 알면, 삶은 달걀부터 오트밀까지 뭐든 구할 수 있다.

정식으로 기도회가 시작되면 사람들이 씹을 수 있는 건 자기 볼살뿐이다. 우리는 몇 시간 동안, 때로는 한방에 수백 명씩 모여서 노래를 부른다. 방 안은 사람들의 체취와 호흡 냄새로 가득하다. 영적인 사람 또는 영적이지 않다는 이유로 최근 고초를 겪어서 영적으로 보일 필요가 있는 사람은 손을 허공으로 들어 올리고 흐느낀다. 패밀리의 애창곡이자 내가 알기로 패밀리에서 최악의 노래는 '나의 패밀리, 나의 패밀리'다. 그 곡은 패밀리에 대한 사랑의 노래다. 어쨌거나 노래를 부르는 동안 옆에 있는 사람의 어깨에 팔을 두르고 음악에 맞춰 앞뒤로 몸을 흔드는 것이 전통이었다. 지금 이 책을 쓰는 동안에도 그 노래를 부를 수 있을 정도다. 생각만 해도 겨드랑이 냄새가 난다.

그런 다음에는 또 촌극이다. 항상 불평하는 반항적인 여자아이가 있다. 하루는 그 아이가 이교도들에게 전단지를 팔러 나간다. 전단지 앞면에는 다양한 문화의 인기 캐리커처, 말하자면 뾰족한 모자를 쓴 아시아인, 카우보이, 로브를 입은 아랍인이 지구를 가운데 두고 빙 둘러서서 손을 잡고 있다. 뒷면에는 예수와 패밀리에 관한 무슨 메시지가 적혀 있다. 내용은 모르겠다. 읽어본 적이 없다. 그들은 그 메시지 때문에 판매 행위를 간증이라고 불렀지만 내게는 끔찍한 구걸처럼 느껴졌다. 사실이 그랬으니까.

아무튼 그 촌극에서 반항적인 아이는 더는 전단지를 팔고 싶지 않다. 그래서 불평을 한다. 사탄은 어디에나 있기에 그 불평을 듣고 아이의 등에 올라타 집까지 따라간다. 이제 집 안에 사탄이 있다. 무서운 얘기다. 모두 다투고 불평을 한다. 아이들이 바보처럼 멍청한 농담에 웃음을 터트리는 훈훈한 주방 장면이 나온다. 갑자기 스토브에 불이 붙는다. 지독한 혼돈이다. 그래서 그들은 기도회를 열어 어느 버릇없는 아이가 사탄을 데려왔는지 알아내고 퇴마 의식을 거행한다.

이 촌극을 처음 보았을 때는 특히 시기가 절묘했다. 동성애자라는 이유로 나에게 퇴마 의식을 거행한 직후였기 때문이다. 그러나 촌극은 13세 이하 등급 버전이었다. 매질도 비명도 없었다. 그리고 극적인 효과를 얻기 위해 그들은 퇴마 의식을 몇 분 정도로 줄였다. 실제 퇴마 의식은 며칠씩 가기도 했다. 정말로, 아이가 굴복하기까지 시간이 얼마나 걸리느냐에 좌우되었다. 누군가 아이를 제압하거나 가끔은 머리 위에 앉아서 거의 숨 쉬기도 힘들다. 누군가 벨트나 파리채나 주걱이나 다른 무엇으로 때린다. 그러는 내내 아이에게 소리를 지르고 저주를 퍼붓는다. 그러니까 내 말은 사탄더러 아이의 몸에서 빠져나오라고 소리친다는 얘기다.

하지만 마치 나에게 소리치는 것 같았다. 아이에게 그런 짓을 저지르면서 그게 다 아이를 위한 일이라고, 아이의 영혼을 구하는 일이라고, 자신은 하나님께 봉사하고 있다고 스스로에게 말하다니 참 우습다. 그들은 내게 읽을 것을 주고 독후감을 쓰게 했다. 그들은 기도했고 내가 충분히 뉘우쳤다는 걸 보고 싶어 했다. 퇴마 의식에 대해 기억나는 것은 많지 않다. 나는 마음의 문을 닫고 어둠 속으로 기어들어가는 법을 배웠고 '이렇게 사람이 미쳐가는 건가?' 하고 생각했다. 그러나 촌극에서는 그런 것을 전혀 보여주지 않았다. 그저 기도하고 사탄에게 소리쳤다. 그리고 할렐루야. 이 집은 구원을 받았습니다. 다 함께 기도합시다.

무릎을 꿇고 엎드린 뒤 얼굴을 두 손에 파묻었다. 이것은 수동적인 기도보다, 손을 잡고 하는 기도보다, 평범한 기도보다 더 절실하고 더 효과적인 기도 자세다. 다리가 저려왔다. 가끔은 깜빡 졸기도 했지만 오랫동안은 아니었다. 무릎이 타는 듯했다. 팔꿈치와 팔뚝에 감각이 없어지기 시작했다. 그리고 우리는 찬송했다.

기도회 동안 찬송은 몇 분에서 몇 시간씩 이어지기도 했다. 우리는 누군가 방언을 할 때까지 계속해서 무릎을 꿇고 손에 얼굴을 파묻고 있었다. 누군가 방언을 시작하면 너도나도 방언을 했다. 방언은 횡설수설처럼 들렸다. 정말로 횡설수설이기 때문이다. 나는 방언을 하는 척해야 했다. 하지만 패밀리에서 〈사도행전〉을 해석한 바에 따르면, 방언은 영혼이 누군가의 몸을 통해 하는 말이다. 또는 예수님이 킹 제임스 성경 영어로 하는 말이다. 내가 이것을 아는 이유는 방 안에 있던 누군가가 다른 사람이 횡설수설하는 예언을 해석했기 때문이다. 대개는 어떤 성경 문구 또는 "내 백성들이 간청하는 기도를 들었으니 그들에게 은총을 내리겠노라" 따위의 헛소리였다.

그런데 사실 이 사람들은 가짜로 그런 척하는 게 아니었다. 진짜였다. 성령. 방언의 은사. 그 모든 것. 그야말로 횡설수설이었지만, 그들은 그냥 '믿는 것'이 아니었다. 그들은 '알았다.' 자신들 입에서 침 튀기며 나오는 음절들의 뒤섞임이 성령이 그들을 지배하며 그들을 통해 말을 하고 그들 몸에 손가락을 삽입해 황홀하고 짜릿한 절정으로 이끄는 현상임을 알았다.

그들은 모두 알았고, 느꼈다. 그리고 그들은 모두 이해했다. 나는 오랫동안 그런 일이 일어나는 광경을 지켜보았기 때문에 그것이 진짜라는 걸 안다. 가끔은 나와 눈이 마주치는 다른 아이가 있었지만, 우리는 성령을 받지 못한 사실을 심지어 서로에게라도 들킬세라 얼른 다른 곳으로 눈을 돌렸다. 다음에는 누가 성령에 사로잡힐지 몰랐다. 하지만 성령에 사로잡히는 사람, 성령을 느낄 수 있는 사람, 뇌가 과대망상에 사로잡히기 쉬운 사람, 감각이 옥시토신으로 흘러넘치는 사람은 정말로 망할 공중 부양을 했다.

예언, 즉 방언이 계속되다가 잠잠해지면, "할렐루야예수님감사합니다주님을찬양합니다"가 이어졌다. 성령이 돌아와서 천사의 언어로 우리에게 가르침을 줄 때까지. 우리는 엉엉 울었다. 방언을 하는 사람, 예언을 받은 사람에게 손을 얹고 축복했다. 누군가가 아멘으로 기도를 끝내고 "예수님을 위한"이라고 외쳤고, 우리는 "혁명"이라고 화답한 뒤에 세 손가락 경례를 연거푸 반복했다. 마침내 우리가 '나의 패밀리, 나의 패밀리'를 또다시 부를 때까지. 방 안에 눈가가 말라 있는 사람은 없었다. 나를 포함해서. 눈물을 흘리는 건 어렵지 않았다. 그들에게 들키면 어떻게 될지 생각하기만 하면 되니까.

기도회가 끝나고 나면 몇 주 동안은 집이 기계처럼 돌아갔다. 기록적인 모금, 식품과 생필품을 구매하기 위한 새로운 계약, 복음을 설파하기 위해 계획된 새로운 여행과 개똥 같은 전단지 및 테이프 판매, 복도에서 지나가는 사람을 붙잡고 포옹하며 그를 사랑한다고 말하는 멍한 어른들, 양변기 뒤도 기쁘게 청소하는 아이들. 아무튼 아이들 대부분은 그랬다. 나는 영적인 각성 직후만큼 그렇게 외로움을 느낀 적이 거의 없었다. 나는 들킬지도 모른다는 공포 속에 살았다. 각성한 척했다. 하지만 나는 광란의 파티에 잠복한 사복 경찰처럼 뚜렷하게 티가 났다. 어느 순간 누군가가 나를 손가락으로 가리키며 "속세인이다!"라고 소리칠까 봐 두려웠다. 그 집에서 나를 제외한 나머지 사람들이 느끼는 카타르시스와 유대감, 도취감은 반박할 수 없이 그곳에 소속되어 있다는 증거였다.

이것이 바로 단식을 하고, 알고 있는 동작과 함께 익숙한 노래를 부르고, 땀 흘리며 신체 접촉을 하고, 행진을 하고, 행진가를 부르고, 찬송을 외치는 취지다. 우리 뇌는 살덩어리로 이루어져 있으며, 인지부조화가 동물적 본능을 정당화한다. 이러한 공동 의식儀式은 이성적 사고를 차단하고 우리를 그런 본능에 따르게 하는 것이 목적이다. 우리가 가진 가장 기본적인 본능들 가운데에는 어떤 집단과 동질감을 느낄 필요성도 끼어 있다. 만일 털북숭이 매머드를 상대해야 하고 불을 피우는 방법을 딱 한 사람만 알고 있고 오그*가 매우 날카로운 바위를 찾았다면, 집단이 더 안전하다. 또한 오그의 바위를 이용해 고기의 털을 제거하고 싶다면, 집단에 속해 있어야 한다. 집단 속에서 적응해야 한다. 그래서 집단을 흉내 낸다. 그리고 노래를 듣고 울건 방언을 하건, 당신이 하는 짓이 말도 안 되게 우스꽝스럽기 때문에,

* 구약성경에 등장하는 거인.

당신의 뇌는 그것이 진짜라고 속삭인다. 그렇게 그것은 진짜가 되고, 당신은 그것을 느꼈다. 당신의 정체성에서 숨겨진 무언가를 잃었고, 무언가의 일부가 되기 위해 굴욕을 감내했지만, 결국 집단에 적응했고 집단은 더욱 강해진다.

당신이 요가 수업에서 무언가를 영송하고 경기장에서 목소리를 최대한 높여 팀의 응원가를 부르고 '미국'이라고 외치거나 리 그린우드의 노래를 듣고 울어본 적이 있다면, 아마도 그렇게 똑같이 도취된 기분을 느껴보았을 것이다. 정도는 덜할지라도 마찬가지 작용이다. 기업들은 그 효과를 눈치챘고, 지금 지역의 대형 매장 직원들은 매일 아침 구호를 외친다. 케이블 설치 기사들도 직원 월례 모임에서 그렇게 한다. 물론 그다지 효과적이지는 않다. 그러나 집단 충성심을 고취시키려는 어설픈 시도가 사람들에게 돈을 지불하는 것보다 싸게 먹힌다.

나는 왜 그런 기분을 느끼지 못했는지 분명하게 알지 못한다. 어쩌면 그때도 나의 정체성 때문에 집단에서 거부당한 건지도 모른다. 그들은 내가 다르다는 걸 알았다. 그 사실을 뭐라고 규정하기 한참 전부터 나는 알고 있었다. 어쩌면 '광신 집단이 잘못이라고 보는 특징들, 이를테면 나의 완고함, 반항심, 질문과 의심 등이 나를 형편없는 광신 집단 구성원으로 만들었다'는 단순한 얘기일지도 모른다. 어쩌면 그들이 그런 특징들을 너무 심하게 탄압해서 내가 그 특징들을 나의 미덕이라고 은밀하게 믿게 되었는지도 모른다.

오해하지 마시라. 나도 허물어질 때가 있었다. 그들의 말이 사실이라고 느끼고 싶어 필사적으로 노력할 때가 있었다. 나도 느끼고 싶었다. 한순간이라도 소속되고 싶었다. 뭔가의 일부라고 느끼고 싶었다. 그러나 느낄 수가 없었다. 가끔, 아니 자주, 내게 단단히 잘못된 뭔가가 있다고 믿었다. 하지만 바꿀 수가 없었다. 결국 나란히 깔아놓은 이부자리 중 하나에서 이를 갈며 자고 있는 남동생 옆에 누워 항상 같은 결론에 도달했다. 그건 진짜가 아니었어.

그렇게 넘치는 도취감, 소속감에 대한 절대적 확신을 공군에서 다시 목격했을 때, 나는 어쩌면 그것이 진짜일지도 모른다고 생각했다. 어쩌면 내가 그냥 문제 있고 결함이 있어서 집단이 거부할 수밖에 없는 사람, 그들과 달리 아무것도 모르고 아무것도 보지 못하는 사람인지도 모르겠다고 말이다.

내가 집단의 일부가 된 느낌을 받은 유일한 시간이 서비스 업계에 종사했을 때뿐이라는 사실이 아마 놀랍지 않을 것이다. 앤서니 보데인*은 땀이 촉촉히 배어나는 주방에서 제 한 몸 기꺼이 희생하는 전과자와 왕따, 해적 들을 시적으로 표현했다. 나는 아이일 때 주방에서 일했다. 그리고

* 미국의 요리사 겸 방송인.

다른 집단에 들어갔다. 나이트클럽 배드랜즈의 직원. 보수는 형편없었다. 하지만 혜택은 그리 나쁘지 않았다. 공짜 술, D.C.에 있는 다른 클럽 무료입장, 그리고 가끔은 공짜 마약까지.

배드랜즈에서 일을 시작한 스물세 살 적에 나의 마약 경험은 마리화나를 몇 번 피워본 게 전부였다. 나는 그것이 좋았다. 더 시도해보고 싶었다. 이것저것 다 시도해보고 싶었다. 하지만 고등학생 시절에는 누구에게 물어봐야 할지도 몰랐다. 군대에서는 너무 위험했다. 마리화나를 떠올리는 것만으로도 영창에 갈 수 있었다. 내가 실제로 마약을 시도하기 시작했을 무렵에 나는 대체로 책임감 있게 마약을 사용하고 적당한 용량과 섞어선 안 될 것을 알고 있으며 충분한 수분 섭취를 권유하는 성인들을 상대했다.

어떤 약이건 한눈에 척 보고 "음, 클로나제팜 1밀리그램이군. 일반명은 클로노핀이고"라고 말할 수 있는 사람이 늘 있었다.

배드랜즈의 영업이 끝나면 리틀 조이가 유리잔을 수거하는 데 사용한 양동이를 들고 바와 화장실, 이층의 소파에서 사람들이 흘리고 간 마약을 수거했다. 하지만 더 큰 소득은 댄스 플로어에서 얻었다. 클럽에서 들키지 않고 마약을 하려면, 웃통을 벗은 수많은 남자가 가림막이 되어주는 댄스 플로어가 어느 곳보다 이상적인 장소로 보일 것이다. 하지만 끔찍한 생각이다. 사람들은 스스로도 알아차리지 못하는 사이 계속 이리저리 치이다가 어느 순간 가만히 서 있으려고 애를 쓴다. 이때 손에 들고 있던 유리병이나 비닐봉지를 바닥에 떨어뜨리면 그대로 영영 사라지거나 조명이 들어온 뒤에 기도가 쓸어간다. 매일 밤 수입금을 계산하는 동안 우리는 입구에 둘러앉아 담배를 피웠는데, 대부분 피곤에 절어서 말도 잘 하지 않았다. 하지만 아무리 피곤해도 눅눅한 알약과 가루, 투명한 액체가 담긴 작은 유리병을 교환하는 모임만은 절대 빼먹지 않았다.

2007년 야구장을 짓기 위해 네이비 야드 일대를 완전히 청소하기 전에, 토요일 밤마다 사람들이 몰리는 유일한 장소는 네이션이었다. 네이션은 검은색 무광 페인트로 칠한 창고를 개조해 만든 클럽이었는데, 폴 오컨폴드와 티에스토, 케미컬 브라더스, 파울 반 디크, 주니어 바스케즈 같은 디제이들을 영입했다. 우리는 게임 자체가 안 되었다.

마침내 배드랜즈는 클럽을 북적이게 만들려고 레즈비언 파티를 시작했다. 그러나 2001년 말과 2002년 대부분의 토요일 밤 손님은 어째서 듀폰트에는 동성애자가 없는지 의아해하는 몇몇 외지인뿐이었다. 그래서 우리는 이따금 일찍 문을 닫고 승용차와 택시에 몸을 구겨넣은 채 도심을 통과해 네이션으로 향했다.

네이비 야드는 국회의사당 바로 남쪽에 있는데, 특별히 운이 없거나 대책 없이 길을 잃지 않으면 관광객들이 둘러볼 일 없는 동네였다. 네이션의 기도들은 연기자 알선 업체에서 보낸 사람들처럼 보였다. 팔뚝이 우람하고 목에 문신을 한 두 남자가 고개를 끄덕이며 우리 기도 중 한 명을 포옹하고 나서 우리를 통과시켜준다. 신분증 검사도, 50달러의 입장료도 없다. 처음 이 상황을 경험했을 때, 폼 난다는 게 바로 이런 거구나 하고 생각했다.

음악을 귀로 듣기 전에 몸으로 먼저 느꼈고, 우리가 이 중문을 통과해 메인 룸으로 들어가자 음악 소리 말고는 아무것도 들리지 않았다.

우리 일행은 관례적인 서비스 술을 받으려고 바 근처에 모였다. 그 시절 무료 술은 내 머리에 부정적인 영향을 미쳤다. 20년이 지난 뒤에도 나는 여전히 칵테일 가격과 내가 그 돈을 지불해야 한다는 사실에 놀라곤 한다. 하지만 내게는 할 일이 있었다. 나는 애머릴로에 살 때 이런 것들을 보았다. 아마 〈제리 스프링거 쇼〉나 〈데이트라인〉에서였을 것이다. 레이저 쇼를 하고 기이한 옷차림의 클럽광들이 드나드는 이런 대형 창고형 클럽들. 마약. 사람을 죽이는 마약. 사람을 좀비로 만드는 마약. 난잡한 성생활을 부르는 마약. 통굽 신발을 신고 천사의 날개를 달고 검은 아이라이너를 그리고 바디 피어싱을 하게 만드는 마약. 악마 숭배와 욕조 안에서 죽은 시신의 원인으로 지목되는 마약. 그런 건 모두 헛소리다. 여느 사람과 마찬가지로 나도 그 사실을 알았다. 그들은 마리화나에 대해서도 똑같은 헛소리를 했다. 실제로 마리화나가 일으키는 건 입이 마르는 증상과 코미디 〈크레이지 토미 보이〉를 즐기게 되는 현상뿐이었다. TV 드라마 〈비버리힐스의 아이들〉에서 등장인물들은 계란과 비밀 클럽으로 가는 지도를 교환해야만 했다. 숫자 4가 인쇄된 농구복을 입은 한 남자가 에밀리 발렌틴에게 가상의 마약 'U4EA'를 팔았고, 그녀는 브랜든에게 약을 먹였다. 나는 현실의 그 남자를 찾으러 갔다.

이상하게도 어디를 봐야 하는지 누구도 말해줄 필요가 없었다. 나는 본능적으로 사람들을 따라가서 화장실로 이어지는 복도에 이르렀다. 거기에 그가 있었다. 물론 그는 남자였고 측근 몇몇에게 둘러싸여 있었는데, 다가오는 모든 사람을 기꺼이 맞이하고 끌어안고 등을 두드렸지만 실제로 대화는 없었다. 화장실 옆쪽은 다른 곳에 비해 조용했다. 거래를 하기에 좋은 장소였다. 모두 그저 자기 순서를 기다리는 것처럼 보였다.

우리 클럽에서도 그 남자를 본 적이 있다. 기도 한 명이 그를 가리키며 말했다. "말하자면 우리 친구야. 그러니까 저자를 쫓아내지 말라고. 저자는 우리를 돌봐주니까."

나는 내 순서를 기다렸고 그에게 다가섰을 때 몸을 기울이며 알약 하나에 얼마나 하냐고 물었다. 그는 나를 꽉 끌어안고 말했다. "아가씨, 너무 사업적으로 굴지 마. 우린 친구니까." 그는 다음 남자에게 돈을 받고 서로 포옹했다. 나는 거부당한 게 틀림없었다.

내가 뭘 잘못했는지 도무지 알 수 없었다. 나는 엑스터시*를 경험해본 적이 없어서 꼭 시도해보고 싶었다. 하지만 어떻게 해야 약을 구할 수 있는지 알아내지 못한다면 결코 경험할 수 없을 듯이 보였다. 대체 어떤 사람들이 약을 사는 거야? 젠장.

나는 바 옆에서 어려 보이는 게이들을 발견했다. 내가 무리 가운데 한 명에게 실패했다고 말했다. 그가 옆에 있는 일행에게 큰 소리로 말했고, 그가 또 우리 바텐더에게 큰 소리로 말했다. 모두 내가 약물을 구하지 못했다는 얘기를 듣고 박장대소했다. 나는 어찌 된 영문인지 궁금했다. 마침내 그들 가운데 한 명이 말했다. "자기야, 주머니 확인해봐."

그 남자가 내게 두 알을 준 것이다. 그래서 나머지 한 알은 나눠줬다. 누군가가 게토레이를 건넸다. 네이션은 엑스터시 사용자를 만족시키는 서비스를 제공하지 않는 척조차 하지 않았다. 나는 알약을 삼켰다. 그런데 아무 일도 일

* 주로 파티, 클럽 등에서 먹는 환각을 유발하는 마약의 일종.

어나지 않았다.

내가 물었다. “얼마나 오래 걸려?” 누군가 알아들을 때까지 두 번을 소리쳐 물어야 했다.

“20분쯤.” 누군가 불붙인 뉴포트 담배를 건네며 말했다. “멘솔이 도움이 돼.” 나는 생각했다. 이게 바로 내가 사람들한테 원하던 거야. 모두가 도움을 주려 하고 자신이 가진 걸 나누는 것. 즐기기 위해 필요하다면 뭐든지.

그는 5분 느리게 추정했다. 나는 사람들 사이를 뚫고 화장실로 뛰어갔다. 내가 들어간 화장실 옆 칸에서 두 남자가 성교를 하고 있었다. 화장실에는 문이 없었다. 토하고 싶지 않았다. 애써 먹은 알약을 포기하고 싶지 않았다. 그때 용변과 토사물로 얼룩진 변기를 보았고, 결국 포기했다. 토사물이 목구멍을 빠져나가고 곧바로 엑스터시의 약 기운이 올라왔다. 화장실은 그야말로 가관이었다. 색들의 향연. 다진 샐러드 잔해와 그 위에 덮인 까맣게 마른 똥, 그 위로 여기저기 튀어 있는 내 붉은 크랜베리 주스 토사물. 변기 안의 충격적인 파란 물. 내 토사물이 사용하고 버려서 해파리처럼 보이는 콘돔 주위를 천천히 빙글빙글 돌았다. 패밀리는 악령을 토해낼 수 있다고 믿는다. 나의 악령은 스미스소니언 재단 근처 거리에 살고 있었다.

나는 게토레이를 단숨에 들이켰다. 황금색 라텍스 전신 타이즈를 입은 인정 많은 누군가가 또 한 병을 건넸다. 나는 이리저리 부딪치며 웃통을 벗은 수많은 남자를 헤치고, 밀려오는 인파와 함께 댄스 플로어로 이동했다. 우리 레이저 조명 기술자가 나를 발견했다. 그는 손으로 형광봉을 돌리고 있었는데, 그 빛의 잔상은 내가 처음 본 기적이었다. 나는 마침내 레이저 쇼와 연무의 효과를 이해했다. 내게도 형광봉이 있으면 좋겠다 싶었지만, 그러려면 할 일이 많을 것 같았다. 다른 사람들이 마치 나를 위해 기꺼이 형광봉을 돌려주는 것처럼 보였고, 나는 거기에 만족했다. 그리고 그들은 실제로 그렇게 했다. 내가 해야 할 일은 형광봉을 돌리는 누군가에게 미소를 짓는 것뿐이었다. 그러면 그들이 순전히 나를 위해 쇼를 보여주었고 나를 우주로 보내주었다.

우리는 이렇게 함께했다. 우리 모두가. 디제이는 우리의 리더였고, 우리를 새로운 세상으로, 사랑과 희망이 가득한 세상으로 데려갔다. 우리는 모든 것을 느꼈다. 사랑 같은 모든 것을. 이런 감정은 사람들이 광신 집단에 들어갈 때 느끼는 것이다. 나는 패밀리와 함께 기도하고 기다렸지만, 이런 감정은 찾아오지 않았다. 이런 평온함도, 이 주체할 수 없는 기쁨도. 웃통을 벗은 남자들이 내게로 걸어와서 미소를 지었다. 우리는 눈을 맞추었고 우리가 같은 신을 찾았음을 깨달았다. 우리는 포옹했고, 함께 춤을 추었다. 그리고 우리 같은 부류를 더 많이 만나기 위해 춤을 추며 멀어졌다.

나는 성령을 찾았다. 의붓아버지에게 전화를 걸어 얘기

할까 생각했다. 그에게 내가 마침내 사탄을 몰아냈다고 말하고 싶었다. 나는 웃었고, 누군가가 나를 포옹했다. 이 공간에서는 누구든 나를 포옹하고도 아무것도 빼앗아가지 않았다. 나는 그 순간 사랑이 무엇을 의미하는지 깨달았다.

누군가 내 뒤에서 춤을 추고 있는 것을 느꼈다. 아주 가까이에서. 그녀가 두 팔로 나를 감쌌고 나는 돌아섰다. 그녀가 미소를 지었고 나도 두 팔로 그녀를 감쌌다. 그녀가 내 손을 끌고 계단을 올라가서 댄스 플로어가 내려다보이는 발코니 소파로 갔다. 그녀가 다리를 벌리고 내 허벅지 위에 앉아서 내 어깨를 만지며 입을 맞추었다. 마치 그녀가 방법을 아는 것처럼. 마치 우리가 항상 이렇게 입맞춤을 해온 것처럼. 그녀는 치마를 입고 있었는데 팬티가 젖어 있었다. 그녀가 사타구니를 내 팔뚝에 문지르기 시작했다. 사람들이 누군가를 사랑할 때 그렇게 하기 때문이다. 섹스라는 말로는 이런 압도적인 느낌을 표현하기에 부족하다. 그녀는 고맙다고 속삭이고서 사라졌다. 나는 축축한 어딘가에 앉아 있다는 사실을 깨달았다. 약 기운이 사라지기 전에 내가 아는 누군가를 찾아야 했다. 팔을 씻어야 했다. 그러나 무엇보다도 내 사람들이 있는 댄스 플로어로 돌아가야 했다.

다른 무엇도 중요하지 않았다. 사랑과 나의 가족만이, 음악을 느끼고 하나님을 아는 사람들만이 중요했다. 나는 생각했다. 아!

의미 없는 남자들

내가 게이 바에 처음 간 건 스물한 살 되던 날이었다. 이제 막 자대 배치를 받은 쇼 공군 기지에서 자동차로 45분 거리의 사우스 캐롤라이나주 플로렌스에 있는 바였다. 게이 바를 찾는 데 시간이 좀 걸렸다. 때는 1998년이었고, 구글로 '게이 바'를 검색할 수 없었다. 당시 구글은 아직 베타 테스트 단계였다. 내가 누구에게 묻고 있는지를 절대적으로 확신할 수 없었기에, 여기저기 묻고 다닐 수도 없었다. 어느 하우스 파티에서 샤기컷과 코 피어싱을 한 웨이터를 보았을 때 그에 대한 확신이 이느 정도 섰다. 그는 공군 병사가 가득한 방에서 커피 테이블 위에 올라가더니 음악을 크리드에서 데스티니스 차일드로 바꾸지 않으면 부숴버리겠다고 으름장을 놨다. 그러고는 이내 커피 테이블 위에 올라간 걸 사과했다. 그가 얼마나 취했는지를 감안하면, 그는 용케도 제대로 된 방향을 알려줬다.

기도는 내게 회원이냐고 물었다. 예상치 못한 질문이었다. 사우스 캐롤라이나의 엄격한 법률은 회원 전용 클럽에서만 일요일에 술을 팔도록 허용했다. 그래서 사우스 캐롤라이나의 모든 바는 회원 전용 클럽이라고 자처했다. 나는 운전면허증을 보여줘야 할 거라고 예상했다. 그런데 누가 내 생년월일을 보는 건 원치 않았다. 특히 피부가 거칠고 짧은 머리를 삐죽삐죽하게 스프레이로 고정해서 마치 청소년 사역자처럼 보이는 기도들이 보는 건 더더욱 사양이었다.

나는 회원이 아니라고 말했다. "그럼, 여기 서명해야 해요. 이 양식을 작성해요." 기도가 내게 카드를 건넸다. 이름. 주소. 운전면허 번호.

"작성 못 해요." 내가 말했다. "나는 군인이에요. 게이 바 명단에 이름을 올릴 수는 없어요." 나의 피해망상에는 근거가 없지 않았다. 지금까지는 아무도 의심하는 것 같지 않지만, 다른 기지에서 있었다는 마녀 사냥을 소문으로 들었다.

여군들에 관해 자주 쓰이는 경구가 있다. 여군은 창녀 아니면 레즈비언이라는 것이다. 제일 처음에는 신병 모집자의 경고로 그 말을 듣는다. 나중에는 비난으로 그 말을 듣는다. 때로는 농담 삼아 그 말을 하기도 한다. 그럼에도 동성애 혐오증에 유용한 부작용이 있다면, 동성애자를 혐오스럽게 생각하는 사람들 대부분은 비록 명백한 증거가 있더라도 누군가를 동성애자로 가정하면 무례하다고 생각한다는 점이다. 이게 바로 동성애자가 리키 마틴은 콧수염을 길렀을 만큼 동성애자다, 라고 설명해줄 수도 있었던 이유다. 그리고 사람들은 여전히 충격을 받았다. 하지만 이 능력은 게이더*가 아니다. 판단을 억제하지 않고 현실을 직시하는 능력이다.

기지에서는 사람 하나, 잘못된 사람 하나, 잘못된 원한 한 번, 잘못된 소문 한 번만으로도 내 경력이 끝장날 수 있었다. 나는 공군에 갓 들어왔고, 공군에서는 피해망상을 심어주려는 의도로 훈련 대부분을 진행한다. 작전 보안OPSEC 원칙에 따라 누가 듣고 있을지 모르니 매사에 조심해야 한다고 강조한다. 두고 온 이름표, 테이블 다리에 낀 동전, 수업 시간표. 그 어떤 것도 보안 위반이 될 수 있었다. 그들은 우리에게 지갑에 든 빌어먹을 모든 지폐의 일련번호를 기록해두도록 시켰다. 모험을 할 생각은 없었다. 그래서 단연코 내 이름을 게이 바 명단에 올리지 않을 작정이었다.

기도가 말했다. "이봐요, 당신이 카드에 뭐라고 쓰건 난 상관 안 해요." 마치 다량의 불꽃 신호기를 피워온 것처럼 목소리가 탁했다. "아무 이름이나 쓰면 다음에 올 때 그 이름이 명단에 있을 거요. 당신이 쓴 이름을 손가락으로 가리키면, 내가 옆에 작게 표시를 하는 거지. 그게 실명이건 아

* gaydar. 게이끼리 서로 알아보는 직관적 감각.

니건 내 알 바 아니고." 그가 기침을 했다. 뭔가 큰 덩어리를 삼킨 것처럼. "자, 봐요." 그가 명단을 보여주며 말했다. "우리 명단에는 메리 제인, 트렌트 레즈너, 애니타 딕, 셰릴린 사키시안, 샘 아이엠이 있어요. 정말 티 나는 이름들이잖소. 장담하건대 당신이 우리가 받은 최초의 군인 고객이 아닐 거요."

나는 쉽사리 마음을 정하지 못하고 우두커니 서 있었다. 그가 비웃을 것이 두려워, 셰릴린이 셰어의 본명이냐고 묻고 싶은 마음을 억누르면서. 한편으로는 내 차로 달려가서 기지로 돌아간 뒤 게이 바에 대해선 잊고 싶었다. 아까 안으로 들어갈 용기를 내기 위해 족히 10분 동안 라디오를 들으며 차에 앉아 있었다. 나는 몇 달 동안이나 생일을 기다려왔다. 순전히 여기에 오기 위해서.

내가 지금 포기하고 돌아선다 해도 기지에서 편한 기분일 것 같지 않았다. 쇼 기지에서 가장 가까운 시내인 섬터는 교회와 트레일러 주차장과 "신용이 없어도 문제없습니다(4월까지 32퍼센트)" 따위의 광고 문구를 내건 중고차 매매업체가 곳곳에 포진한 동네였다. 나는 굳이 시내에서 게이 바를 찾으려 하지 않았다. 설령 게이 바가 있다고 해도, 누군가가 내 차를 볼 수 있었다. 더 심한 경우에는 음악과 마약을 좋아하는 사병 한 명이 나를 목격하고는 소변 검사에 걸렸을 때 궁지에서 벗어나기 위해 나를 팔아먹을까 봐 두려웠다.

근무할 때 나는 가급적 눈에 안 띄려고 노력했다. 10시쯤 되면, 코핀다퍼 소령은 출근하면서 사온《USA 투데이》신문 속 반쯤 푼 십자말풀이를 내게 건네곤 했다. 그는 라디오 채널을 존 보이와 빌리 쇼에서 보수주의 AM 채널로 바꾸었다.

우리 사무실에 있는 사람들은 존 보이와 빌리를 좋아했다. 방송을 듣지 않은 사람들을 위해 그들이 틀어주는 클립이 있었다. 내가 처음 온 날 피터스 병장이 나를 위해 클립을 틀어줬다. 이 라디오 쇼에서 진지한 뉴스 진행자가 동성애자와 애완용 사막쥐에 대한 뉴스 기사로 추정되는 것을 읽었다. 나는 역겨워서 토할 것 같은 표정으로 내 책상이 어디냐고 물었다. 그러자 피터스는 내가 가는 길을 막고 말했다. “잠깐, 기다려. 여기가 제일 재밌는 부분이야.” 여기서 독자에게 ‘제일 재밌는 부분’을 상세하게 듣는 괴로움을 안겨 드리지는 않겠다. 그냥 불이 붙은 채 날아다니는 사막쥐가 있었다는 정도로만 해두겠다. 남자들이 모두 나를 보며 반응을 기다리고 있었다. 나는 미소를 지으며 억지로 웃으려 했다. 화가 난 건 아니었다. 그냥 슬펐다. 우리는 이해하지 못하는 무언가를 싫어하기 쉽다.

공군 장교들과 관련해서 재미있는 사실은 그들이 기본적으로 복음주의 광신도들이라는 것이다. 공군 사관학교가 포커스 온 더 패밀리* 본부와 가깝다는 점하고 연관이 있었다. 그 결과 장교단은 다른 어느 조직보다도 종교적이고 보수적인 경향이 있다.

온종일 나는 러시 림보를 들었고, 사람들은 대통령이 최근에 지은 반역죄와 동성애자가 보이 스카우트 단장이 되는 문제, 군대 내 동성애자에 대해 토론했다. 코핀다퍼 소령은 옛날처럼 공개 처형을 해야 한다고 투덜대곤 했다. 나는 십자말풀이를 풀었다.

한 가지 두려움이 내 마음을 떠난 날이 없었다. 어느 순간 그들 중 누군가가 나를 지켜보고 그들이 싫어하는 구석을 발견할 수 있다는 두려움. 그러나 내가 근무한 작은 사무실에는 장점이 있었는데, 코핀다퍼 같은 장교들은 대부분 나를 무시했다는 것이다. 그래서 그 금요일이 내 생일이라는 사실을 아무도 몰랐다. 내가 게이 바에 가리라는 걸 알아야 할 필요가 누구에게도 없었다.

게이 바 밖에 서서 나는 스스로에게 중얼거렸다. '그냥 걸어 들어가. 그렇게 티 내지 말고. 술 한 잔 마시면서 한번 둘러보는 거야. 그러고 나서 집에 가면 되잖아.' 그런 다음, 내 복장이 적절한지 생각했다.

그때 누군가 내 뒤에 와서 무슨 일이냐고 물었다. 나는

* 공공 정책에 대한 보수적 견해를 장려하는 미국 근본주의 기독교 단체.

돌아보았다. 그저 내 나이쯤 되어 보이는 젊은 남자였다. 군대 규정에 따라 짧게 깎은 군인 머리, 면도할 때 한 번만 실수해도 히틀러처럼 보일 만큼 딱 봐도 이상한 수염. 같은 생활관 건물에 사는 남자였다. 같은 층은 아니었다. 같은 층이었다면 그의 이름을 알았을 테니까. 그러나 세탁실에서 본 적이 있었다. 그를 보니 기분이 좀 나아졌다. 그러다가 문득 이 마주침이 내가 우리 기지의 다른 사람들도 볼 수 있고, 그들 역시 나를 볼 수 있다는 뜻이라는 걸 깨달았다. 내가 고려하지 않은 상황이었다. 나는 아무도 나를 보지 않을 곳에서 한잔하려고 30마일을 운전해서 왔다. 나는 그에게 명단에 이름을 올리고 싶지 않다고 말했다.

"왜요? 난 명단에 이름이 있는데." 그가 말했다. 기도가 그에게 클립보드를 내밀었다. "여기 있다, 트루비 존스."

"〈철목련〉*?" 내가 말했다. 그는 내가 마치 앞구르기를 배우기라도 한 것처럼 물개박수를 쳤다. 그 순간 그 역시 나만큼이나 잃을 게 많다는 사실을 깨달았다. 하지만 전혀 무서워하지 않는 것처럼 보였다. 나는 카드에 위저 부드로**라고 쓰고, 주소란에는 짜증나는 라디오 광고를 하는 지역 카펫 업체의 주소를, 운전면허 번호란에는 파파존스의 전화번호를 적었다.

* 1989년에 개봉한 코미디 영화로 트루비라는 인물이 등장한다.

** 영화 〈철목련〉의 등장인물.

나는 바에 앉아 바텐더가 기내용 작은 병에 든 잭 대니얼과 씨름을 마칠 때까지 기다렸다. 사우스 캐롤라이나의 이상한 주류 법 때문이었다.* 나는 유리잔 뒤편 거울을 통해 술집 안을 훑어보았다. 트루비는 보이지 않았다. 나는 그가 와서 술 한잔하기를 내심 기대했다. 우리가 함께 〈철목련〉에 관해 이야기를 나누면 좋을 텐데. 돌리 파튼에 대해 알고 있는 세부 지식을 말하면 그가 감명받을지도 몰라. 우리가 서로 연대하다 보면 친구가 될 수도 있을 텐데.

결국 우리는 내 기대대로 되었다. 그가 바로 내 가장 친한 친구인 제이다. 나는 그가 돌리 파튼보다 레바 매킨타이어를 더 좋아한다는 사실을 알게 되었고 그 일로 옥신각신했다. 그러나 그가 돌리가 출연하는 〈나인 투 파이브〉의 대사를 외워서 인용할 수 있었기에 용서했다. 나는 제이가 오순절주의 광신도의 손에서 자랐으며 가족들에게 동성애자라고 고백했을 때 그들이 전화에 대고 방언으로 기도했다는 사실을 알게 되었다. 그가 나와 그리 다르지 않다는 걸 알게 되었다. 그러나 그렇게 되기까지 1년의 시간이 걸렸고, 완전한 절친이 되기까지는 더 긴 시간이 걸렸다.

바에 있는 사람들은 모두 서로를 알고 있는 것처럼 보였다. 다들 끼리끼리 모여 있었다. 젊은 레즈비언들은 당구

* 2005년까지 사우스 캐롤라이나의 모든 바는 소형 병에 든 술만 판매할 수 있었다.

대를 차지하고 있었고, 나이 든 레즈비언들은 바깥 테이블을 차지하고 있었다. 내가 지나갈 때 모두 마치 내가 개인 하우스 파티에 온 것처럼 뚫어지게 쳐다보며 음악을 바꾸었다. 몇몇 나이 든 게이들은 돌아가면서 포커 머신을 차지했다. 젊은 게이들은 댄스 플로어에 모여 있었다. 나는 어디에도 속하지 않았다. 이런 느낌에 익숙하다는 것도 크게 위안이 되지 않았다.

나는 그 첫날 밤 패배감을 느끼며 일찍 자리를 떴다. 그러나 그날 이후 주말마다 그곳을 다시 찾았다. 갈 때마다 겉도는 기분이 처음보다 덜해지지 않았다. 누군가와 이야기 나누는 방법을 몰랐고, 여자에게 추파를 던지는 법은 더더욱 몰랐다. 내가 좀 더 계획을 잘 짰다면 리스트에 따라 행동했을 것이다. 제1단계는 사람들과 어울리며 친구 만드는 법을 배우는 것일 테다. 제47단계는 누군가와 눈이 맞아 잠자리를 하는 것이리라. 대신 나는 학교가 아닌 집에서 교육받은 홈스쿨러답게 부족한 사회성을 가지고 게이 바에 접근했다. 누군가에게 술 한 잔을 사겠다고 제안하는 것은 영화에서나 있을 법한 일로 보였다. 내 소개를 하는 것도 어색했고 거절당하기 십상으로 보였다. 나는 내가 나중에 바텐더로 일하면서 가끔 목격하게 되는 방법을 시도했다. 벽에 기대서서 눈이 마주치는 건 피하고 맥주병에서 라벨을 뜯어내는 데 집중하는 것이다. 바텐더가 도와줄 수도 있었을 텐데 그러지 않았다.

그래서 나는 술을 두어 잔 마신 뒤에 섬터로 돌아와서 차 보닛 위에 앉아 고속도로 방향을 바라보았다. 고속도로 바로 옆에 우리 기지를 둘러싼 담장이 있었고, 그 옆에 활주로가 있었다. 활주로 조명은 꺼지지 않지만, 주말에는 아무도 비행하지 않았다. 자동차 앞 유리에 기대어 하늘을 올려다보았다. 나는 외로움을 느낄 때마다 항상 하늘을 보았다. 어렸을 때 엄마가 가르쳐준 별자리를 찾았다. 엄마가 들려준 카시오페이아와 안드로메다 이야기는 기억나지 않는다. 단지 별자리를 찾는 방법만 기억난다. 그러나 사우스 캐롤라이나 저지대에는 별이 없었다. 축축한 공기가 뿌옇게 사방을 메웠고, 활주로 조명과 고속도로 나트륨등에서 창백한 누런 불빛이 쏟아졌다. 달도 겨우 볼 수 있을 정도였다.

아마 커밍아웃하는 방법을 제시하는 교범이 있겠지만, 인터넷 역사에서 1998년의 상황이 어땠는지에 대해서는 이미 언급했다. 심지어 나는 AIM AOL Instant Messenger도 사용하지 않았다. 한동안은 그냥 남자들과 데이트하는 편이 더 수월했다.

남자들은 쉬웠다. 대체로 말이 필요 없었다. 나는 그저 생활관 파티에 나타나서 독한 칵테일 한 잔을 제조해 마시며 어떤 남자 쪽을 바라보거나 그의 근처를 서성이기만 하면 되었다. 그러면 그는 내가 그를 원한다고 생각했다.

'원한다'는 건 확대 해석이었다. 남자들이 성적 대상이 된 사물의 기분을 느끼고 싶다면, 자신의 정체성에 대해 고민하는 레즈비언과 성관계를 하면 된다. 내가 마지막으로 남자 방에 갔을 때 그가 너무 빠르게 사정을 하는 통에 그것을 성관계 횟수에 포함시켜야 할지도 애매할 정도였다. 그래서 다시 생활관 건물들 사이에 놓인 피크닉 테이블에서 술을 마시던 공군 사병들에게 돌아가서 다른 남자를 구했다. 그는 생활관 숙소로 나를 데려가서, 즐겁게 비디오 게임을 하던 룸메이트를 쫓아내고 옷을 반쯤 벗다가 구토를 했다. 그러고도 여전히 그는 성관계를 원했다. 하지만 내게도 나름의 기준이 있었다. 그래서 다시 파티로 돌아갔다. 마지막 남자는 도중에 내 침대에서 잠들었다. 나는 스스로 나머지를 해결하고 나서, 계단에 앉아 줄담배를 피우며 대체 내게 무슨 문제가 있는 건지 고민했다.

그들 탓은 아니었다. 몇몇은 사실 노력했다. 그들에게 축복이 있기를. 나는 몇몇의 기분은 망치고 싶지 않아서 오르가슴에 이른 척 연기를 하기도 했다. 하지만 난 오르가슴에 이를 수 없었다. 이것이 드문 문제가 아니라는 건 안다. 아마도 그 남자들이 서두르지 않으면 내가 가버릴까 봐 너무 조급하게 관계를 시도했기 때문일 수 있다는 것도 안다. 실제로 그들이 서두르지 않았으면 아마도 나는 떠났을 테니까. 관계 도중에 눈을 뜨면 웃음이 터지거나 토하게 될까 봐 항상 걱정이었다.

이러한 태도는 성관계를 할 때 보여야 할 반응이 아니다. 나는 거기에 대해 제법 확신했다. 〈오프라 윈프리 쇼〉부터 〈러브라인〉, 그리고 내가 반스앤노블 서점의 동성애 서적 코너에서 무턱대고 잡아채서 서점 내 안전한 공간에서 빠르게 훑어보던 책들에 이르기까지, 모두 성적 특질이 선택의 문제가 아니라는 데 동의했다. 그러나 그들은 또한 여자들이 스펙트럼의 어딘가에 존재한다는 점에도 동의했다. 내가 정규 교육을 제대로 받았더라면, 스펙트럼에는 양쪽 끝이 있다는 사실을 학교에서 배웠을 것이다. 하지만 나는 배우지 못했다. 나 같은 사람들, 다시 말해 여자에게 끌리는 여자들이 혐오 대상이라는 것만 빠르게 배우고 있었다. 나는 그 모든 헛소리를 대부분 무시할 수 있었다. 대부분은.

나는 계속 노력하다 보면, 구보나 화장실 청소 같은 여느 불쾌한 임무처럼 익숙해지면, 그것을 결국 즐기거나 최소한 참아낼 수 있게 되지 않을까 생각했다. 만약 그럴 수 있다면 레즈비언이 됨으로써 내 삶을 망칠 필요가 없을 터였다. 결혼도 할 수 있겠고, 아이도 가질 수 있을 터였다. 정상이 될 수 있었을 것이다. 나는 간절하게 정상이 되고 싶었다. 함께 기초 훈련을 받은 훈련병들에 따르면, 내가 공군에 입대할 때 동정이었다는 건 좀 이상했다. 하지만 내가 매뉴

얼에 따라 엄밀하게 동정이었는지 아닌지 누가 알까.

유사 성행위는 계산에 넣지 않는다. 참 다행이다. 나는 경험이 없는 여자와 헤픈 여자를 구분하는 경계선을 정확히 어디에 그어야 할지를 권위 있는 전문가들을 통해 알게 되었다. 바로 애머릴로 기독교 학교의 농구팀이었다. 나는 학교를 다니지 않고 홈스쿨링을 했다. 하지만 의붓아버지 게이브가 교장과 담판을 지어서 우리를 농구팀에 넣었다. 낯선 사람들과 포옹한 기억이 채 가시지 않은 두 명의 홈스쿨링 아이에게 강제로 부여된 사회 활동이었다. 그가 대가로 무엇을 지불했는지 모르지만, 나로서는 너무 버거웠다. 우리 팀에는 여학생이 일곱 명뿐이었다. 나는 실력은 별로였지만 큰 키 덕분에 코트의 중심이었다.

애머릴로 기독교 학교는 '그리스도의 교회'에서 운영했다. 텍사스의 문제가 무엇인지 궁금해한 적이 있다면, 그들도 하나의 좋은 답이 될 수 있다. 특히 팬핸들* 지역에서는 그렇다. 그 교회는 춤이나 음주, 심지어 악기 연주도 허용하지 않았다. 그리스도의 교회에서 열리는 결혼식에 가보면, 사람들이 입으로 결혼행진곡을 부른 뒤 방 안에 둘러서서 싸구려 탄산수를 마실 것이다. 애머릴로에서 남쪽으로 두 시간 거리에 있는 러벅은 2009년까지 금주 카운티였는데,

* 프라이팬 손잡이처럼 좁고 길게 다른 주에 뻗어 있는 지역.

그리스도의 교회 때문이었다. 러벅을 지나치면 곧바로 앤슨을 찾을 수 있다. 1987년까지 춤이 불법이어서, 영화 〈풋루즈〉에 영감을 준 곳이다.

그들은 근본주의 광신도들이었지만 그들의 학교는 등록금이 쌌다. 그래서 애머릴로 기독교 학교에는 착한 기독교인 아이들과, 역시 기독교인이긴 하지만 그보다는 더 세속적이고 지역 고등학교에서 퇴학당한 아이들이 고르게 섞여 있었다. 과연 동정의 기준이 무엇인지는 여전히 논쟁거리였다.

그리스도의 교회 아이들은 구강성교를 제외한 모든 관계를 진짜 성교라고 생각했다. 세속적인 아이들은 항문성교도 용인된다고 꽤 확신했다. 어떤 합의를 이끌어내기에는 모두 확신이 없었다.

나는 기독교 학교 아이들에게 나의 동정에 대해 구체적인 판결을 내려 달라고 요청할 만큼 어리석지 않았다. 그러나 농구 원정 경기를 하러 애빌린으로 이동하는 도중에 로데스 코치가 혹시 우리가 성적으로 자유분방한 애빌린의 모습을 보고 호르몬이 폭발하는 상황이 발생할 것을 대비해, 우리에게 즉석에서 성교육을 실시하기로 결정한 순간이 기억난다. 그녀는 코치들이 이용하는 전문 매장에서 구입한 트레이닝복 차림으로 좌석 등받이를 붙잡고 서서 남자가 우리를 만지도록 허용해도 좋다고 생각하는지 물었다.

우리 중 일부는 독실한 그리스도의 교회 가정 출신이 아니라는 사실을 코치는 알고 있었다. 우리 부모 중 일부는 맥주를 마셨다. 우리 부모 중 일부는 이혼을 했다. 일부는 아예 교회에 다니지 않았다. 그런 사람들이 딸의 첫 경험을 조심스럽게 단속할 거라고는 기대할 수 없다. 그녀는 남자에게 우리 몸을 만지도록 허락한다면, 몸 지키기를 포기하는 것과 마찬가지라고 말했다.

상급생들이 앉아 있는 버스 뒷자리에 폼 나게 합류하지 않고 좌석 한 줄을 사이에 두고 여학생들과 떨어져 앉은 1학년 남학생들이 킥킥거렸다. 그들에게 교훈은 분명했다. 책임을 면하면서 할 수 있는 일을 하라. 여자가 제지하지 않는다면, 책임은 여자에게 있다. 나는 '만진다'는 것이 상체를 말하는 건지 하체를 말하는 건지 확신할 수 없었다. 어느 쪽이건, 나는 대답을 다른 사람에게 맡겼다. 어른에게 성관계를 하지 말라는 소리를 듣는 것이 아직은 새로웠다.

누구건 패밀리나 하나님의 자녀들에 대해 들어보았다면 그 유일한 이유는 내가 그 광신 집단에서 자랐다고 아무에게도 말하지 않는 이유와 같다. 그 단체가 섹스 광신 집단으로 알려져 있기 때문이다. 넥시움NXIVM이 등장하기 전까지, 하나님의 자녀들은 **대표적인** 섹스 광신 집단이었다(넥시움의 마케팅이 더 파격적이었다. 우리는 누군가의 몸에 낙인을 찍는다는 생각까지는 하지 못했다, 젠장).*

패밀리에서는 아이들에게 성적 표현을 하도록 권장했다. 네 살배기 남자아이가 동갑내기 여자아이의 위로 올라타려고 하면 어른들은 "어머, 정말 귀엽다"고 말한다. 열두 살짜리 아이들이 침대에서 벌거벗고 있는 광경을 들키면, 어른들은 속세인들은 이해하지 못할 테니 밖에서는 조심하라고 말한다. 어른이 십 대 초반인 소녀의 몸을 더듬어서 소녀가 얼어붙으면, 왜 그렇게 애정이 없냐면서 좀 더 수용적이 되라고 꾸짖는다. 그래서 소녀는 마침내 속으로만 얼어붙는 법을 배운다.

내가 태어났을 때는 수시로 칙령이 내려왔다. 칙령이란 우리의 선지자 데이비드 버그가 횡설수설한 독설인데, 이번에는 제목이 '어린 신부'였다. 그 칙령을 통해 우리는 버그가 가장 좋아하는 기억 가운데 하나, 즉 그가 세 살 무렵이었을 때 거시기를 빨아준 유모 이야기를 상세하게 들어야 했다. 그가 덜 좋아하는 기억도 있다. 한번은 자위행위를 하다가 어머니에게 들켰는데, 그녀가 버그에게 아버지가 집에 올 때까지 기다렸다가 아버지 앞에서 자위를 마치도록 시켰다는 것이다.

* 넥시움은 성 착취 광신 집단으로, 창립자인 키스 라니에르가 여성의 몸에 본인의 이니셜로 된 낙인을 찍고 성관계를 강요했다고 알려져 있다.

나는 무엇이 버그를 그런 사람으로 만들었는지 모르겠고 신경도 안 쓴다. 내가 신경 쓰는 건 《다비디토 북》이라는 패밀리 자녀 양육 교범서에서 막 걸음마를 뗀 아이, 버그의 후계자인 다비디토의 몸을 더듬는 성인 여자들을 보여주고 있는데, 이런 교범서가 있는 섹스 광신 집단에서 약 3만 명의 아이들이 자랐다는 사실이다. 《다비디토 북》은 벌거벗은 세 살배기들이 성관계를 몸짓으로 표현하는 모습도 보여주었다. 나는 우리가 자라면서 읽은 책들이 전부 섹스에 관한 내용이라는 사실이 신경 쓰인다. 우리 같은 십 대 초반의 소녀들을 위해 쓴 《천국의 소녀》에서 중심을 이루는 대목이 열네 살 소녀가 적그리스도 병사들에게 윤간을 당하며 좋아하는 장면이었다는 점이 신경 쓰인다. 열네 살짜리 어린 소녀들을 '추파의 낚시질'*에 보낸다는 사실이 신경 쓰인다. 한동안 아이들이 어른들 사이에 끼어 정기적인 '공유의 밤'을 함께했다는 것이 신경 쓰인다('공유해줘서 감사하다'의 공유는 내게 항상 다른 의미를 띨 것이다). 내가 어린 시절의 대부분을 불가피하게 태어난 아이들을 돌보고 밤에 아이들이 엄마를 찾으며 울 때 그들을 데리고 복도를 오르락내리락하며 보냈다는 것이 신경 쓰인다. 그들이 순전히 에이즈 위험 때문에 추파의 낚시질을 끝냈다는 사실이 신

* 하나님의 자녀들의 여성 신도들이 신앙을 설파한다며 자행하던 매춘 형태.

경 쓰인다. 그들이 순전히 법적 문제 때문에 아이와 어른 사이의 성관계를 금지했을 때, 아이들에게 그 사실을 굳이 설명하지 않았다는 사실이 신경 쓰인다. 이 금지가 이행될지 말지 여부는 그 어른이 새로운 규칙을 거들떠보느냐 마느냐에 달려 있었다. 우리는 누구에게 얘기를 해야 했을까? 나는 열심히 참여하지 않는 소녀는 이기적이라고 배운 사실이 신경 쓰인다. 남자를 만족시키는 것은 여자의 의무다. 그리고 남자를 만족시키는 것이 나의 의무라면, 당연히 레즈비언이 되는 것은 금기 사항이다.

나는 남자의 거시기를 빨아본 적이 없었다(여자들의 몸은 상상조차 할 수 없었다). 하지만 일본에서 기침약 냄새를 풍기며 항상 뿌연 안경을 끼고 다니던 목자가 내가 잠들려고 할 때 몸을 핥은 적이 있다. 나는 그가 하는 짓이 내게 불리하게 작용할 리 없다고 판단했다. 심지어 그럴 때 나는 대부분 깨어 있지도 않았다.

그러나 유사 성행위는 '내 옛 남자' 같은 과거 이야기와는 전혀 달랐다. 나는 기도회에 참여할 때와 똑같은 수준의 열정만을 가지고 유사 성행위에 참여했다. 무슨 말이냐면, 나는 대체로 깨어 있었지만 다른 몽상에 빠져서 어서 그 행위가 끝나기만을 기다렸다는 뜻이다. 두 가지 행동을 모두 피할 수 없었고, 두 가지는 항상 동시에 일어났다. 한번은 내가 남자아이를 너무 세게 밀치는 바람에 그 아이가 내 이층 침대에서 떨어졌다. 우리는 둘 다 겁에 질려 어쩔 줄 몰랐으나, 그 아이는 무사했다. 나는 그 아이의 고자질을 막기 위해 몇 주 동안 그 아이가 내 다리에 대고 그 짓을 하도록 내버려둬야 했다.

로데스 코치가 "남자들에게 너희 몸을 만지고 너희를 흥분시키도록 허락하면, 거기서 돌아올 수 없다"는 말로 이야기를 마치고 뒷좌석에 앉아 있던 남학생들이 빌어먹을 컬러 미 배드 노래*의 코러스 부분을 부르기 시작했을 때 여학생들은, 남자에게 우리의 어느 신체 부위까지 만지도록 허락해도 좋은지를 놓고 코치가 들려준 혼란스러운 강의에 대해 토론했고, 모두 더듬게 하는 정도는 괜찮다는 데에 동의했다. 구강성교에 대해서는 합의를 보지 못했지만, 너무 적극적으로 밀어붙여서 문란한 여자로 보이는 것은 누구도 원치 않았다. 그때 그리스도의 교회 장로를 아버지로 둔 아주 독실한 기독교인 리사 콜린스가 유사 성행위는 재미도 없으니까 계산에 넣지 않는다고 말했다. 나는 다른 누군가에게는 아예 묻지도 않았다. 내가 듣고 싶은 답을 들었기 때문이다. 나는 동정이었다. 나는 패밀리가 가장 잘하는 게임에서 내가 그들을 이긴 것 같다는 사실에 집착했다. 아무튼

* R&B 그룹 컬러 미 배드의 대표 히트곡 'I Wanna Sex You Up'을 말하는 것으로 보인다.

나는 아직 동정이었다. 내가 이겼다.

내가 빌어먹을 섹스 광신 집단을 동정인 상태로 떠났다는 것이 첫 남자친구에게 몸을 허락하기를 망설인 이유였을지도 모른다. 리사의 오빠가 취직시켜준 당시 이름 없는 브랜드였던 타코벨에서 그를 만났다. 존에게 끌렸던 건 그가 나보다 커서 나란히 서 있으면 멍청해 보이지 않았고 그의 가족이 말을 소유했기 때문이다. 그는 주방에서 일했고 트럭을 몰았으며 카우보이 모자를 쓰고 다녔다. 그리고 아마추어 로데오 대회에서 황소를 타다가 뼈가 부러지는 바람에 걸음걸이가 우스꽝스러웠다. 황소는 몸집이 작아도 여전히 황소다. 황소를 타는 사람들은 누군가에게 황소를 타는 것이 좋은 생각이라고 여기게 만든다는 점에서 이미 멍청한 족속이다. 그는 고등학교를 중퇴하고 싶어 했다. 자동차 기술자들이 돈을 잘 번다고 말했다. 졸업장 따위는 필요 없다고도 했다. 존은 우리가 트럭 뒤에서 유사 성행위를 하는 동안 내가 그의 가슴을 동그랗게 모아 쥐는 것을 상관하지 않을 만큼 멍청하거나 다정하거나 흥분해 있었다. 나는 유사 성행위는 개의치 않았다. 왜냐하면 그것은 고자질 당하지 않기 위해, 또는 말을 타기 위해 지불하는 대가였다. 나는 말을 좋아했다. 그에게 성관계를 허락해야 했을 테지만, 덜컥 임신이라도 하게 되면, 그것은 애머릴로에 남아서 임신을 하고 또 해야 한다는 걸 의미했다. 물론 아이들이 자립할 때가 되면 늦게나마 치과 위생사 학교 정도는 다닐 수 있을지도 모른다. 그런데 어느 날 존이 자신과 갈 데까지 갈 여자를 찾아서 졸업 무도회에 데려왔다. 나는 신경 쓰는 척했다. 엄마는 나를 올리브 가든 레스토랑에 데려갔고, 와인 한 병과 잔 두 개를 주문했다. 웨이터가 내 신분증을 요구하자 엄마는 말했다. "얘는 내 딸이에요." 텍사스 법에서는 이거면 충분하다. 하지만 엄마는 덧붙였다. "누구 만나는 사람 있어요?" 마치 그가 교대 근무를 마치고 나를 무도회에 데려갈 시간이 있을 것처럼. 그는 연인이 있었다. 또는 있다고 말했다. 그래서 내가 흠뻑 취해버리자, 엄마와 나는 큰 통에 든 버터 맛 팝콘을 먹으며 〈프렌치 키스〉를 보았다. 엄마는 영화관에서는 다이어트란 있을 수 없다고 믿는다.

그때 공군에 입대했다. 당국은 나를 몬테레이에 있는 국방어학원DLI에 보내서 베트남어를 배우게 했다. 1996년에 왜 공군에 베트남어 통역관이 필요했는지 나로서는 모르겠다. 알 기회가 전혀 없었다. 여기서 요지는 몬테레이가 유명한 게이 성지인 샌프란시스코와 가깝다는 점이다. 그리고 이 무렵 나는 내가 레즈비언이라는 사실을 알게 되었다.

기초 훈련 때 만난 유디 훈련병은 샌프란시스코에서 왔고, 그래서 동성애에 대한 모든 것의 전문가라고 자신을 소개했다. 나는 유디를 존경했다. 첫 번째 일요일에 그들이 우리를 교회로 데려갔을 때 유디가 교회에 들어가지 않겠다고 말했기 때문이다. 그녀는 무신론자였다. 그때까지 나는 "저는 무신론자입니다"라고 말하는 사람을 한 번도 본 적이 없었다. 나는 그녀가 갑자기 화염에 휩싸일 거라고는 생각하지 않았지만 설령 그랬더라도 놀라지 않았을 것이다. 그들은 유디에게 그 점이 그렇게 중요하면 밖에 앉아 있으라고 말했다(나는 훈련 교관들이 우리의 영혼에 한 치라도 관심이 있었다고 생각하지 않는다. 그 일요일은 그들이 처음으로 몇 시간 동안 우리와 떨어져 있을 수 있는 날이었고, 아마 빨랫감이 있었을 것이다). 전날 진눈깨비가 내렸다. 하지만 유디는 기꺼이 바깥에 있는 돌 벤치에 앉아서 엉덩이가 꽁꽁 어는 걸 감내했다. 나는 경외심을 느꼈다. 그러나 나는 바보가 아니었고, 모크 훈련병과 함께 세 시간 동안 진행되는 모르몬교 예배에 참석했다. 아무도 내게 소리치지 않는 따뜻한 실내에 세 시간 동안 있는다는 사실에 그곳이 천국처럼 느껴졌다. 물론 모르몬교 설교를 들어야 했다. 하지만 안 그래도 패밀리의 헛소리를 뇌리에서 쫓아내느라 충분히 힘든 시간을 보내고 있었기에 모르몬교 설교가 귀에 들어올 리 없었다. 그래도 계속 모르몬교 교회를 찾았다. 모크에게 반했기 때문이다.

유디가 그 사실을 폭로한 밤, 우리는 퇴소를 며칠 앞두고 최종 점검을 마친 상태였다. 훈련병들은 대부분 삼삼오오 모여서, 주특기 훈련 학교를 배정받는 일과 훈련소에서 나가면 제일 먼저 무엇을 먹을지를 두고 이야기를 나눴다. 나는 체육복 반바지와 티셔츠 차림으로 침대에 앉아 할머니에게 편지를 쓰고 있었다. 모크 훈련병은 남자친구가 보낸 편지를 읽고 있었는데, 내 다리를 베고 누워 있었다. 그건 이성애자 소녀들이 하는 지극히 이성애자 소녀다운 행동일 뿐이었다. 문제는 우리 중 하나는 이성애자가 아니었고 나머지 하나는 그 사실을 잘 모르는 것 같다는 데 있었다. 나는 허벅지 위에 놓인 머리가 내는 열기를 강렬하게 의식했고 그녀의 머리칼을 쓰다듬고 싶은 충동을 간신히 억누르고 있었다. 그건 전혀 동성애가 아니었다. 우리가 PX 밖에서 서로의 이름을 새긴 반지를 산 건 전혀 동성애가 아니었다. 내가 그녀의 군화를 닦아준 건 동성애가 아니었다. 내가 군화를 더 잘 닦는 것일 뿐이었다. 그때 하필 유디 훈련병이 상황을 망치고 말았다. 그녀는 수건을 두르고 내 앞을 지나쳐 가다가 웃으면서 말했다. "이 레즈비언들." 마치 그렇게 말을 해야 정상적이고 친근한 행동인 것처럼. 모크 훈련병이 웃으며 일어나 앉았다. 나도 아마 소리를 내어 웃었던 것 같다. 그런데 아무도 듣지 못했고, 아무도 관심을 두지 않았을 가능성이 컸다. 하지만 난 굴욕감을 느꼈다. 그리고 짜증이 났다. 모크 훈련병이 다시는 내 허벅지를 베고 눕지 않을 것 같았기 때문이다. 하지만 나는 유디의 말을 믿었다. 좀 전에 얘기한 것처럼, 유디는 샌프란시스코에서 왔다. 그리고 그것이 나를 흠칫하게 만들었다.

아마도 내가 열두 살 때였던 걸로 기억하는데, 의붓아버지 게이브가 처음으로 내 문제가 무엇인지 단정 지어 말했다. 내가 동성애의 영혼을 지니고 있다는 거였다. 다행히도 나는 아직 사탄에게 홀리지 않았다. 하지만 내가 주의하지 않으면 사탄에게 홀리는 일은 언제든지 일어날 수 있었다.

내 행동은 관련이 없었다. 인디고 걸스 테이프를 몰래 숨겨두거나 〈데저트 하츠〉를 보다가 들킨 것이 아니었다. 나는 패밀리에 있었다. 영화 보는 날 다른 모든 사람이 똑같이 보는 허접쓰레기 영화를 보았고, 우리가 모두 똑같이 듣는 패밀리 테이프를 들었다. 나는 그저 다분히 여성스럽지 못할 뿐이었다. 내가 선호하는 옷차림은 홈스쿨링 소년의 옷차림, 이를테면 단추를 끝까지 채운 폴로셔츠를 긴 바지나 반바지 안에 단정하게 넣어 입는 것이었다. 그리고 머리칼은 단단히 뒤로 넘겨서 묶기만 했다. 한동안 나는 별 제지를 받지 않았다.

그러다가 우리는 오사카 북쪽 산간 지역에 있는 대규모 공동체로 이주했다. 나는 십 대 초반의 아이들과 무리를 이루게 되었고, 그러면서 적절한 관심사와 버릇과 스타일을 가진 적절하게 여성적인 소녀들에게 둘러싸여 생활했다.

나는 눈에 띄는 존재였고, “그 키 큰 여자애 알지? 선머슴 같은 애 말이야”로 통했다. 나는 노력했다. 정말 노력했다.

소녀들은 도와주려 했다. 항상 있었던 빌어먹을 댄스 파티가 돌아오면 그들은 내게 솔을 빌려주고 머리에 리본을 묶어주고 치마를 골라주었다. 그렇게 한 결과 나는 경건한 여인처럼 보일 수 있었다. 그런 뒤에 우리는 식당 안에 쭉 배치된 의자에 앉았다. 식탁은 죄다 벽 쪽으로 밀어놓았고, 전등 위로 스카프를 늘어뜨려서 분위기 있는 조명을 만들었으며, 머리를 뒤로 빗어 넘긴 십 대 소년들로 구성된 생음악 밴드가 패밀리 음악을 연주했다. 소녀들은 훈련받은 댄서처럼 발목을 완벽하게 교차하고 무릎을 모은 채 앉아 있었고, 나는 붐비는 시간에 두 좌석을 차지하고 앉은 진상 손님처럼 다리를 쩍 벌리고 꾸부정하게 앉아 있었다.

소녀들은 우리에게 읽어도 좋다고 허용되지 않은 백과사전을 머리 위에 올린 채 균형을 잡으며 걷는 연습을 하곤 했다. 나는 구석에서 우리에게 읽어도 좋다고 허용되지 않은 백과사전을 읽으며, 누군가 우리에게 그 책을 이런 용도로 사용하게끔 허용한 것에 감사했다. 게이브는 두뇌에 비해 너무 빨리 자란 다리로 어색하게 성큼성큼 걷는 걸음걸이를 보고 나를 ‘무스’*라고 불렀다. 나는 바른 자세로 걸을

* 사슴 중에 가장 큰 종. 엘크라고도 부른다.

수 없었다. 심지어 바른 자세로 뛸 수도 없었다. 경주에서 이기는 것이 너무 좋아서 내 팔이 조신해 보이는지 따위를 걱정할 여력이 없었다.

내가 말하려는 건, 그때나 다른 어느 때나 내가 잘못된 행동을 적극적으로 했느냐 아니냐는 쥐뿔만큼도 중요하지 않았다는 거다. 일단 내게 문제가 있다고 목자들과 게이브가 동의하면, 내게 문제가 있는 거였다. 그들은 처음에는 문제를 회피했다. 하지만 경건한 여인이 어떻게 보이고 어떻게 행동하는지를 일러주는 읽기 과제들은 점차 망나니처럼 무스처럼 선머슴처럼 남자처럼 행동하기를 그만두라는 엄중한 경고로 바뀌었다. 여자다워져라. 이 남자 같은 영혼, 이 동성애자 같은 영혼, 이 나쁜 병. 너는 그것과 싸워야 한다. 물론 우리가 도와줄 거야. 공개적으로 창피를 주고, 고립시키고, 가끔은 흠씬 두들겨 패면서 말이지.

게이브는 나의 영적인 건강 상태에 특히 신경을 썼다. 그에게 야심이 있었기 때문이다. 레즈비언 의붓딸은 그의 전반적인 남성성은 말할 것도 없고 리더십 기술에도 타격을 입혔다. 작은 여자아이 하나도 통제하지 못하면서 어쩌고저쩌고 하는 거 말이다. 당시에 그가 나를 부끄러워한다는 사실만은 이해할 수 있었다. 그래서 나아졌다. 치마를 입고, 친구들에게 머리를 만져 달라고 부탁했다. 가끔은 기억나면 무릎을 모으고 앉기도 했다. 그러다가 우리는 스위스로 이주했다.

문제는 왜 여자처럼 행동하는 것이 중요한지 그 이유를 나열한 목록 가운데 굵은 글씨체로 쓰인 항목이었다. 내가 남자들에게 매력적으로 보여야 한다는 것이었다. 이 항목을 패밀리 교리의 주춧돌이라고 불러도 무방할 것이다. 패밀리의 문헌 전체가 그 사실을 주입하는 데 동원되었다.

그들이 나를 걱정하는 것도 무리는 아니었다. 종말론 같은 헛소리나 섹스와 관련된 일부 헛소리를 무시하면, 그 광신 집단이 교리 측면에서 특별히 더 극단적일 건 없었다. 특히 여자의 역할에 대해서도 마찬가지였다. 규칙을 쓰는 사람들은 항상 '다른' 사람들보다 스스로에게 유리하게 쓰기 마련이다. 차이점이 있다면 우리 교주는 남들이 은근히 암시만 하는 내용을 그냥 대놓고 말한다는 것이었다. 여자는 남자에게 봉사하기 위해 창조되었다. 여자의 가치는 남자가 결정한다. 여자는 남자에게 복종해야 한다. 여자의 존재 이유는 아이를 키우는 것이다. 여자가 이기적이지 않으면 강간은 존재하지 않을 것이다. 뭐 이 따위들 말이다. 그러니 레즈비언이란 있을 수 없었다. 그녀가 남자들이 자신을 어떻게 생각하는지에는 쥐뿔만큼의 관심도 없는 것처럼 행동하며 사방팔방 뛰어다니는 여자라도 말이다. 그것은 빌어먹을 혼돈일 것이다.

그들은 내게 왜 남자가 되고 싶냐고 물었고, 나는 그렇지 않다고 대답했다. 정말로 그렇지 않았기 때문이다. 다만, 남자아이들은 모든 힘을 가졌다. 여자아이들이 커튼과 이불을 바느질하는 동안 남자아이들은 나무로 뭔가를 만들었다. 그들은 내게 왜 남자처럼 행동하는지 물었고, 나는 그렇지 않다고 대답했다. 정말로 그렇지 않았기 때문이다. 나는 그저 여자가 어떻게 행동해야 하는지는 그들이 결정할 문제가 아니라고 생각했을 뿐이다. 그저 일정한 통제력을 가지고 싶었을 뿐이다. 그들은 어째서 내가 남자들에게 추파를 던지기를 하나님이 원하시는지에 관한 내용이 쓰인《사랑의 모습》을 읽으라고 명령했다. 추파 던지기에 대해서 내가 배운 내용은 논문으로 써도 될 정도다. 내가 추파를 던지지 않은 건 다른 소녀들이 자연스럽게 연출하는 수줍어하는 눈빛과 엷은 미소를 내 얼굴에서 재현하면 너무 우스꽝스럽게 느껴졌기 때문이다. 그들은 그러면 어떤 남자도 나를 원하지 않을 거라고 경고했다.

문제는 어떤 남자도 나를 원하지 않을 가능성이 있더라도 나는 아무렇지 않았다는 거였다. 일본에서 내 동성애적 영혼 증후군을 진단하는 데 결정적인 증상이 나타난 적이 있다. 나는 남자들, 구체적으로는 남자 어른들에게 덜 매력적으로 보이려고 아예 샤워를 하지 않았다. 어차피 우리는 일주일에 한 번이나 두 번만 샤워를 했고, 양동이 하나와 목욕 의자 하나와 컵 하나와 딱 3분의 시간만 허용되었다.

내가 샤워를 하지 않는 걸 누군가 알아채기까지 시간이 한참 걸렸다. 그러니까 두어 달쯤 걸렸다는 얘기다. 나는 수업 시간에 앉아서 우리 목자가 왜 하나님께서 여자들이 열두 살에 아기를 가질 수 있도록 만드셨는지에 대해 설명하는 소리를 건성으로 들으며 팔에서 각질을 벗겨내 그 아래 벌겋게 된 살갗이 드러나게 했다. 결국엔 내가 뱀처럼 허물을 벗게 되지 않을까 궁금했지만, 그 결과를 결코 확인하지 못했다. 누군가 내가 샤워를 하게끔 만든 것이다. 그러면 나는 '집 안에서 가장 더러운 여자아이 되기' 프로젝트를 처음부터 다시 시작해야 했다. 남자들이 설거지 줄에서 몸을 비비고 싶지 않은 여자아이. 목자가 밤에 만지작거리고 싶지 않은 여자아이가 되려는 몸부림이었다.

사람들은 '섹스 광신 집단'이라는 말을 들으면 웃기다고 생각한다. 그들은 광신 집단 사람들이 성관계를 하리라고는 생각하지 않는다. 그들은 식당 벽에 붙어 있는 시간표에 세탁, 설거지, 걸음마 배우는 아이 돌보기, 갓난아이 돌보기, 그냥 화장실 청소, 헤르페스바이러스투성이일 화장실 청소, 그리고 "공유의 밤"이라고 적혀 있으리라곤 생각하지 않는다. 뭐, 괜찮다. 게이브 역시 그것에 대해 깊이 생각하지 않았다. 몇 개월 동안 그에게 짜증이 날 때면 아무도 보지 않을 때 시간표를 바꿔놓았다. 그가 싫어하는 여자들에게 그를 배정한 것이다. 개망나니, 자유로운 사랑이나 실컷 즐기시길.

문제는 의붓아버지와 목자들이 순 멍청이였다는 점이다. 스위스에 살 때 내가 다시 옛날 방식으로 돌아간 탓인지 남자아이들이 나를 제법 좋아했던 것이다. 여자애들은 다 똑같지 않고 이럴 수도 있고 저럴 수도 있다. 나는 예뻐지는 것에나 어떤 남자애들이 귀여운가 하는 얘기에는 관심이 없었다. 사무엘만 빼고 남자애들은 친구였다. 사무엘은 양치질을 하지 않고 항상 입을 맞추려 들거나 침대 위로 기어올라 와서 내 다리에 달라붙어 거시기를 비벼댔다. 그는 침대에서 밀쳐서 떨어뜨릴 만한 아이가 아니었다. 그럴까도 생각해봤는데, 그랬다가는 고자질을 할 게 뻔했고 그러면 내가 온갖 고초를 겪게 될 터였다. 하지만 스위스의 첫 번째 집에서는 우리를 거의 감독하지 않았기 때문에, 사무엘이 무턱대고 밀어붙이면 마음껏 배를 주먹으로 후려칠 수 있었다. 그런데도 게이브와 패밀리가 나에 대해 잘못 판단했다는 걸 증명이라도 하듯, 남자아이들은 계속 내 다리에 달라붙었고 남자 어른들은 일상적으로 내 몸을 더듬었다.

게다가 그때 나는 레즈비언이 아니었다. 만일 레즈비언이었다면 여자의 다리에 달라붙고 싶은 충동을 느꼈을까? 가끔 상상해본 적은 있다. 그 집에서 제일 예쁜 여자는 언니의 친구인 테레사였다. 나는 홀딱 반했지만 그때는 그게 반한 건지도 몰랐다. 그저 그녀가 나를 좋아해주기를 바라는 거라고만 생각했다. 테레사는 기타 코드 잡는 법을 가르쳐 주었고, 나는 그녀를 웃게 하려고 애썼다.

발레리 언니는 프랑스 국경 근처 스위스 산간 지역에 있던 공동체의 제일 위층에서 테레사와 한 방을 쓰고 있었다. 십 대 후반인 그들은 우리보다 약간 더 사생활을 누렸다. 그들에게는 면도기까지 있었다. 어느 일요일, 그들 방에서 시간을 보내다가 그 면도기에 대해 알게 되었다. 내가 팔을 이리저리 흔들며 이야기를 하고 있는데 발레리 언니가 끼어들었다. "잠깐만, 팔 좀 들어봐." 나는 언니가 무엇을 보려는 건지 몰랐지만 그 목소리로부터 어떤 이유에서인지 나를 골려먹으려는 낌새를 느낄 수 있었다. 테레사 앞에서 놀림을 당하기는 싫었다. 하지만 발레리 언니가 살짝 무서웠다(지금도 여전히 그렇다). 그래서 팔을 들고 적당히 셔츠 소매를 끌어내렸던 것 같다. 어느 틈엔가 발레리 언니가 손을 붙들고 나를 욕실로 끌고 가고 있었던 것이 기억난다. "셔츠 벗어."

"싫어. 왜 그래?"

"로렌."

여기서 잠깐 말할 게 있다. 어렸을 때 발레리 언니는 우리가 말을 듣지 않으면 꼬집곤 했다. 나는 셔츠를 벗었다. 그리고 하나님께 맹세하건대, 그때 언니가 손으로 입을 막고 나를 쳐다보던 눈빛이 아직도 생생하다. 마치 내 겨드랑이가 개미 떼로 덮여 있는 광경을 본 듯한 눈빛이었다. “언제부터 털이 났니? 왜 나한테 말 안 했어? 로렌, 맙소사. 털이 많기도 하지. 여기 있어, 문 잠그고.” 그러고는 나갔다.

잠시 뒤에 언니는 분홍색 작은 면도기를 가지고 와서 샤워를 하라고 했다.

내가 말했다. “난 못 해. 곤란해질 거야.” 실제로 그럴 가능성이 컸다. 면도는 엄격하게 금지된 행동은 아니었지만 버그가 생각한 경건한 여자의 이미지, 그리고 현재 우리를 관리하는 어른들이 히피였을 때 기꺼이 받아들인 입장에 부합하지 않았다. 어찌 되었든 우리는 면도기를 사러 마을로 뛰어갈 수 있지도 않았다. 언니와 달리 나는 여전히 스무 명의 아이들과 함께 잠을 자고 옷을 갈아입고 샤워를 하는데, 그 아이들이 고자질을 할 수도 있었다. 그리고 우리 목자들은 개망나니였다.

발레리 언니는 자신이 지금까지 내 털을 알아차리지 못했다면, 내가 면도한 사실도 아무도 모를 거라고 말했다. 옷을 갈아입으면서 누구도 다른 사람을 유심히 쳐다보지는 않을 거라는 얘기였다. 그 후로 20년이 걸려서 완전히 체득하게 된 사실이다.

그래서 나는 옷을 벗었고, 발레리 언니는 거기 서서 비누칠을 하라고 했다. 언니와 테레사가 그 면도기를 얼마나 오랫동안 함께 써왔는지 모르지만, 그것은 망할 놈의 버터

칼 같았다. 면도날에 계속 털이 엉켜서 털을 빼내려다가 엄지손가락을 베였다. 또 한 번 밀었고 조금 더 피를 흘렸다. 머리를 곱슬곱슬하게 길러서 더 무서워 보이는 언니는 나의 솜씨를 심사라도 하듯이 바라보고 있었다. "그냥 짧게 짧게 움직여. 바보같이 굴지 말고. 빨리 해야 해. 아니, 빨리, 더 세게 아래로 밀어."

"이게 털을 뽑아내잖아."

"애처럼 굴지 좀 마."

다른 겨드랑이 차례다. 언니는 아직 다리는 면도하지 말라고 말했다. 그러면 너무 티가 날 거라고 했다. 팔도 마찬가지다. 언니가 왜 팔을 면도해야 한다고 생각했는지 모르지만, 어쨌든 언니는 그랬다. 우리가《세븐틴》잡지나 이런 것들을 가르쳐줄 정상적인 어른을 만나게 될 것 같지는 않았다. 나는 지금도 팔을 면도하는데, 순전히 언니가 그러라고 했기 때문이다. 나는 언니와 나 사이에 비밀이 생긴 게 좋았다. 마치 언니가 자신의 멋지고 은밀한 삶 속으로 나를 들여보내준 것 같았다.

면도를 마치고 나서 옷을 입었고, 출혈이 대부분 멎었지만 면도기 상처가 화끈거리기 시작했을 때 우리는 방으로 돌아왔다. "테레사에게 보여줘." 언니가 자신의 작품을 자랑스러워하며 말했다. 나는 팔을 옆구리에 딱 붙이고 있었다. "보여주라고." 나는 언니 말을 들었다. 테레사가 움찔

하며 놀랐고 나는 얼른 팔을 내렸다.

"그 셔츠 이리 줘봐. 내가 핏물을 빼볼게." 테레사가 이렇게 말한 뒤 자신의 셔츠를 입으라고 줬다. 끈이 달린 핑크색 셔츠였다.

나는 고개를 저으며 답했다. "괜찮아." 핏물을 빼는 방법은 예전에 언니한테 배워서 알고 있었다. 그러는 동안 발레리 언니는 즐거워하고 있었다. 동생들을 쥐고 흔드는 데는 아주 일급 선수였다. "아, 로렌은 다시는 그 옷을 입지 않을 거야. 우리 레즈비언 동생은 말이야." 발레리가 평소 나를 놀릴 때 내는 우스꽝스러운 애기 목소리로 말했다. 나는 닥치라고 소리쳤고, 발레리 언니는 내 목소리로부터 울음을 터뜨리기 일보 직전임을 눈치챘다. 그래서 언니는 멈추었다. 우리가 결코 넘지 말아야 할 선, 우리 자매 사이에 무언의 맹세가 있었다. 남들 앞에서 서로를 울리지 않을 것. 하지만 테레사가 나를 변태라고 생각할까 봐 여전히 걱정스러웠다.

테레사는 정말 성자였다. 그녀는 내게 빙긋 미소 짓고는 기타를 집어 들었다. 나는 생각했다. 나는 절대 레즈비언이 아니야. 테레사가 기타를 치며 멀어지는 모습을 바라보며 그녀와의 성관계를 상상해보았다. 그런데 무엇을 상상해야 하는지조차 알 수 없었다. 남자아이들이 항상 내게 그러는 것처럼 그녀에게 몸을 비비적거리는 모습을 상상하다가 하마터면 웃음이 터져 나올 뻔했다. 발레리 언니가 왜 그러냐고 물을 게 분명하다고 확신하지 않았더라면 정말로 웃음을 터뜨렸을지도 모른다. 그러니까 나는 레즈비언이 아니었다. 물론 발레리 언니는 계속 나를 레즈비언이라고 불렀다. 그래서 나는 언니를 뚱뚱보라고 불렀다. 자매끼리는 원래 멍청한 개소리를 한다.

게이브는 나를 레즈비언으로 만들 수 있는 것들을 두고 끊임없이 경고했다. 우리가 패밀리를 떠나고 한참 지난 뒤에도 그랬다. 게이브의 말로는, 시트콤 〈로잔느 아줌마〉를 보다 보면 내가 자칫 경계선을 넘어갈 수 있었다. 〈비버리힐스의 아이들〉은 내가 브랜든이 되고 싶은 게 아니라 브랜든과 키스하고 싶은 게 분명하다면 안전했다. 음악은 위험했다. 앨라니스 모리셋은 틀림없는 레즈비언이었다. 남자처럼 머리를 빡빡 깎은 돌로레스 오리어던도 마찬가지였다. 게이브는 사촌이 로스엔젤레스에서 멜리사 에서리지가 남자처럼 생긴 여자와 함께 있는 모습을 목격했다고 말했다. 그는 내가 컨트리 음악을 듣는 건 괘념치 않았지만, 메리 채핀 카펜터는 예외였다. 그녀가 뭔가 잘못되었다는 것이다. 리바 매킨타이어도 금지였다. 돌리 파튼이 레즈비언이 아닌 건 그도 알고 있었다. 누가 봐도 그녀는 무척 예뻤으니까. 하지만 내가 그녀를 얼마나 사랑하는지는 의심의 대상이었다. 사실 연예인은 모두 의심의 대상이었다. 그들은 동성애자거나 여성 우월주의자였다. 게이브는 러시 림보에게서 새로운 선지자의 모습을 발견했다. 더없는 여성 혐오증 불한당 말이다. 책은 항상 위험했지만, 게이브는 굳이 성가시게 책을 읽고 내용을 감별할 사람은 아니었다. 그저 내가 애거서 크리스티의 책을 많이 읽는다고 지적하기만 했는데, 나름 유익한 지적이었다. 그는 영화에 관해서라면 그나마 조금 나은 감별사였다. 〈양들의 침묵〉은 금지였다. 〈델마와 루이스〉, 〈나인 투 파이브〉, 그리고 존 휴스*가 만든 모든 영화도 마찬가지였다. 내가 흠뻑 빠져서 좋아하는 것들은 뭐든 금지였다. 마치 조리법 경고처럼 들렸다. 크림을 지나치게 많이 휘저으면 요리를 망치게 되고 동성애라는 것을 얻게 된다는 듯이.

게이브는 내가 자신을 진짜 아빠로 생각하지 않는다는 사실을 알았고, 그래서 내 아버지를 무기로 삼았다. "네가 그러는 걸 아빠가 보면 뭐라고 생각하겠니? 아마 질색할걸. 그리고 그건 내 탓이 아니다. 내가 노력한 걸 하나님은 아실 거야." 열일곱 살 때 한번은 아빠가 찾아왔다. 내가 알기로 그때 아빠는 폴란드에 살고 있었다. 알 게 뭔가? 아빠는 의붓아들과 아내를 데려왔다. 아빠가 떠난 뒤에 게이브는 가차 없이 공격에 들어갔다. "네 아빠한테 이미 새 아들이 생

* 하이틴 로맨스&코미디 영화 감독. 〈나 홀로 집에〉 각본을 쓰기도 했다.

긴 거 알고 있지? 이제 너희는 안중에도 없을 거야." 마이키도 게이브의 동성애자 종교 재판에서 그다지 좋은 판결을 받지 못했다. 그는 '계집애'였고, '어린 동성애자'였고 '호모'였다.

게이브는 멍청이였다. 마이키는 이성애자였다. 그리고 나는 돌리 파튼과 성관계를 하고 싶지 않았다. 그런 문장을 쓰는 것조차 무례하게 느껴진다. 나는 '프리덤! '90'의 뮤직비디오에서 린다 에반젤리스타를 보고 많은 감정을 느꼈다. 하지만 나는 숨 쉴 수 없다는 것이 조심해야 할 증상이라는 걸 몰랐다. 애머릴로 공립 도서관에서 찾은 어떤 책도 내가 여자와 성관계를 하고 싶도록 만들지 않았다. 그리고 나는 탈의실에서 팀 동료들을 훔쳐보지 않았다. 훔쳐보기는커녕 화장실에서 옷을 갈아입었다. 탈의실에서 누군가 내게 말을 거는데 그녀가 옷을 다 입고 있다는 확신이 들지 않으면, 그녀의 신발이나 천장, 혹은 그녀 뒤쪽에 있는 사물함 따위를 쳐다보았다. 유디가 레즈비언 발언을 하기 전까지, 나는 레즈비언이 될 것 같은 징후를 보이지 않은 채 기초 훈련 대부분을 해냈다. 그리고 기초 훈련을 하는 동안 우리는 함께 샤워를 해야만 했다.

처음 두어 주 동안은 알아차릴 시간이 없었다. 모두 50명이었는데 샤워기가 여덟 개뿐이어서 각자에게 시간이 5분씩만 돌아갔다. 감상에 젖을 시간이 없었다. 그러다가 나중에는 조금씩 여유가 생겼다. 다리를 면도할 시간까지 있었다. 나라 전체가 이런 개소리를 한다. 샤워할 때 동성애자들의 위험이 분명 존재한다고. 하지만 나는 샤워할 때마다 혹시 실수로 다른 이등병의 나체를 보게 될까 봐 두려워서 천장만 뚫어지게 쳐다보았다. 천장 타일을 세는 것이 공동 샤워장에서 동성애자들이 습관적으로 하는 행동이라는 걸 그때는 알지 못했다.

기초 훈련을 마친 다음부터 나는 원하는 조디 포스터의 영화를 마음껏 볼 수 있었다. 내가 그 주에 얼마나 많은 여자들에 대해 읽었는지를 누군가에게 감시당하지 않은 채 내가 선택한 책은 뭐든지 읽을 수 있었다. 인디고 걸스 CD를 자유롭게 살 수 있었다. 인디고 걸스 멤버 둘 다 동성애자라서 산 게 아니었다. 나는 멜리사 에서리지는 좋아하지 않았다. 내가 매일 밤 사라 맥라클란의 CD를 틀었다면, 그건 아마도 룸메이트의 본 석스 CD가 들리지 않도록 하기 위해서였을 것이다. 그런 것들 중에 나를 동성애자로 만든 것은 없었다. 게이 바에서 신분증을 요구하지 않는다는 소문을 들었지만, 샌프란시스코에는 가본 적도 없었다. 나는 다른 미성년자 이등병들과 해변에서 술을 마시는 생활에 완전 만족했다. 물론 가끔 여자에게 반하긴 했다. 하지만 그녀를 완벽하게 피하기만 하면, 내가 정상이라고 스스로에게 말할 수 있었다.

내가 레즈비언과 처음으로 밤을 보냈을 때 그것은 성적인 경험이 아니었다. 오히려 성적인 것과는 정반대였다. 그녀는 샘 셰퍼드를 닮았지만 좀 더 거칠어 보이고 약간 저속하면서도 재미있는 나이 든 해병대 하사였다. 그녀는 국방 어학원의 베트남어 수업을 나보다 한 시간 앞서 들었다. 우리는 화장실에서 몇 번 이야기를 나누었다. 나는 누가 봐도 레즈비언인 사람과 얘기하는 모습을 누군가 보게 될까 봐 두려워서 화장실에서 대화했다.

그녀는 분명 내가 동성애자라는 걸 알았을 것이다. 또한 그 말을 내게 해봐야 좋을 게 없다는 사실도 알았을 것이다. 그녀는 내가 임신한 것 같다면서 혹시 아냐고 물었다. 우리는 사람들이 아직 학교로 사용하고 있는 제2차 세계대전 때 건물 화장실에 있었다. 나는 토하고 싶어 교실에서 나왔는데, 화장실 칸에서 나와 보니 그녀가 팔짱을 낀 채 세면대에 기대서 있었다. 왜 술을 마셨냐며 야단칠 줄 알았다. 그 순간, 이것이 숙취가 아니라는 사실이 떠올랐다.

그녀는 종이 타월을 한 장 건네고 나서 내가 세면대를 쓸 수 있도록 옆으로 비켜섰다. 그러곤 얼마나 됐냐고 물었다. 나는 세면대에 침을 뱉고 나서 임신이 아니라고 대답했다. 그건 말도 안 되는 소리였다. 맙소사. 그런 식으로 소문이 시작된다. 나는 나갈 준비가 되었다는 듯이 군복 매무새를 바로잡았다. 하지만 그녀는 마치 유감이지만 이제 한판

붙어야겠다는 듯이 볼을 씹고 고개를 흔들며 문 앞에 서 있었다. 나는 하사를 밀치고 지나갈 만큼 멍청하지 않았다. 그래서 그냥 거기 서서 반짝반짝 광이 나는 내 군화를 내려다보며 감탄하고 있었다. 그녀가 말했다. “자네는 도움이 필요해. 나한테 말해 봐.” 그건 제안이 아니었다. 나는 울지 않으려고 고개를 끄덕였다. 그리고 말했다. “임신이 아닙니다.”

하지만 확신할 수 없었다.

그는 콘돔을 쓰지 않았다. 내가 제일 열 받는 지점이 이거였다. 우리는 해변에서 작은 모닥불을 피워놓고 놀고 있었다. 얼간이들 한 무리가 보드카 병을 돌려 마시며 농담을 하고 서로에게 차가운 파도에 뛰어들라고 도발하면서 정향 담배를 피웠다. 누군가의 휴대용 카세트 라디오에서 ‘돈트 스피크’가 울려 퍼졌고, 롱비치에서 왔다는 선원이 그웬 스테파니의 남동생과 마리화나를 피우곤 했다고 맹세했다. 재미있었다. 나는 이런 것들을 기념하는 부류의 사람이었기에, 이 시간은 기억할 만한 밤이 될 거라고 생각했다. 열아홉 살에 친구들과 함께 해변에 앉아 있는 밤. 그러다 몹시 취했다. 필름이 끊기거나 토하고 싶지 않았고 약해 보이는 것도 싫었다. 돌아가서 잠을 자고 싶었다.

그가 자신도 가겠다고 했다. 누군가 말했다. “두 사람 콘돔 필요해?” 정말 웃기는 농담이었다. 누군가 말했다. “마코위치가 콘돔 사는 걸 봤어. 그 굼벵이가 섹스라도 할 것처럼 말이야.” 하지만 이 남자는 마코위치 같은 얼간이가 아니었다. 그가 말했다. “맙소사, 완전 어린애들이야.” 나는 그 말이 기분 좋게 느껴졌다. 내가 그런 멍청한 어린애들 중 하나가 아닌 것 같은 느낌.

그는 출입구들 바로 앞에 있는 숲속에서 나를 강간했다. 하지만 그건 진짜 출입구가 아니었고, 내가 무슨 소리를 냈다고 해도 그 소리를 들을 경비원도 없었다. 처음에는 무슨 일이 벌어지고 있는지 깨닫지도 못했다. 내가 멈추라고 해서 그가 멈출 것처럼 보였던 순간이 있었다. 하지만 그는 멈추지 않았고, 나는 생각했다. ‘제기랄, 나는 지금 강간당하고 있어.’ 그냥 그렇게 되고 말았다.

6주쯤 후에 나는 토하려고 베트남어 수업에서 뛰쳐나왔다. 그 하사가 내가 믿고 싶지 않은 사실에 대한 힌트를 준 뒤, 나는 세이프웨이에서 임신 검사 키트를 훔쳤다. 하사는 토요일에 나를 병원으로 데려다주고서 일이 끝날 때까지 기다렸다. 나는 밖에서 누군가 일인 시위를 벌이는 광경을 보고 이상하다고 생각했다. 사실 그다지 열성적인 시위는 아니었다. 그냥 접이의자에 앉아 있을 뿐이었다.

그때 내가 캘리포니아에 배치된 건 행운이었다. 강간을 당하고서 생긴 아이라고 해도 낳아서 키워야 한다고 생각하는 후진적인 주나 시골에서 임신을 하면, 낙태가 불가능하지는 않더라도 적지 않은 물의를 빚게 될 것이었다. 나는 기다릴 필요가 없었다. 휴가를 받거나 어학원을 결석하기 위해 허락을 받거나 나의 악몽들이 적절한 형태를 갖추고 있는지 확인하기 위해 초음파 영상을 볼 필요도 없었다. 그저 예약된 시간에 걸어 들어갔다가 두어 시간 뒤에 걸어 나와서, 그 개망나니가 콘돔을 사러 가지 않은 것 때문에 내가 종신형을 겪을 필요가 없다는 사실에 안도했다.

하사는 돌아오는 길에 맥도널드에 들렀다. 그리고 내가 룸메이트나 지나가다 들른 누군가를 상대하지 않고 회복할 수 있도록 자기 방에 숨겨주었다. 그녀는 하사였기 때문에, 언덕 위 부사관 건물에서 개인 욕실이 딸린 일인실을 쓰고 있었다.

나는 〈세븐〉을 보다가 잠이 들었다. 그 순간에 고를 법한 최선의 영화는 아니지만 그녀가 영화 내용을 미리 알고 있었다고는 생각하지 않는다.

잠에서 깼을 때 그녀는 옆에서 자고 있었다. 마침내 나는 울고 말았다. 그야말로 엉엉 울었다. 낙태 때문은 아니었다. 그때 느낀 감정은 그저 안도감이었다. 패밀리를 떠나 살아오면서 언제부턴가 '괜찮아. 난 이제 안전할 거야'라는 생각이 들기 시작했기에 울었다. 진짜로 그렇게 믿었다. 틈만 나면 가슴을 더듬는 빌어먹을 변태 늙은이들로부터 자유로워지기만 하면, 열두 살이나 열네 살, 혹은 데이비드 버그가 소녀들이 준비되었다고 마음대로 정한 어느 나이에 결혼을 해야 하는 운명만 아니라면, 공유 시간표에서 내 이름을 발견하지 않아 집 안의 목자들이 내 주간 파트너로 지정한 누군가와 자유로운 사랑을 공유하지 않을 수만 있게 된다면, 누구와 언제 잠자리를 할 것인지를 내가 통제할 수 있을 거라고 생각했다. 광신 집단 아이들에게 허락되지 않은 한 가지, 바로 빌어먹을 선택권을 내가 가지게 될 거라고 말이다.

하지만 이미 말했다시피, 그 본질을 들여다보면 패밀리가 특별히 더 극단적인 놈들이지는 않았다. 그 남자가 없었더라도 다른 어딘가에 개망나니는 있었을 터였다.

하사가 깨어나서 울음을 그칠 때까지 안아주었다. 그녀는 나를 안은 채 잠들었고 나는 또다시 울었지만 이번에는 조용히 울었다. 그녀가 편안했기에 안전함을 느꼈다. 비록 그날 하룻밤뿐이었지만.

남자에게 이 얘기를 하면 그가 묻고 싶은 건 딱 한 가지일 것이다. "그래서 둘이 잤어?" 하지만 이제 나는 남자들과 친해지는 데 별 관심이 없었다. 그들에게 이유를 밝히고 싶은 마음은 더욱이 없었다.

그 후로 오랫동안 나는 울지 않았다. 감정 자체를 그렇게 많이 느끼지 않았다. 나는 우울증을 깊은 슬픔과 밑바닥, 침울함으로 표현하는 사람들의 얘기를 늘 들어왔다. 하지만 바닥 같은 건 없었다. 슬픔도 없었다. 그냥 추락만 있었다. 어쩌면 그래서 우울증이 찾아왔을 때 그것을 인지하지 못했을지도 모른다. 나는 아무것도 느끼지 못했고 매사에 별 관심이 없었다.

베트남어 학교에서 낙방을 했는데도 아무렇지 않았다. 나는 군화에 광을 내고 군복이 저 혼자 서 있을 만큼 빳빳하게 풀을 먹여서 다림질을 했다. 나는 어릴 때 배운 것과 똑같은 생존 모드에 다시 돌입했다. 잘하라. 완벽하라. 하지만 공부는 내 적성에 맞지 않았다. 좋은 공군 사병이 되어야 한다는 강박을 느꼈다. 모든 일에 자원하라. 어떤 일이건. 주말을 포기하고 보초 근무를 서라. 잘하라. 완벽하라. 그러면 그들이 해치지 않을 것이다.

이는 얼마간 효과가 있었다. 그들은 언어를 배울 또 한 번의 기회를 주려고 나를 러시아어 수업에 꽂아 넣었다. 그 수업에서는 내가 영어로 쓰인 글을 읽도록 허용하지 않았다. 나는 겨우 두어 달가량 버텼다. 여전히 공부는 하지 않았다. 공군 사병이라면 누구라도 20달러에 기꺼이 차를 빌려줄 것이기에, 나는 누군가의 차를 빌려 센트럴 코스트의 절벽과 다리로 몰아가곤 했다. 가속 페달을 밟아 바다로 뛰어들 용기를 내려고 했다. 하지만 그럴 수 없었다. 자살에 실패해서 살아남게 될까 봐 두려웠고, 그 상황을 감당할 수 없었다.

기성 체제는 마침내 패밀리가 결코 해내지 못한 일을

해냈다. 그들은 내가 순응하게 만들었다. 누구든 성관계를 하고 싶으면, 사냥감은 나였다. 당연하다. 왜 아니겠는가. 적어도 그건 내 선택이긴 했다. 해병대 병영은 우리 병영 바로 옆에 있었다. 똑같은 건물이었는데, 다만 우리 문에는 파란색 페인트가, 해병대 문에는 진홍색 페인트가 칠해져 있었다. 그러나 대개는 해변이나 자동차에서 관계를 가졌다.

정처 없이 절벽 근처 어딘가에서 운전을 하다가 문득 내가 그토록 믿지 않으려 한 하나님이 어쩌면 나에게 엿 먹일 방법을 찾은 건 아닐까 하는 생각이 들었다.

그 후에 나는 쇼 기지로 전출되었지만 사실 달라진 건 아무것도 없었다. 어떤 이들은 자해를 하거나 벽을 치거나 싸웠다. 나는 아무 남자하고나 잠을 잤다. 그러면서 '진짜 웃긴다, 넌 게이잖아. 제기랄' 하고 생각한 적이 단 한 순간도 없었다. 매사추세츠에 사는 언니가 전화를 걸어왔다. "놀러와." 그래서 나는 언니네로 놀러 갔다.

언니는 남편과 두 아이와 함께 패밀리를 떠났다. 언니의 아들과 딸이 거실에서 노는 사이, 우리는 부엌에서 연기로 누레진 벽지를 벗겨내며 주말을 보냈다. 그리고 나는 언니에게 내가 동성애자라고 털어놓았다. "나 동성애자야"라고 대놓고 말한 건 아니었다. 우리는 갈기갈기 찢어진 벽지 더미 앞에 서서 종이컵으로 싸구려 와인을 마시고 있었다.

나는 "내가 레즈비언이면 어떨 것 같아?" 하고 말했다.

언니는 스크레이퍼를 개수대에 던졌다. "그럴 줄 알았어! 로렌, 그럴 줄 알았다고!" 그녀는 소리치며 마치 자기 생각이 맞았다고 얘기할 누군가를, 그렇다고 확인해줄 누군가를 찾기라도 하듯이 거실로 뛰어 들어갔다.

이런 게 자매의 좋은 점이다. 자기 생각이 맞기만 하다면 상대방이 방금 고백한 내용 따위는 중요하지 않다. 그녀는 세 살배기와 한 살배기 자식들에게 레즈비언에 대해 설명하지 않기로 결정하고 돌아와서 말했다. "내가 그렇다고 말하니까 네가 울었던 거 기억나니?" 나는 물끄러미 쳐다만 보았다. 그녀는 나더러 물고기자리*라고 했고, 나는 울음을 터뜨려서 그녀의 지적이 옳음을 증명하고야 말았다. 젠장.

언니에게 모든 걸 말하지는 않았다. 그때는 그럴 수 없었다. 하지만 일단 그렇게라도 말하고 나니, 적어도 언니를 잃지 않으리라는 걸 알게 되니, 그런 말을 했는데도 우리 사이에 변한 게 아무것도 없으니, 어쩌면 나는 괜찮을 거라는 생각이 들었다.

나는 이제 어느 정도는 스스로를 있는 그대로 받아들이게 되었지만 여전히 피해망상에 사로잡혀 있었다. 이미 패밀

* 물고기자리 여성은 동성애 성향이 농후하다는 속설이 있다.

리라는 한 가지 비밀이 있는데 이제 하나가 더 생긴 것이다. 아니, 어쩌면 나는 항상 그 비밀을 안고 살아왔는지도 모른다. 어느 쪽이건 나는 꼭 필요한 것 이상의 위험은 감수하지 않을 작정이었다. 그래서 기다렸다. 스물한 살이 될 때까지. 기지에서 충분히 먼 플로렌스에 있는 게이 바를 찾아가서 사라 맥라클란의 CD를 틀어놓고 잠자리를 하게 될 수많은 여자 가운데 첫 번째 여자와 함께 집에 갈 때까지. 때로는 한 번 이상 그들과 함께 집에 갔다. 레즈비언들 사이에서 그건 사실 결혼한 거나 마찬가지였다.

하지만 그날 밤 나는 그녀에게 수작을 걸지 않았다. 바 끄트머리에 서서 버드 라이트의 라벨을 떼어내 바닥에 버리고 맥주를 한 모금씩 홀짝이고 있는데 그녀가 다가왔다. 그녀는 다나라고 했다. 귀여웠지만, 그 시점에 그건 중요하지 않았다고 생각한다. 나는 그때 병적으로 흥분한 상태였기에, 누가 됐든 상대에게 끌린다고 스스로를 설득했을 것이다. 시끄러운 음악 때문에 그녀가 하는 말을 한 마디도 알아들을 수 없어서, 그녀가 얘기하는 동안 멍하니 고개만 끄덕였다. 그때 그녀가 내게 키스를 했다. 그 순간 세상이 사라졌다고 말하고 싶지만, 세상은 그대로 남아 있었다. 나는 계속 생각했다. '그래, 이런 기분일 거야.' 우리는 바에 기대어, 그리고 테라스에서, 그리고 그녀의 포드 에스코트에 기대어 서로를 애무했다. 그녀가 집에 함께 가자고 했다. 나는

"아, 됐어. 드디어!"라고 소리치고 싶은 걸 간신히 참았다.

우리가 고양이 분비물로 얼룩진 빈백 의자와 차량용 담요로 덮인 소파, 여기저기에 담뱃불 자국이 난 카펫이 있는 허름한 거실로 들어선 순간, 그녀는 "잠깐만"이라고 말하고 나서 CD를 플레이어에 넣었다. 바로 그 노래였다. "나는 당신을 지배하는 사람이 될 거예요……."

정말 짜릿했다. 나는 항상 그 노래에 맞춰 성관계를 하고 싶었는데 이렇게 몇 년 이내에 실현될 줄 몰랐기 때문이다. 우리가 이야기를 나눴는지는 잘 기억나지 않는다. 어차피 그녀의 말을 잘 알아들을 수 없었다. 바에서 단숨에 들이켠 잭 앤 코크 때문에 발음이 뭉개져서 알아들을 수 없는 소리를 냈기 때문이다. 하지만 그건 중요하지 않았다. 나는 결정할 처지가 아니었다. 무슨 말이냐면, 나는 우연히 레즈비언 중에서도 가장 드물다는 상위 체위 여자 역의 집에 오게 되었던 것이다.

나는 여전히 상위 체위와 하위 체위에 대해 몰랐다. 내게는 동성애자 친구가 없었다. 마침내 제이가 "이것 봐, 잘 모르겠으면 그냥 나한테 물어. 근데 저절로 알게 될 거야. 내 말을 믿어"라고 말할 때도 몰랐다. 내가 그에게 상위인지 하위인지 묻자, 그는 주변에 다른 군인이 있을 때마다 성공적으로 연출해내던 터프한 이미지를 깡그리 망가뜨리며 킥킥거렸다. 그때 우리는 식당에서 저녁을 먹고 있었고, 나는 그가 지금 어디에 있는지 자각할 시간을 주었다. 그는 내게 바보라고 말했다. 하지만 그건 내가 다나를 만나고 한참 뒤의 일이었다. 그렇지 않았다면 그가 내게 경고를 해서 모든 일을 망쳤을 것이다. 그는 시골 출신치고는 웬일인지 동성애에 대해 놀랍도록 많은 사실을 알고 있었다.

다시 한 번 말하지만, 설령 내게 컴퓨터가 있었다 해도 어떻게 검색을 해야 했을까? 애스크 지브스*? 포르노를 빌리려면 실제로 존재하는 상점에 가야 했다. 그리고 레즈비언 포르노는 레즈비언을 위해 만들지 않는다. 물론 레즈비언 영화가 있긴 하다. 하지만 90년대 레즈비언 영화의 공통 주제는 이랬다. 자신에게 잘해주는 메리 루이스 파커를 사랑하게 된 레즈비언이 있다. 그러다 메리 루이스 파커가 죽는다.** 말하자면, 언젠가 자신에게 쓰레기같이 굴지 않는 이성애자 친구가 생길 수 있다는 얘기다. 당시에 그건 꿈이었다. 같은 해에 개봉된 다른 레즈비언 영화는 〈체이싱 아미〉다. 이 영화에서 만화를 그리고 피스팅***에 대해 궁금해하는 벤 애플렉은 이 영화와 그동안 내가 받은 성교육 전체의 주제를 증명한다. 바로 레즈비언은 그저 깊은 삽입을 원

* 미국의 검색 엔진 사이트로, 나중에 애스크닷컴으로 명칭이 바뀌었다.

** 〈프라이드 그린 토마토〉를 말하는 것으로 보인다.

*** 항문이나 질에 손을 삽입하는 행위.

한다는 것이다. 다음 세대의 남자들에게 전하기에 그다지 유용한 줄거리는 아니었다.

"삽입이라면 나도 겪을 만큼 겪어봤어. 정말 빌어먹게 많이 겪어봤지"라고 응수할 생각은 별로 없다. 나는 젊은 남자들이 성관계하는 법을 잘 모른다는 걸 인정할 테다. 하지만 다들 내가 관계 후에 적어도 한 번쯤은 우연이라도 오르가슴을 느꼈을 텐데 하고 생각할 것이다. 사실 도대체 몇 번을 시도했는지도 모르겠다. 한번은 정리를 해보려 했지만 38번이 '빨간 셔츠를 입은 이빨 깨진 놈팡이'였을 때까지 결정적인 답을 얻기 힘들었다. 그럼 50번까지 가보자.

그날 밤 다나와 여섯 번을 했다. 더 할 수도 있었는데 내가 화장실에 가기 위해 잠시 쉬어야 했다. 나는 거울을 보며 자신을 북돋았다. "넌 할 수 있어. 넌 그녀에게 구강성교를 할 거야. 분명 너도 좋아할 거야." 그리고 나는 해냈다. 그녀는 내가 첫 경험을 위해 선택할 수 있는 가장 쉬운 상대였다. 그녀는 어떻게 해야 하는지 말해줬고, 그렇게 해서 흥분되는 분위기가 조성되었다. 남자들이 말없이 내 머리를 거시기 쪽으로 눌러 내렸다가 곧이어 심각한 아픔을 느끼고 거칠게 떼어내는 것과는 전혀 달랐다. 나는 남자가 위에서 신음하는 동안 천장을 멍하니 응시하던 여자에서, 나를 숨 막히게 하고 나를 매춘부라고 부르는 여자 아래에서 오르가슴을 느끼는 여자로 도약했다. 마치 지역의 이혼남들과 조기 축구를 하다가 갑자기 월드컵 경기를 뛰는 기분이었다.

나는 남자들하고는 거의 밤을 함께 보내지 않았고, 그들의 생활관 숙소로 가는 것을 선호했다. 그들을 쫓아내는 것보다 내가 떠나는 편이 수월하기 때문이었다. 하지만 내 눈에 우리의 접촉이 깨진 유리 조각처럼 위험해 보였음에도, 내가 고양이 알레르기 때문에 숨을 헉헉대고 있었음에도, 그날 밤 떠나겠다는 생각은 결코 들지 않았다. 그녀가 내 팔베개를 하고 잠들기를 원했다. 그리고 그녀는 그렇게 하고 잠들었다.

적을 만드는 법

처음으로 누군가와 헤어지려고 맘먹었을 때 나는 미술관 강도 같은 짓을 계획했다. 내가 일하진 않지만 거기서 일하는 바텐더를 알고 있는 바를 선택했다. 그는 바로 나의 룸메이트이자 친구인 제이였고, 내가 일을 끝마치면 무료 술을 제공할 터였다. 집까지는 도보로 갈 수 있는 거리여서 차를 타거나 택시를 기다릴 필요는 없을 것이다. 나는 목요일 밤을 선택했다. 금요일까지는 그녀가 직장 때문에 혼자서 울분을 감당해야 해서 내 전화통에 불이 나게 하거나 우리 집 문 앞에 나타날 수 없을 테고, 주말에는 실컷 술을 퍼마시며 스트레스를 풀 시간이 있을 것이기 때문이었다. 그런 측면에서 보면, 나는 대단히 사려 깊었다. 그럴 수밖에 없었다.

나한테는 중요한 순간이었다. 나는 관계를 먼저 끝내본 적이 없었다. 항상 차이고 다녔다. 군대에 있을 때 한두 번쯤 파병을 나간 척하고 기지 문 뒤에 숨어서 자연스럽게 관계가 정리되게끔 한 적은 있다. 하지만 누군가의 눈을 쳐다보며 "끝났어"라고 말한 적은 없었다.

나는 수동적인 게 아니었다. 말하자면 찰흙 같은 존재였다. 누군가를 화나게 하지 않으려고 필요하면 어떤 방식으로든 구부리고 비틀고 납작하게 만들어서 생존하는 존재. 고분고분 굴어서 충돌을 피하는 존재. 나는 관계를 끝낼 때만큼이나 무심하게 관계를 시작했다. 누군가와 잠자리를 하는 편이 거절했을 때 발생하는 상황에 대처하는 것보다 쉬웠다. 떠나려고 애쓰는 것보다 밤을 함께 보내주는 편이 더 쉬웠다. 상대가 요구하면 다시 만나는 편이 더 쉬웠다.

내게 몇 명의 여자친구가 있었는지 정확히 말하긴 어렵지만, 그녀가 내 첫 여자친구는 아니었다. 다나, 그리고 방금 말했다시피 잠자리를 하는 편이 거절하기보다 쉬워서 잠자리를 한 여자들은 셈에 넣지 않겠다. 미셸은 그냥 넘어가겠다. 나는 기꺼이 그녀와 사귀고 결혼까지 했겠지만, 몇 개월 후면 이혼할 게 뻔했기 때문이다. 미셸은 연애에는 관심이 없었다. 그래서 내가 사랑한 앨리로 넘어가겠다. 나는 여전히 그녀를 사랑한다. 그녀는 내가 유일하게 의도적으로 관계를 맺은 여자였을 것이다. 그러나 그녀는 사우스 캐롤라이나를 떠나고 싶어 하지 않았고 나는 머물 수 없었다. 그녀는 지금 사우스 캐롤라이나에서 결혼해 자식을 낳고 행복하게 살고 있다. 나는 아직도 소셜미디어에 그녀의 게

시물이 보이지 않도록 설정해뒀다. 그녀가 행복하기 때문이다. 그러므로 여기서 나는 그녀를 사랑했다는 말 말고 그녀에 대해 다른 말은 하지 않겠다.

그럼 넘어가자. 나는 어느 날 밤 네이션에서 론다를 만났다. 내가 엑스터시에 취해, 웃통을 벗고 들썩이며 춤을 추는 사람들 사이에서 춤을 추고 있는데 이 여자가 내게 몸을 밀착하고 춤을 추기 시작했다. 〈비버리힐스의 아이들〉에 나오는 에밀리 발렌타인 같은 헤어스타일을 한 그녀의 얼굴은 빛 때문에 흐릿했고 눈가에 아이라이너가 번져 있었다. 땀에 젖은 살이 내 살에 닿는 느낌이 좋았다. 그녀가 내게 키스했을 때 기분이 좋았다. 그녀에게서 오렌지색 맛이 났다. 다시 한 번 말하지만, 나는 엑스터시에 취해 있었다.

그녀는 이름을 론다라고 밝혔고 나는 '헬프 미 론다'를 부르기 시작했다. 이런 반응을 보인 사람이 내가 처음일 리 없었다. 다시 한 번 말하지만, 나는 취한 상태였다. "뭐, 그리 나쁘지 않네. 위스퍼라는 이름을 가진 친구도 있는데, 뭘." 그녀는 계속 춤을 추었다. 나는 플로어 가장자리 난간에 앉았다. 그녀가 내 무릎 사이로 파고들었다. 나는 약 기운이 떨어지고 있었고, 개똥 같은 이름을 가진 사람들을 생각하니 문득 우울해졌다. 나는 약 기운이 떨어지기 시작했는데 그녀가 여전히 춤을 추고 있어서 신경에 거슬렸다. 그녀가 코카인을 했나 싶었다. 나는 '적어도 우리 엄마는 나중에 자기소개를 할 때마다 놀림감이 될 만한 이름을 지어주지는 않았지'라고 생각했다. 내가 말했다. "열여덟 살이 되면 이름을 바꾸는 게 좋겠어." (스물다섯 살이 되면 이름을 또 한 번 바꿀지도 모르지. 혹여나 '토르'라는 이름이 멋지다고 생각할지도 모르니까.) 그녀는 춤추기를 그만두었고, 나는 생각했다. '일이 재밌어지는군. 어쨌든 이제는 가버리겠지.' 그녀가 말했다. "난 내 이름이 좋아." 그 순간 나는 그녀가 정신이 말짱한 걸 눈치챘다.

그날 내가 어디서 일하는지 말한 모양이었다. 화요일에 그녀가 배드랜즈에 나타난 것이다. 그녀는 내가 자기 앞을 지나칠 때마다 잇몸과 치아를 내보이며 활짝 웃었고, 춤추는 동안 셔츠를 들어 올려 배를 드러냈다. 나는 그녀를 피하려고 계속 핑곗거리를 만들었다. 매번 나는 바에 가져가야 할 빈 유리잔을 들고 있거나, 화장실에 두고 와야 할 대걸레를 들고 있거나, 문밖으로 끌고 나가야 할 미성년자의 팔을 잡고 있었다. 내가 아이였을 적에 핑곗거리는 빗자루였다. 빗자루를 들고 있으면 어김없이 뭔가를 쓸러 가는 길이었다. 그때나 지금이나 변한 게 별로 없었다. 다음 날에도 그녀가 왔다. 그다음 날에도. 매번 문 닫을 때까지 머물렀다. 나는 그녀에게 과연 직장이 있을지 궁금했다.

"난 관심 없어"라고 말하는 건 생각할 수도 없었기 때문에, 나는 클럽 문이 닫히고 나서 한 시간 뒤인 새벽 4시까지 나갈 수 없다고 그녀에게 말했다. 그녀가 클럽 안에서 기다릴 수는 없었다. 나는 한동안 그 클럽에서 일했는데, "4시까지 못 나가" 전술은 사람들을 떼어내는 데 아주 효과적이었다. 그래서 그 핑계 정도면 나에게 그럴 만한 가치가 없다고 생각하게끔 만들기에 충분할 거라고 생각했다. 그렇게 생각하도록 만들어야 했다. 그렇지 않으면 난 그녀와 자야 될 테고, 그러면 불가피하게 사귀어야 할 테니까. 난 그녀와 사귀고 싶지 않았다. 누구와도 사귀고 싶지 않았다. 그렇더라도 정신이 말짱한 상태에서 내가 누군가에게 끌렸더라면 좋았을 것 같다.

론다는 24시간 커피숍 소호에서 기다리고 있었다. 쓰레기 같은 예술 작품을 걸어놓고 코스트코 패스트리를 세 배나 비싸게 파는 거지 같은 곳이었다. 나는 커피 한 잔만 마시고 네이션으로 가고 싶었다. 네이션은 적어도 새벽 6시까지 열 테니까. 그녀는 나를 집으로 데려가고 싶어 했고, 그래서 나는 그녀의 차에 올라탔다. 내가 혹시 납치된 적이 있다면 내가 그 상황을 눈치라도 챘을까 가끔 궁금해진다.

그녀는 가는 길 내내 아니 디프랑코의 CD를 틀었다. 나는 아니의 노래 중에서 두 곡을 좋아하는데, 누구나 좋아할 만한 노래는 아니다. 아니의 노래들을 들으면 나는 그 박자 때문에 이를 악물게 된다. 이제 사람들의 마음이 아니에게서 떠났을 거라고 생각했는데. 나는 네이션에 갈 생각이었기 때문에 이미 알약을 먹은 상태였다. 어떤 여자의 차를 타고 여자가 자기 차에 대해, 검은색 인테리어의 폭스바겐 제타 모델을 찾기가 얼마나 어려웠는지에 대해 쉴 새 없이 떠드는 소리를 들으며 그녀의 집에 가게 되리라곤 생각지도 못했다. 중부의 대초원 지역에서 온 것처럼 그녀의 말투에는 사투리가 많이 섞여 있었다. 나는 그녀의 말을 듣지 않으려고 애썼다. 가로등이 춤을 추고 있었다. 그녀는 주차 공간으로 후진해서 들어갔다가 차를 앞으로 뺀 후 다시 시도했다. 무려 세 번이나. 우리가 침실로 들어간 뒤 그녀는 컴퓨터를 만지작거려서 사라 맥라클란의 음악을 틀었다.

혹시 당신이 엑스터시에 취한 상태로 누군가와 성관계를 시도한 적이 있는지 모르겠지만, 그럴 경우 화학 작용이 일어나거나 아니면 상대도 엑스터시에 취해야만 재미있다. 그렇지 않으면 마치 고양이에게 화장을 해주려고 애쓰는 것과도 같다. 모든 것이 아주 웃기다. 당신의 끔찍한 테크닉도, 우스꽝스러운 소리도, 고양이가 당신을 죽일지도 모른다는 사실도.

해가 중천에 떴을 때 나는 침대에서 빠져나와 담배를 피우러 밖으로 나갔다. 모든 것이 너무 환했다. 모든 소리가 날카로웠다. 한국인 가족이 교회에 가려고 잘 차려입은 아이들을 미니밴에 태우고 있었다. 살롱에서 선탠을 한 레깅스 차림의 여자가 순종 비글을 데리고 지나갔다. 인디애나폴리스 콜츠 미식축구 티셔츠를 입은 뚱뚱한 남자가 손에 맥주를 들고 세차를 하고 있었다. 나는 똑같이 생긴 타운 하우스가 줄지어 늘어선 구역의 중간 라인에 서 있었다. 앞에는 똑같이 사각형으로 깎은 울타리와 똑같이 푸릇푸릇한 작은 잔디밭과 고압 세척기로 세척한 보행로가 있었다. 나는 빌어먹을 교외에 있었다. 자동차 번호판을 보니 버지니아였다. 엑스터시의 여파로 신경이 곤두서 있었다. 마치 몸이 싸울 준비라도 하듯이 턱에 힘이 들어가는 것이 느껴졌다. 길가에서 누군가 낙엽을 청소하는 블로워를 돌렸는데 나는 마치 폭탄이 터진 것처럼 반응했다.

안으로 들어가서 손을 제외한 다른 부위의 떨림이 잦아들 때까지 문에 기대어 있었다. 뭐든 찾아야 했다. 주소가 적혀 있는 무엇이건, 아니면 지하철역까지 가는 길을 알려줄 룸메이트건. 교외는 안전하지 않았다. 도시가 안전했다. 습격을 당할지도 모른다. 틀림없다. 하지만 습격자는 내가 레즈비언이라는 사실에는 관심도 없을 거다. 진정해야 했다. 숨을 쉬자.

나는 책꽂이를 보고 생각했다. 좋아, 뭔가를 읽자. 뭔가를 읽고 거기에 집중하면서 진정되기를 기다리자. 어쩌면 커피를 만들 수도 있을 것이다. 생판 남의 집에서 여유로운 일요일 아침을 보내는 거야. 하지만 선반에 있는 빌어먹을 책들은 죄다 뭔가에 대한 매뉴얼이었다. 폭스바겐 수리, 리눅스, 유닉스, 섹스, 마라톤 훈련, 등산 안내서. 그리고 《시크릿》*.

그녀가 나를 집에 내려줬고, 나는 제이에게 공화당 지지자와 잤다고 말했다. 그가 한 말은 "다음에는 돈부터 챙겨"였다.

나는 다음번은 없을 거라고 혼잣말을 했다. 그녀가 내게 저녁을 사겠다고 했다. 그녀의 생일이었다. 그녀는 시내에 있는 호텔을 예약했다. 난 생각했다. 휴, 최소한 호텔이군. 지하철을 탈 수 있으니 탈출하기 쉽겠어.

저녁을 먹은 뒤에 우리는 클럽에 갔는데, 화장실에서 누군가가 나도 동성애자 같으니 코카인 1회분을 주겠다고 해서 수락했다. 론다가 보안 허가가 어쩌고저쩌고하며 무료 마약을 거절했다. 나는 보안 허가 때문에 그녀를 원망하려고 하지 않았다. 그때 그녀가 내게 마약이 필요한 건 심약하기 때문이라고 말했다. 그러더니 자기 친구들에게 줄 엑스터시를 구해오라고 했다.

호텔로 돌아와서 그녀는 내가 마약에 돈을 낭비하지 않으면 이렇게 엉망으로 살지 않을 거라고 말했다. 나는 마약에 돈을 쓴 적이 없었다. 그녀는 내가 이 구덩이에서 빠져

* 전직 TV 프로듀서인 론다 번이 성공한 사람들의 공통점에 대해 쓴 자기계발서.

나올 생각조차 하지 않는다고 말했다. 내가 학교에 가야 한다고 했다. 더 나은 직장을 구해야 한다고 했다.

그녀가 잠들자 지갑에서 20달러를 훔쳐서 택시를 타고 집에 왔다. 나는 돈이 필요했다고 말할 것이고 사실이 그랬다. 하지만 내게 더 필요한 건 그녀가 다시는 전화하지 않도록 만드는 거였다.

그녀는 전화했다. 전화를 받지 않았더니 클럽에 찾아왔다. 매일 밤 왔다. 그래서 다시 그녀와 저녁을 먹으러 갔다.

그녀는 계속 저녁을 샀다. 항상 교외에서. 알렉산드리아나 타이슨스. 그녀는 그 지역에 있는 육군 부대에 배치되어 일했고, 레스토랑 체인점을 좋아했다. 나는 마치 쇠스랑을 손에 든 복음주의자 교외 주민들이 화장실에서 기다리고 있기라도 한 듯 경계를 풀지 않았다. 하지만 레스토랑에서는 엄청난 양의 음식을 제공했고, 나는 남은 음식을 포장해서 집으로 가져와 제이에게 주었다. 매번 나는 제이에게 말했다. "하지만 이번이 진짜 마지막이야. 진짜야. 간밤에는 그 여자가 성조기 태우는 걸 가지고 버럭 화를 냈어. 그런 놈들은 다 쏴 죽여야 한다더라."

제이는 나를 공산주의자라고 불렀다. 그러더니 이렇게 말했다. "좀 이상해. 내가 론다를 처음 봤을 때는 그냥 엘리트 레즈비언처럼 보였거든. 그런데 지금은 너보다 더 남자 같아 보여." 사실이었다. 그녀는 나를 미용실로 데려가 머리를 잘라주겠다고 했다. 나는 직접 머리를 자른다고 했다. 그녀가 고집을 부렸다. 나는 빚지는 기분이 싫었다. 그래서 그냥 이발소에 가겠다고 했다. 그녀도 따라왔다. 그러더니 나랑 똑같은 모습을 하고서 나타났다. 머리 윗부분을 제외한 나머지를 아주 짧게 깎고 앞머리를 조금 길게 남겨둔 스타일. 정말이지 다시는 그녀를 보지 않겠다고 다짐했다.

배드랜즈 근처 음식점에서 파는 3달러짜리 기로스*가 평소 내 주식이었다. 날이 점점 쌀쌀해져서 새 신발이 필요했다. 물품 보관소를 운영하는 드래그퀸이 내게 맞는 좋은 피코트를 찾아줬지만 내 사이즈의 신발은 아무도 맡기지 않았다.

론다는 신발을 사주었다. 내가 부탁한 건 아니었다. 어느 날 자신이 신은 것과 똑같은 닥터마틴 신발 한 켤레를 들고 나타나서 뭔가를 먹으러 나가자고 했다. 시트콤에서 레즈비언을 묘사하는 모습 그대로, 소매를 잘라낸 플란넬 셔츠를 입고 있었다. 몇 주 전까지 그녀는 화장을 하고 있었다.

차 안에서는 또 아니 디프랑코의 노래가 흘러나왔다. 14번가 다리에서 버지니아로 갈 때까지 나는 숨 쉬는 법을 잊었다. 백주에 적진으로 넘어가는 경계는 베를린 장벽만큼이나 위압적으로 보였다. 나는 라디오에서 가스라도 새

* 터키의 케밥과 비슷하게 돼지고기나 닭고기를 회전해서 굽는 그리스 음식.

어 나오는 것처럼, 아니의 노래를 껐다. 스타카토 주법으로 연주하는 기타 소리와 비명을 지르는 듯한 목소리를 듣다 보니 창밖으로 머리를 빼고 트럭을 찾고 싶어졌다. 론다가 다시 라디오를 켜고 말했다. "내 차야. 내 법을 따라." 나는 담배에 불을 붙이려 했지만 손이 떨렸다. 그녀에게 그 꼴을 보일 수는 없었다. 우리는 이미 이렇게 싸운 적이 있었다. 우리의 첫 다툼이었다. 나는 도심을 떠나고 싶지 않았다. 그녀는 내가 비이성적으로 굴고 있다고 말했다. 공화당에 투표했다고 해서 꼭 동성애자를 싫어하는 건 아니라고 했다.

95번 국도를 타고 멀리 내려갈수록 공황 상태는 더 심해졌다. 그녀는 고속도로를 벗어나 빌어먹을 크래커 배럴*로 들어갔다. 나는 그것이 마치 엄청난 장난인 것처럼 웃기 시작했다. 사실이 그랬으니까. 나는 마침내 숨을 가다듬고 정신 나간 거 아니냐고 물었다. 그녀는 주차 구역으로 후진하는 데 집중하고 있었고, 나는 말했다. "애쓰지 마. 난 여기서 안 먹을 거야." 그러고 보니 누군가 나를 납치한다면 나는 아마도 싸웠을 것 같다.

그녀는 미친 사람 보듯이 쳐다보고는 핸드 브레이크를 당기며 이 집이 브런치를 잘한다고 답했다. 나는 레스토랑 밖에 있는 사람들을 쳐다보았다. 1년에 두 번, 어머니날과

* 미국 남부풍으로 안팎을 꾸민 레스토랑 체인점.

부활절에 '브런치'라는 단어를 사용하는 사람들. 일요일에 입는 정장 차림으로 흔들의자에 앉아 있는 백발의 남자들. 부모가 안달복달하며 갖가지 팬터마임을 하면서 이리저리 서성이는 동안 애나멜 가죽 신발을 신고 테라스에서 뛰어내리는 어린아이들. 그들은 저녁식사를 할 때 우유를 곁들일 사람들처럼 보였다.

내가 말했다. "우리는 지금 버지니아 교외에 있고, 너는 일요일에 빌어먹을 크래커 배럴에 들어가고 싶어 해." 교회에 가려고 옷을 차려입은 엄마가 차 앞을 지나가며 아이를 자기 쪽으로 바짝 끌어당겼다. 그때 내가 고함을 쳤을지도 모르겠다. 누가 알겠는가. 이상한 포크 가수가 기타 줄을 너무 팽팽하게 감아놓은 것 같은 느낌이었다.

론다가 정말로 혼란스럽다는 듯한 표정으로 나를 빤히 쳐다보았다. 그때 그녀의 냉장고에 붙어 있던 자석 장식들이 생각났다. 무지개와 '엄청난 퀴어', '교회에 안 가서 미안. 마법을 연습하고 레즈비언이 되느라 바빴거든.' 관광객들은 게이 서점에 처음 갈 때 그런 것들을 산다. 처음에는 일종의 재미에 불과하다. 그건 지나치게 노골적으로 게이스럽고, 본인은 정체를 드러내지 않고 벽장에 숨어 있으니까. 나와 똑같은 헤어스타일을 한 그녀를 바라보았다. 소매를 잘라낸 플란넬 셔츠. 닥터마틴 신발. 그녀는 요즘 삼각팬티 대신 사각팬티를 입었다. 그리고 마침내 여기에 생각이 미쳤다.

나는 그녀에게 정체성을 드러낸 지 얼마나 되었냐고 물었다. 틀림없이 동정 어린 말투로 이런 식으로 말했을 것이다. "빌어먹을, 어제 커밍아웃한 거야, 뭐야?"

나는 그 질문을 떠올렸을 때부터 이미 답을 알고 있었지만 아직 준비가 되지 않았다. 그녀는 불과 두어 달 전에 남편과 별거했다. 서른여섯이었고, 커밍아웃하기 위해 서른여섯 살이 될 때까지 기다렸던 것이다. 내가 말했다. "여기가 안전하지 않다는 걸 모르겠어?"

그녀가 말했다. "미친 소리야." 그러고는 밖으로 나갈 것처럼 문을 열었다. 나는 문이 저절로 열리기라도 할 듯이 문을 꼭 붙들었다.

정체를 드러내지 않고 벽장 속에 있으면 안전하다. 그래서 사람들이 그러는 것이다. 그들처럼 행동하고 그들처럼 보이고 그들처럼 옷을 입고 남편이나 뭐 그런 것들을 두고 그들처럼 사는 한, 그들 사이에서 걸을 수 있다. 그들은 당신을 의심하지 않을 것이다. 누군가를 동성애자라고 의심하면 무례하다고 생각하기 때문이다. 왜냐하면 그들에게 동성애는 잘못된 거니까.

나는 자동차에서 내릴 생각이 없었다. 크래커 배럴 주차장에서 나는 어디가 동성애자에게 안전하고 어디가 안전하지 않은지를 아는 전문가라고 생각했다. 나를 믿지 않는다면 그녀가 바보라고 생각했다. 그러나 그녀가 그런 걸 알기에는 눈에 띄는 동성애자로 생활한 시간이 너무 짧았다. 나는 떠나자고 설득할 수 있는 가능성이 일말이라도 있으면 그녀를 내 편으로 만들어야 했다. 어린 시절 익힌 생존 전략이었다. 그들이 나를 좋아하게 만들라. 동정하게 만들라. 화해를 위해서라면 무엇이든 하라. 내가 말했다. "들어봐. 최선의 경우, 몇 사람은 우리를 이상하게 생각할 수 있어. 몇 사람은 빤히 쳐다볼 거고, 그들은 자신이 쳐다본다는 걸 우리가 알기를 원할 거야. 그럼 나는 안전하다고 느끼지 않을 거고. 이게 최선의 경우야. 여기서 더 나빠질 일만 있지."

그녀가 말했다. "미친 소리야. 아무도 상관 안 해."

내가 대꾸했다. "우리가 어떤 모습인지 정말로 모르는 거야?" 그녀는 내게 피해의식이 있다고 말했다. 나는 도대체 어떻게 해야 사람들이 자신을 싫어한다는 사실을 그녀로 하여금 깨닫게 할지 고민했다. 그때 그녀는 자신이 그들 중 하나라고 생각했다. 왜 안 그렇겠는가? 정부에 소속된 고소득 직장에 자신의 소속을 확인해줄 남편까지 있는데. 그녀는 심지어 말도 그들처럼 했다. 그리고 9·11 이후에 미국의 애국심을 고취하는 범퍼 스티커를 붙이고 다녔다. 그녀는 나처럼 되기로 결심하기 전까지, 그들 중 하나로 보였다. 미국의 기득권층이 그녀를 보고 '그래, 그녀가 레즈비언일 수도 있겠지만 적어도 그런 동성애자는 아닐 거야'라고 용인할 만큼 충분히 애매모호했다. 그녀는 사람들 앞에서

티 내지 않았다. 그런데 헤어스타일 하나로 그런 특권을 잃었다. 다만 아직 그 사실을 모를 뿐이었다.

그녀는 모든 게 내 상상일 뿐이라고 말했다. 그녀는 내가 동성애자라는 이유로 자동차 방화를 겪었고, 공군에서 쫓겨났고, 살해 협박까지 받은 사실을 알았다. 그런데도 그렇게 말했다. 나는 몸이 부들부들 떨렸다. 떠나고 싶어 미칠 것 같았다. 그녀가 차를 돌려 다시 도심으로, 다시 안전한 곳으로 데려다주기를 원했다. 나는 목소리를 차분하게 유지하려 애썼다. 그래서 오히려 더 화난 것처럼 들렸다. 내가 설명했다. "상황이 더 안 좋아질 거야. 그들은 서빙을 안 해줄 거야. 너한테 다이크라고 부르고, 지옥에나 떨어지라고 할 거야. 침을 뱉을 거고. 나가 달라고 말하겠지. 그러면 나가야 할 거야. 이건 어디까지나 네가 화장실을 사용하지 않을 때 얘기야. 우리 둘 중 하나가 화장실에 가야 할 상황이 생기면 절대 안 돼. 그들은 지배인을 찾고, 경찰을 부를 거야. 증인들이 있으니까 그렇게 해도 탈이 없다고 생각할 거야."

워싱턴 축구팀 티셔츠를 입은 남자가 다가와서 나는 다시 긴장했다. 그러나 그는 열쇠 체인의 버튼을 눌러 우리 옆에 있는 자동차 문의 잠금을 해제했다.

그녀가 말했다. "넌 피해망상에 빠져 있어. 여긴 버지니아라고." 내가 고개를 저었다. 횡설수설 독백을 늘어놓을 준비를 했다. 우선 공군 얘기부터 시작해야겠다. 앨라배마.

컬럼비아의 게이 바에서 뛰쳐나온 일. 살해 협박에 대해 말해야겠다. 제이가 위협받은 일도 말해야겠다. 매튜 셰퍼드. 아서 워렌. 배리 윈첼, 브랜드 티나. 백스트리트 카페. 디 아더사이드 라운지. 줄리안 윌리엄스. 롤리 위난스. 그녀에게 내가 듣거나 읽은 모든 끔찍한 얘기를 다 할 셈이었다. 그녀가 안전하지 않다는 사실을 이해하게 만들어야 했다. 그녀가 안전하다고 느끼는 게 싫었다. 기필코 그녀에게서 그런 안전한 느낌을 빼앗으리라. 하지만 그럴 필요가 없었다.

워싱턴 축구팀 팬이 그녀 옆에 있는 차에 올라타서 우리를 보더니 차창에다 가래침을 뱉었다.

나는 집으로 돌아와서 제이에게 그녀가 나를 죽이기 전에, 그녀가 나와 똑같은 문신을 하기 전에, 내 이름을 사용하기 전에 관계를 끝내겠다고 말했다. 그래서 우리는 계획을 세웠다. 나는 두어 주쯤 더 기다렸다. 우리 둘 다 동의하다시피 나는 겁쟁이였기 때문이다. 그러다가 마침내 그녀에게 이메일을 보내서 레밍턴스에서 만나자고 했다.

레밍턴스는 무려 컨트리-웨스턴풍 게이 바였다. 안다. 나도 깜짝 놀랐다. 그래, 그곳에는 라인 댄스*와 시미 댄스**가 있다. 제이는 몇 달째 그곳에서 바텐더로 일하고 있었다. 그는

* 줄지어 서서 컨트리 음악에 맞춰 같은 동작으로 추는 춤.

** 어깨와 허리를 흔들며 추는 재즈 댄스.

억양만으로도 자격이 충분했다. 바는 이별하기에 완벽한 장소였다. 약간의 사생활을 허용할 만큼 시끄러운 음악, 민망한 구경거리가 되지 않을 만큼 북적이는 손님들.

론다는 남편 이야기를 하고 있었다. 내가 그 현장에 있었다면, 그리고 그녀가 아직 기혼 상태라는 사실이 거슬리지 않았다면 재미있게 들었을 얘기였다. 이제 성인으로 살아온 대부분의 시간 동안 동성애자인 사실을 숨기고 살아온 것을 밝히고 나니, 그녀는 남편에 대해 아주 사적인 부분까지 스스럼없이 얘기할 수 있었다. 그러니까 나는 그의 성기가 휘었다는 사실과 어느 방향으로 휘었는지까지 알게 되었다. 상황을 끝내기 위한 구실이 필요하지 않았다면 나는 더 짜증이 났을 것이다. 그리고 이것은 나의 계획이었다.

이렇게 말할 셈이었다. 당신의 삶에 대해 생각할 시간이 필요할 거야. 왜 갑자기 진지하게 구냐고? 나도 정신을 차릴 필요가 있으니까. 우린 친구가 될 수 있을 거야.

그녀가 술 한 잔을 더 주문했고, 제이가 내 귀에 들릴 듯이 분명한 시선을 보냈다. '지금이야, 어서 말해.' 그때 그가 서 있는 바 뒤에서 전화벨이 울렸고, 그 소리에 나는 더욱 불안해졌다. 그래서 잭 대니얼을 단숨에 들이켠 뒤 담배에 불을 붙이고 한숨 돌렸다. 이는 몇 년 동안 두고두고 후회할 행동이었다. 마침내 내가 말했다. "할 얘기가 있어." 그런데 제이가 끼어들었다. "잠깐만. 당신 전화네요." 그가 론다에게 전화기를 건넸다.

나도 이때 알게 된 사실이지만, 누군가의 아버지가 사망했는데 딸에게 연락이 되지 않으면 사람들이 주 경찰관을 집으로 보낸다. 룸메이트가 그녀와 연락이 될 때까지 경찰관은 떠나지 않는다. 그런데 그녀가 휴대전화를 받지 않았기 때문에 룸메이트가 바에 전화할 생각을 한 것이었다.

나는 겁쟁이일지 모르지만 쓰레기는 아니다. 그날 밤 그녀에게 이별을 고할 수는 없었다. 장례식 전이나 추수감사절 일주일 전에는 그녀와 헤어질 수 없었다. 그렇다고 크리스마스 직전이나 크리스마스 당일에 끝내는 건 모양새가 좋지 않았다.

말하기 좀 그렇지만, 나는 이후 2년 동안 그녀를 만났다. 그 2년의 시간 동안 마치 문신을 받고 있는 것처럼 느껴졌다. 작은 바늘이 살을 파고드는 동안 다른 사람이 선택한 음악을 듣는 기분. 딱히 고통스러운 건 아니지만 짜증나는. 그리고 나는 평생 그 일에 대해 설명해야 할 것이다.

우리는 일찌감치 각자의 역할을 정했다. 그녀는 돈을 냈다. 내 몫의 집세, 식비, 휴대전화 요금. 그 대가로 내게 함부로 지껄일 수 있고 자신이 원하는 누구와도 관계를 맺을 수 있고 나를 통제할 수 있었다. 나는 그녀를 용서해야 했다. 그것이 나의 역할이었다. 그녀는 술에 취해서 때릴 수 있었다. 내 친구들과 잠자리를 시도할 수 있었다. 내게 그

친구들과 더는 만나지 말라고, 그들이 우리 사이를 갈라놓고 있다고 말할 수 있었다. 나는 동의했다. 그리고 그녀를 용서했다. 나는 비참했다. 하지만 나의 비참함이 내가 뭔가 옳은 일을 하고 있다는 증거라고 생각했다.

나는 바텐더 일을 그만두었다. 그 일이 자신한테서 나를 빼앗아간다며 그녀가 좋아하지 않았기 때문이다. 나는 그녀가 내게 얻어줄 수 있다고 생각한 직장에 구직 신청을 했고, 그녀가 내 능력에 비해 수준이 낮다고 평가한 일자리를 얻었다. 건설 노동자, 바리스타, 타운카 운전기사, 콜센터 기술자. 그녀는 내가 나의 미래, 우리의 미래를 위해 계획을 세워야 한다고 했다. 나는 애써 웃음을 참았다.

나는 미래를 상상하지 않았다. 함께하는 미래든 혼자만의 미래든, 미래라는 것 자체를 상상할 수 없었다. 아마도 이것이 바로 우울증의 정의일 것이다. 지금은 그것을 안다. 그리고 그때 마음 한구석으로는 미래에 대한 계획을 세우고 있었다는 걸 안다. 비록 그것이 그녀를 떠날 거라는 작은 의미로서의 계획이긴 했지만 말이다. 내가 집세를 낼 수 있을 때까지만 기다리면 되었다. 더럽고 치사하지만 어쩔 수 없었다. 따지고 보면 나는 그렇게 살도록, 남들의 기부로 살아가도록 훈련받았다는 사실도 더럽고 치사한 기분을 덜어주지 못했다. 그래서 나는 그러한 처사가 얼마나 영악한 짓인지 생각하지 않기로 했다.

인간의 마음과 관련해 아름다운 것과 끔찍한 것이 있다. 우리 마음은 생존을 위해 필요한 것을 배우고, 또 우리 마음은 가장 잘하는 일을 하는 동안 우리를 후미진 곳에 숨겨준다. 내 경우에는 그들이 나에게 원하는 모습이 되려고 최선을 다함으로써 생존하는 법을 배웠다. 그리고 그럴 수 없을 때는 그들이 마음에 들어 하지 않는 나의 일부분을 지우고 숨었다.

언제나 생존에 소질이 있는 편은 아니었지만 발단부터 돌이켜보면 내게는 13년간의 훈련 경험이 있었다. 나는 그 이전 시간, 두려움 없이 나 자신이 될 수 있었던 시간을 기억하고 있다. 따라서 발단은 바로 우리가 게이브라고 불렀던 남자였다.

게이브는 엄마가 웨이트리스로 일하던 애머릴로의 스테이크하우스 체인점 바텐더였다. 멋지고 재미있었고, 우리가 엄마의 퇴근을 기다리는 동안 팩맨 오락기에 넣을 동전을 항상 가지고 있었다. 게다가 개를 좋아했다. 엄마가 데이트를 시작하기에 최악의 남사는 아니었다. 그렇게 그는 내 의붓아버지가 되었다. 모두가 알다시피, 괜찮은 남자가 '의붓아버지'가 되면 개망나니로 변한다. 엄마가 아이에게 의붓아버지의 기분을 상하게 하면 안 되니까 '아빠'라고 부르라고 당부하면서부터 모든 게 시작된다. 하지만 진짜 아빠는 떠났고 나는 아빠가 그리웠다. 나는 아빠가 그리운 일곱 살짜리 꼬마였기에 새아빠가 나를 좋아해주기를 바랐다. 그러나 그는 나를 좋아하지 않았다.

그는 내가 할머니에게 받은 트러커햇*을 쓰고 다니는 걸 좋아하지 않았다. 내가 여름 내내 똑같은 반바지를 입는 것도 좋아하지 않았다. 사실 그 반바지에는 멋진 클립이 달려 있어서 내가 찾은 열쇠나 칼 같은 것들을 그가 빼앗아가기 전까지 매달고 다닐 수 있었다. 그는 내가 읽는 라모나 시리즈 책들, 그러니까 아빠가 떠나지 않은 소녀의 이야기를 좋아하지 않았다. 그리고 내 무릎에 앉은 딱지와 물어뜯은 손톱과 빗지 않은 머리와 시끄러운 웃음, 또는 내가 씹는 방식과 걷는 방식, 무엇보다 말하는 방식을 좋아하지 않았다.

그는 노예처럼 자신을 숭배할 작은 공주님을 원했다. 그리고 자신이 원하는 것을 얻지 못했을 때 개망나니들이 흔히 하는 짓을 했다. 굴욕을 주거나 때렸다. 가끔은 두 가지 행동을 다 했다. 그는 섞어서 하는 것을 좋아했다. 하지만 그 와중에도 나는 배웠다. 대부분 천천히 배웠다. 사람의 성격 전체를 바꾸는 일은 쉽지 않다. 몸에 깊이 배어 있으니까. 그래서 항상 버둥거리고 뭔가 잊은 게 없는지 걱정한다.

제법 행복한 아이였던 나는 무엇이 게이브를 화나게 할지 몰라서 전전긍긍하는 불안하고 불만투성이 골칫거리

* 뒷부분이 망사로 된 야구모자.

로 변해갔다. 트림이나 방귀에 대한 우스갯소리처럼 어제 웃겼던 것들이(혹시 당신이 아이들을 만나본 적 없다면 모르겠지만, 아이들은 대체로 한번 웃겼던 것이 또 웃길 때까지 계속 반복하는 코미디 스타일을 고수한다) 웃음을 유발할 수도 있고, 쓸데없는 체벌을 그만두게 할 수도 있고, 아니면 따귀를 부를 수 있었다. 임시변통으로 사용하는 다양한 벨트와 주걱에 익숙한 사람으로서 단언하건대, 따귀는 더 나쁘다. 손바닥이 날아오는 게 뻔히 보이는데도 깜짝 놀랄 수밖에 없다. 그리고 무엇보다 따귀는 굴욕적이다.

그가 방망이로 무상하고 엄마에게 소리를 지를 때면 나는 황급히 뛰어들어 엄마를 그냥 내버려두라고 했다. 그는 내 따귀를 때렸고, 나는 차라리 그가 주먹을 날렸더라면 좋았겠다고 생각했다. 나는 마카로니치즈를 먹을 때 입에서 나는 이상한 소리가 재미있어서 소리를 내며 먹곤 했다. 그때 일곱 살이었으니까. 그러면 다음 순간 대리석 같은 그의 주먹이 내 머리를 툭툭 쳤다. 눈물이 핑 돌았고, 입에서 동전 맛이 났다. 나는 늘 하듯이 수건을 망토처럼 두르고 이층 침대에서 뛰어내렸다. 그러다가 결국 그의 물침대 위로 엎드린 채 엉덩이를 맞았다. 문제를 피하려고 드는 건 빌어먹을 캘빈볼* 게임에서 이기려고 하는 것과 같았다. 새로운 규

* 규칙이 즉흥적이거나 독단적이거나 무의미한 게임.

칙이 제대로 된 소개 과정도 없이 곧바로 적용되었다.

사실 그의 처지에서 말하자면, 게이브가 엄마를 만나서 결혼했을 때 겨우 스물세 살이었다. 졸지에 두 아이가 생겼고 오프로드 오토바이와 코카인 따위를 포기해야 했다. 그렇다고 개망나니가 될 필요는 없었는데.

패밀리에 다시 합류하기 오래전부터 내게는 신경쇠약 증상이 있었다. 그리고 패밀리 합류는 끊임없이 변하는 또 다른 규칙들의 목록이 하나 더 생긴 것을 의미했다. 나는 그 규칙들을 계속 쫓아가야 하거나, 그러지 못하면 그 결과를 겪어내야 했다. 패밀리 합류는 의붓아버지가 나한테 일어나는 일에 더 깊이 관심을 가져야 하는 상황을 의미했다. 그리고 나는 여전히 그의 사랑을 받고 싶었다.

게이브는 여느 성공한 개망나니 못지않게 매력적이고, 재미있고, 사람들 앞에서 이야기하기를 좋아했다. 나는 그가 좌중의 관심을 휘어잡는 모습을 지켜보곤 했다. 모두 눈물이 나도록 웃으며 그의 이야기에 귀 기울였다. 그러나 그의 이야기에는 바보가 꼭 필요했다. 자신이 어디로 가고 있는지 쳐다보지 않는 누군가. 넘어지는 누군가. 하수구에 빠지는 누군가. 나는 게이브의 이야기 속 주인공은 되고 싶지 않았다.

그는 강아지 훈련시키듯 사랑과 애정을 우리 눈앞에서

달랑달랑 흔들며 우리가 노력해서 얻어내야 할 포상으로 이용했다. 어차피 책임은 항상 우리가 져야 했으므로 그에게는 정말 훌륭한 전략이었다. 패밀리 음악 테이프를 기록적으로 판매한 신나는 날이 내가 그의 카세트를 기차에 두고 내리는 바람에 재수 없는 날로 바뀌었을 때, 그는 우리에게 자축의 라면을 사주려던 계획을 접고 맥도널드에서 자기가 햄버거 먹는 모습을 지켜보게 했다. 나는 그렇게 된 게 내 잘못인 걸 알았다. 일본의 어느 성에서 전단지를 팔던 즐거운 날이 차고에서 그에게 얻어맞으며 저물었을 때 나는 마땅한 벌을 받은 것이었다. 내가 경찰에게 전단지를 팔려고 했기 때문이다. 물론 그 경찰이 사복 차림이었기 때문에 경찰이라는 걸 알아볼 수 없었지만, 패밀리는 게이브에게 나를 혼내줘야 할 새로운 근거를 제시했다. 누가 경찰인지 아닌지 성령에게 물어보면 대답해주시는데 내가 그 말씀에 귀 기울이지 않았다는 거였다(이 방법은 소용이 없다. 나도 시도해봤다).

하지만 내가 잘하면, 내가 완벽하면, 게이브는 정말로 좋은 사람이 될 수 있었다. 한번은 오사카의 우리 아파트에서 기도회가 열렸을 때 그가 뛰어들어 와서 나를 구출하듯 데리고 나왔다. 그런데 그 이유가 공원에서 아키타* 한 마리

* 일본 고유의 견종 중 하나.

를 만나서 내게 보여주고 싶었기 때문이었다. 스위스에 있었을 때는 우리와 함께 등산을 하고 정상에서 핫초코를 사주기도 했다. 가끔은 일요일에 우리가 전단지를 팔아서 상당한 돈을 벌면 집에 있는 돈을 슬쩍해서 수영장에 가거나 산에서 썰매를 타기도 했다. 그가 썰매 타는 방식을 지적했을 때 내가 눈알을 굴리지 않았더라면 좋았을 것을. 결국 그 개망나니는 우리를 데리고 일찍 돌아왔다. 물론 그 일이 누구 잘못인지 우리는 모두 알았다.

집, 그러니까 공동체에서, 아무튼 당시에 우리가 살던 모든 집에서 나는 그들의 규칙을 따르는 일을 두고 걱정해야 했다. 그 규칙은 게이브의 규칙과 별반 다르지 않았고, 하나님의 사랑을 얻는 일도 똑같이 종잡을 수 없었다. 물론 나는 '하나님은 사랑'이라고 말하는 성경 구절을 알지만, 하나님은 대머리를 놀렸다는 이유로 아이들을 곰에게 먹이로 던져주고, 수많은 사람과 동물을 익사시키고, 집을 그리워한다는 이유로 여자들을 소금 기둥으로 변하게 만드는 분이기도 했다. 적어도 게이브와 함께 있을 때는 웃긴 일이 있으면 대부분 웃을 수 있었지만, 패밀리는 그것을 어리석은 행동이라고 말했다. 그래서 웃지 않는 법을 배웠는데, 게이브는 내가 그의 농담에 웃지 않으면 반항적이라고 생각했다. 패밀리는 돼지고기가 불결하다며 허용하지 않았지만, 게이브는 돼지고기를 거부하면 내가 고마움을 몰라서 그런다고 생각했다. 그들 모두 내가 다분히 여성스럽지 않다고 동의했는데, 게이브는 내가 남자아이들의 자위행위를 도와야 한다고 생각했다. 사실 그 점에 대해서는 다들 동의했다. 하지만 나는 적을 만들지 않는 법을 배웠으므로 내가 해야만 하는 행동을 했다. 그것은 때로 샤워를 하지 않는 것을 의미했다. 때로는 마치 잠재적인 살인자를 달래서 나를 인간으로 보게끔 만들어야 하는 것처럼, 남자아이들을 살살 구슬려가며 친구가 되어주는 것을 뜻하기도 했다.

나는 어른들의 기분이 바뀔 기미를 살피는 법을 배웠다. 엉뚱하게 튀어나온 말로 그들의 불같은 성미를 건드리지 않는 법을 배웠다. 그들의 변덕을 예측하는 법을 배웠고, 울지 않는 법을 배웠다. 우는 것은 속임수고 사탄이 스스로를 변호하는 방법인데, 사탄은 매로만 다스릴 수 있었기 때문이다. 나는 강적을 만드는 상황을 감당할 수 없어서, 나를 경멸하는 치들과 친구가 되는 법을 배웠다. 무엇보다 나는 내 정체성을 바꿀 수 없어서, 나 자신을 억누르고 차단하며 마음속 어두운 구석에 숨겨두는 법을 배웠다. 내게 고통을 줄 수 있는 사람들의 화를 돋우지 않고, 혹시 고통을 주더라도 너무 아프게는 주지 않도록 하기 위해서였다.

나는 학대를 마지못해 받아들인 게 아니었다. 학대를 당연시하고 환영했다. 이것은 개망나니 의붓아버지와 광신 집단은 물론이고 복음주의 기독교에서 배운 교훈이었다. 우리는 '예수님과 관계를 형성하지 않으면' 아무것도 아니다. 독감이 낫는 일에서부터 예쁜 꽃이 피는 현상에 이르기까지, 모든 것을 예수님을 사랑한 보답의 증거로 받아들여야 한다. 불운은 사탄의 시험이거나 죄에 대한 처벌이다. 가끔은 사랑이 많으신 하나님도 매를 들기 때문이다. 하나님이 우리를 아프게 하는 건 우리를 사랑하기 때문에 우리를 가르치기 위해, 우리를 잘되게 하기 위해서다. 또는 사탄과 내기를 했기 때문이다. 욥기를 읽어보면 안다. 우리는 여자친구를 빌어먹을 개망나니라고 평하는 친구들을 거부하듯이 의심을 거부한다. 여자친구가 네 친구들이 너의 연애를 질투한다고 할 때, 그 말은 진실처럼 들린다. 의심은 사탄이 우리의 영혼을 손에 넣기 위해 싸우고 있다는 증거라고 배웠기 때문이다. 의붓아버지가 순전히 너를 사랑해서, 네가 잘되기를 바라서 때린다고 말한다면, 이치에 맞는 소리로 들린다. 성경을 보라. 우리가 겪는 고통은 신앙의 증거, 사랑의 증거로 받아들여진다. 그러하니 고통을 환영해야 한다.

나는 남들이 공감 능력이 있다고 여기는 사람으로 성장했다. 하지만 그건 공감이 아니었다. 생존이었다. 하지만 상대를 주의 깊게 살피는 자세는 연애를 할 때 제법 유용하다. 나는 상대의 커피를 만드는 법만 기억하는 게 아니라, 모든 것을 기억한다. 아침에 어떤 식으로 깨워주면 상대가 좋아하는지 안다. 상대의 일진이 사나운 날, 그녀가 그것을 깨닫기도 전에 내가 먼저 알아차리고 기분을 풀어줄 방법을 많이 알고 있다. 그녀가 좋아하거나 좋아할 만한 노래를 CD로 구워주는 거다. 사실은 내가 그 노래만큼은 절대 듣고 싶어 하지 않는다는 사실을 그녀는 꿈에도 모를 것이다. 콘서트 티켓을 구하는 거다. 자동차 여행을 하면서 그녀의 음악을 듣는 거다. 내 음악을 틀었다가는 그녀가 돌아버릴 걸 아니까.

론다와 헤어진 뒤에 나는 메탈 밴드 콘의 팬인 어텀과 만났다. 그래서 우리는 콘의 음악을 모아서 믹스 테이프를 만들었다. 내가 그녀에게 빠진 건 그녀가 훔치는 걸 좋아하고 눈매가 선했기 때문이다. 한마디로 그녀가 재미있었다는 뜻이다. 론다와는 차를 타고 마트에 갈 때도 안 싸운 적이 없는데, 어텀과 나는 결코 싸우지 않았다. 처음에는 물론이고 심지어 중반까지도 그랬다. 뉴올리언스로 떠난 여행에서 그녀가 스리섬을 원했고 나도 어쩌다 보니 그것을 즐기게 된 탓에 돌아오는 길에 지독한 정적에 싸여 20여 시간씩 운전을 하게 되기 전까지 장거리 여행은 일종의 모험이었다. 한번은 어텀과 내가 예산 때문에 한겨울에 프로빈스타운에 간 적이 있다. 그때 마리화나 용품점에서 쫓겨났다. 그녀가 마리화나 용품점에서는 '마리화나 물담뱃대'라는 용어를 쓰면 안 된다는 사실을 몰랐기 때문이다. 마약 사용이 합법인

주에 사는 재수 없는 사람들을 위해 설명하자면, 이건 옛날 옛적 일이다. 어쨌거나 상점에서 나오는 내내 어텀이 선반에서 물건을 떨어뜨리고 대마로 만든 팔찌와 푸카 셸 목걸이를 한 움큼씩 공중으로 집어던져서, 관광객용 게이 엽서와 함께 그것들이 비처럼 우수수 떨어져 내렸다. 엄청 섹시한 광경이었다. 그러니까 우리는 함께 어울려 다니는 걸 좋아했다는 얘기다.

한번은 남동생이 대학을 졸업하고 뉴잉글랜드로 가는 길에 나를 보러왔던 기억이 난다. 나는 동생에게 그녀를 소개하면서 그렇게 자랑스러울 수 없었다. '이 여자가 내 여자친구야. 정말 멋지지 않니? 자식아. 이 멋진 사람이 나를 사랑한단다.' 정말이지 그녀는 멋졌다. 그리고 들치기도 정말 잘했다. 그녀는 항상 들치기를 했는데, 돈이 없어서가 아니었다. 그저 면도날 하나에 5달러 가치가 있다거나 음식점이 접시 하나를 아까워할 거라고 생각하지 않을 뿐이었다.

그러나 이내 나는 다시 움츠러들기 시작했다. 개수대에 남아 있는 접시 하나에 그녀의 불안과 짜증이 폭발할 수 있었고, 그러면 내가 망쳐놓은 모든 일의 목록이 쏟아져 나왔다. 내게도 목록이 있었다. 그녀가 직장에서 돌아오기 전에 해야 하는 청소 목록—커피 테이블, 욕실, 침실. 아침 일과 목록—침대 정리하기, 선풍기 끄기, 커튼 열기, 개수대 건조하기. 그녀가 먹지 않는 음식 목록—토마토, 양파, 버섯,

셀러리, 올방개, 사과, 오이, 캔에 들어 있지 않은 모든 채소, 통밀 빵, 블루치즈를 제외한 모든 드레싱, 스미노프 아이스를 제외한 모든 술. 조금만 어긋나도 그녀는 분노에 휩싸인 듯 공황 상태에 빠져들었다. 하지만 나는 언제나 그녀를 용서했다. 그녀를 이해했으니까.

나는 그녀에게 필요한 사람이 되었다. 언젠가 그녀가 나를 사랑할 수 있을 때까지, 내가 우리 두 사람 몫의 충분한 사랑을 할 수 있다고 생각했다.

쉬는 날에는 그녀의 점심을 만들고 그녀가 주차하지 않아도 되게끔 새벽 4시에 직상에 데려다주었다. 같은 시기에 나는 숨소리가 크다는 이유로 소파로 쫓겨나서 잠을 잤다. 나는 공포 영화를 좋아하지 않는데 〈쏘우〉와 〈호스텔〉을 극장에서 두 번 이상씩 봤다. 롤러코스터를 타면 해먹에 누웠을 때만큼 메스껍고 토할 것 같아서 좋아하지 않는데, D.C.에서 100마일 반경 이내에 있는 롤러코스터란 롤러코스터는 죄다 타고 다녔다. 누군가 물어봤다면 그녀는 내가 롤러코스터를 엄청 좋아한다고 대답했을 것이다. 내가 그렇게 믿도록 만들었으니까. 그녀를 사랑했으니까. 그리고 나는 그녀의 사랑을 원했다.

그 단계를 넘어서자 나는 좋아하는 것도 거의 없어졌다. 나는 그녀가 필요로 할 때 전화를 받는 사람이 되었다. 상관없었다. 아무것도 필요하지 않았다. 나는 마약을 복용하거나 거리낌 없이 술을 진탕 마실 수 있었다. 그녀가 외로워할 때는 그녀와 잠자리를 가질 수 있었다. 내가 외로울 때는 개를 끌어안을 수 있었다.

나는 끝없이 사랑을 갈구했다. 내가 해답을 찾을 수 있다면, 그 한 가지 답을 얻을 수 있다면('이 사람이 내가 사랑하는 사람이고, 이 사람이 나를 사랑하는 사람이야'), 더는 의문이 없다면, 나머지는 다 내가 감당할 수 있었다. 그렇게만 된다면 살면서 인생을 이렇게 망쳐버려도 상관없으리라. 되돌리기에는 너무 늦었다는 걸 깨달아도 상관없으리라. 그 무렵에 나는 이미 늦었다고 믿었다. 그래서 뭔가를 느끼고 싶어 하는 아무하고나 성관계를 했다.

당시 나는 케이블 기사로 일하고 있었는데, 고객과 정을 통했다고 주장하는 남자 동료들을 놀리곤 했다. 그런 일이 간혹 벌어진다는 건 알고 있었다. 어느 날엔가는 내게도 비슷한 일이 일어났다. 하지만 다른 남자들에게는 절대 말하지 않았다.

사인용 접시, 사인용 그릇, 사인용 유리잔이 이미 구비되어 있는, 최근에 이혼했거나 눈코 뜰 새 없이 바쁜 사람들의 아파트 가운데 한 곳이었다. 커피 메이커. 벽 한쪽에 기대어 쌓아놓은 이사 박스. 그녀는 케이블 설치를 가지고 이러쿵저러쿵 빈정거렸다. 그러더니 포기하고 외로운 가정주부와 관계를 가져본 적 있냐고 물었다. 나는 셋톱 박스가 로

딩되기를 기다리며 박스 전면의 표시등을 바라보고 있었다. 나는 그런 적 없다고 대답했다.

그녀가 물었다. "기회가 없었던 걸까, 아니면 관심이 없는 걸까?"

그녀가 수작을 거는 건지 놀리는 건지 가늠할 수 없었다. 공연히 실수하고 싶지 않은 문제인데다 셋톱 박스가 작동할까 말까 오락가락하는 동안 어색한 침묵 속에서 기다려야 하는 상황이었다. 나는 어깨를 으쓱하고 돌아섰다. 그때 그녀가 재킷을 벗었고, 나는 겨드랑이에 찬 권총을 보았다. 그녀가 말했다. "FBI야." 그리고 덧붙였다. "진짜야."

내가 말했다. "이 동네 사람들은 대부분 그 누구보다 당신 말을 믿겠네요." 그러자 그녀가 권총 멜빵을 풀었다.

들어보라. 내가 〈양들의 침묵〉을 얼마나 많이 봤는데, 그녀를 거절한다는 건 생각할 수도 없었다. 다행히도 그때는 마침 우리 회사가 셋톱 박스를 업그레이드하는 기간이었다. 그래서 나는 시간을 너무 많이 까먹었다는 구실을 댈 수 있었다. "이 망할 놈의 셋톱 박스를 세 개나 테스트해야 했거든요. 죄송합니다. 폴스 처치에는 전화 신호가 아예 없어요."

그 후로도 두어 명의 주부들이 더 있었을 것이다. 그러나 대부분은 바에서 만나거나 인터넷을 통해 만난 여자들이었다. 나는 그들이 원할 때 남았고 그들이 원할 때 떠났다. 이별 이야기와 불행한 결혼 이야기, 어린 시절 트라우마 이야기를 들어주었다. 나는 남들을 위해 그렇게 해줄 수 있는 사람이었다. 어쩌면 누군가 알아차리고 나를 위해 그렇게 해줄지도 모른다고 기대했다.

나는 성적 콤플렉스 없이 패밀리를 탈출했다고 생각했다. 나는 교육도 받지 못했고 건강한 정신이나 건강한 인간관계 따위 몰랐다. 하지만 여자와 성관계를 할 수 있었고, 그 순간이 기막히게 좋지 않을 때도 대체로 재미있었다. 내가 동성애자이고 남자들과 자지 않아도 된다는 사실이 도움이 되었다고 생각했다. 여자들에 대한 두려움은 없다고 자신했다. 그러나 내가 결코 거절을 하지 못한다는 데에 문제가 있었다. 어쨌든 상대가 보이는 모든 낌새에 세세하게 관심을 기울인 덕분에 침대에서 정말 능숙한 사람이 되었다. 그것이 어떤 의미건 간에. 당신이 속도를 늦추고 마침내 조심스럽게 구강성교를 시도하고 싶어 하면, 나는 그렇게 할 수 있다. 그리고 그건 내가 제일 좋아하는 행위가 된다. 착용식 딜도를 가지고 와서 자기 거시기라고 부르고 싶어 하면, 나는 완전 좋아한다. 그리고 당신은 그렇게 믿을 것이다. 당신을 제압해서 질식시키고 손을 삽입하고 엉덩이를 때리며 욕설을 퍼부어주기를 원하면, 나는 그것도 할 수 있다. 거시기를 달고 클럽에 가고 싶어 하면, 나는 집으로 오는 길에 그것을 빨고 집에 도착하면 소파에서 당신과 성관계를 가질 것이다. 당신은 그것이 내 아이디어라고 생각하겠지. 그것이 바로 사람들이 공감이라고 부르는 것이다. 어쩌면 맞을지도 모른다. 때로는 상대가 쾌감을 맛보게 만드는 것만으로도 충분하다. 때로는 나는 여전히 누군가에게 놀란다. 비록 성관계일 뿐이지만 놀라운 성관계를 한다. 그런데도 나는 더 많은 것을 원한다.

한번은 한 여자가 슬퍼하며 내 집까지 따라와서, 그녀와 사귀었다. 나는 우리 둘 중 한 사람은 행복하게 해줄 수 있을 거라 생각했다. 하지만 그녀를 행복하게 해주려면 내가 엄마 역할을 대신해야 했다. 저녁을 차린 뒤 비디오 게임을 하는 누군가를 즐거운 마음으로 지켜봐야 했다. 내게 너무 멋지다고 말한 여자와 사귄 적도 있었다. 하지만 그녀는 내가 블루칼라, 그저 케이블 기사일 뿐이어서 친구들에게 소개할 수 없었다.

사람들은 사랑에 빠지는 상태를 평생 알고 지낸 사람처럼 느껴지는 누군가를 만나는 일에 빗댄다. 자신을 즉각적으로 이해하는 누군가 말이다. 내게는 그것이 환상이라기보다 악몽에 가까워 보인다. 나는 항상 사랑이 발견해가는 과정이며 누군가를 이해하려는 노력을 의미한다고 생각했다. 누군가 내가 어떤 사람인지 알고 싶어서 계속 알아내려고 애쓴다면, 어떤 기분이 들지 알고 싶다. 누군가 내게 질문을 하고 내 대답에 귀 기울여주면 좋겠다. 내가 남들을 연구하는 것처럼 남들도 나를 연구하고, 내가 그들에 대해 알아가는 것처럼 그들도 나에 대해 알아가면 좋겠다.

그런 바람에 가장 근접한 사람, 그런 역할을 거의 완벽하게 수행한 누군가를 만난 적이 있다. 그녀는 답을 모를 땐 그릇된 가정으로, 말하자면 자신이 나에게 원하는 모습으로 빈칸을 채웠다. 그녀는 나의 모든 관심사를 공유했다. 음악. 영화. 책. 파란색 캔에 든 에너지 음료 레드불. 노란 갑에 든 아메리칸 스피릿 담배. 초콜릿에 찍어 먹는 작은 스틱과자 누텔라. 이 책을 읽는 당신은 그녀가 나와 똑같은 게임, 즉 '자신을 사랑하지 않는 세상에서 생존하기 위한 방법 찾기' 게임을 하고 있었으며, 내가 그것을 알아차렸겠거니 생각할 것이다. 결국 그녀는 그 역할을 계속할 수 없었다. 그건 나도 마찬가지였다.

나에게 가장 웃긴 사실 또는 가장 슬픈 사실은(이 둘은 종이 한 장 차이다) 내 이야기의 상당 부분을 이해하는 데 많은 노력이 들지 않는다는 것이다. 그런데 누구도, 내 과거 연애사에서 단 한 사람도 내가 흘린 정보를 구글에 검색해 보지 않았다. 내가 자세히 설명하고 싶어 하지 않는 큰 이야기. 그 이야기 전체가 인터넷과 웹사이트, 책, 문서에 다 나와 있다. 그런데 누구도 굳이 찾아보지 않았다.

그들이 그 이야기를 안다면, 어쩌면 그들도 나를 용서

할 수 있을 것이다. 그러면, 어쩌면 나는 보이지 않는 존재가 아니게 될 것이다. 하지만 그러면 그동안 누군가의 사랑을 받을 만한 사람이 되려고 노력하며 보낸 모든 시간과 내가 이미 배운 무언가를 잊어버리게 될 것이다.

론다와 나, 우리는 전에 한 번 헤어졌다. 그때는 누가 누구에게 끝내자고 했는지 기억나지 않는다. 그녀는 다른 누군가와 잠자리를 하고 있었는데, 그것이 그전이었는지 그 후에 시작되었는지 모르겠다. 당시 나는 그녀와 함께 로건 서클에 있는 주택 지하에 세 들어 살고 있었는데, 우리가 함께 살지 않으면 새로운 숙소를 구해야 할 형편이었다. 나는 위층의 이웃집 소파에서 밤을 보낼 때가 많았다. 이웃은 공짜로 마리화나를 피우게 해주었고 그녀를 떠나라고 충고했다. 그래서 결국 그렇게 했다.

나는 D.C.로 돌아와서 연립주택의 빈방을 찾아보기 시작했는데, 거기서는 방이라고 부르기도 민망한 골방 한 칸의 월세도 감당하기 힘들었다. 그래서 그녀가 다시 함께 살고 싶다고 말했을 때 내가 용서하는 법을 터득해서 다행이라고 생각했다. 여기서 '용서'란 내가 겪은 모든 개 같은 경우와 상처와 분노를 억누르고 괜찮은 척하는 것을 뜻했다.

따지고 보면 용서는 궁극의 미덕이다. 유일한 다른 선택지는 '그런' 사람들 중 하나가 되는 것이다. 여러분은 그런 부류를 알 것이다. 오스카상을 받은 캐시 베이츠가 연기한 원한에 사무쳐서 화가 나 있고 광기 어린 인간형 말이다.

우리는 누군가에게 감정이입을 하기 전에, 우선 그에게 용서했는지 아니면 여전히 화가 나 있는지부터 묻는다. 우리는 용서하지 않는 사람들을 모욕하고, 그들의 불신과 분노와 상처 같은 본능을 부끄러운 것으로 치부한다. 아마도 기독교에서 나온 전통일 것이다. 예수가 용서에 젬병이라는 사실은 신경 쓰지 말자. 물론 예수는 우리의 죄를 대신해 죽었다. 하지만 그는 수동적인 공격성을 보이며 우리에게 죄를 상기시키고 우리가 동의하지 않을 때마다 벌을 내린다. 용서는 도덕적 성품과 성숙함, 건강과 행운, 하얀 치아와 깨끗한 피부색의 표시다. 실존적 고통이라는 한 줌의 대가만 치르면 그 모든 게 내 차지가 된다. 용서하는 사람은 우위를 점한다. 그들은 더 큰 사람이다. 마땅히 더 큰 사람이 되고 싶어 해야 한다. 그런데 내가 그러고 싶지 않았다면? 단지 용서가 적을 만들지 않으려고, 또는 혼자가 되지 않으려고 스스로를 속이는 행동이었다면?

몇 번인가 론다를 용서하려고 했다. 하지만 내가 마침내 론다를 떠났을 때, 그녀가 내게 상처를 주도록 내버려두지 않았을 때, 그것을 용서라고 부르지 않게 되었을 때, 그녀가 개망나니며 단 한 번도 개망나니가 아닌 적이 없다는 사실을 받아들였을 때, 비로소 나는 안전해졌다. 그녀가 내

적이라는 사실을 인식했기 때문에 안전해졌다. 그녀가 내게 청구서를 보낸 일이 한몫했다.

나는 새로운 룸메이트 나단과 여기서 '브라이언'이라고 부를 친구와 함께 거실에 앉아 있었다. 브라이언은 성매매 종사자였다. 여섯 살에 부모에게 버림을 받게 되면 달리 무엇을 할 수 있겠는가? 두 사람은 〈베로니카 마스〉를 보고 있었고, 나는 나단의 컴퓨터를 빌려 이메일을 확인하고 있었던 것으로 기억한다. 나는 론다가 보낸 이메일에서 그녀가 그동안 돈을 지불한 모든 식사며 커피, 휴가, 선물에 대한 청구서를 발견했다. 나는 마치 컴퓨터가 나를 찰싹 때리기라도 한 것처럼 화들짝 놀라서 뒤로 물러났다. 그들이 무슨 일이냐고 물었을 때 그저 손가락으로 화면을 가리킬 수밖에 없었다.

나단은 1초의 시간도 낭비하지 않았다. 그는 나를 밀어낸 뒤 스프레드시트를 열고 브라이언에게 물었다. "이봐, 오럴은 얼마지?"

"받는 거, 해주는 거?"

"둘 다. 로렌, 또 뭐가 있지? 둘이 뭐 했어?"

그래서 우리는 답장으로 내가 그동안 해준 모든 성행위에 대한 청구서를 보냈다. 계산해보니 그녀가 내게 빚진 것으로 나왔다. 이후로 그녀에게선 아무 연락이 없었다.

사실은 두 개의 문 말고, 용서냐 케시 베이츠냐 말고,

다른 문이 있다. 세 번째 문은 용서할 필요도 없다는 거다. 상대해야 할 개망나니가 하나 줄어든 채로 그냥 삶을 계속 살아가면 된다.

내가 마지막으로 게이브에게 연락한 건 엄마가 그를 떠난 직후였다. 엄마는 새로 이사 간 아파트에서 내게 전화를 걸었고, 처음으로 혼자 사는 것의 적막감과 충격에 대해 불평했다. 나는 냅스터에서 다운로드한 음악을 CD로 구워 CD 플레이어와 함께 엄마에게 보냈다. 닐 영과 에밀루 해리스와 톤즈 반 잔트와 브루스 스프링스틴의 대표곡들이었다. 엄마는 전화를 걸어서 고맙다고 했다. 지금 와인 한 잔을 들고 베란다에 앉아 에밀루의 음악을 듣고 있다고 했다. "정말 멋지구나, 로렌. 게이브는 에밀루를 절대 좋아하지 않았어. 절대. 그때 알아봤어야 하는 건데."

나 역시 에밀루를 좋아하는 사람과 사귀어본 적이 없다고 말했다. 엄마는 그런 실수를 다시는 하지 않기로 약속하자고 했다(나는 곧 약속을 깼다. 하지만 공정하게 말해서 그때 나는 스물한 살이었고 아직 공군이었으며 다른 사람은 물론이고 아직 론다를 만나지도 않았다). 내가 말했다. "또 게이브는 나를 절대 좋아하지 않았지."

엄마가 뭔가 할 말을 찾으려 애쓰며 소리 죽여 흐느끼는 소리가 들렸다. 마침내 엄마가 말했다. "언젠가 네가 날 용서해주길 바란다.” 나는 엄마에게 이미 용서했다고 답했다. 엄마 잘못이 아니라고 했다. 엄마는 나와 같았다. 또는 내가 엄마와 같았다. 우리는 생존하는 방법을 배웠다. 엄마가 말했다. “너무 외로웠는데, 이젠 나에게 에밀루가 있어.”

외로움과 고독 사이엔 차이가 있다. 하나는 비참하고, 하나는 평화롭다. 어떤 개망나니의 허접쓰레기 음악을 들을 필요가 없을 때 고독에 이르기 쉽다. 그날 밤 나는 게이브에게 편지를 썼다. 필요한 건 딱 세 문장뿐이었다. “엄마가 당신에게서 자유로워져서 기뻐요. 나는 레즈비언이에요. 꺼져버려요.”

독방동

사흘째 되던 날, 옆 독방에 있는 여자가 비명을 멈추었다. 사흘째 되던 날 나는 주먹으로 벽을 쳤다. 어쩌면 이틀째 되는 날이었을지도 모른다. 정확히 모르겠다. 우리는 많은 것을 감방, 감옥, 교도소에 비유한다. 하지만 실제로 감방에 갇혀보면 은유 따위는 없다. 그냥 거기 있을 뿐이다. 문이 열리지 않고, 환기도 되지 않는다. 낮도 밤도 일출도 일몰도 없다. 온종일 오줌 색의 밝은 조명이 독방을 비춘다. 온통 스틸과 콘크리트, 또는 콘크리트와 스틸로 된 딱딱한 모서리와 모퉁이와 벽 들이다. 아무것도 늘어지지 않는다. 아무것도 휘지 않는다. 아무것도 부서지지 않는다. 하지만 뭔가가 부서져야 한다. 그것이 감방의 목적이다.

그래서 나는 부서지지 않을 벽을 친다. 첫 번째 가격은 약하다. 내 마음속의 한 부분, 손을 불 속에 집어넣거나 주먹으로 벽을 치지 못하게 막는 한 부분이 본능적으로 팔이 나아가는 속도를 늦춘다. 나는 몇 번인가 동작을 흉내 낸다. 말하자면 그런 본능을 이겨내기 위한 연습이다. 그리고 벽을 다시 한 번 친다. 구리 맛이 난다. 마리화나를 처음 피울 때처럼 정신을 몽롱하게 하고 공포를 솜으로 감싸는 듯한 고통이다. 나는 다시 한 번 친다. 피부가 파열되는 것이 느껴진다. 또다시 따뜻한 피가 조금씩 배어나온다. 또 한 번. 또다시 피부의 파열. 다음번 가격은 벽에 자국을 남긴다. 그 다음번 가격은 노란색 콘크리트 블록에 남은 핏자국을 번지게 한다. 다시 한 번. 사흘 만에 처음으로 숨이 쉬어진다. 어쩌면 이틀 만인지도 모르겠다.

나는 독방에 오면 안 되는 거였다. 독방에 갇힌 사람이라면 누구나 하는 말이다. 옆방에서 비명을 지르는 여자가 자신은 독방에 있어선 안 된다고, 일터에 있어야 한다고 말한다. 그녀는 허리가 아팠는데 병가를 낼 수 없었다. 감방에 온 사람 가운데 병가를 주는 일자리를 가진 사람은 없다. 아니, 가졌던 사람은 없다. 감방에 있는 누구도 더 이상 일자리가 없다.

한 친구가 그녀에게 퍼코셋*을 몇 알 주었다. 퍼코셋 한 알이면 마약 소지로 중범죄가 된다. 그녀는 몸을 관통하는 듯한 통증에 갑자기 핸들을 틀었고, 그 광경을 목격한 경찰

* 강한 마약성 진통제.

이 차를 길 한쪽에 대게 했다. 그녀는 모범운전자였다. 교통 위반 딱지조차 없었다. 그런데 지금 내 옆 독방에 갇혀 있다. 현재 그녀는 신장결석이 있다. 그래서 허리가 아픈 것이다.

여긴 일반감방이 아니다. 특별독방이다. 특별독방에서는 아파도 아스피린을 주지 않는다. 치안판사가 그녀의 보석금을 천 달러로 결정했는데, 보석금 보증인에게 수수료로 백 달러를 줘야 했다. 그녀의 남편은 백 달러가 없었다. 그녀가 일했던 청소 서비스 업체는 남편에게 급료를 지불하지 않았다. 남편은 타일공이다. 그의 벌이로는 집세를 내기에도 빠듯하다. 어쩌면 다음 달에는 부업을 구할 수 있을 테다.

그녀는 감방에 있어선 안 되었다. 그녀가 비명을 지를 때 좀 더 먼 곳에서 또 다른 여자의 소리가 들린다. 변좌도 없는 스테인리스스틸 변기에 대고 구토인지 헛구역질인지 신음인지를 뱉어내고 있는 여자의 소리였다.

"당신은 뭘 했기에 여기 왔어요?" 그녀가 신음하지 않을 때 내가 물었다.

이야기를 하고 있으면 기분이 좀 나았다. 그때는 그렇게 생각했다. 나중에는 그것도 확신할 수 없었다. 어차피 오래 얘기하도록 내버려두지도 않았다. 복도에 교도관이 있으면 얘기를 할 수가 없다. 그리고 밤에는 대체로 얘기하지 않는다. 세끼 중에서 마지막 끼니를 먹은 뒤에 얘기를 한다. 나는 그런 게 감방에서 사람들이 나누는 얘기라고 생각해서 그렇게 물은 것이었다.

신음하던 여자는 그런 식으로 묻는 게 아니라고 말했다. 그러더니 대상을 특정하지 않고 모두에게 말했다. “저 백인 아가씨가 내게 뭘 했냐고 묻네. 젠장.”

또 다른 목소리, 도움을 주고 싶어 하는 목소리가 뭘 했냐고 묻지 말고 무슨 일을 당했냐고 물으라고 일러준다. 교도관이 듣고 있지 않지만, 밀고자는 어디에나 있다고 말이다. 어쩌면 나도 밀고자일지 모른다면서. 난 밀고자가 아니에요. 밀고자는 다들 그렇게 말하지. 나는 밀고자에게 밀고자냐고 물으면 솔직하게 답해야 한다고, 그게 법이라고 말한다. 여기저기서 웃음소리가 들린다. 이 구역에서는 내 유머가 먹히는 모양이다.

나는 곧바로 고쳐 묻는다. “무슨 일을 당했어요?” 그런 뒤 덧붙인다. “미안해요. 내가 여기 처음이라.” 이것은 내가 처음 배운 교훈이다. 자신이 쥐뿔도 모른다는 걸 인정하라. 그건 참 쉽다. 난 감옥살이에 소질이 있나 보다.

그 목소리는 경찰에게 구강성교를 해줬다. 그는 그녀를 체포했다. 경찰은 거짓말쟁이들이다. 모두 그걸 안다. 나조차도 안다. 또 다른 목소리가 경찰들은 항상 그런 짓을 한다고 말한다. 가끔은 그냥 보내줄 때도 있지만. 여기저기서 동조하는 목소리가 들린다. 거래할 때 경찰을 믿으면 안 된다.

“맙소사. 그건 강간이에요.” 내가 말한다.

“그 정보를 내 변호사에게 꼭 전할게.” 그 목소리가 백인 여자 흉내를 내며 말한다. 수감자들이 웃는다. 나도 웃는다. 나는 수감자다. 그 목소리가 자신은 매춘부라고 말한다. 그녀는 콜걸이라는 표현을 선호한다. 아무도 신경 쓰지 않는다. 그녀는 알코올 중독자다. 아무도 신경 쓰지 않는다. 금단 현상 때문에 죽을 것 같다. 아무도 신경 쓰지 않는다.

신장결석이 있는 목소리가 노래를 청한다. 노래하는 목소리가 알리야의 노래를 부른다. 라디오에 나오는 다른 누구의 노래보다 듣기 좋다. 나는 그녀가 노래할 때가 좋다. 눈을 감을 수 있다. 그녀의 목소리는 내 마음을 따뜻하게 어루만지는 손처럼 느껴진다.

“닥쳐.” 남자의 목소리다. 모두가 데이데이 교도관이라고 부르는 남자다. 교도관에게 〈프라이데이〉 캐릭터의 이름을 따서 붙인다면, 그는 디보가 될 것이다. 그러나 그는 깡패의 이름으로 불리는 걸 좋아하지 않을 것이기에 우리는 그렇게 부르지 않는다. 다른 목소리들이 그를 싫어한다. 수감자들은 그를 싫어한다. 나는 수감자다. 나는 그가 싫다.

한 목소리가 묻는다. “왜 또 그래요, 데이데이?” 그러더니 곧이어 말한다. “그냥 계속 불러. 저 인간은 아무도 자기 거시기를 안 빨아주니까 열 받아서 저러는 거야.”

목소리들이 그가 자신의 거시기를 찾을 수 없다는 데 동의한다. 노래가 바뀐다. 슬픈 노래. 내가 모르는 노래다.

상관없다. 나는 그 목소리가 노래를 멈추지 않기를 바란다.

알리야의 노래를 부르는 목소리는 여기서 얼굴을 본 유일한 수감자다. 내가 이곳에 들어온 첫날이었다. 방금 받은 결핵 검사 때문에 팔뚝의 피부가 부어 오른 상태로 간호실에서 나오고 있었다. 여전히 그들이 내 옷을 가져갔을 때 쪼그려 앉아서 기침을 한 것이 최악의 굴욕이라고 생각하고 있었다. 그들은 상하의가 붙어 있고 암모니아 냄새를 풍기는 초록색 죄수복을 주었다. 알리야 노래를 부르는 여자는 복도에서 두 교도관 사이에 서 있었다. 얼굴과 팔, 다리에는 멀쩡한 피부보다 딱지가 더 많았다. 산발인 머리는 기름기로 떡져 있었고 먼지 때문에 얼룩덜룩했다. 눈은 부어 있었다. 나는 고개를 끄덕였다. 그녀는 아무것도 보지 않는 텅 빈 눈으로 눈앞의 허공을 멍하니 응시하고 있었다. 그리고 수감자들이 덮고 자는 것 같은 담요를 입고 있었다. 이사할 때 엘리베이터 내부를 보호하려고 걸어놓는 것과 같은 종류의 담요였다. 하지만 그녀의 담요는 꿰매서 벨크로로 여며 입도록 만든 튜닉 형태였다. 그녀는 자살을 기도했다가 실패했다.

나는 그 튜닉을 떠올리며 화장지 뭉치로 벽에 묻은 피를 닦아서 변기 물에 흘려보낸다. 그리고 내 손을 본다. 이겨진 손마디를 본다. 두렵다. 내가 생각할 수 있는 최악의 상황이. 이보다 더 가혹한 자유의 상실이. 목숨을 스스로 끊을 방법이 없는 것이. 내가 미쳐가는 걸 그들에게 보여줄 수 없다. 어쩌면 이미 미쳤는지도 모른다. 이제는 알 수 없다. 당국은 정신병원 병동들을 폐쇄했다. 너무 비인간적이다. 이제 그들은 그저 지켜보며 정신병자들이 범죄를 저지르기만을 기다린다. 이 나라는 미치기에 딱 좋은 지옥이다.

자신이 미쳤다는 걸 알아채는 순간은 없다. 그나마 긍정적인 면이다. 당신은 서서히 광기 속으로 빠져들고, 그 광기는 당신이 괜찮다고 말한다. 그리고 벽을 치라고 말한다. 자기 팔에 구멍을 내라고 한다. 달리 할 일도 없다. 목소리들이 당신에게 괜찮냐고 묻는다. 당신은 자신이 비명을 지른 걸 알지만 본인의 목소리를 듣지 못했다. 목소리들이 '엔젤' 노래를 다시 불러 달라고 한다. 목소리들이 신경에 영 거슬린다. 그러나 당신은 존 프리스가 쓰고 보니 레잇이 부른 '엔젤'을 부른다. 목소리들은 그 노래를 좋아한다. 나는 목소리들이 도와주려 한다는 걸 안다. 그들은 당신에게 벽을 치라고 말한 것에 양심의 가책을 느낀다. 그들은 머리로 다시 한 번 쳐보라고 말한 것에 양심의 가책을 느낀다. 당신은 목소리들을 만족시키려고 몽고메리에서 온 천사에 관한 노래를 부른다.

목소리들은 얼굴이 없다. 그건 망할 놈의 문제다. 밖에서 목소리를 들으면, 그건 얼굴을 가진 사람의 목소리다. 어쩌면 라디오나 전화에서 들리거나, 사이가 좋지 않은 이웃들이 내는 소리일 수도 있다. 그래도 목소리는 얼굴이나 탄소로 만든 어떤 것, 말하자면 스피커에 속해 있다. 그런데 이 감방에서는 모든 목소리가 어디서나 나오지만 아무 데서도 나오지 않는다. 어떤 목소리는 멀리서 들린다. 그 목소리는 콘크리트 벽면을 여기저기 튕기며 다가온다. 그것의 여정을 늦출 만한 것이 아무것도 없다. 가까운 곳의 목소리는 도착할 때 여전히 온기가 남아 있다. 억양과 이야기와 질문을 담고 이동하는 목소리들. 그것들은 실재한다. 나는 그것을 안다. 내가 뭔가 하기를 바라는 목소리들. 점점 구별하기 어려워진다. 나는 그들이 화가 났다는 걸 안다. 그들이 나를 싫어한다는 걸 안다. 그래서 나는 그들이 나라는 걸 안다. 대개는 그렇다.

사흘째, 어쩌면 나흘째 되는 날. 나는 착한 교도관을 기다리고 있다. 탐폰을 부탁했는데 그녀가 생리대를 가져다준 날, 내가 사각팬티를 입고 있는데 그걸로 뭘 하라는 거냐고 묻자 그녀는 슬픈 표정을 지었다. 나는 피에 젖은 생리대 위에 온종일 앉아 있거나, 감방 안에서 서성일 때는 생리대가 움직이지 않도록 손으로 붙들고 있어야 했다. 그 착한 교도관은 얼굴이 피곤해 보이고 피부가 거칠지만 친절하다. 다음날 밤 그녀는 월마트에서 산 할머니 팬티 한 꾸러미를 내 감방 배식구를 통해 넣어주었다. 그녀는 좋은 사람이다. 그녀는 내가 시간을 물으면 알려줄 것이다.

나는 시간을 아는 것에 집착한다. 이곳에는 창문이 없다. 해도 없다. 달도 없다. 조명은 결코 꺼지지 않는다. 잠을 잘 수 없다. 소음에는 대처할 수 있다. 대개는 그렇다. 하지만 아기 울음은 익숙해지지 않는 소리다. 대개는 그렇다. 여기에는 아기가 없다. 대개는 그렇다. 내가 갇히곤 했던 곳들에서는 아기 울음소리가 들렸다. 섹스 광신 집단 공동체의 사운드트랙이다. 나는 그것이 최악이라고 생각했다. 그들은 나를 방에 가두곤 했다. 내 죄에 대해 읽고 기도하며 생각하고 내가 얻은 교훈을 쓰라는 것이었다. 나는 최대한 오래 버티곤 했다. 그러다가 무너졌다. 지금 생각하면 완전 바보였다. 그냥 울면서 잘못했다고 빌었어야 했다. 그러면 내보내줬을 것이다. 나는 버티는 것을 자랑스럽게 여겼다. 멍청했다. 하지만 거기에는 읽을거리라도 있었다. 여긴 읽을 게 없다. 뭔가를 쓸 도구와 종이도 없다. 거기에는 벽에 조명 스위치가 있었다. 그러나 여기서는 매트리스가 깔린 콘크리트 블록 침대 위쪽에 있는 조명등이 계속 얼굴을 비춘다.

나는 아침으로 완숙 달걀이 나온 이후에 배식구로 두 끼니의 식사를 받았기 때문에 지금이 밤인 것을 안다. 열쇠 짤랑이는 소리가 들린다. 권력이 있는 자들은 모두 열쇠를 가지고 있다. 권력이 있는 자들은 시간을 안다. 나는 시간을 묻는다. 매번 그러는 것처럼. 그리고 이번에도 지난번처럼 무시당한다.

그들은 내게서 시간을 앗아간다. 우리는 복역 중이지만 수감자 대부분은 유죄 판결을 받지 않았다. 그리고 우리가 석방되면 우리가 잃어버리는 건 시간이다. 직장에 있을 시간과 집에 있을 시간. 시간이 지나가면 누군가는 직장을 잃고 누군가는 집을 잃는다. 그동안 누군가의 아이는 생일을 맞이하고 첫걸음마를 뗀다. 우리는 그 시간을 만회해야 하지만, 시간은 사라진다. 내 동생이 결혼을 한다 해도 나는 시간을 허비해버려서 결혼식을 놓칠 것이다.

데이데이 교도관이다. 밤이라면 그가 여기 있을 리 없는데. 아마도 내가 잘못 계산한 모양이다. 어쩌면 아침일지도 모른다. 그가 내 독방에서 세 칸 떨어진 독방에 있는 목소리에게 말하고 있다. 그녀에게 일어나라고 지시한다. 교도관은 그녀의 혐의에 대해 읽어준다. 그녀는 일반감방에 있었는데, 계속 음식을 매트리스 밑에 숨겼다. 30일. 그녀가 보석금을 마련하더라도, 여기서 30일을 더 있어야 한다. 그녀의 보석금은 2천 달러다. 그런데 보석금 보증인에게 줄 2백 달러가 없다. 음식을 숨긴 목소리는 적색 신호가 켜졌을 때 우회전을 하다가 50달러짜리 딱지를 떼었는데 그 돈을 낼 여유가 없었다. 면허를 정지당했지만 일을 하러 가야 했다. 그래서 운전을 했다. 정지된 면허. 그녀는 감방에 있을 이유가 없다. 그런데 여기에 3개월이나 있었다.

나는 문틈으로 밖을 내다보려 한다. 교도관은 보이지 않는다.

"교도관 님!" 신장결석이 있는 목소리다.

"왜 나한테 소리를 지르고 지랄이야?"

"간호사를 불러주세요."

"조명등에서 그 망할 것 좀 벗겨." 바스락 소리가 들린다. 나도 불빛을 가리려고 애를 써봤다.

"간호사를 불러주세요."

"주말에는 간호사가 일을 안 해. 알잖아."

주말이다. 이제야 그걸 안다. "빌어먹을 비명 좀 그만 질러. 안 그러면 로프*를 배식할 거야."

열쇠가 짤랑인다.

"교도관 님." 내가 부른다.

"뭐야." 질문이 아니라 결투 신청이다.

"그 사람은 신장결석이 있어요. 병원에 가야 합니다."

"빌어먹을 네 일이나 신경 써." 유리창에 갈색 점액질 얼룩이 말라 붙어 있다. 나는 너무 가까이 가지 않는다.

"그러다 고소를 당할 수도 있어요." 목소리들이 나를

* Nutralloaf를 가리키는 것으로 보인다. Nutralloaf는 미국 교도소에서 체벌용으로 식사 시간에 주는 음식인데, 이것저것 혼합해서 만들고 맛이 끔찍하다고 한다.

두고 했던 말이 옳았다. 나는 빌어먹을 백인이다.

“네 일에나 신경 쓰라고 했잖아. 저 여자는 여기 온 날부터 내내 비명을 지르고 있다구.”

“그게 무엇을 의미하는지 아나요? 당신 상관과 얘기를 해야겠어요.” 예를 들어 내가 청구서 담당부서에 전화를 했는데 서로 의견 차이가 있다고 치자. 그럴 경우 적임자와 이야기를 하면 불편을 끼쳐 죄송하다는 사과를 받고 의견 차이는 해결될 것이다.

“너도 로프가 먹고 싶어?” 배식구를 통해 커피 냄새가 난다. 그는 내가 쳐다보는 것을 본다. 나는 그의 커피를 보고 있지 않다. 그의 손목시계에서 시간을 확인하려고 애쓰고 있다. 나는 손목시계를 차고 들어왔지만, 시계는 압수당했고 콘택트렌즈만 소지가 허용되었다. 이틀째 되던 날 눈에서 렌즈를 뺐다. 그런데 렌즈를 보관할 곳이 없었다. 식염수도 없었다. 렌즈는 굳어서 오그라든 유리 조각이 되었다. 나는 가끔 렌즈로 게임을 한다. 콘크리트 바닥에서 렌즈 하나로 다른 렌즈를 튕기는 것이다. 그 게임이 재미있다고는 말하지 않겠다. 적어도 몇 년 동안은 렌즈를 끼지 않을 것이다. 겪어보지 않은 사람은 모른다.

렌즈를 끼지 않으면 모든 게 흐릿하게 보인다. 그의 손목시계도 마찬가지다.

“너한테도 넣어줘? 콩으로, 응? 설탕 없이?” 데이데이가 웃는다.

“몇 시예요?” 내가 묻는다.

그는 벌써 멀찌감치 걸어가고 있다. “약속이라도 있나 보지?” 어깨 너머로 말하고 자기가 한 농담에 웃는다. 나는 교도소 폭동을 시작하는 방법에 대해 생각한다. 칼을 만드는 방법을 생각한다. 하지만 당장은 칫솔이 필요하다고 생각한다. 열쇠 짤랑이는 소리가 복도 아래로 내려간다.

신장결석이 있는 목소리가 말한다. “애써줘서 고마워요. 정말 구역질 나는 놈이에요.” (나는 지금 의역하고 있다. 나는 두 개 국어 사용자가 아니지만 요지는 이해한다.)

“그런데 ‘로프’가 뭐죠?”

“체벌 음식. 사람들이 먹는 에너지바처럼 생겼는데, 온갖 쓰레기 같은 재료들이랑 마분지를 으깨서 만들죠.”

나는 로프가 먹고 싶지 않다. 나는 에너지바도 좋아하지 않는다.

오늘 밤엔 착한 교도관이 일했으면 좋겠다. 다시 한 번 벽을 치려고 하는데 주먹이 벽에 닿기 전에 멈춘다. 이제 내 손이 고통을 안다. 나는 겁쟁이다.

어렸을 때 할머니는 우리에게 도장에서 무료 레슨을 받게 했다. 가라데 사범이 가라데로 무엇을 할 수 있는지 보여주려고 콘크리트 벽돌을 깼다. 이제 나는 도장에 있던 벽돌이 가짜였다고 생각한다. 이 감방의 그 어떤 부분도 파괴할 수 없다. 안에 든 내용물만 빼고. 화장실과 세면대는 회색 스틸 한 덩어리로 되어 있다. 변기 물에 매트리스를 통째로 흘려보낼 수도 있을 것이다. 막히는 게 없다. 제트 엔진에서 나오는 것처럼 물이 세차게 쏟아진다. 사용한 생리대도 흘려보낸다.

나는 오트밀 크림 쿠키를 감싸고 있는 얇은 비닐을 손끝으로 만진다. 점심 때 치즈 샌드위치와 함께 받은 것이다. 플라스틱 같은 빵은, 그러기도 쉽지 않은데, 딱딱하면서 눅눅하다. 마치 빵 조각을 조리대에 펼쳐 놓고 며칠 동안 굳혔다가 설거지물을 뿌린 것 같은 느낌이다. 쿠키를 맛보고 싶다. 가장자리만. 이건 뭔가 다르다. 셀로판지 포장은 쿠키에서 감방의 맛이 나지 않을 것을 의미한다. 일단 포장지를 벗기면 쿠키가 이곳의 냄새를 흡수할 때까지 시간이 얼마나 걸릴지 궁금하다. 이곳에서는 공기와 음식과 물에서 모두 똑같은 맛이 난다. 마치 병원 밖 흡연 구역에 서 있는 휴지통 내부처럼.

나는 이 작은 오트밀 크림 쿠키를 먹어본 적이 없다. 엄마는 점심 도시락에 트윙키나 호호스가 아닌 당근을 넣어주었다. 가끔 건포도나 캐럽이 박힌 오트밀 쿠키는 먹었는데, 웬만하면 건포도가 든 건 뭐든 지브라 케이크와 바꾸는 게 상책이다. 나는 호스티스 브랜드에서 만든 과자는 먹어본 적이 없다. 그런데도 뭐가 다른지 냄새라도 한번 맡아보려고 포장지를 찢는 것조차 두렵다. 손상되면 가치가 떨어질까 두렵다. 쿠키는 여기서 제법 큰 가치가 있다. 잡지 한 권의 가치가 있다.

음식을 숨기는 목소리한테는 잡지가 있다. 쿠키 하나당 잡지 하나다. 내게는 이제 쿠키 두 개가 있다. 하지만 착한 교도관이 있어야 한다. 착한 교도관이라면 거래를 해줄 것이다. 목소리들이 아무도 믿지 말라고 경고했다. 나는 생각한다. 과연 저 목소리들을 믿을 수 있을까?

콜걸이라는 목소리가 다른 목소리에게 그 물건을 넘길 것인지 묻는다. 대답이 없다.

또 다른 목소리가 말한다. "어쩌면 죽었는지도 몰라." 우리가 웃는다. 이곳에서는 모두가 웃기다.

복도에서 열쇠 짤랑이는 소리가 난다. "이 구역에서 또 한 번 빌어먹을 말소리가 들렸다간 다들 로프를 먹게 될 줄 알아!" 아무도 웃지 않는다.

목욕 시간이다. 감방을 묘사한 영화나 드라마를 본 사람들은 웃기는 생각을 할 것이다. 감옥에 샤워기나 베개, 마당에서 보내는 한 시간, 쟁탈전을 벌일 TV, 책, 펜, 종이, 벽에 붙일 사진, 담배, 칫솔, 치약, 비누 따위가 있으리라고 생각할 것이다. 내게는 이런 것들이 하나도 없다. 내게는 양말 한 켤레가 있는데, 한쪽을 수건으로 쓴다. 버튼을 누르면 물이 나온다. 더러운 양말을 차가운 금속 세면대 물에 적신다.

몸을 씻는다. 다시 적신다. 몸을 씻는다. 비틀어 짠다. 물을 흡수시킨다. 비틀어 짠다. 양말을 세면대 옆에 널어 말린다. 나머지 더러운 양말 한쪽은 칫솔로 쓴다. 발목 부분을 집게 손가락에 씌운다. 이를 닦는다. 양말을 헹군다. 씻어도 개운하지 않다. 여전히 겨드랑이에서 시큼한 냄새, 그리고 희미한 동물 냄새가 난다. 이곳의 복도, 내 감방에는 특유의 냄새가 있다. 새장에 갇힌 사람들의 냄새. 두려움의 냄새. 광기의 냄새. 그나마 양말이 있어서 다행이다.

지금 신장결석이 있는 목소리가 운다. 그녀는 살아 있다. "아, 디오스 미요."* 거듭거듭 말한다. 그녀는 여기에 있을 사람이 아니다.

첫날, 그러니까 입감되고 첫날 밤을 보낸 후에, 값비싼 곳에서 머리를 이발하고 랄프로렌으로 빼입은 남자와 대화를 했다. 그는 내가 사용 약품란에 기입한 웰부트린과 프로작이 왜 필요하냐고 물었다. 그는 자신을 상담사라고 소개했다. 나는 재향군인이라고 말했다. PTSD(외상 후 스트레스 장애)가 있다고 말했다. 그는 자살 충동이 있냐고 물었다. 누가 묻건 까다로운 질문이다. 나는 아니라고 대답했다. 그가 말했다. "피곤해 보이는군요." 내가 답했다. "예, 여기서

* '하느님 맙소사'에 해당하는 스페인어.

는 잠을 잘 수가 없어요." 나중에 나는 생각한다. 광신 집단에서 자란 얘기를 그에게 했던가? 방에 자주 갇혔다고 얘기했던가? 얘기했으면 뭐가 달라졌을까?

그때 아직 나는 입감 절차를 거치기 전에 머무르는 유치장에 있었다. 여기서 입감 절차를 밟는다. 유치장에 들어가면 등 뒤에서 문이 닫히는 순간 모두 똑같이 행동한다.

우선 주변을 둘러본다. 영화에 나온 게 사실인지, 정말 누군가와 싸우게 될지 알지 못한다. 벽에 걸려 있는 전화기를 쳐다본다. 먼저 들어온 누군가가 입감 서류에 적힌 수감번호를 이용해서 전화를 걸면 된다고 말한다. 장거리 전화는 할 수 없다. 모르는 번호로는 전화할 수 없다. 수감자들은 나중에 참고할 수 있도록 나가기 전에 항상 팔에 번호를 써두라고 말한다. 신입 수감자들은 전화를 건다. 그리고 운다, 매번. 누군가가 괜찮을 거라고 말한다, 매번. 내게 전화 거는 법을 말해준 사람은 마리화나 1그램 때문에 들어온 대학생이었다. 그녀는 말했다. "괜찮을 거예요. 생각만큼 나쁘지 않아요." 나는 벽을 보고 울었다.

정신과 의사는 말했다. "당신이 좀 쉴 수 있을 만한 곳에 배정해보겠습니다."

나는 고마워했다. 아직도 그게 웃기다. 그곳이 특별독방일 줄은 미처 몰랐다. 내가 다른 수감자들에게 어떻게 특별독방에 오게 되었는지 들려주면 그들은 웃는다. 무척 웃긴다. 자업자득이었다.

"이봐, 자기가 무슨 패리스 힐튼인 줄 아는 거 아니야?" 한 목소리가 말한다. 그녀는 내가 백인이지만 부자는 아니라고 말한다. 패리스 힐튼은 부자다. 패리스 힐튼은 감방이 끔찍하다는 이유로 일찍 석방되었다. 우리는 부자들이 고통받는 걸 좋아하지 않는다. 그 목소리는 그나마 나는 백인이어서 경찰이 차를 길 한쪽에 대게 하지 않을 거라고 말한다. 그녀는 이제 나는 시스템 안에 있다고 말한다. 그냥 내가 너무 멍청해서 아기처럼 아무것도 모르는 거란다. 목소리들이 웃는다. 이 구역에서는 그녀의 유머가 먹힌다.

나는 여전히 내가 부당한 취급을 받았다고 생각한다. 나는 이곳에 있을 사람이 아니다. 그녀는 이것을 삶의 일부로 받아들인다. 말하자면 나는 여행자고, 그녀는 내게 길을 알려주는 현지인이다. 그녀는 왜 여기에 들어왔냐고 묻는다. 나는 이미 그 얘기를 털어놓았다. 하지만 이런 게 감방에서 사람들이 나누는 얘기다.

나는 폭행이라고 말한다. 그리고 경범죄라고 덧붙인다. 중요한 문제라고 생각하기 때문이다.

그녀가 내게 반격한 거냐고 묻는다. 남자친구나 남편과 싸웠냐는 뜻이다. 온당한 질문이다. 여자들은 남자들 때문에 감방에 간다. 데이데이 교도관이 와서 떠드는 사람은 모두 로프를 먹게 될 거라고 엄포를 놓는다. 이야기할 시간은 기다릴 수 있다. 어차피 우린 아무 데도 가지 않을 테니까.

나흘째인가 닷새째 되는 날. 알리야의 노래를 부르던 목소리가 더는 노래하지 않는다. 나는 그 목소리가 내게 화가 났다고 생각한다. 다른 목소리들은 그녀가 죽었다고 말한다. 하지만 나는 그녀가 석방되었다고 말한다. 그녀가 내게 그렇게 말했다. 그녀는 석방되었고 벽이 없는 따뜻한 어딘가로 갔다. 목소리들이 내게 패밀리 노래를 불러보라고 한다. 〈시편〉 121편에 나오는 노래를 부른다. 목소리들이 나더러 닥치란다. 나더러 손목을 깨물면 벽이 없는 따뜻한 곳으로 갈 수 있다고 말한다. 나는 닥치라고 말한다. 나는 그들이 진짜가 아니라는 걸 안다. 진짜일 리 없다. 그들 중 몇몇은 예전부터 듣던 목소리다. 환청이 들리면 그것을 잠재우려고 뭔가를 읽는다. 그런데 읽을 게 없다. 내가 아는 운문을 인용한다. 시를 인용한다. 그래서 내가 시와 운문을 아는 것이다. 나는 '작은 아씨들의 이야기'를 스스로에게 들려준다. 그런데도 목소리들은 조용해지지 않는다. 그들도 이제 나이가 들었다.

머리에 담요를 뒤집어쓴다. 교도관이 얼굴을 보이게 하라고 명령한다. 다시는 얼굴을 가리지 마, 수감자. 내 이름은 수감자다. 나는 그에게 내 이름은 메리라고 말한다. 자꾸 말대답해서 미안하다고, 그래서 기도하는 중이라고 말한다.

새로운 목소리가 노래를 부른다. 목소리들이 조용하다. 새로운 목소리는 떠나버린 예전의 목소리보다 깊이가 있다. 새로운 목소리는 니나 시몬의 노래를 부른다. 빌리 홀리데이의 노래를 부른다. 나는 눈을 감는다. 나는 차를 몰고 사막을 달린다. 두 눈에 햇살이 가득 담기고 라디오가 요란하게 울리고 모래바람에 피부가 따끔거린다. 나는 아이팟에 귀 기울이고 있다.

새로운 목소리는 남자친구를 위해 조그만 식당으로 작은 봉지 하나를 운반했다. 그는 새로운 목소리에게 자신을 위해 그 일을 해줄 거라면, 그렇게 운반하는 편이 안전하다고 말했다. 새로운 목소리는 한동안 여기 있을 것이다. 새로운 목소리는 봉지 안에 뭐가 들어 있는지 몰랐다고 말한다. 그녀가 딱히 거짓말을 하는 건 아니다. 슈뢰딩거의 헤로인. 어차피 그건 중요하지 않다. 그녀한테는 선택의 여지가 없었다고 목소리들이 동의한다. 목소리들은 그런 종류의 선택에 대해 안다. 그리고 이해한다. 여자는 자기 남자가 시키는 대로 한다.

목소리들이 알리야에게 말을 걸려고 시도한다. 그들은 그녀가 아직 여기 있는지 없는지 모른다. 그녀는 대답하지 않는다. 나는 떠났다고 말한다. 자기만의 세계에 빠져 있거나, 석방되었거나, 아니면 죽었다고. 목소리들이 닥치라고 말한다.

살갗에 첫 번째 구멍을 낼 때까지 시간이 얼마나 걸릴지 생각한다. 짓이겨진 손을 본다. 나는 이미 제정신이 아니다.

목소리가 내게 왜 여기 들어왔냐고 묻는다. 지난번에 나는 그 얘기를 하다가 말았다. 경범 폭행이라고 다시 말한다. 목소리는 "아"라고 말할 뿐이다. 그녀가 지금 내게 화가 났다고 생각한다. 목소리들이 내게 화가 나는 게 싫다. 그녀가 말한다. "누구를 열 받게 했는데?" 목소리들이 토론을 한다. 온당한 질문이다. 그녀는 내게 화가 난 게 아니다. 하지만 내가 화났다.

데이데이가 주변에 없다. 그래서 나는 목소리들에게 그 얘기를 한다. 그리고 그들이 이해해주기를 바란다.

나는 그녀를 사랑했다. 어텀. 우리는 메릴랜드의 작은 타운하우스에서 함께 살았다. 완벽하다고 말할 만한 관계였다. 자동차 여행을 하거나 이케아 가구를 조립하면서 싸우지 않았으니까. 내게는 개가, 그녀에게는 고양이가 한 마리씩 있었다. 나는 벽에 페인트칠을 했다. 우리는 결혼식과 아이들에 대해 이야기했지만, 둘 다 감당할 만한 돈이 없었다.

그리고 2년째 접어들었을 때 어텀이 문자를 보내서 이제 끝났다고 선언했다. 그녀는 나를 사랑하지만 열렬히 사랑하지는 않는다고 말했다. 내가 항상 슬픈 게 문제라고 했다. 내 곁에 있는 것만으로도 우울하다고 했다. 그러니 일단 내가 이사를 나가고 나서 계속 만나자고 했다. 나를 다시 열렬히 사랑하려고 노력해보겠다면서. 나는 그녀를 사랑했기 때문에 동의했다.

나는 직장에서 좀 더 가까운 버지니아에 방을 얻었다. 메릴랜드에 살 때는 매일 밤 통근하는 데 한 시간씩 걸렸다. 그 정도면 D.C. 교외에서는 평균적인 통근 시간이었지만, 도로에서 도무지 움직일 줄 모르는 작업용 밴 안에 앉아 있는 건 더럽게 진 빠지는 일이었다. 그녀는 내가 필요할 때 전화를 했다. 그러면 나는 정체된 도로에 앉아 있다가 도착하자마자 저녁식사를 준비했다. 그녀는 우리가 관계를 가진 날 밤에는 자고 가도 좋다고 허락했다. 킹스 도미니온에 가서 롤러코스터를 탔고, 화장실에서 나는 손가락으로 그녀를 만족시켰다. 그녀가 전화를 하면 그녀가 일하는 국립문서기록관리청 경비실에서 그녀를 만났다. 서고에서 관계를 가졌다. 나는 그것이 좋은 척했다. 행복한 척했다.

나는 너무 오랫동안 모두의 기분을 가장 덜 상하게 하리라고 여긴 모습들을 조각조각 이어 붙여서 나 자신을 꾸미고 그 뒤에 숨어 살았다. 그러는 동안 무시하고 있던 상처가 곪아갔다. 소외된 인생은 그렇다. 새 브레이크 패드를 살 여력이 없는데 새 로터도 필요해진다. 치근관 치료를 할 여력이 없으면 치아를 뽑아야 한다. 정신과 치료는커녕 진단조차 받을 시간이나 자원이나 돈이 없으면 내면이 무너지는 소리를 듣지 않으려고 라디오를 크게 튼다. 나는 계속 분노를 숨겼다. 나의 분노가 좋았다. 분노가 나를 안전하게 지켜준다고 생각했다.

나는 재향군인 병원에 가서 우울하다고 말했다. 그들이 약을 주었다. 아주 많은 약을. 최대한 빠른 시일 내에 상담할 사람을 배정해주겠다고 했다. 3개월까지 대기자 명단이 꽉 차 있었다. 나는 점차 나아졌다. 슬프지 않았다. 그런데 몸이 빌어먹게 떨렸다. 그때부터 잠을 자지 않았다. 정신이 말똥말똥한데 왜 잠을 자야 하는가. 인터넷을 하며 며칠 밤을 새웠다.

그러다가 그들이 함께 있는 사진을 보게 되었다. 어텀과 내가 여기서 '카렌'*이라고 부를 여자다. 그녀가 바로 그런 사람이니까. 마이스페이스**에서 사진을 봤다. 누군가의 상위 여덟 이웃 명단에 올라가 있는 새로운 누군가. 새로운 피드. 웃기는 게 전 여친도 나를 속이고 카렌과 바람을 피웠다. 세상 참 좁다.

바텐더로 일할 때 카렌을 만난 적이 있다. 그녀는 어느 날 밤 일행과 함께 우리 바에 진을 치고 앉아 가미카제 칵테일을 들이켜며 함성을 질러댔다. 그들 중 한 명이 자리를 떴

* 터무니없는 행동을 하며 몰상식하다고 여겨지는 백인 여성을 부르는 호칭으로, 최근 들어 미국에서 더욱 유행하고 있다.
** 미국에 본사를 둔 소셜 네트워킹 웹사이트.

다가 돌아와서 어떤 상황에 대해 보고할 때마다 일행은 자지러졌다. 그들은 웃으며 한 잔을 더 주문했다. 내가 뭐가 그렇게 웃기냐고 물었다.

카렌의 대변인을 자처한 치가 말했다. "원 플러스 원 알아요?" 나는 알지 못했다. 카렌이 대변인을 나무라며 설명했다. "헤더 말이에요. 하나 값에 두 개 주는 거라고요. 알아들어요?" 내 말을 들어보라. 나도 헤더가 마음에 들지 않았다. 헤더는 그날 밤 병가를 낸 기도였다. 내가 그때 유리잔을 닦고 있었던 건 바로 헤더 때문이었다. 내 보조가 헤더가 할 일을 대신하고 있었던 것이다. 헤더는 볼 때마다 무례했고 유리잔을 닦는 법이 없었다. 하지만 카렌과 일행은 바에서 일하는 사람들이 아니었고, 그들이 우리 중 하나인 직원의 험담을 하는 건 싫었다.

카렌의 대변인이 말했다. "헤더가 카렌에게 데이트를 신청했어요. 그래서 카렌이 옆 가게에서 만나자고 했죠. 그녀는 지금 거기서 한 시간째 기다리고 있어요." 이 상황이 그들에게는 자지러지게 웃긴 일이었다. 존 휴스 영화에 등장하는 부잣집 아이들이 치는 자지러지게 웃긴 장난질 같은 것이었다. 나는 손짓으로 기도 한 명을 불러서 헤더에게 가서 사실을 알려주라고 했다.

이 얘기를 하는 건, 카렌이 내 두 여자친구와 관계를 갖기 오래전부터 내가 그녀를 쓰레기라고 생각했다는 사실을 밝혀두기 위해서다.

사건은 하이힐 레이스에서 일어났다. 그 자리는 이성애자 사람들이 와서 성소수자들의 모습을 보고 웃고 무언가를 위한 모금이 어떻게든지 해서 이루어지는 자선 행사다. 매년 할로윈쯤에 개최된다. 나는 항상 일을 해야 했기 때문에 가본 적이 없었다. 그런데 어텀이 나를 초대했다. 그랬다가 그녀가 마음을 바꿨다. 카렌과 함께 갈 계획이었다. 나는 생각했다. 엿 먹어라. 너희가 나의 밤을 망치도록 그냥 내버려두지는 않겠어.

정확히 무슨 일이 일어났는지 모르겠다. 나는 정신이 말짱했지만, 내가 기억하는 건 거리에서 그들을 보고 있었다는 것이 전부다. 누구에게 묻느냐에 따라 달라질 것이다. 나는 다음 날 어텀에게 물었다. 그녀는 내가 카렌을 밀쳤다고 답했다. 참 너절한 얘기다. 카렌은 너무 세게 넘어졌고 층계참에 부딪친 손목이 부러졌다.

여기서 웃긴 건 내가 안도했다는 사실이다. 기도와 바텐더로 4년간 일한 경험을 통해, 나는 레즈비언끼리 싸우고 대치하고 고래고래 소리를 지른다는 얘기는 가위치기 체위와 마찬가지로, 가위치기 체위와 달리 진짜로 있는 일이긴 하지만, 레즈비언과 관련해 단골로 등장하는 농담이라는 걸 말해줄 수 있다. 나는 그런 레즈비언인 적이 없다. 나는 레즈비언끼리 붙는 싸움을 끝내는 레즈비언이었기 때문이다. 내가 직접 싸움에 가담할 시간이 없었다. 그리고 카렌은 쓰레기였다. 나는 쓰레기를 폭행하는 일이 합법이어야 한다고 말하는 게 아니다. 그러나 그 순간까지 그 폭행이 합법이 아닐 수 있다는 생각은 들지 않았다. 나는 그 사건을 기억하지 못한다는 사실이 더 걱정스러웠지, 이 사건 자체는 사소한 문제라고 생각했다. 카렌은 쓰레기였다.

카렌이 경찰에 신고했다고 어텀이 말했을 때, 내가 보인 첫 번째 반응은 '쓰레기 주제에 경찰에 신고해?'였다.

신고를 받은 포어맨 경관은 내가 '선생님'이라는 호칭으로 부르자 웃었다. 그녀는 그 사건이 큰일은 아니고 경범죄라고 얘기해주었다. 자신이 서류 작업을 마치고 전화를 할 텐데, 그러면 내가 자수를 한 다음 두어 시간 만에 풀려날 수 있을 거랬다. 나는 저녁을 먹고 그날 밤 어텀 집에서 잤다. 그리고……, 맙소사! 얼마나 멍청한 소리로 들릴지 알지만, 나는 우리가 재결합하리라고 생각했다.

마지막으로 웃기는 게 하나 더 있다. 내가 포어맨 경관을 좋은 사람이라고 생각했다는 거다. 그녀는 전화상으로는 정말 착한 사람 같았다.

그런데 추수감사절을 앞둔 금요일에 누군가가 문을 두드렸다. 왜 내가 문을 열어줬는지 도무지 모르겠다. 밤 11시에 문을 두드리는데 누가 열어주겠는가? 하지만 그들이 문을 두드리는 방식 때문에 '응급 상황'이구나 하는 생각이 강하게 들었다.

문을 열었을 때 페어팍스 카운티 경찰을 보고 '음, 집을 잘못 찾은 게 분명해'라고 생각했다. 그때 나는 모두의 영웅 브렛 파슨스를 보았다. 그는 퀴어 퍼레이드에서 행진한 경찰이었다. 우리가 전화할 수 있는 성소수자 담당부서를 이끈 경찰, 성소수자 관계를 이해하고 우리에게 욕하지 않고 우리에게 그것은 자초한 일이라고 말하지 않을 경찰. '그것'이 무엇이건 말이다.

내가 수감자들에게 성소수자 담당부서에 대해 설명하려고 하자, 마치 내가 경찰들은 영웅이고 마리화나 때문에 사람들이 죽게 될 거라고 말하기라도 하는 듯이 반응한다. 그들은 말한다. "이봐, 게이 경찰도 경찰이야. 우린 피부색이 같다는 이유로 흑인 경찰은 경찰이 아니라고 생각하지 않아." 나는 클럽에서 일해 보면 경찰의 친절한 성품에 대해 재미있는 견해를 갖게 될 거라고 말한다.

목소리들이 말한다. "그래. 백인들은 그렇겠지." 그들 말에는 일리가 있다. 목소리들이 내 지적 수준에 대해 토론하고, "백인처럼 멍청해"라는 합의에 이른다. 목소리들이 자지러지게 웃는다. 나는 외침이 잦아들기를 기다렸다가 말을 잇는다. 이어서 할 이야기가 새로운 슬로건에 의해 끊기리라는 것을 안다.

브렛은 나를 골칫거리로 분류한 적이 없다고 했다. 내가 말했다. "포어맨 경관이 내가 자수할 수 있을 거랬어요." 나는 체포된 것이 불편하다고 설명했다. 나는 아침에 일을 하러 가야 했다. 키우는 개도 있었다. 브렛이 어텀에게 전화를 걸게 해주었고, 어텀은 개를 데려갔다. 그는 두어 시간만 유치장에 있으면 된다고 설명했다. 별일 아니고, 경범죄일 뿐이라면서. (백인처럼 멍청해.)

여기에 혼란스러운 부분이 있다. 나는 버지니아에 살고 어텀은 메릴랜드에 살았다. 나는 D.C.에서 범죄를 저질렀다. 이론상으로 따지면, 경범죄였기에 나는 자수를 하지 않고 그 대신 다시는 다리를 건너 D.C.로 넘어가지 않기로 작정할 수 있었고, 그러면 평생 감방 내부를 볼 일 없이 잘 살았을 것이다. 그런데 그때 포어맨 경관이 내게 전화를 걸지 않았다. 그래서 D.C. 경찰이 버지니아에서 나를 체포하려면 몇 가지 조건이 맞아 떨어져야 했다. 그들은 체포 영장을 발부받아야 하고, 경범죄가 아니어야 했다. 아니면 약간의 편법이 필요하든가. 그들은 영장이 없었기 때문에, 브렛이 기꺼이 페어팍스까지 차를 몰고 와서 페어팍스 경찰들을 우리 집에 데려왔다.

나를 유치장으로 데려간 페어팍스 카운티 경찰이 말했다. "내 말 잘 들어요. D.C. 경찰에 대해 아무 말도 하고 싶지 않지만, 댁은 중범죄로 기소됐어요. 경찰과 말을 섞기 전에 변호사부터 구하는 게 좋을 겁니다." 내 뇌가 '중범죄'라는 단어에 꽂혔다. 그 단어를 들으면 누구나 마찬가지일 것이다. 나는 그의 말을 믿지 않았다. 뭔가 착오가 있었을 거라고 말했다. 그는 신호등 불빛이 바뀌기를 기다리며 노트북 컴퓨터에서 내 이름을 보여주었다. "**중범죄.**"

유치장에 도착했을 때 모두의 영웅 브렛 파슨스가 말했다. "우리가 널 데려오려고 그냥 중범죄로 넣은 거야. 집행관이 와서 널 D.C.로 데려갈 거고, 그럼 곧 해결될 거야. 여기서 입감 절차도 거치지 않을 거야." (백인처럼 멍청해. 목소리들이 지금까지 들은 것 중 제일 웃긴 얘기란다.)

페어팍스 유치장 교도관은 나를 데려가고 싶어 하지 않았다. 그는 말했다. "우린 영장도 없어요. 예, 혐의는 있죠. 하지만 영장이나 구금 명령이 없잖아요."

브렛이 말했다. "아니, 이건 중범죄자를 체포하는 표준 절차요."

페어팍스 카운티 경찰이 말했다. "이건 적절하다고 생각하지 않습니다." 그는 관점에 따라 대단한 경찰이 될 수도 끔찍한 경찰이 될 수도 있는, 웃자란 보이스카우트처럼 보이는 부류였다.

브렛은 별일 아니라고 말했다. 그가 경찰서로 돌아가서 곧바로 범인 인도 명령을 보내겠다면서. 어차피 문제가 되기 전에 집행관이 인계할 테니 걱정하지 말라고 했다.

카운티 경찰은 어깨를 으쓱했다. 교도관도 어깨를 으쓱했다. 그들은 브렛이 책임질 일이라고 말했다. 브렛이 미소를 띠고 모두와 악수를 했다. 거래하게 되어 기쁘다는 듯이. (빌어먹을 백인처럼 멍청해.)

사흘째 되던 날 그들이 전화를 사용하게 해주었을 때 유일하게 기억하는 번호로 전화를 걸었다. 어텀은 나를 사랑한다고 말했다. 미안하다고도 했다. 자신이 내 직장 상사에게 전화를 걸었는데, 그가 포어맨에게 이미 전화를 받아서 내가 폭행으로 30일간 구치소에 있을 거라는 얘기를 들었다고 했단다. 상사는 나를 보러 오려 했지만 내가 이곳 수감자가 아니라는 이유로 면회가 허락되지 않았다는 말도 했다. 나는 면회자를 만날 수 없었다.

어텀은 변호사를 찾아보겠다고 말했다. 나는 우리 언니에게 전화해 달라고 부탁했다. 언니가 돈을 지불할 거라면서. 어텀은 주말에는 변호사를 찾을 수 없을 거라고 했다. 나는 약을 가져다 달라고 부탁했다. 내 웰부트린. 내 프로작. 그들이 재낵스를 들여 보내줄 가능성은 없으니까. 뇌에서 전기 소리가 들리기 시작했다. 나는 포어맨 경관의 번호를 물었다. 포어맨은 집행관이 30일 후에 나를 인도할 거라고, 30일 후에 자신이 그들에게 알리겠다고 말했다. 나는 그녀의 상관인 브렛과 얘기하게 해 달라고 했다. 그녀는 웃으면서 행운을 빈다고 말했다. 전화가 끊어졌다.

이틀째인가 엿새째인가. 아무려면 어떤가. 오늘 밤에는 착한 교도관이 일하지 않는다. 나는 오트밀 크림 쿠키를 매트리스 밑에 쑤셔 넣으며 내일을 기약한다. 그들이 배식구로 콘플레이크가 담긴 스티로폼 컵과 삶은 달걀을 올린 쟁반을 밀어 넣으면 내일이 온 걸 알게 될 거다. 교도관들은 수감자를 법원 청사로 데려가기 위해 매일 아침 온다. 그리고 명령을 외친다. 일어서. 뒤로 돌아. 천천히 뒤로 걸어와. 너무 꽉 조이나? 이건 아주 웃기는 농담이다. 뭐라고 대답하건, 어차피 그들은 수갑을 꽉 조인다.

목소리들이 이 기회를 놓칠세라 너도 나도 배식구를 통해 이야기한다. "변호사와 얘기할 게 있어요. 전화를 쓰게 해줘요. 간호사를 불러줘요. 나는 재판일이 3개월 전이었어요. 지금 몇 시죠?" 그래도 아무도 신경 쓰지 않는다.

나는 오늘 배식구를 통해 소리치지 않는다. 처음 며칠 동안은 기회가 있을 때마다 소리쳤다. "난 D.C.로 송치돼야 해요. 집행관이 데리러 오기로 되어 있어요. 전화를 걸게 해줘요."

나는 천천히 달걀을 깐다. 달걀의 흰 막이 뜯어지지 않도록 조심하며. 뭔가 글을 쓸 수 있는 도구를 떠올린다면 흰 막에 쓸 수 있을지도 모른다. 하지만 흰 막은 껍질에 달라붙어 있다. 나는 생각한다. '달걀 흰 막은 좋은 반창고가 된다.' 내가 웃는다. 진짜 웃기다. 달걀 흰 막은 좋은 반창고가 되지 않기 때문이다. 하지만 그 조언은 패밀리 아동용 책에 나와 있었다. 우리는 모기에 물려서 피가 나도록 긁은 자국에 달걀 흰 막을 붙여보곤 했다. 그래도 모기에 물린 자국은 항상 감염되었다. 아니면 달걀 속 살모넬라균이 침투했기 때문인지도 모른다. 누가 알겠는가. 달걀 흰 막을 손마디에 붙여볼까 생각한다. 목소리들이 계속 머저리같이 굴면 여기서 하루를 더 살게 될 거라고 말한다. 나는 사과한다. 이번에 내가 뭘 했는지 기억나지 않는다고 말한다. 그래서 무서워 죽겠다. 나는 누군가를 다치게 할 만큼 미쳐 있다. 나는 미쳤다. 나는 누군가를 다치게 한다. 내가 다시는 누군가를 다치게 하지 않도록, 그들에게 나를 이곳에 잡아두라고 애걸한다. 나는 운다. 목소리들에게 내가 더 노력하겠다면서 기도하자고 한다.

착한 교도관이 독방 앞에 와서 변호사가 왔다고 말한다. 그녀는 나를 면회실로 데려가고, 변호사는 나를 이곳에서 내보내주겠다고 말한다.

변호사에게 당신이 나를 내보내줄 수도 없고, 그건 안전하지 않다고 말한다. 그는 그게 자기 일이라고 말한다. 나는 포어맨 경관과 통화했다고 말하며 통화 내용을 알려준다. 포어맨이 30일 후에 나를 인도할 거라고 말한 내용. 그리고 그녀가 일 걱정은 말라며, 내가 당분간 출근할 수 없을 거라고 직장에 말해뒀다고 얘기한 내용.

변호사는 내가 하는 말이 중요하다는 듯이 열심히 받아 적는다. 내가 스토킹과 중범죄 폭행으로 기소되었지만 걱정하지 말라고, 자신이 감형시킬 수 있다고 말한다. 나는 경범죄로 감형되면, 어떤 죄로 처리되냐고 묻는다. 그는 어쩌면 풍기 문란이나 아예 불기소로 처리될 수도 있다고 대답한다. 그리고 내가 여기 있는 건 말도 안 된다고, 그들은 항상 이런 빌어먹을 짓을 하고도 무사할 거라고 생각한다고 말한다. 나는 지금 당신이 어디에 있는지 아느냐고 묻고 싶다. '그들'이 누구냐고. 그에게도 환청이 들리는지 묻고 싶다. 또 글렀다. 나만큼이나 미친 변호사라니.

낮이다. 나는 콘플레이크로 시간을 추적하고 있다. 콘플레이크 한 컵. 한 끼. 금속이 끽끽거리는 소리가 들린다. 이 소리는 새롭다. 새로운 건 뭐든 흥분된다. 내가 듣고 있는 것이 바퀴 소리라는 걸 깨닫는 데 1분 정도 시간이 걸린다. 바퀴가 멈추고 파란색 머리칼이 보인다. 나는 창문으로 간다. 점액질 얼룩이 있는 것도 잊고 그 작은 창을 어루만진다. 파란 머리 할머니가 북카트를 옆에 두고 서 있다. 파란 머리 할머니가 책 두 권을 고를 수 있다고 말한다. 내가 책등을 볼 수 있도록 그녀가 카트를 움직인다. 나는 책등을 만지고 싶다. 어렸을 때《브리태니커 백과사전》이 꽂혀 있던 할머니 집에서 그랬던 것처럼. 한 권을 뽑아서 페이지를 넘기고, 할머니의 핑크색 털 카펫에 앉아서 읽고 싶다. 파란 머리 할머니가 온종일 여기 있을 수는 없다고 말한다.

제목이 보이지 않는다. 어떤 책이 있냐고 묻는다. "제가 안경이 없어서요."

그녀는 이럴 시간이 없다고 말한다. 나는 그녀가 카트를 밀고 가버릴까 봐 무섭다. 공황에 빠진다. "그냥 제일 두꺼운 걸로 주세요. 그냥 저 대신 골라주세요. 제발요." 내가 하는 모든 말이 애걸처럼 들린다. 나는 애걸하고 있다. "그냥 글씨가 많은 걸로 골라주세요." 어쩌면 감방에서 드디어《끝없는 농담》*을 읽게 될지도 모른다. 파란 머리 할머니를 호위하는 교도관이 배식구를 열어준다. 파란 머리 할머니가 조디 피코의《마이 시스터즈 키퍼》와 데이비드 발다치의《더 위너》를 건넨다.

발다치의 책은 고등학생 시절에 읽었다. 상관없다. 어차피 줄거리를 잊어버렸다. 한 남자가 한 여자를 구하는 얘기인 건 안다. 그게 바로 데이비드고, 데이비드가 쓴 내용이 그거니까. 하지만 상관없다. 피코의 책은 읽은 적이 없다. 나는 책을 가슴에 꼭 끌어안는다. 침대 매트리스에 앉아서

* *Infinite Jest.* 데이비드 포스터 월리스의 소설. 방대한 양과 난해한 내용으로 유명하다.

한동안 그냥 그렇게 꼭 안고 있다. 《더 위너》를 펼쳐서 종이 냄새를 맡는다. 종이를 핥는다. 흐느낀다. 내게 책이 있다고 목소리들에게 말한다. 그래서 나는 부자라고. 어쩌면 나는 미치지 않을지도 모른다고. 하지만 이미 미쳤다. 그것이 미치도록 웃긴다. 목소리들이 닥치라고 말한다.

나는 첫 번째 책을 하루 만에 탕진한다. 그리고 스스로를 저주한다. 글씨가 잘 안 보여서 얼굴을 책 가까이에 대고 읽어야 한다. 글씨를 집어삼킬 듯 읽는다. 《더 위너》는 지금까지 쓰인 책 중에 가장 아름다운 책이다. 끝이 가까워지자 나 자신을 저주한다. 페이지를 잘 배분했어야 하는 건데. 사막에서 맑은 물을 홀짝이듯이. 오래오래 읽을 수 있도록.

상황이 나아지고 있다. 오늘은 착한 교도관이 일하는 날이다. 지금 내 손에는 잡지 《맨즈 헬스》와 《피플》이 있다. 둘 다 2년 묵은 것이다. 나는 잡지를 읽는다. 읽고 또 읽는다. 향수 광고를 혀로 핥는다. 누군가의 숨결 같은 냄새가 난다. 목차를 읽는다. 사진 설명을 읽는다. 광고 문구를 읽는다.

사흘째, 어쩌면 이렛날. 나에게 조디 피코의 제1장을 선사한다. 그 장을 세 번 읽는다. 편법을 써서 감사의 글 페이지를 읽는다. 제1장을 다시 읽는다.

손이 감염되었다. 나는 감염의 징후를 안다. 나한테서 나는 것보다 더 나쁜 냄새가 고름에서 난다. 하지만 그건 감방 냄새와는 다르다. 다른 냄새를 만들어낸 게 뿌듯하다. 오늘 아침에는 그들이 신장결석이 있는 목소리를 데려갔다. 그녀가 석방된 건지 병원에 간 건지는 모르겠다. 지난 이삼일 동안 그녀는 조용했다. 알리야를 부르는 목소리는 여전히 사라진 상태고, 빌리 홀리데이를 부르는 목소리는 이제 노래를 부르지 않는다. 그녀가 아직 여기 있는지, 또는 그들이 여기 있는지 모르겠다. 알코올 금단 현상을 앓고 있고 자신을 콜걸이라고 밝힌 목소리는 이제 식욕을 억제할 수 있다. 나는 착한 교도관에게 내 마지막 오트밀 크림 쿠키를 그녀에게 전해 달라고 부탁한다. 그런데 교도관이 비누 조각 하나를 들고 돌아온다.

모두 이런 보물을 어디서 구했는지 모르겠다. 아마도 여기서 오래 지내다 보면 이런 것들을 얻게 되나 보다. 한 달 뒤에 비누 하나. 썩은 어금니가 처음 생긴 뒤에 치약 하나.

나는 피코 책의 또 다른 장을 읽는다. 점심을 먹고 나서 또 읽는다. 오늘 아침에는 판사가 나를 석방하라고 지시했다. 나는 수감자가 아니다. 변호사 비용을 대줄 언니가 있다. 변호사를 찾아줄 친구들이 있다.

보안관은 나를 그냥 석방시킬 순 없다고 말한다. 판사에게 전화를 걸어 보석금을 부과하도록 요청했다고 한다. 그가 미소 짓고는 가버린다. 그는 나를 수감자라고 생각한다. 내가 이곳에 속해 있다고 생각한다. 그런데 웃긴 게 있다. 나는 이 구치소에서 유일하게 유죄인 사람이다. 그렇지만 우리가 알리야의 노래를 불러줄 다른 목소리를 찾기 전에, 나는 여기서 나갈 것이다. 언니가 보석금을 보내줄 것이다. 어텀이 나를 태우러 와서 메릴랜드에 있는 자기 집으로 데려갈 것이다. 나는 거기서 내 개와 잠들 테고, 경찰은 나를 찾지 않을 것이다. 나는 이곳의 목소리들과는 다르다. 나는 그 목소리들을 다시 듣지 않을 것이다.

나는 감방에서 일주일을 보내고 석방되어 이틀을 보낸 뒤, 추수감사절 다음 월요일에 법원에 갔다. 집행관들이 드디어 나를 다른 법원 청사로, 알링턴에 있는 연방 법원 청사로 데려가기 위해 나타났다. 판사가 내가 대체 여기서 뭘 하고 있냐고 집행관들에게 물었다. 그리고 내게 D.C.로 돌아가서 자수할 수 있겠냐고 물었다. 나는 그럴 수 있다고 대답했다. 그녀는 다시 나를 석방했다.

나는 D.C.의 한 경찰서에 가서 누군가에게 제발 나를 체포해 달라고 부탁했고, 그곳에 모두의 영웅 브렛, 내가 두어 시간 동안만 유치장에 있을 거라고 장담했던 브렛이 나타났다. 판사가 정해준 마감 시간인 오전 9시가 다 되어 가고 있었다. 브렛은 무척 미안하다고 했다. 내 소지품을 거두어 가더니 어텀에게 보내주겠다고 했다. 나를 유치장에 데려갔다가 같은 날 석방되도록 조치하겠다고 했다.

D.C.의 판사는 지금 내 지갑과 열쇠를 갖고 있고 내 개

를 데리고 있는 어텀과 얘기할 수 없다고 말했다. 그래서 신발 끈도 코트도 없이 석방되었다. 그것들도 어텀이 가지고 있었다. 길가에 서 있는 온도계는 영하를 가리키고 있었다. 땅바닥에 눈이 쌓여 있었다.

나는 친구 제이가 일했고 지배인이 나를 아는 바로 걸어갔다. 바텐더가 먹을 것을 주고 제이에게 전화를 걸었다. 제이와 마지막으로 연락한 게 이삼 년 전이었다. 듣기로 그는 애틀랜타로 이사를 갔다. 우리 삶이라는 게 이런 식이었다. 이사를 갈 때마다 번호가 바뀌고, 몇 개월마다 일자리가 바뀌어서 누군가를 잃기 십상이었다. 제이는 전화번호를 바꿨고 나도 그랬다. 누군가가 "제이는 애틀랜타로 이사한 것 같아"라고 말했고 나는 남자 때문일 거라고 생각했다. 하지만 제이는 애틀랜타로 이사를 간 적이 없었다.

제이는 쉐보레를 타고 나타났다. "아이고, 아가씨. 볼로냐 샌드위치는 맛있게 먹었어? 어서 타. 맙소사, 창문 좀 열어. 너한테서 쓰레기 냄새가 난다. 대체 어떻게 된 거야?"

이상한 재회였다. 제이는 나를 언니 집에 데려다줬다. 제이와 앤 언니는 내가 중범죄와 스토킹으로 기소되었다는 법원 명령을 읽었다.

문제는 조금 전에 말했다시피, 어텀이 내 지갑부터 집 열쇠, 개까지 모든 걸 맡고 있다는 거였다. 나는 둘에게 이 법원 명령은 분명 착오일 거라고 말했다. 전화만 빌려주면 당장 확인할 수 있다고 말이다.

앤 언니는 의심스러워했다. "만일 정말로 걔가 그렇게 주장하고 있는 거라면 어쩔래? 경찰들은 무턱대고 꾸며내지 않아." 제이가 웃음을 터트렸다. 상대가 얼마나 멍청한지 보여주려고 짐짓 과장한 웃음이었다. 그는 지금 언니와 함께 살얼음판을 걷고 있었다. 나는 중범죄로 기소됐는지 모르지만, 언니는 상대를 쉽게 울릴 수 있는 사람이다.

둘이 누가 전화를 걸지를 두고 티격태격하는 동안 욕실에 틀어박혀 감방의 냄새를 씻어냈다. 욕실에서 나왔을 무렵 둘은 앤 언니가 전화를 걸어야 한다고 합의했다. 어텀은 제이를 만난 적이 없다. 그리고 제이는 예의바른 척하는 데 관심이 없었다.

앤 언니는 처음에는 조심스러워했다. "로렌은 여기 와 있어. 그래, 괜찮아. 그런데 로렌이 널 스토킹했다고 진술했니? 그렇다고 되어 있던데." 그런 다음 "어떻게 이런 일이 있을 수 있지, 어텀? 이건 네가 해결해야 할 문제 같다." 그런 다음 "좋아. 주소는 기억하지?"라고 했다. 그러고 나서 나를 보며 말했다. "어텀이 온대."

어텀이 휴대전화를 가지고 개와 함께 도착했을 때 제이는 그녀와 말도 섞으려 하지 않았다. 창가 옆 자리를 차지하고서 팔짱을 낀 채, 자신이 그녀를 무시하고 있다는 걸 분명하게 인식시켜 주었다. 나는 두 사람을 서로에게 소개하려 했지만, 그는 눈도 마주치지 않고 언니에게 소곤소곤 뭔가를 말했는데 듣지 않아도 무슨 말인지 알 것 같았다. 나쁜 년, 뭐 그런 말이었을 거다.

나는 그의 충성심에 감동했지만 두 사람이 친구가 되기를 원했다. 어쩌면 내가 방금 제이를 되찾았고 어텀을 잃는 중이었기 때문일 것이다. 어텀은 처음에는 미안해하며 구치소에서 나를 만나려 했고 일을 이렇게 만들려는 의도는 없었다고 말했다. 카렌이 게이 담당부서를 위해 기금을 조성하고 있어서, 그들이 모두 그녀를 안다고 설명했다.

듣고 보니 모든 것이 이해되기 시작했다. 중범죄, 날조된 추가 혐의, 직장과 개와 정신을 잃기에 충분한 30일이라는 시간 동안 감방에 가둬두려 한 수작.

앤 언니는 어텀에게 사건 기록부를 보여주었다. 내가 카렌을 들어 올려 패대기쳤다고 적혀 있었다. 마치 둘 다 영화에서 스턴트를 할 만한 무술 실력이라도 갖춘 것처럼.

어텀이 말했다. “알아. 내가 설명하려고 했어. 하지만 그들은 경찰이잖아.” 그러더니 아무 이유 없이 웃고는 말했다. “난 취해 있었어. 미안해.”

앤 언니와 제이는 ‘이 개소리 들었어?’라는 듯한 시선을 주고받았다. 어텀은 어깨를 으쓱하며 아침에 일을 하러 가야 했다고 말했다. 그 순간 깨달았다. 그녀가 진짜로 이 일을 어떻게 생각하는지, 그 진심을 결코 알지 못하리라는 것을. 어쩌면 그녀는 카렌에게도 똑같이 열심히 사과했을 것이다. 어텀에게는 누구도 자신에게 화내지 않는 것만이 중요했다. 그래서 결국 한 번에 두 사람과 만나게 된 거였다.

사건이 법정으로 간 다음 나는 교도소에 가지 않을 수준의 죄라면 뭐든 인정할 터였다. 그런데 어텀이 스토킹 혐의를 철회했다. 나는 폭행에 대해 유죄를 인정하고 2년간의 보호 관찰 처분과 카렌 근처에 얼씬도 하지 말라는 명령을 받았다. 그 명령이 문젯거리가 될 거라곤 생각하지 않았다. 보호 관찰관은 내가 유기견 보호소에 자원해 사회봉사를 하게 해주었다.

처음에는 사회생활 비슷한 것을 어느 정도 유지할 수 있을 줄 알았다. 그러나 동성애자들에게 D.C.는 작은 도시였다. 내가 바에 갈 때마다 10분 뒤에 카렌이 패거리를 이끌고 들이닥치는 것처럼 보였고, 그러면 나는 떠나야 했다. 퀴어 퍼레이드가 돌아왔을 때, 친구 두어 명과 함께 펜실베이니아 애비뉴 보도에 서서 시간을 보내고 있었다. 카렌은 맞은편에 진을 치고 있었다. 나는 마치 주최자가 실수로 자신뿐만 아니라 옛날 여친도 초대한 파티에서 다들 그러듯이, 할 수 있는 최선을 다해서 '참 즐거운 시간이군. 그런데 저게 누구야? 그녀는 쳐다보지도 마'를 온몸으로 표현했다.

금요일과 토요일 밤에 동성애자들과 어울리며 동성애자로 살려고 한 나의 마지막 시도는 배드랜즈의 크리스마스 파티에서 막을 내렸다. 옛 상사는 항상 배드랜즈에서 일했던 사람을 모두 초대했다. 내가 그곳에 도착하고 한 시간쯤 지난 뒤에 기도 하나가 와서 말했다. “여기 카렌이 있어.”

나는 멍청하게 대꾸했다. “그 여자는 여기서 일하지도 않았잖아.” 마치 그 사실이 중요하기라도 한 것처럼. 나는 그것이 중요하지 않다는 걸 깨달았다. 그리고 마치 교도소라도 턴 것처럼 뒷문으로 달아나 집으로 돌아왔다.

그날 이후로 더는 외출을 하지 않았다. 그건 기본적으로 사회생활을 그만둔 것을 의미했다. 달리 어떤 방식으로 사회생활을 해야 할지 알 수 없었다. 나는 일하러 갔다가 집에 돌아오고 개와 등산을 하고 유기견 구조 자원봉사를 하며 지역 대학의 프로그래밍 수업에 등록했다. 나는 착해지고 있었다. 착해질 수 있었다. 누군가 내가 착하다는 걸 알아차린다.

나는 어텀에게 거의 연락하지 않고 지냈다. 그러던 어느 날 어텀이 전화를 걸어 “내 파란색 후드 티 돌려줘. 내가 네 우편물을 가지고 있어”라며 만나자고 했다. 모든 관계를 정리할 때 으레 뒤따르는 마지막 과정이었다.

내 보호 관찰 기간이 거의 끝나갈 무렵, 나는 가족과 좀 더 가까이 살기 위해 뉴잉글랜드로 이사를 갈까 생각하고 있었다. 나는 친구들과 맥주를 주문했고, 얼마 있다가 전화를 받으러 밖으로 나왔다. 그때 성소수자 담당부서의 경찰이 신이 난 듯 순찰차 보닛 위로 내 몸을 꺾으며 수갑을 채웠다. 친구들은 아직 안에 있었다. 나는 수갑 찬 손으로 "나 체포됐어"라고 문자를 보낼 수 있었다. 그리고 지갑에 있던 코카인 1그램을 삼킬 수 있었다.

경찰이 피의자로서 내 권리에 대해 읽어주고 있을 때 카렌이 도착했다. 나는 카렌이 정말 바에 있었는지 없었는지 결코 알 수 없을 것이다. 여전히 의심스럽다. 나는 키가 커서 군중 전체를 둘러볼 수 있다. 어쨌거나 내가 다시 유치장으로 끌려갈 때 카렌의 일행이 그녀에게 생일 축하 노래를 불러줬다. 참 놀랄 일이다.

이번에도 어텀은 내 상사에게 전화를 걸어 내가 출근하지 못하는 이유를 설명해야 했다. 다행히 이번에는 하룻밤뿐이었다.

나는 바에 들어간 지 15분밖에 안 되었는데, 카렌은 내가 그곳에서 몇 시간 동안 주위를 맴돌며 위협했다고 주장했다. 내가 몇 시간 동안 카렌을 위협하는 것이 불가능하다는 사실을 입증하기 위해 제시할 수 있는 건 세 목격자와 몇 블록 떨어진 바에서 현금을 인출한 뒤 술기운을 돌게 하려고 한 잔 마시면서 챙긴 ATM 영수증뿐이었다. 카렌은 개인적인 경찰력을 거느리고 있었다.

판사가 보호 관찰 기간을 1년 더 연장했지만, 구치소에서 시간을 더 보낼 필요가 없다는 사실에 그저 감사했다. 나는 이사를 가야겠다고 결심했다.

오랫동안 나는 가까운 친구들 빼곤 누구에게도 구치소에 간 적이 있다는 사실을 말하지 않았다. 설령 말했다 해도 나 같은 노동 계급에 속하는 사람은 당황하지 않았을 것이다.

구치소, 유죄 판결, 폭력, 마약, 경찰, 교도소, 판사 따위는 소외된 인생의 어쩔 수 없는 현실이다. 내가 사는 세상에서 전과 기록은 개망나니임을 뜻할 수도 있고, 한때 개망나니였음을 뜻할 수도, 개망나니를 만났음을 뜻할 수도 있다. 하지만 그 기록은 나에게 내가 사는 세상을 떠나도록 허락하지 않는다. 전과 기록을 아주 중요하게 여기는 다른 세상이 있기 때문이다. 그래서 그들이 다른 사람을 배척하려고 그런 기록을 만든 것이다. 내가 내 자리를 지키기만 하면 그들은 전과 기록을 내게 불리하게 이용하지 않으리라.

그런 세상에서 나는 "그들이 사람을 그냥 감방에 가두어놓지는 않아요. 재판을 받을 수 있고, 보석을 신청할 수 있고, 변호사도 부를 수 있죠"라고 말하는, 재산을 두둑이 상속받은 작가를 만나게 된다.

문제는 나 같은 사람, 그나마 알량한 힘을 가진 백인이 경찰 친구를 둔 누군가를 잘못 건드렸다는 이유로 일주일 동안 감방에 갇히는 경우는 흔치 않다는 것이다. 하지만 그런 일은 일어난다. 대개 나 같은 누군가는 유죄를 인정하고 풍기 문란으로 감형을 받는다. 우리는 도로에서 쓰레기를 줍거나 유기견 보호소에서 일하고, 보호 관찰관은 서류 작업을 해야 하는 번거로움을 피하려고 소변 검사를 하기 한 달 전부터 경고를 한다.

우리가 제도적으로 방치될 때, 두 번째 기회를 만날 가능성이 높아진다. 나는 피해를 입었지만 그럼에도 또 다른 기회를 얻었다. 나는 아마도 주간 보호 시설에서는 일자리를 구하지 못했을 것이다. 이것도 뭐 화이트칼라의 직장은 아니지만 말이다. 그러나 바에서는 잠재적인 사장에게 폭력 전과가 있다고 말하고 어깨를 으쓱하며 "멍청한 레즈비언 드라마죠"라고 덧붙인다 해도 문제없이 일자리를 얻을 수 있다.

특권에도 수준이 있다. 나는 한 수준을 뛰어넘었다. 블루칼라 망나니, 미치광이 재향군인에서 전과 기록이 있다고는 누구도 의심하지 않고 설령 의심한다 해도 별로 개의치 않을 작가가 되었다. 그래서 나는 그 얘기를 할 필요성을 느낀다. 그러지 않으면 아무것도 변하지 않을 테니까. 모든 증거가 있더라도, 사람들은 여전히 경찰은 거짓말을 하지 않고, 시스템은 공정하며, 감방에 있는 사람들은 감방에 있을 만하다고 믿기 때문이다. 그리고 대부분은 그런 일이 자신에게 일어나지 않을 거라고 믿기 때문이다. 나는 독방에 갇히는 건 고문이라고 말할 수 있다. 얼마나 많은 사람이 유죄 판결을 받지도 않고 감방에서 만만치 않은 시간을 복역하고 있는지, 수감자에 대한 통계 수치를 들어 설명할 수 있다. 하지만 그런 일이 자신이나 자신과 비슷한 부류의 사람에게 일어날 수 있다는 걸 이해하지 못한다면, 자신이 유죄건 무죄건 간에 결국 독방에 갇혀 실성할 수 있다는 걸 이해하지 못한다면, 그리고 내가 그런 사실을 의식하게 만들어주지 못한다면, 사람들은 쥐뿔만큼의 관심도 보이지 않을 것이다.

나는 아직도 그때 그 목소리들이 궁금하다. 그 후로 그 목소리들을 다시 들은 적은 없다. 하지만 나는 어떤 목소리가 진짜고 어떤 목소리가 환청이었는지 잘 알고 있다. 그리고 가끔 그 목소리들에 대해 생각한다. 신장결석이 있던 여자가 딸의 졸업식에 맞춰 집에 잘 돌아갔을지 궁금하다. 나는 성매매를 했던 여자가 알코올 중독에서 벗어났기를 바란다. 빌리 홀리데이의 노래를 부르던 여자가 아이들을 침대에 눕힐 때 노래를 불러주기를 바란다. 그리고 나는 감방의 자살률이 낮아졌다는 신문 기사를 읽을 때마다, 엘리베이터 담요를 입고서 알리야의 노래를 부르던 여자를 생각한다.

떠나는 것은 어려운 일이 아니다

나는 나처럼 성장한 다른 사람들을 처음 발견했을 때, 마침내 로빈슨 크루소가 다른 인간과 마주쳤을 때 느꼈을 기분과 조금은 비슷한 감정을 느꼈다. 때는 2005년이었다. 나는 앤 언니와 뉴스를 보다가 패밀리의 후계자가 사망했다는 소식을 들었다.

그 소식을 완전히 이해하기까지 시간이 좀 걸렸다. 나는 그를 개인적으로 알지 못했다. 나에게 그는 데이비드 버그의 양아들 다비디토, 내가 읽었던 만화책 속 영웅, 아이 양육에 관한 패밀리 교범인《다비디토 북》의 주인공이었다. 그는 윌리엄 왕자나 해리스 왕자, 조나단 테일러 토머스처럼 유명인이었고 십 대의 우상이었다. 일종의 평행 이론처럼 어려서부터 늘 우리 곁에 있던 인물. 그래서 우리는 그를 안다고 생각한다. 여자아이들은 나중에 커서 그와 결혼하겠다고 허풍을 떨곤 했다.

나는 스물일곱 살이었고 적어도 10년 동안은 그에 대해 생각하지 않았다. 그런데 CNN은 그의 이름이 리키라고 전했다. 그가 내부자 한 명을 추적해서 살해한 뒤 자살했다고 보도했다.* 종말의 시간을 헤쳐가게끔 우리를 인도할 인물이라고 생각했던 젊은이가 연루된 살인과 자살 소식을 듣고 처음 든 생각은 '아이고, 빌어먹을. 우리가 CNN에 나왔네'였다. 그리고 그 살인-자살 사건에 관한 TV 보도 화면을 보고 두 번째로 든 생각은 '이런, 맙소사. 사람들이 이걸 보겠네'였다. 실제 패밀리 신도들 모습과 옛날 사진들. 이를테면 빛바랜 흑백 사진, 내 어린 시절 라임빛 녹색과 초콜릿빛 갈색을 물들인 풍성한 수확기 황금빛, 하나님에게 닿기 위해 두 손을 높이 치켜든 채 무릎 꿇고 기도하는 히피들, 수염과 베옷과 가운데 가르마, 두꺼운 안경, 기타, 빙글빙글 도는 치마, 그리고 아이들. 제기랄. 빌어먹을. 제기랄. 혹시 저거 아빠 아냐?

앤 언니는 그럴 것 같지 않다고 했다. 아무도 우리를 알아보지 못할 거라고 했다. 그러더니 그를 딱 한 번 만나봤다

* 1975년에 태어난 리키 로드리게즈는 매우 어린 시절부터 하나님의 자녀들의 관계자들에게 꾸준히 성적 학대를 당했다. 1999년에 겨우 패밀리를 떠났고, 2005년 1월에 가해자들 중 한 명인 안젤라 스미스를 죽인 뒤 자살했다. 그는 살인은 살면서 가장 어려운 일(the hardest thing)이었다는 말을 남기고 사망한 것으로 전해진다.

고 했다.

“그러니까 다비디토를 말이야?” 자매에게 오바마의 딸들과 축구를 하곤 했다는 말을 듣게 되면 쓸 법한 말투로 물었다.

언니는 잠시 뜸을 들였다. “그래. 십 대 합숙소에 잠깐 있었어. 원래 걔가 누군지 알면 안 되는 거였는데, 어쩌다 보니 다들 알게 됐어.”

“어떤 사람이야?”

“조용해. 꺼벙한 모범생 같아.” 언니는 전화를 걸어야 하는데 누구에게 걸어야 할지 모르는 것처럼 전화기를 만지작거렸다. 그저 화면의 메뉴만 이것저것 눌렀다. “그자들이 걔한테 되게 못되게 굴었어.” 그녀가 덧붙였다. “쫓겨나서 소작농들 틈에서 사는 것 같았지.”

나는 멍하니 언니를 쳐다보았다. 언니는 이제 그 얘기는 그만하기로 결심했다. 내가 적응하기 위해 나긋나긋하게 굴고 과거에 대해 거짓말하는 방법을 생각해냈다면, 언니는 신비주의를 선택했다. 언니가 말하겠다고 작정하지 않으면, 사람들은 언니에 대해 아무것도 알 수 없을 것이다. 그리고 누구건 언니에 대해 절반밖에 알지 못할 것이다. 어쩌면 우리는 언제나 그런 존재들이었는지도 모른다.

우리는 뉴스를 시청했고, 광고 도중에 혹시 다른 방송국에서 그 이야기를 다룰까 싶어 채널을 이리저리 돌렸다.

우리는 거의 말이 없었고, 내 마음은 공포와 매혹, 향수 사이를 맴돌았다. 그러다가 언니가 안다는 누군가가 화면에 나왔다. 문득 옛 친구를 볼 수 있으면 좋겠다는 생각이 들었다. 내가 실제로 아는 얼굴을. 그러면 의미 있지 않을까?

예전에는 콕 짚어 누군가가 아닌 그냥 이름 그 자체, 패밀리라든가 하나님의 자녀들을 검색했다. 이건 우리가 사회적 양심의 세계에 속해 있었다는 일종의 증거다. 그러나 설령 그때 소셜미디어를 지금처럼 널리 이용했더라도, 나는 옛 친구들의 실명을 몰랐다. 패밀리에서 썼던 내 이름들조차 기억할까 말까였으니, 특정 시기에 다른 아이들이 뭐라고 불렸는지에 대해서는 두말할 것도 없다. 그들이 우리를 농락한 웃기는 수법이다. 아이의 이름을 바꾸기. 가정의 이름을 바꾸기. 새 아이들, 새 이름. 아이들도 바꾸기. 어느 날 아침에 일어나 보면 젠이 있어야 할 자리에 조쉬가 있었다. 또는 줄이 있었다. 누가 알겠는가. 물어보는 것조차 허락되지 않았다. 그래서 나는 누구의 이름도 검색하지 않았다. 그런데 맙소사. 나는 우리 창시자이자 우리 선지자의 이름을 데이비드 브랜트라고 알고 있었다. 책들에 그렇게 쓰여 있었다. 그리고 〈이상한 광신 집단 톱 10〉이라는 글에 언급된 내용을 제외하면 아무것도 찾을 수 없었다. 우리가 이 목록 순위에 든 것이다. 빌어먹을, 자랑스러워할 일은 아니다. 그러나 이 목록은 그런 일이 있었다고 확인해주는 내가 가진 유일한 증거였다.

우리가 영원히 패밀리를 떠났을 때 나는 열다섯 살이었다. 광신 집단을 탈출하는 건 생각보다 짜릿하지 않다. 어느 날 밤 우리는 저녁을 먹은 뒤에 걸어 나왔다. 별일 아니었다.

내 일기장 속 한 줄이 이 사건을 기념하는 전부다. "엄마가 나와 함께 기도하려고 들어왔다." 내 일기장을 읽는 누구도 이 한 줄이 무얼 의미하는지 모를 것이다. 그러나 나는 잊지 않으려고 한다. 엄마가 함께 떠나겠냐고 물었다. 언니들이 다른 집에 있어서 언니들을 두고 떠나야 하는 건 안타까웠다. 나는 열다섯 살이고, 스스로를 위한 결정을 내리기에 충분한 나이라고 엄마가 말했다. 나는 일기에 그것을 기록했고, 희망을 품지 않으려 애썼다.

엄마는 한동안 계획을 짰다. 엄마와 게이브, 마이키와 나는 뮌헨 외곽에 있는 작은 집에서 살고 있었다. 언니들은 다른 도시에 있는 십 대 합숙소로 보내졌다. 사람을 잡아두기에는 효과적인 전술이었다. 자식들이 어디에 있는지 모르면 떠나기가 더 힘들다. 나는 목에 칼이 들어와도, 그때 언니들의 이름이 뭐였는지 알려줄 도리가 없다.

내가 살았던 모든 패밀리 집 중에 마지막 집이 가장 좋았다. 우리는 가구가 비치된 집에 세를 얻었다. 바이에른주의 오염되지 않은 고산 호수가 내려다보이는 언덕 위 목조 주택이었다. 우리 부모의 침실은 내가 여전히 환상을 품고 있는 일종의 서재였다. 책들이 세 벽면을 두르고 있었고, 맨 위 선반에 닿을 수 있게 이동식 사다리가 있었다. 그 집을 관리한 남자는 패밀리보다 우리 엄마를 더 무서워했다. 그 집에서 엄마는 우리가 책을 빌려갈 수 있게 해주었다. 그 집에서 나는 일기를 쓰거나 해도 무사할 수 있었다. 그 집에서는 우리가 시내로 걸어 나가도 되었다. 시내에서 엄마는 할머니에게 전화를 걸어 비행기 표를 끊을 수 있게 도와 달라고 부탁했다. 우리는 어느 날 걸어 나와서 기차를 타고 뮌헨으로 갔고, 거기서 텍사스로 다시 날아올 수 있었다. 우리가 떠날 때 누군가에게 말이라도 했는지, 그것도 잘 모르겠다.

애머릴로에서 할머니는 언제나처럼 우리를 맞아주었다. 우리가 처음 광신 집단을 떠났을 때도 할머니와 3개월을 살았다. 그때 나는 여섯 살이었다. 이번에는 십 대가 되었고 6년 동안 광신 집단에서 살았다. 바이에른, 그리고 그 이전의 스위스 땅은 마치 크레용으로 칠해놓은 것 같았다. 얼룩소들이 군데군데 박힌 푸른 초원, 갈색 샬레의 창가 화단에 흘러넘치는 분홍색과 보라색 제라늄, 청록색 호수, 파란 하늘, 꼭대기에 하얀 눈이 남아 있는 산들. 반면 애머릴로는 갈색 포마이카 테이블에 엎질러진 커피처럼 보였다.

그 도시에서 유명한 건 궂은 날씨와 그에 걸맞은 비열함이다. 스코틀랜드-아일랜드계인 우리 조상들은 값싼 땅을 찾아 유개 마차를 타고 이곳으로 이주했다. 대지는 원주민들이 할 수가 없었던 일을 하려고 애썼다. 하지만 조상들은 고집스럽고 멍청했다. 비바람과 토네이도, 우박, 안개, 상고대, 무더위, 홍수, 가뭄에 시달리면서도 그곳에 터를 잡았다. 잠잠하다가도 어느 순간 시속 40마일로 불어와, 서쪽 목장의 마른 소똥으로 도시 전체를 뒤덮고야 마는 바람과 황진 속에서 땅을 경작했다. 애머릴로는 내가 고등학교를 졸업하고 1년 뒤에 브라이언 드네케라는 다정한 펑크족 괴짜가 다툼 끝에 한 부유한 청년이 모는 캐딜락에 치여 죽은 곳이다. 이 말이 살해처럼 들린다면, 당신이 오해한 것이다. 그 부자 아이는 착실한 기독교인이었고 미식축구 선수였다. 브라이언은 펑크족이었다. 애머릴로 당국은 그 살인자에게 고작 보호 관찰 처분을 내렸다. 애머릴로는 오프라 윈프리를 고소한 도시이기도 하다. 그 일을 생각해보면, 애머릴로라는 곳 자체가 사람들을 광신 집단에 들어가게 만들기에 충분한 이유가 된다.

나는 비행기에서 내려 끝없는 대초원을 바라보았다. 아무것도 없는 갈색 바다. 마치 바다에서 길을 잃은 것처럼 느껴졌다. 그리고 과연 내가 다시 길을 찾았는지는 모르겠다.

다시 '정상적인' 십 대 세계와 동화하는 일은 바로 일종의 적응하는 일이었다. 처음 이삼 년 동안은 남동생과 함께 홈스쿨링을 받았다. 그 말인즉슨 우리가 온종일 MTV를 보다가 부모님이 일터에서 돌아오기 직전에 몇 문제를 풀었다는 뜻이다.

거의 하루 종일 우리는 보통 사람들처럼 옷을 입고 말하고 행동하는 법을 배우려 했다. 우리는 '베이비 갓 백'의 노랫말을 가지고 서로에게 퀴즈를 냈다. 모두 그 가사를 알고 있었기 때문이다. 또한 시트콤과 영화의 등장인물에 대해 퀴즈를 냈다. 할머니의 화장실에서 《피플》을 훔쳐서 중요한 사실들을 암기했다. 줄리아 로버츠에 대해서라면 무엇이든 내게 물어보라. 우리는 이 수업을 '인문학'이라고 불렀다. 교과서에 등장하는 옛날 얘기는 애머릴로에서 우리에게 도움이 되지 않을 테니까. 또 우리는 인근의 한 기독교 학교에서 야구를 했다. 남동생은 탈의실에서 삼각팬티 때문에 곤혹을 치렀고, 나는 샐리 제시 라파엘이 착용한 것과 비슷한 커다란 빨간 테 안경 때문에 놀림을 받았다. 우리는 중고품 판매대에서 이모가 사준 옷을 입었다. 엄마는 집을 청소해주는 일을 했고, 게이브는 피라미드 사기와 '첫 백만 불 벌기' 세미나에 돈을 날렸다.

나는 고등학교 졸업반에 입학했다. 동생은 귀엽고 웃겼다. 나는 이상하고 눈에 띄지 않는 존재였다. 유일하게 누군가에게 관심을 받아본 경험은 내 머리만 한 크기의 버클이 달린 벨트를 차고 다니던 축구부 아이 하나가 내 수학 시험지를 커닝했다가 낙제했을 때였다. 그러니까 나는 꺼벙한 모범생으로도 쓸모가 없었다.

분명 주말에는 참석할 파티가 있었을 것이다. 하지만 나는 당시 아르바이트를 하고 있던 패스트푸드 레스토랑에서 일을 하지 않는 날이면 할머니가 열일곱 살 생일 선물로 준 구형 폰티악에 책 두어 권과 타코 한 봉지를 던져 넣고, 유일하게 작동하는 한쪽 스피커를 통해 울려 퍼지는 토드 더 웻 스프로켓과 펄 잼의 노래를 따라 부르며 협곡 언저리까지 차를 몰고 갔다. 그러고 나서 내 의미 없는 통금 시간까지 늦지 않도록 집으로 돌아왔다.

친구를 만드는 법과 대화하는 법, 사회 질서 속에서 자신이 담당할 역할. 이런 것들은 특정한 시기에 배워야 한다. 나는 광신 집단에 있었기에 이런 것들을 하나도 배우지 못했다. 광신 집단에서 나온 뒤에는 거기에 대해 아무것도 설명할 수가 없었다. 내가 빌어먹을 광신 집단에 있었기 때문이다. 그 광신 집단에도 내가 적응하지 못했다는 사실은 큰 위안이 되지 않았다.

나와 주변 사람들 간의 거리와 단절은 광신 집단에서 깨닫게 된 사실을 더욱 분명하게 확인해줄 뿐이었다. 내가 어디에도 속해 있지 않다는 사실 말이다.

원리는 그리 복잡하지 않다. 광신 집단이 기능을 하려면 통제가 필요하다. 사람들은 고립되어 있을 때 통제하기 더 쉽다. 부모, 형제자매, 친구 같은 자연적인 협력 관계를 끊어놓는다. 사람들이 권위를 불신하게끔 만든다. 아이들에게 그들이 무슨 말을 하면 부모가 감방에 가게 된다고 믿게 만든다. 다른 언어를 쓴다. 외국에 나가 있어도 마찬가지다. 원래 현지 언어를 알고 있어도, 그 언어를 쓰지 않는다. 이제 광신 집단의 언어를 쓴다.

의심을 품게 하는 모든 사람과 모든 것을 두려워하고 기피하게 만들기 위한 전면전이 벌어진다. "그런 사람들 사이에서 나와 분리된 삶을 살라." 그래서 복음주의자들이 세속적인 책과 영화와 TV를 기피한다. 비단 광신 집단에 국한된 얘기가 아닌 것이다. 그들을 신앙으로부터 격리시키려고 만들어진 사회가 있다. 서점, 음악, 영화, 즉 모든 것.

우리의 모금 방식마저 목적에 부합했다. 우리는 온종일 문을 두드리거나 보행자의 길을 막고 전단지와 테이프를 팔거나 사람들의 영혼을 구하려고 하는데 사람들이 항상 거기에 좋게 반응하지는 않는다. 친구들을 예수님에게 인도하라고 설교를 들은 복음주의 아이들은 주님을 따르면 많은 인기를 얻게 된다고 말할 것이다. 그들이 짜증 나게 하기 때문에 사람들은 짜증을 낸다. 집에 찾아와서 문을 두드리는 여호와의 증인과, 퀴어 퍼레이드에서 "하나님은 동성애자를 싫어한다"고 구호를 외치는 망나니에게 당신이라면 어떻게 반응하겠는가? 그럴 때 그들의 아이가 당신을 지켜보고 있다는 걸 알아차린 적이 있는가? 다 계획된 것이다.

속세인과 주고받는 모든 불쾌한 상호 작용은 그들이 받은 가르침을 더욱 공고히 다진다. 그들, 다른 사람들, 속세인은 모두 인색하고 때로는 잔인하다는 가르침. 너는 다르다는 가르침. 너는 저 바깥세상에 속하지 않는다는 가르침.

그래서 나는 적응해보려고 열심히 시도했고, 결국 실패했다. 어차피 시도라는 행위 자체가 이미 멋지지 않다는 뜻을 내포하고 있다. 나는 책을 읽고 상상 속에서 살았다. 나의 과거는 내가 언젠가 본 영화 속 등장인물의 삶처럼 희미해졌다.

남동생과 내가 홈스쿨링이라는 미명 아래 공부를 하지 않았던 몇 년 동안 게이브는 우리더러 밖에 나가 놀라고 명령하곤 했다. 가끔 우리는 도서관까지 걸어갔다. 아니면 앨버트슨스 식료품점까지 걸어가서 자판기 콜라를 하나 사서 돌아오곤 했다.

우리는 뒤뜰 층층나무를 기어올라 간 뒤 일광욕실 위에 걸린 나뭇가지를 따라 지붕으로 내려가서 책을 읽거나 이야기를 나누었다.

나는 다리에 붙은 삼나무 지붕널 부스러기를 떼어내고 있었다. 우리는 작은 라디오를 가지고 올라가서 우리에게만 들릴 정도로 작게 톱 40 프로그램을 틀었다. 게이브가 우리가 뭐 하는지 보려고 밖에 나왔을 때 그가 듣지 못할 만큼 작게.

마이키가 물었다. “누나는 뭐가 되고 싶어? 어른이 되면 말이야. 뭐가 되고 싶어?”

나는 열여섯 살이었고 그 질문을 추상적인 차원 이상으로 생각해본 적이 없었다. 패밀리에 있던 시절 도움이 되었던 점 하나는 내 침대가 이층 침대의 위층이어서 변태 삼촌들로부터 대체로 안전했다는 거였다. 나는 매트리스 밑에 책과 라디오를 숨겼고, 내 진짜 정체에 대해 혼잣말을 하곤 했다. 나는 비밀 요원이었고, 스파이였고, 감금된 광인이었고, 정상적인 소녀였다. 나는 탈출할 것이다. 커서 내가 본 영화처럼 살 것이다. 경찰이 될 것이다. 군인이 될 것이다. 친구를 사귈 것이다. 책이 가득한 책꽂이를 가질 것이다. 개를 기를 것이다.

그러나 장래 희망에 대해 구체적으로 생각해본 적은 없었다. 우리는 세상이 끝날 거라는 얘기를 들으며 자랐다. 내가 어른이 된다는 걸 몰랐다. 내 기억에, 그런 질문을 한 건 남동생이 처음이었다.

“모르겠어. 넌 뭐가 되고 싶은데?” 동생에게 물었다.

“아마도 예술가?” 동생은 자기 복근을 유심히 내려다보며 답했다. 얼간이가 차라리 더 가능성 있을 것 같았다. “아마 바텐더는 될 수 있겠지. 재밌어 보여. 사람들이 바텐더에게 이런저런 얘기를 하잖아.” 동생이 일리 있는 얘기를 했다.

"나는 작가가 되고 싶어. 어쩌면 기자나." 내가 말했다. 기자들은 원하는 곳 어디든 여행을 다녔다. 사무실에 틀어박혀 일할 필요가 없었다. 뭐든 원하는 걸 먹을 수 있었다. 나는 CNN에서 기자들을 봤다. "작가가 좋을 것 같아." 그쪽이 비교적 경쟁이 덜 치열한 분야처럼 보였다.

동생이 말했다. "아마 우리 둘 다 바텐더가 될 거야."

고등학교 마지막 해의 어느 날 아침, 마이키가 나보다 먼저 신문을 가져가서 만화 부분을 빼갔다. 나는 나머지 신문을 넘겨 보다가 부고란에서 데이비드 버그의 얼굴을 발견했다. 데이비드 버그, 모세 데이비드, 모, 아버지, 할아버지. 하나님의 미치광이 선지자. 그는 마치 66번 국도에서 관광객을 상대로 온갖 잡동사니를 파는 가게에 전시된, 구슬처럼 반짝이는 눈을 가진 박제된 주머니쥐처럼 보였다. 나는 그의 얼굴을 한 번도 본 적이 없다는 걸 깨달았다. 그를 직접 만나본 사람을 만난 적도 없었다. 그는 공개되지 않은 장소에서 내부 측근들과 함께 살았다. 패밀리는 우리의 모든 책 속 그의 얼굴 위에 사자 머리 그림을 붙이거나 그와 조금도 닮지 않은 만화를 그려서 얼굴을 가렸다. 그 순간 마치 내가 물속에 있는 것처럼 느껴졌다. 마이키가 시리얼을 씹는 소리조차 들리지 않았다. 아무 소리도 들리지 않았다.

그는 별로 선지자처럼 보이지 않았다. 낮에 술 냄새와

땀 냄새를 풍기며 도서관에서 빈둥거리는 남자들에 더 가까워 보였다. 신문의 글씨들이 흔들리다가 멈추자 나는 읽기 시작했다. 신문에서는 그가 잠을 자다가 죽었다고 했다.

나는 그 페이지를 통째로 접어서 배낭에 넣고, 마이키에게 5분 있다가 출발하자고 말했다. 내 목소리는 쿵쿵거리는 맥박 소리 뒤로 약하게 들렸다. 나는 화장실로 가서 조용히 문을 닫았다. 그리고 부고 기사를 다시 읽었다. 그리고 또다시. 기사는 그가 죽었다고 했다. 그가 죽었다. 이제 아내 마리아가 광신 집단을 이끌 거라고 했다. 그가 죽었다.

그날 학교에 대해 떠오르는 기억은 데이비드 버그의 부고 기사가 내 배낭에 들어 있었다는 것뿐이다. 그 생각을 멈출 수 없었다. 우선 무덤을 찾아가서 그 위에 오줌을 갈겨야겠다는 충동이 일고 난 다음에 든 생각은 내가 기억하는 모든 게 실재한다는 사실이었다. 나는 실재했다. 아무도 당신을 보지 않고 한동안 시간이 흐르면 당신은 이 점을 잊을 수 있다. 나는 마치 복도를 배회하고 교실에 앉아 있기도 하고 시험을 통과하기 위해 교과서를 암기하며 그저 누군가 잠시라도 말을 걸어주기를 바라는 유령처럼 느껴졌다. 그러나 이제 내게는 증거가 있었다. 바로 내가 실재한다고 말하는《애머릴로 글로브 뉴스》의 기사였다.

마지막 종이 울린 뒤 나는 마이키가 축구 연습을 마칠 때까지 한 시간을 때워야 했다. 그래서 차를 몰고 텍사코 주유소로 가서 말보로 한 갑을 샀다. 내 계획은 블록을 돌며 담배를 두어 개비 피우고 속세인이 되는 것이었다. 빌어먹을 패밀리. 내가 할 수 있는 가장 속세인다운 행동은 담배를 피우는 것이었다. 안타깝게도 농담이 아니다. 하지만 권위적인 패밀리 지도자들은 공공장소에서 만날 때 담배를 피웠다. 그들은 담배가 위장이라고 말했지만, 어쩌면 그저 담배를 몰래 피우기 위해 둘러댄 편리한 핑계였을 것이다. 하긴 그들이 무리 지어 서 있는 모습을 보면 누구라도 이렇게 생각할 것이다. '저 사람들은 광신 집단일지도 몰라. 아냐. 신경 쓰지 마. 저들은 담배를 피우고 있잖아. 그러니까 광신 집단일 리 없어. 저 이상한 헤어스타일 때문에 잠시 속았네.' 그때 그냥 수저로 백설탕을 퍼먹을 수도 있었지만, 왠지 담배가 더 폼 나 보였다.

그래서 말보로에 불을 붙였다. 그리고 첫 모금에 콜록거렸다. 나머지를 마저 피우기 위해 위너슈니첼 주차장에 차를 대야 했다. 토할 것 같았기에 백설탕을 다시 고려해봐야겠다고 생각했다. 하지만 계속 피웠다.

연습을 마친 마이키를 차에 태우고, 길 건너 볼링장으로 가서 주차를 한 뒤(학교 운동장에서 담배를 피웠다고 쫓겨난 게 아니다), 담배에 또 불을 붙이고 나서 마이키에게 부고 기사를 보여주었다. 나는 충격을 받겠지 하고 예상했다. 온종일 나를 압도한 것과 똑같은 감정을 예상했다. 그런데 동생은 그저 어깨를 으쓱할 뿐이었다. "아무한테도 보여주지 않았지?" 그가 양말을 벗어 뒷자리로 던졌다.

"누구한테 보여주겠어?"

"이게 좋아?" 그가 담뱃갑을 집어 들며 말했다.

"처음엔 지독했는데, 그다음엔 괜찮아." 성냥을 건네자 마이키가 담배에 불을 붙였다. 콜록거렸다. 그러곤 창밖으로 던져버렸다.

"엄마에게는 보여주지 마." 마이키가 말했다. 어쩌면 담배를 말하는 거였을지도 모르지만, 나는 부고 기사를 말하는 거였다고 생각한다.

게이브는 레스토랑과 호텔 바닥을 산酸 부식제로 가공하는 가맹점 영업권을 사들였다. 그 제품은 미끄럼을 방지한다고 광고했지만, 사실은 타일에 얼룩을 만들고 폐를 자극할 뿐이었다. 저녁을 먹고 나서 게이브는 트럭에 짐을 싣고 떠났다. 엄마는 거실에서 〈ER〉을 보고 있었다. 나는 뒷주머니에서 구겨진 신문지를 꺼내 엄마에게 건넸다. 엄마는 한동안 바라보더니 그 종이를 들고 침실 쪽으로 걸어갔다. 엄마의 손에서 종이가 금방이라도 떨어질 듯 달랑거렸다. 마이키는 바닥에 숙제를 펼쳐두고 앉아 있었다. "그러지 마." 그가 말했다. 하지만 나는 왜 그런지 좋은 충고를 받아들이는 법이 없었다. 나는 엄마를 따라갔다.

엄마는 손에 얼굴을 묻고 욕조 가장자리에 앉아 있었다. “누구 본 사람 있니?” 엄마가 물었다.

“신문에 났잖아.” 내가 말했다. 하지만 엄마가 그 얘기를 하는 게 아니라는 걸 알았다. “그걸 어떻게 했어?” 내가 물었다.

“변기 물에 흘려버렸어. 맙소사, 로렌. 넌 어떻게 그렇게 멍청할 수 있니?”

“엄마, 마이키만 빼고 아무한테도 안 보여줬어.” 나는 변기 뚜껑을 들어올렸다. 아직 물에 떠 있기를 바라면서. “그 사람, 봤어?”

“다른 모습일 거라고 생각했는데.” 엄마가 말했다. “화장지 좀 줘.”

나는 화장지 박스를 건네고 바닥에 앉아 말했다. “그자가 얼굴을 보여줬으면, 사람들이 더 일찍 떠났을지도 몰라.” 아무튼 이때가 우리가 패밀리에 대해 이야기하는 유일한 시간이 되리라는 걸 직감했다.

“누구한테도 말하면 안 돼.” 엄마는 절박했다. 내 손을 꽉 잡고 다시 한 번 당부했다. “누구한테도, 친구한테도, 남편한테도 안 돼. 그들은 절대 이해 못 할 거야. 우리는 모든 걸 잃게 될 거야.”

나는 할머니가 절대 교체하지 않을 분홍색 카펫의 털들을 발가락으로 파헤쳤다. 나는 언젠가 내게도 친구가 생길 거라고 생각했다. 그리고 친구가 생기면, 그들은 이해할 거라고 생각했다.

"하지만 엄마는 떠났잖아. 우리를 데리고 나왔잖아."

엄마는 그건 중요하지 않다고 답했다. 그들은 결코 이해하지 못한다면서.

"엄마, 난 모르겠어." 내가 말했다. 정말로 그랬다. 아무것도 이해할 수 없었다.

"나도 그래." 엄마가 말했다. "내가 너와 마이키에게 사과해야 한다는 건 알아. 하지만 어디서부터 시작해야 할지 모르겠구나." 엄마의 어깨가 들썩였다. 나는 엄마 옆에 앉아 한쪽 팔로 엄마를 감싸 안았다. 그리고 엄마에게 괜찮다고 말했다. "너 혹시 담배 피우니?" 엄마가 물었다.

처음 든 생각은, 내가 떠올리는 첫 생각이 늘 그렇듯이, 거짓말을 하는 것이었다. 하지만 결국 실토했다. "응, 오늘 한 갑 샀어."

엄마는 남은 담배가 있냐고 물었다. 그래서 우리는 밖으로 나갔고, 나는 자동차 조수석 서랍에서 담배와 성냥을 꺼내 우리 둘을 위해 하나씩 불을 붙였다. 우리는 자동차 트렁크에 기대서서 추위에 몸을 떨며, 차가운 공기 속으로 구불구불 춤을 추며 올라가는 담배 연기를 지켜보았다. 나는 항상 엄마를 자긍심 있는 사람이자 나의 열성적인 보호자로 바라보았다. 실제로 엄마는 그런 사람이었다. 하지만 고요한 표면 아래서 엄마는 이미 나보다 더 망가지고 나보다 더 괴로워하고 있었다. 엄마는 지독히도 두려워했다. 그때 나는 우리가 앞으로 20년 동안 시도하게 될 서투른 연극에 동의했다. 우리는 아무 일도 없었던 것처럼 살기로 했다. 우리 스스로도 그 거짓말을 믿게 될 때까지 거짓말을 하기로 했다.

오랫동안 나는 비밀을 지켰다. 누군가에게 말하고 싶었다 해도, 그런 종류의 선언을 하는 데 유용한 안내서가 없었다. 내가 살짝 그런 생각을 품었던 시절에는 예전에 우리가 길에서 나눠줬던 것과 비슷한 전단지를 만들어야겠다는 생각을 가끔 했다. 마치 실종 아동 전단지처럼 전면에 내 사진을 붙이는 것이다. "제 이름은 로렌입니다. 저는 패밀리에 있었어요. 거긴 광신 집단입니다. 아뇨, 그게 아니에요. 쿨에이드 맨*이 아니에요. 그자는 그냥 자신이 하나님과 대화를 한다고 생각하는 늙은 남자일 뿐입니다." 하지만 내가 정말 무슨 말로 내 삶을 설명할 수 있을까? 내 삶은 너무나 달라서 어쩌면 매혹적일 수 있다는 걸 안다. 하지만 달라도 너무 다르다. 내가 무슨 말을 하건, 사람들한테는 여전히 낯설고 이질적일 것이다.

* 탄산음료 쿨에이드의 캐릭터로, 〈패밀리 가이〉라는 애니메이션 시트콤의 캐릭터로도 등장했다.

내가 어떤 말로 설명해도 본인이 직접 겪어보지 않는 한, 늘 긴장 상태로 살아야 한다는 게 어떤 기분인지 짐작할 수 없다. 우리가 공포 영화를 보는 이유는 재미있어서다. 거기에는 긴장감이 있다. 캄캄한 방. 분위기를 고조시키는 음악. 불길한 위협. 그러다가 풀어진다. 고양이 한 마리가 찬장에서 튀어나오고, 샤워 커튼 뒤에는 아무도 없다. 그러나 모든 학대 관계와 마찬가지로, 광신 집단에는 풀어지는 순간 따위란 없다. 위협이 끊이지 않는다. 그렇게 길게 이어지는 공포는 흔적을 남긴다. 그러나 모든 학대 관계와 마찬가지로, 엿 같은 어린 시절의 문제점은 그것이 비밀이기에 남들에게 말할 수 없다는 거다.

우리가 간직한 모든 비밀과 우리가 했던 거짓말들은 곪아가며 수치심이 되었고, 그런 수치심은 우리를 고립시켰다. 우리는 경험에 의해 만들어지지만, 그 모든 경험을 수치심을 통해 바라보면 실패처럼 느껴진다. 광신 집단과 심지어 복음주의 기독교도 하나님이 우리를 당신의 모습으로 재창조하기 위해 파괴할 거라고 가르친다. 그래서 그들은 우리를 파괴한다. 우리에게 남은 건 부서진 조각들뿐이다. 우리는 그 조각들로 스스로를 짜 맞춘다. 그러나 우리가 볼 수 있는 건 결함뿐이다.

광신 집단의 구성원이 되었을 때 생기는 문제점은 그들이 우리 내부에 뭔가를 가득 채운다는 것이다. 우리한테는 명분과 그 명분에 대한 확신이 생긴다. 우리에게 그런 것이 필요한 이유는 그들이 우리의 모든 것, 우리를 정의하는 모든 것, 심지어 빌어먹을 이름까지 빼앗아가기 때문이다. 자신이 어떤 사람인지 모를 때는 친구를 사귀기 힘들다.

나는 어디서 시작해야 할지도 몰랐다. 그래서 진로 상담사에게 상담을 요청했다. 그녀는 포장육 공장과 전문 대학을 고려해보라고 말했다. 게이브는 무일푼으로 버스를 타고 뉴욕에 가서 불굴의 의지로 성공한 기업가들의 고무적인 성공 스토리를 들려주었다. 당시에는 선택할 수 있는 직업들에 관해 찾아보거나, 아버지가 다단계 회사 프라이메리카에 투자하고 있을 때 대학 학비를 어떻게 충당할 수 있을지에 대해 살펴볼 수 있는 구글이 없었다. 공군 모병관은 내게 통역사가 될 수 있을 거라고 말했다. 나는 공군 병사가 되겠다고 생각했다. 그러면 친구도 생기고 공동의 목표도 생길 거라고 생각했다. 책에 나온 것처럼.

그런 면에서는 어느 정도 성공했다. 공군에 있으면서 친구를 사귀었다. 농구복 반바지가 거시기의 정확한 크기와 형태를 드러내준다며 농구 코트를 자주 찾던 룸메이트였다. 그녀는 그것을 윈도쇼핑이라고 불렀다. 그러다가 우리는 방을 옮겼고 새 룸메이트가 생기면서 다시는 만나지 않게 되었다. 다음번 룸메이트와는 잘 지내지 못했다. 하지만 같은 층에 있는 아이다호 출신 여군 두 명과는 곧잘 어울려 다녔다. 사실 나는 둘 중 한 명에게 빠져 있었는데, 처음 만난 날 그녀가 내게 팔씨름을 제안했기 때문이다. 팔씨름은 그녀가 이겼다. 그러다가 나는 미시시피에 있는 다른 훈련 기지로 전출되었고, 그 친구들 대신 나와 같은 계급의 병사 두어 명과 어울렸다. 주말이면 우리는 차를 몰고 뉴올리언스로 가서 거지 소굴 같은 모텔 방을 함께 썼다. 모텔 방 전화기에는 다른 거지 소굴 같은 모텔의 스탬프가 찍혀 있었다. 우리는 더러운 시트 위에 우리의 개인 침낭을 깔고 누워서 잤다. 사우스 캐롤라이나로 전출돼서는 옆방에 있는 남자들과 친구가 되었다. 그러다가 기지를 옮겨서 룸메이트들과 친구가 되었다. 또다시 기지를 옮겼다. 그리고 새로운 집. 새로운 친구.

나의 우정은, 그것을 우정이라 부를 수 있다면, "우린 일주일 동안 같이 점심을 먹었어"로 시작해서 그 정도로 끝나는 4학년 초등학생들 간의 깊이와 친밀감에 기반하고 있었다. 우리는 이야기를 하며 밤을 지새운 적이 없었다. 나는 그들의 고향이나 가족에 대해 아는 게 없었다. 나는 그들에게 거짓말이 아닌, 나에 대한 사실을 하나도 말하지 않았다. 할 수가 없었다.

내 평생에 친구들은 왔다가 갔다. 또는 내가 왔다가 갔다. 어렸을 때는 함께 놀고 남들보다 많은 이야기를 나눈 친구들이 있었다. 하지만 어느 날 깨어보면 그들의 침대가 비어 있거나, 그들이 깨어나서 내 침대가 비어 있는 걸 발견하곤 했다. 우리는 떠나게 될지, 언제 가게 될지 말해서는 안 되었고, 특히 어디로 가는지는 절대 말할 수 없었다. 작별 인사조차 허용되지 않았다. 어쩌면 성인이 된 내가 삑삑이 장난감을 빼앗긴 개와 똑같은 수준의 대상 영속성*을 가지고 지인들을 대하게 된 것도 그 때문인지 모른다. 친구들이 사라지면 나는 무슨 일이 생겼는지 궁금해했고, 그러다가 무심결에 내 마음속에서 그들은 존재하지 않게 되었다.

오해하지 말기 바란다. 나는 다른 모든 사람이 가진 것처럼 보이는 종류의 우정을 너무도 간절히 원했다. 그저 그런 유대를 어떻게 형성하는지 이해하지 못했을 뿐이다. 어쩌면 내가 사람들에게 매사에 거짓말을 한다는 것, 과거 전체가 허구라는 것, 환경에 적응하는 데 급급해서 내가 알지 못하고 기억하지 못하는 것들을 마치 아는 척, 기억하는 척하는 것이 문제라는 생각이 들었더라면 좋았을 것이다. 하지만 공정하게 말해서, 누군가 〈스타워즈〉나 〈이티〉를 보지 않았다고 말하면, 사람들은 부당하게 어이없어 한다. 그리고 사람들이 자신과 다른 어린 시절의 기억을 간직한 누군가에게 보이는 "뭐야, 광신 집단에서 자란 거야?"라는 반응은 사람을 위축시킨다.

* 존재하는 물체가 무언가에 가려 보이지 않아도 그것이 존재한다는 것을 아는 능력.

그냥 "맞아"라고 대답하는 건 대체로 쉬운 일이었을 것이다. 그러나 어떻게 하는 건지 몰랐다. 나는 그게 뼈저리게 수치스러웠다.

내가 영구적인 관계를 맺은 동년배는 형제자매뿐이었다. 공군 재직 중 쇼 기지에서 사흘간 주말 휴가를 받을 때마다, 나는 발레리 언니를 보려고 14시간씩 운전해서 매사추세츠로 갔다. 토요일 아침 7시쯤 언니네 집에 도착해 아이들 방 창문을 두드려서 안으로 들어갔다. 아이들이 만화를 보는 동안 나는 두어 시간 눈을 붙어보려 했다. 그리고 내가 아닌 다른 사람인 척할 필요가 없는 유일한 장소에서 유일한 사람들과 주말을 보냈다.

여전히 우리 가족은 패밀리에 대해 거의 얘기를 나누지 않았다. 내 기억에, 딱 한 번 그런 순간이 있었다. 내가 스물셋이나 스물넷이었을 적 어느 여름날의 주말이었다. 당시 나는 D.C.의 배드랜즈에서 바텐더로 일하며 건강한 코카인 습관을 유지하려고 노력하고 있었다. 마이키는 대학을 졸업하고 매사추세츠로 갓 올라와서 갖가지 구식 스포츠 용품으로 벽면을 장식한 바 앤 그릴에서 바텐더 일을 하고 있었다. 그러고 보니 내 동생은 우리의 미래에 대해 절반은 맞춘 셈이다. 우리는 모두 칵테일을 만들며 몇 년을 보냈다. 여전히 그는 그림을 그린다. 나도 글 쓰기를 멈출 수 없었다. 앤 언니는 오래전에 혼자 패밀리를 떠나서 간호 학교에 들어가려고 서빙을 하고 있었다. 발레리 언니와 형부는 처음으로 이제 막 집을 장만했다. 현관 쪽에 갈색 털 카펫과 공원용 벤치가 놓여 있고 통풍이 잘되는 작은 단층집이었다.

아이들이 잠든 뒤에 우리 넷은 지하실로 내려가서 소파 겸 침대와 바닥과 형부의 컴퓨터 의자에 앉아 와인을 마시고 있었다. 발레리 언니가 할머니 장례식 이후에 게이브의 집에서 가져온 사진 앨범을 들고 내려왔다. 처음 보는 앨범이었다. 엄마가 떠나면서 깜빡 잊은 게 분명했다. 우리는 서로에게서 앨범을 빼앗아가며 그 오래된 사진들을 넘겨 보았다. 나는 칠레에서 찍은 옛날 사진을 발견했다. 햇빛에 바랜 우리의 머리칼은 마치 스테이크 칼로 자른 것처럼 보였다. 나는 우리가 한때 금발이었다는 사실을 잊고 있었다.

이 사진들은 우리가 할머니에게 우편으로 보낸 거였다. 대부분 포즈를 취하고 있었다. 나이가 들어도 변함없는 어색한 미소들. 사진을 찍을 때 나오는 내 특유의 미소, 볼 때마다 보기 싫은 미소였다. 하지만 이상하게 카메라 앞에만 서면 내 뇌가 얼굴을 통제하지 못한다. "치즈 해봐." 사진을 찍기 위해 머리를 빗어야 했던 기억이 난다. 카메라 앞에서 좀 더 나아 보이고 싶은 노력이 실패한 뒤에 엄마가 머리를 만져준다. "할머니에게 보낼 사진이야. 로렌, 크리스마스 때 할머니가 보내준 귀걸이 해. 앤, 자세 똑바로 하고 서 있어.

발레리, 그런 표정 좀 짓지 마. 마이키, 넌 완벽해.” 배경이 바뀐다. 오사카의 벚꽃. 고트하르트 고개의 빙하. 뮌헨의 성.

우리에게는 남들이 대개 초등학교 때 만드는 그릇처럼 오래된 미술 작품이 없다. 졸업 앨범이나 스크랩북도 없다. 믹스 테이프와 리본 한 상자도, 트로피도, 철자 맞추기 대회 상장도 없다. 그리고 그 순간까지, 우리에게 많은 사진이 있는 줄도 몰랐다.

우리는 계속해서 그 오래된 사진을 돌려 보고, 뒷면의 날짜를 확인하고, 우리가 각자 다르게 기억하거나 아예 기억하지 못하는 절반의 이야기들을 공유하며, 쇼핑몰에 있는 착시 이미지를 보듯이 우리의 모습을 응시했다. 눈의 긴장을 풀면 호랑이를 보게 되거나, 가족에게 대체 무슨 일이 일어났는지 알아보게 될 것이다.

하지만 우리는 앨범에 없는 사진들, 우리가 할머니에게 결코 보내지 않은 사진들에 대해서는 얘기하지 않았다. 우리가 살던 집 내부 사진, 배경에 삼층 침대가 있는 사진, 기도 모임 사진, 우리가 주방 일을 하거나 전단지를 판매하는 사진 따위 말이다. 그런 사진들은 존재하지 않는다. 존재했다면 아마 태워버렸을 것이다. 그럼에도 우리 넷이 함께 그 얘기를 나눌 만한 시간이 있었다면, 바로 그날 밤이었다. 하지만 우리는 그러지 않았다. 패밀리는 우리가 지켜온 비밀이 되었다. 서로에게조차도.

리키가 죽었을 때 앤 언니는 어떤 웹사이트의 게시판을 보여주었다. 당시에는 소셜미디어라고 해봐야 classmates.com 정도가 고작이었다. 그렇긴 해도 마침내 나에게 그 광신 집단에서 성장한 다른 사람들과 이야기를 할 방법이 생긴 것이다.

몇 주 동안 모든 남는 시간을 그 웹사이트에 썼다. 일이 끝나면 득달같이 집으로 달려와서 여전히 셔츠에 절연체가 붙어 있는 케이블 회사 작업복을 입은 채 컴퓨터로 직행했다. 키보드 옆 재떨이에 담배꽁초가 수북이 쌓여 흘러넘칠 듯했다. 매일 밤 나는 똑같은 장면이 펼쳐지는 걸 지켜보았다. 우리 중 하나, 광신 집단 출신인 누군가가 똑같은 질문을 하려고 로그인을 한다. “혹시 저를 기억하세요?” 세부 사항은 각양각색이었다. “우리 부모님은 해피와 머시였어요. 저는 오빠가 한 명 있고 여동생이 다섯 명이에요. 우리는 오사카에 살았어요. 폴란드 호숫가에 있던 집에서도, 브라질에서도 살았어요, 언덕에 있는 큰 집이에요.” 하지만 질문은 항상 똑같았다. “혹시 저를 기억하세요? 저를 기억하는 사람이 있나요?”

나도 처음 로그인했을 때 똑같은 질문을 했다. 그리고 거의 즉시 답을 받았다. 오사카 시절의 나를 기억하는, 나보다 나이 든 여자였다. 맙소사. 나는 실재하는 아이였다. 그녀는 같은 학교에 다니던 다른 아이들에 대해서도 얘기했다. 과거에 스위스에 있던 젠이라는 여자는 베를린에 사는 모든 광신 집단 출신 사람을 알았다. 일본에서 다른 집에 살던 사람도 있었다. 우리는 모든 질문에 일일이 답하기 벅찰 정도로 빠르게 질문을 주고받았다. 우리 인생의 목격자를 찾은 최초의 순간이었다. 집에 대한 질문, 형제자매에 대한 질문, 목자에 대한 질문, 부모에 대한 질문들. "그 길에 공원이 없었나요? 예, 대나무 숲이 있는 공원이요. 남동생은 지금 어디에 있나요? 아, 우리 부모님은 아직 떠나지 못하셨어요. 하지만 당신 어머니는 좋은 분이셨어요. 그 끔찍한 홈메이드 요거트 기억해요? 참, 엘그 집이 급습을 당하기 10분 전에 그들이 우리의 책임자로 앉힌 그 재수탱이는 어떻게 됐어요?"

우리끼리 주고받는 농담이 있었다. 외부인에게는 그런 농담을 해도 알아듣지 못할 거라는 얘기다. 우리는 서로에게 살짝 힌트를 주려고 패밀리 노래의 가사를 적었다. 우리는 각자의 직장에 대해 불평했고, 우리 중 왜 그렇게 많은 사람이 군에 입대했는지에 대해 토론했으며, 우리 모두 요리와 기본적인 목공을 할 수 있다는 사실에 어깨를 으쓱했다. 그리고 솔직히 말하면 우리는 엄살쟁이 외부인들을 조롱하며 많은 시간을 보냈다. 어떻게 아기를 안은 채로 다른 아기의 기저귀를 갈지 못하는지, 어떻게 무엇도 고치지 못하는지, 어떻게 삶은 간을 삼켜본 적이 없는지, 어떻게 엄마가 사줄 여유가 없는 신발을 반품했다고 해서 엄마가 자신을 통제하려 든다고 생각하는지, 어떻게 캠핑을 더럽게 못해서 더는 함께 가고 싶지 않게 만드는지, 어떻게 계란 하나도 못 삶는 걸 자랑스럽게 여기는지. 그리고 어떻게 그들이 겪어본 최악의 일이라고 해봤자 뉴스 속 다른 누군가에게 벌어진 일일 뿐인지.

그런 북적임은 시작된 것만큼 빠르게 끝났다. 우리는 실재하는 존재들이었다. 우리의 삶은 실재했다. 좋았다. 그래서 우리가 뭘 어떻게 해야 했을까? 우리는 바깥세상에서 기능하는 방법에 대해서는 서로에게 그다지 도움이 되지 않았다. 차라리 부모에게 경력과 관련해 조언을 구하는 편이 나았을 것이다. 내가 원한 건 나를 기억하는 누군가였지만 그것이 내게 현실적으로 필요한 건 아니었다. 실제로 살다 보면 자신이 원하는 것과 필요한 것이 일치하는 경우가 드물다. 내가 찾아낸 것이 어떤 것이었는지 당장에는 인식하지 못했다. 생각해보면 그랬어야 하는 건데. 하지만 나는 생각이 느리고 배움도 느린 사람이다.

우리는 게시판에 사연을 올렸다. 그리고 나는 광신 집단이 내 존재에 얼마나 많은 영향을 미쳤는지 실감하기 시작했다. "이야기 좀 할까?"라는 소리에 등골이 오싹해지는 일부터, 잠들려고 노력할 때 음악이나 텔레비전 소리를 듣기 싫어하는 성향, 양말에 대한 집착까지(우리는 기부로 생활했다. 누구도 양말은 기부하지 않는다). 금지 물품이었던 분홍색 면도기를 스무 명의 여자아이들과 공유한 사연을 우리 모두 가지고 있었다. 우리는 전단지를 팔아서 슬쩍한 돈으로 무엇을 샀는지도 비교했다. 나는 사탕과 책에 돈을 날렸는데, 엄마가 그것들을 벽장에 숨겨주었다. 나보다 오래 머문 친구들은 피임약과 탈출 계획에 돈을 썼다. 그러나 내가 알고 싶었던 치유하는 방법, 정상이 되는 방법은 아무도 알려줄 수 없었다.

테일러 스티븐스라고 일본에 있을 때 알고 지냈던 연상의 여자가 스릴러 소설을 쓰고 있었다. 그녀가 내게 자기 원고를 한번 봐 달라고 했다. 우리는 계속 대화를 나눴다. 그녀가 내게 글을 쓰라고 재차 권했다. 나는 쓰고 있다고 거듭 말했다. 그녀가 내 삶을 글로 쓰라고 제안했다. 나는 미친 거 아니냐며 그 얘기는 아무도 모른다고 했다.

테일러의 책이 나왔을 때 나는 그 책을 샀다. 그런데 책 뒤표지에 "하나님의 자녀들에서 자란"이라는 문구가 있었다. 사람들이 내가 반스 앤 노블 서점 크리스털 시티점에서 그 책을 가지고 나오는 광경을 보았다면, 정체를 숨기고 레즈비언 성애물을 구입한 레즈비언이라고 생각했을 것이다. 나는 그 책이 눈에 띄지 않게 다른 책 세 권을 더 사야 했다. 누군가 그 책을 보고 '틀림없이 이 책을 사는 사람 중에는 광신 집단 사람도 있을 거야'라고 생각할 것만 같았다. 다행히 나는 흡연자였다.

나는 레즈비언임을 감추고 있는 건 아니었지만 또 다른 벽장 속에 숨어 있는 사람이기도 했다. 이미 말했다시피 나는 어떻게 해야 할지 몰랐다. 그리고 벽장 속에 숨어 있는 여느 사람과 마찬가지로, 썩은 내 나는 수치심의 늪에서 헤엄치고 있었다. 정체를 공개하고 사는 사람들을 보면 그렇게 부러울 수 없었다. 말하자면 정체를 밝힌 사람들이 많이 있었다. 많은 사람이 굳이 정체를 감추지 않고 누가 알건 상관없이 당당하게 인터뷰를 하고 다큐멘터리에 참여하고 에세이와 책을 썼다. 나는 그들이 말할 수 없이 존경스러웠다. 형언할 수 없는 경외감을 느꼈다. 그리고 혐오감도 느꼈다. 어이없지만 정말이다. 마치 1년에 한 번 잠자리를 가지는 수염 난 남자와 비참한 결혼 생활을 하며, 퀴어 퍼레이드에서 지나가는 다이크 온 바이크*를 바라보는 복음주의자 레즈비언만큼이나 확실하게 그런 감정을 느꼈다. 당신들이 정말로 한순간이라도 정상인 사람들처럼 행동할 수 있다면 그렇게 해. 고맙지만, 난 벽장 속에 있겠어.

나는 정상이 되기로 작정했다. 나는 유리한 처지였다. 대부분의 이 별난 사람들보다 패밀리에서 일찍 나왔다. 나는 속세인이 될 수 있었다. 빌어먹을.

* 레즈비언 오토바이 클럽.

서른다섯 살이 되었을 무렵, 나는 돈을 끌어 모으고 저축을 하고 재향군인 대출도 받아서 D.C. 교외에 허름한 집을 한 채 샀다. 부동산 중개인들은 그 집을 “전도유망”하다고 표현했고, 이웃들은 “새해 전야에 창문에서 멀찌감치 떨어져 있는 게 좋을 거예요”라고 말했다. 나는 내 소파에서 자리 다툼을 하는 개와 친구들을 구제했다. 처음으로 내게 친절하게 대하는 사람들과 친구가 되었다. 축구와 비디오 게임, 좀비 영화를 좋아해보려고 기를 썼다. 축구를 보았고, 좀비 영화도 보았다. 그렇게 식전 기도를 하는 망할 놈의 공화당 지지자들과 친구가 되었다. 그 가운데 하나는 빌어먹을 경찰이었다. 내가 싫어하는 일자리에 매달렸다. 몇 차례 승진까지 했다. 좋은 속세인들은 다 그렇게 하니까.

자기 마음에 귀 기울이지 않는 것은 세상에서 어른으로 살 때 유용한 기술이었다. 하지만 더 유용한 기술은 흥미를 잃지 않을 만한 인생을 사는 것이었을 테다. 나는 여전히 그런 면에서 고전하고 있었다. 하지만 괜찮았다. 상상 속에서 살 수 있으니까. 내가 살고 있지 않은 삶에 대한 책을 읽을 수 있으니까. 항상 그래 왔던 것처럼. 나는 행복할 것이다. 정상이 될 것이다. 나는 모든 과거를 애써 잊고, 나를 정의할 수 있는 모든 것에 매달렸다. 직장, 취미, 친구, 관계. 한동안은 그 방법이 잘 통한다. 뭔가를 잃어버릴 때까지는. 나의 정체성을 의미 없는 대중문화의 조각들로 얼기설기

이어 붙이고, 친구라는 사람들은 그저 파티에서 재미있을 때나 나를 좋아하고, 내면이 조각조각 부서져서 내가 마치 강력 접착테이프로 붙여 간신히 형태를 유지하고 있는 젤리 틀처럼 될 때까지는. 작은 구멍 하나만 생기면 모든 것이 쏟아져 나올 것이다.

이번에 구멍은 형편없는 이별이었다. 그녀는 뜨거웠고 책을 좋아했고 무서운 영화를 싫어했으며 패티 그리핀을 좋아했고 나와 함께 집을 사서 아기를 기르며 가정을 꾸리고 싶어 했다. 그런데 모두 거짓이었다. 사실 이건 대단한 이야기가 아니다. 여러분도 다 아는 이야기다. 그녀도 나와 똑같다. 살기 위해 필요한 일을 하는 것이다. 그래서 그녀는 매사 나에게 동의했다. 우리 둘 다 소멸해갔다. 그리고 6개월 뒤에 관계가 끝났을 즈음(레즈비언들은 이별이 빠르다), 나의 남아 있는 부분은 많지 않았다.

어느 날 제이가 찾아와서 어둠 속에 앉아 애호박을 생으로 갉아먹고 있는 나를 발견했다. 그해 봄에 내가 정성스레 심었지만 잡초와 함께 너무 웃자라버린 애호박이었다. 내가 아무거라도 먹는 유일한 이유는 깊숙이 자리 잡은 도마뱀의 생존 본능 같은 거였다. 도마뱀은 죽을 만치 지쳤다.

우울증에 대한 근본적인 오해는 이렇다. 자살을 하는 사람들이 죽고 싶어 한다는 것이다. 나는 죽고 싶지 않았다. 하지만 머릿속에서 뭔가 어긋나며 마치 개가 구토에 반응하듯이 실존적 고통을 대한다. '빌어먹을. 죽으러 들어가게 구멍을 파야겠어.' 심지어 맑은 날에도 나의 뇌는 몇 가지 쉬운 탈출구를 가리킬 것이다. '저 트럭 앞에서 핸들을 왼쪽으로 세게 꺾어. 그럼 네가 느끼기도 전에 끝날 거야.' 하지만 어두워지면, 내가 절망적이 되면, 본능 말고는 아무런 이유도 없이 그저 불안에 떨며 주먹을 꽉 쥔 채 밤을 지새웠다.

제이는 커튼을 열어젖히고 커피 테이블에서 병과 캔을 치우며 투덜거렸다. "이 아가씨야, 여기서 우 탱 클랜* 콘서트에서 나는 냄새가 난다구." 내가 마리화나를 좀 많이 피운 모양이었다. 나는 개에게 제이를 물라고 했다. 내 개는 제일 좋아하는 삼촌을 물기를 거부했다.

우리는 개를 데리고 공원에 가서, 녀석이 모든 개에게 똥구멍이 있다는 사실을 확인하는 동안 벤치에 앉아 담배를 피웠다. 나는 제이에게 죽고 싶다고 말했다. 그 뒤에 사실은 그렇지 않다고 덧붙였다. 나는 살고 싶었다. 그냥 살아야 할 이유를 찾지 못한 것뿐이었다.

제이가 말했다. "자기야, 넌 그냥 섹스가 필요한 것뿐이야." 그는 충고보다 나를 웃게 만드는 재주가 더 뛰어나다. 그러더니 남자친구와 함께 떠났던 여행 이야기를 하기 시작했다. 그때 나는 생각했다. '다시 유럽에 가볼 수도 있겠

* 미국 힙합 그룹.

어.' 내가 그 생각을 입 밖으로 내뱉은 모양이다. 제이의 얼굴이 환해진 걸 보면. 나는 "그럴 여유가 없어"라는 말로 그 생각을 일축하려 했다. 제이가 대꾸했다. "신용카드에 맡겨. 그게 뭐 어때서. 어차피 죽을 거잖아. 안 그래?" 일리가 있었다.

나 자신과 거래하고 유럽행 비행기 표를 샀다. '일단 가 보자. 그런 뒤에도 죽고 싶으면 그때…….' 캠핑장과 호스텔에서 잠을 자면 경제적 손실을 줄일 수 있을 거라고 생각했다. 그 순간, 이런 생각이 떠올랐다. 잠깐만, 그러고 보니 유럽에 내가 아는 사람들이 있잖아!

2013년 무렵, 2005년에 내가 찾았던 게시판은 페이스북 그룹으로 옮겨가 있었다.

사실 소셜미디어를 비난할 이유, 우리가 마약 중독자처럼 '좋아요'와 리트윗을 갈망하도록 뇌가 변한다고 걱정할 이유는 수없이 많다. 그리고 마약 중독자들처럼, 우리는 집중력 지속 시간이 짧아져서 소셜미디어에 대해 읽을 만한 많은 비평을 읽지도 못한다.

아무튼 소셜미디어가 우리의 사회 구조를 와해시키고 있는 건 확실하다. 그러나 애머릴로의 동성애자들은 물론이고 전 세계에 흩어져 있는 광신 집단 출신 사람들에게, 소셜미디어는 우리의 작은 세상을 넘어 우리를 이해할지도 모르는 사람들과 이야기를 나누고, 우리 주변의 목소리와 우리를 수치심으로 가득 채우는 머릿속의 목소리 말고 다른 목소리를 들을 수 있게 해주었다.

원래는 그저 카우치 서핑*할 곳을 몇 군데 물색할 생각이었다. 그런데 그러면서 내 처지를 이해하는 사람들을 찾게 되었다. 과거를 숨기고 거의 모든 사람에게 거짓말을 해온 모든 시간 동안, 내가 누구인지에 대한 순전히 거짓인 서사를 만들어왔다. 그런데 광신 집단 출신 사람들과 있을 때는 가식을 훌훌 벗어던졌다. 그들이 나를 좋은 속세인으로 생각하게끔 만들 필요가 없었다. 1989년부터의 대중문화의 주요 흐름을 꿰고 있는 척하지 않아도 되었다. 그들에게 내가 행복하다고 믿게 할 필요가 없었다. 그들에게 나에 대한 무엇이건 믿게 만들 필요가 없었다. 그들에게는 그냥 진실만을 말할 수 있었다. 그리고 진실은 내가 까마득히 길을 잃고 헤매고 있다는 것이었다.

나는 서른여섯 살이었는데 성인으로서 어떻게 기능해야 하는지, 그 첫 번째 단서조차 얻지 못하고 있었다. 내 연애사는 경고의 이야기로서만 유용할 뿐이었다. 나는 사양길에 접어든 케이블 업계에서 영혼과 관절이 망가지는 일을 하며 막다른 골목에 갇혀 있었다. 그리고 매일 밤 월슨

* 여행자가 자신의 집의 소파나 잠잘 곳을 제공해줄 현지인을 찾아 묶는 일.

브리지 위에 교통 체증으로 붙잡혀 있으면서 그녀가 내게 프러포즈한 장소를 멍하니 응시하며, 힘껏 가속 페달을 밟아 포토맥 강으로 뛰어들고 싶은 충동과 싸워야 했다.

치유는 고사하고, 정체성을 숨기려고 쌓아둔 모든 것 속에서 정체성을 발굴해내도 안전할 때까지 나는 정체성 찾는 일을 시작조차 할 수 없었다. 일단 군대를 떠나니 동성애자라고 커밍아웃하는 건 쉬웠다. 그때는 2000년대 초반이었고, 동성애자는 도처에 있었다. 나는 동성애자가 대거 군집해 있는 도시로 이주할 수 있었고, 거기서 나의 성적 특질에 느끼던 수치심은 나와 같은 수많은 사람의 물결 속에 춤추며 사라졌다.

광신 집단 출신이라는 사실은 좀 더 힘들었다. 앞서 말했듯이 나는 어떻게 해야 할지 몰랐다. 게다가 우리가 어떤 식으로 어떤 집단을 수상하게 여기는 경향이 있는지를 고려하면, 빠른 시일 내에 광신 집단 퍼레이드가 조직될 것 같지 않아 보인다. 나는 적대적인 지형 속으로 섞여 들어가 생존하는 데 능숙해졌다. 누군가 어린 시절에 대해 묻는데 내가 화제를 바꿀 수 없으면 우리 부모님이 히피였다고 얼버무리곤 했다. 주로 절반의 진실을 말했다. 피노체트 정권의 칠레에서 살았던 건 사실이지만, 우리 부모님이 선교사였다고 말했다. 베를린 장벽이 무너질 때 베를린 근처에 살았던 건 사실이지만, 그때 나는 기숙 학교에 있었다고 거짓말을 했다. 내가 아는 것들을 내가 어떻게 알고 있는지, 그 진짜 사정을 밝힐 수가 없었다. 숨어 있으면 다른 사람들과 가까워지기 다소 어려운 법이다. 하지만 광신 집단 출신 아이들이 모인 페이스북 그룹에 접속하는 것은 내가 군인이었을 때 Gay.com에서 채팅을 했던 것과 같았다. 나 자신을 드러낼 수 있었다. 진짜 내가 될 수 있었다. 하지만 그거로는 충분하지 않았다. 나는 오프라인으로도 실감하고 싶었다.

나는 취리히에 도착해 렌터카를 빌려서 이탈리아로 갔다가 해안 도로를 따라 니스로 갔다. 그런 다음 비행기를 타고 베를린으로 갔다. 베를린은 나중에 생각해낸 행선지였다. 유럽에서 한 주 더 머물 수 있는 저렴한 방법이었다. 물론 내가 태어난 아파트를 찾아보고, 온라인에서 만난 옛 친구와 몇몇 새 친구를 만나고 싶은 마음도 있었다.

광신 집단을 떠나는 것 자체도 충분히 낯선 일인데, 많은 아이가 모국어를 배운 적도 없고, 고국에서 살아본 적도 없었다. 그들은 패밀리를 빠져나와서 생존하기에 용이한 도시들로 이동했다. 과연 베를린은 베를린이었다. 이민자들의 도시, 예술가와 무정부주의자와 성소수자의 안식처. 모두 영어를 할 줄 알았고, 간혹 세 개 국어 이상을 구사하는 사람들도 있었다. 교육비가 무료였고, 생활비도 저렴했다. 그래서 광신 집단 출신의 많은 사람이 그곳에 정착했다.

아무래도 이론상 나는 베를린을 언제나 사랑했다. 우리는 내가 두 살 때 베를린을 떠났다. 하지만 "나는 베를린 출신이야"라는 말은 내 이야기를 떠받쳐주는 지지물이었다. 다른 얘기들은 할 수 없었으니까. 그런데 실제로 겪어보니 이 도시가 더욱 좋아졌다. 그라피티, 역사, 베를린 장벽, 공공장소에서 허용되는 음주, 바와 레스토랑과 기차에 있는 개, 이 도시의 누구도 결코 이방인이 아닐 것 같은 느낌.

나는 예전 삶 속에서 알고 지낸 친구 집에 신세를 졌다. 우리는 스위스 샬레에 살았는데, 식료품 저장실로 몰래 숨어 들어가 임산부와 수유하는 여성을 위해 비축해둔 오발틴 코코아 병 속에 손을 쑥 집어넣곤 했다. 우리는 손에 묻은 달콤하고 끈끈한 초콜릿 프로틴 분말을 핥으며 서로 얼굴에 흔적이 남았는지 살폈다. 그리고 들키기 전에 종종걸음으로 돌아와서 빨래를 널었다.

젠이 공항에 나를 태우러 왔을 때 그녀는 예전과 다름없어 보였다. 환타 오렌지색 머리칼과 콧잔등의 주근깨. 그저 나이가 조금 더 들었고 주근깨가 몇 개 더 늘어난 것 말고는 예전 그대로였다.

그날 오후 우리는 젠의 독일인 남자친구이자 디제이인 빅터를 만나 크로이츠베르크에 있는 인도교에서 맥주를 마셨다. 늦여름 저녁이었다. 크로이츠베르크에 있는 모든 사람이 아이스크림이나 맥주, 혹은 둘 다를 들고 밖에 나와 태양을 숭배했다.

젠이 맥주를 더 사러 매점에 갔을 때 빅터가 왜 베를린에 왔냐고 물었다. 나는 베를린에서 태어났고 이곳에 친구들이 있다고 대답했다. 그는 왜 여기서 태어났느냐고 물었다. 이런 경우에 대체로 사람들은 가장 먼저 부모가 군인이었을 거라고 추측한다. 누가 무엇을 추측하건, 나는 그저 건성으로 고개를 끄덕이며 화제를 바꾸곤 했다.

나는 그가 얼마나 알고 있는지 몰랐다. 젠과 나는 그 얘기를 한 적이 없었다. 본의 아니게 젠의 정체를 폭로하고 싶지 않았지만, 진실을 지나치게 왜곡하고 싶지도 않았다. 그래서 말했다. "부모님이 선교사였어요." 광신 집단 출신에게 이건 대명사 게임*과도 같았다.

"더 그럴듯한 이야기를 생각해내야겠는데요." 그가 말했다. "누군가 당신 같은 사람을 한두 명 이상 만난다면 말입니다. 그들은 한결같이 멍청한 얘기를 하거든요."

이건 내가 생각해본 적 없는 문제였다. "그럼, 아는군요." 내가 말했다.

"눈치 채는 데 얼마 걸리지 않죠. 젠도 내가 자기 친구들을 만나기 전에 뭔가 얘기해줘야 하지 않겠어요? 아닌 사람도 있지만……. 당신들은 때로 특이한 것 같아요." 그가

* 영어에서 성별을 나타내는 3인칭 단수가 필요 없도록 말함으로써 성적 취향을 숨기는 행위.

독일인 특유의 직설적인 말투를 숨기려 애쓰는 것이 고마웠다.

젠이 맥주를 가지고 돌아왔다. "어쩌면 서커스 때문이라고 얘기해도 좋을 것 같네요." 빅터가 말했다. "풍선으로 동물을 만들 수 있나요?" 당신이 광대라는 존재를 보고 소름이 돋는 부류가 아니라면, 내가 해줄 말이 있다. 내가 떠나고 얼마 후에 생겨난 패밀리의 새로운 모금 방법은 '광대짓'이었다.

나는 빅터에게 선교사 얘기를 했다고 젠에게 말했다. 그녀는 웃었다. "아무도 신경 안 써. 여기서 우리는 그렇게 흥미로운 존재도 아니야." 이 말을 증명이라도 하듯 한 할머니가 발을 질질 끌며 우리 쪽으로 걸어왔다. 그녀는 줄 달린 고슴도치 봉제 인형을 끌어안고 있었다. 집에 있는 내 개가 가지고 노는 장난감과 똑같았지만, 그 할머니에게는 개가 없었다. 할머니는 인형을 내려놓고 우리가 비운 맥주병들을 집어 들더니 고슴도치 인형을 질질 끌며 걸어갔다. 아무도 그녀를 신경 쓰지 않는 것 같았다.

베를린에서 정말 그렇다면, 다른 곳에서도 그럴 수 있겠다는 생각이 들었다. 베를린에서 아무것도 숨기지 않고 지낸 일주일 동안 나의 과거는 내가 레즈비언인 것처럼 그저 나에 대한 흥미로운 사실 한 가지일 뿐이었다. 그리고 이 체류 경험은 사우스 캐롤라이나에 주둔해 있는 벽장 속 동성애자가 주말에 프로빈스타운으로 가서 대놓고 여자의 손을 잡고, 낯선 이와 스킨십을 하는 것과 같았다. 일단 그런 경험을 하고 나면 다시 벽장 속으로 들어가기가 정말 힘들어진다. 나는 내가 그토록 되어 보려고 기를 써온 인간형이 아니라는 사실을 마침내 인정할 수밖에 없었다. 그저 생존하려고 발버둥 쳐온 시간 동안, 나는 사는 것처럼 사는 법을 잊었다. 나는 내가 바꿀 수 없는 과거 때문에 자기연민에 빠져 있었고, 내게 아직 미래가 있다고 생각하기를 거부했다.

나는 진실을 써 내려가기 시작했다. 처음에는 그저 작은 이야기들이었다. 그 글들을 아무에게도 보여주지 않았다. 하지만 나 자신에게 스스로를 추스르라고 말했다. 글쓰기는 나의 악몽을 끄집어내어 햇빛 아래에서 살펴보고 악몽 속 괴물들이 사실은 그림자일 뿐이라는 진실을 깨닫는 방식이었다. 내게 그 괴물은 다른 장소로 함께 가지 말아야 할 히피였다.* 게다가 나는 히피를 따라간 사람도 아니었다. 내가 그토록 부끄러워한 것의 정체가 고작 그거였다. 나는 친구들에게 털어놓기 시작했다. "그런데 말이야. 내가 그동안 얘기한 모든 것이 거짓말이었어."

* 텔레비전 시트콤 〈30 Rock〉의 대사인 "히피와는 절대 같이 다른 장소에 가지 말아야 해"에서 따온 표현이다. 이 대사는 히피를 믿을 수 없고 위험한 존재로 암시하고 있다.

내 기술에는 수완이 필요했다. 그런데 과거를 숨기고 과거에 대해 생각하기를 거부하게 되면 생기는 많은 폐단 중 하나는 내가 나의 사연을 그저 목록 속의 한 항목으로 축소한다는 것이었다. '이상한 섹스 광신 집단.' 여전히 다들 섹스에 대해 알고 싶어 한다. 그러나 이제 나는 그들에게 뭐든 익숙해지기 마련이라고 말하는 방법을 안다. 광신 집단 밖에 있는 소녀들이라고 해서 그들의 몸을 더듬는 남자 어른이나 전반적으로 역겨운 남자아이들을 전혀 겪지 않고 사는 것 같지는 않다. 대체로 광신 집단 출신이라는 사실은 그저 내가 기저귀를 많이 갈았다는 걸 의미할 뿐이었다.

그동안 나를 괴롭히고 혐오감과 자기연민에 빠뜨렸던 모든 기억은, 내가 그 얘기를 글로 쓰고, 사람들에게 소리 내어 말하고, 설명하려 했을 때 너무나 어처구니없어서 내가 거기에 부여했던 힘을 발휘하지 못했다. 기억의 상당 부분이 객관적으로 배꼽 빠지게 웃겼다는 얘기다. 지독한 피해망상에 빠져서 식료품 봉지에 숨어 있는 사악한 마귀를 물리치려고 기도하고 페미니스트의 영향을 막기 위해 돌리 파튼 테이프를 불태운 사람들을 내가 그토록이나 두려워했던 것이다. 나는 천국이 달 속에 있다고 말하는 술주정꾼을 믿는 사람들을 무서운 괴물로 만들었던 것이다.

알고 보니 내게는 커밍아웃할 것이 또 하나 있었다. 어릴 적

내 모습이 무척 자랑스럽기 때문이다. 내가 저항한 것이 자랑스럽다. 라디오를 몰래 방에 들여온 것이 자랑스럽다. 남자애들이 만지려 할 때 주먹으로 쳐낸 것이 자랑스럽다. 밤에 화장실에서 금지된 책을 읽은 것이 자랑스럽다. 그들로 하여금 그토록 깨부수려고 애쓰게끔 만든, 고집 세고 반항적인 어린 레즈비언이었던 것이 자랑스럽다. 내가 부서질 때마다 다시 스스로를 추스르고 계속 살아간 것이 자랑스럽다.

나는 진실을 말하면 이른바 정상적인 어린 시절을 보낸 사람들이 이해할 거라고 절대 기대하지 않았다. 내가 아는 공화당 지지자와 경찰은 이제 나와 말을 섞지 않는다. 어차피 그런 사람들은 커밍아웃을 하면 잃게 되는 부류의 친구들이다.

나는 내가 언제고 어딘가에 속해 있었다는 사실을 깨달았다. 직장 동료들과 내게 친절하다는 이유로 사귄 친구들을 넘어 내 세계의 경계를 확장할 필요가 있었을 뿐이다. 광신 집단 출신 사람들을 찾으면서 그렇게 하기 시작했다. 그런데 내 과거에 대한 진실을 밝히는 건 사람을 걸러내는 데 제법 효과적인 테스트다. 비디오 게임이나 좀비물에 관심이 있는 척하지 않고 내 본연의 모습을 드러내자, 사귀고 싶다는 환상만 품어오던 부류의 친구들을 만나게 되었다. 책을 읽는 사람들, 다른 곳에 속한 사람들, 진실을 말하는 사람들, 자신이 주류 사회에 어울리지 않는다는 걸 나보다 일찍 받아들인 주변인들. 나는 필사적으로 정상이 되려고만 노력한 탓에 그들을 알아보지 못했다. 지금은 과연 무엇이 정상인지도 모르겠다. 다만 이제는 정상에 끼고 싶지 않다는 걸 안다.

애완 뱀

오스틴에서 처음 약물을 사려고 시도했을 때 어떤 남자가 자기 레코드 플레이어의 벨트 드라이브에 대해 설명하는 동안 그의 물침대 가장자리에 앉아 있었다. 혹은 그 레코드 플레이어는 벨트 드라이브가 없어서 더 좋다는 설명이었다고 말할 수도 있겠다. 터럭만큼도 관심이 없어서 듣고 있지 않았다. 그는 물침대가 빈티지 제품이라고 말했지만, 물침대보다 내 나이가 더 많아 보였다. 언제부터 침대 머리맡 부위에 책꽂이가 추가되기 시작했을까? 80년대 중반? 그건 중요하지 않다. 요점은 내가 레코드 컬렉션에 감명받은 척하며 원룸 아파트에 앉아 있기에는 너무 나이 들었다는 것이다. 하지만 마리화나를 결코 합법화하지 않을 열성적인 복음주의자들이 운영하는 주에서는 그럴 수밖에 없다.

그래도 내가 마약을 구입할 때 겪는 문제가 기껏해야 이 정도라는 점에서 나는 운이 좋다. 집으로 돌아가는 길에 경찰이 차를 한쪽에 대라고 명령할 가능성은 별로 없다. 설령 그런다 해도, 경찰이 나를 수색하지는 않을 것이다. 설령 경찰이 약을 찾아낸다 해도 보호 관찰 처분보다 더 심한 벌을 받지는 않을 것이다. 내가 실제로 감방에 간 적이 있다는 사실을 감안하면 다소 태평한 소리로 들릴 수도 있다. 하지만 그때 이후로 시간이 꽤 흘렀다.

구치소에서 나와서 한동안은 큐어넌* 추종자가 정부 뒤에 숨겨진 권력에 대해 피해망상을 가진 것만큼이나 경찰과 마약에 대해 피해망상을 가졌다. 나는 뱀에게 느끼는 두려움에 대처하는 방식으로 그 피해망상에 대처했다. 알아둬야 할 모든 것을 배웠고, 우연히 한 경찰과 친구가 된 후로(내가 그 친구를 만났을 때는 그가 경찰이 아니었다는 뜻이다) 그 일은 그리 힘들지 않았다. 그러나 경찰과 친구가 되는 건 경찰과 어울려 다닌다는 의미였다. 경찰들은 쇼핑몰에서 거의 살다시피 하는 고등학생들과 같아서 도무지 혼자 있지를 못한다.

경찰들은 〈캅스〉를 보고, 경찰 용품들에 대해 얘기하고, 인터넷에서 경찰차 사진에 눈독을 들이고, 경찰 패치를 거래하고, '아이러니하지 않게도' 도넛 브랜드를 가지고 논

* QAnon. 온라인에서 활동하는 미국 극우 음모론 집단.

쟁한다. 크리스피크림 대 던킨을 두고 논쟁하는 경찰들에게 둘러싸여 있을 때, 그들에게 베이컨에 대해 확고한 의견이 있냐고 묻지 말라. 그건 다윗교도 주위에서 좀비-예수 농담* 을 하는 것과 같다. 그로 인해 총 맞을 확률도 비슷하다.

경찰 친구로서, 나는 경찰차를 타고 경찰들이 하는 경찰 노릇을 구경하러 갔다. 그들이 가장 많이 하는 일은 그냥 수상해 보이는 차의 번호판을 조회하는 것이었다. 경찰에 따르면 수상한 차란 긴장한 것처럼 보이는 사람이나 흑인이 운전하는, 평범한 차와 달라 보이는 모든 차였다. 레드스킨스**가 경기에서 진 다음 날 카우보이 범퍼 스티커를 붙이고 있는 차도 그런 차에 해당했다. 농담이 아니다. 당신이 아는 가장 과격한 스포츠팬을 상상해보라. 그들이 숙취에 시달리는 데다 권총까지 지니고 있다면? 당장 범퍼 스티커를 떼는 것이 현명한 처사이리라.

조사를 통해 배운 내용은 이렇다. 경찰들은 엄청 멍청하다. 편협하고 민감하며 사람들 울리기를 즐긴다. 여성 혐오자에 인종 차별주의자다. 그리고 대체로 마리화나에 신경 쓰지 않는다.

* 예수님이 죽은 자 가운데서 살아나셨다는 성경 구절을 비꼬아서 기독교를 조롱하는 농담.

** 워싱턴 D.C.를 연고지로 하는 미식축구 팀. 현재는 워싱턴 풋볼 팀으로 개명했다.

하지만 마리화나는 냄새가 강해서, 그들이 단속 실적 할당량을 채워야 하거나 누군가 마음에 들지 않으면 그걸 핑계로 트집을 잡을 것이다.

대체로 나는 경찰과 친구가 될 수 없다는 걸 깨우쳤다.

그러나 나는 따분한 차량을 운전하고 상당히 깨끗하게 유지할 수 있다. 텍사스 같은 주에서조차 동네의 자유주의 유권자가 경찰의 우선순위에 알량한 영향력을 행사하기 때문에 마리화나 단속이 우선순위가 아닌 도시들로 옮겨가 살 수도 있다. 그리고 중범죄로 취급될 만한 양의 마리화나를 소지하고 다니지 않을 수 있다. 경찰은 중범죄를 단속하면 월간 할당량을 많이 채우게 된다.

지금 하려는 말은 내가 오스틴에 살고 있으며, 30그램에 가까운 마약을 소지하고 있을 때만큼은 마약상의 더러운 원룸 아파트에서 곧장 집으로 운전해 간다는 것이다. 그리고 10년간 불만 신고 전화번호를 뒤에 붙인 작업용 밴을 타고 다닌 터라 이제 과속 습관도 없어졌다. 주차 공간에 들어갈 때는 깜빡이를 켠다. 그렇다고 내가 백인이라는 가장 큰 이유로 안전함을 느낀다는 사실을 부인하는 건 아니다. 게다가 나는 변호사를 구할 돈을 끌어 모을 수 있다.

그렇다고 파촐리* 향이 자욱한 방에서 물침대 위에 앉

* 허브의 일종으로, 마리화나의 타르 냄새를 감추는 데 사용된다.

아 라이언이 나더러 플리트우드 맥을 참으로 들어본 적 없다고 떠드는 소리를 들어야 하는 일이 곤욕이 아닌 건 아니다. 그러니까, 정말로 들었는지 말이다.

항상 라이언이나 그레그나 브래드라는 이름의 남자가 있었다. 물침대의 남자도 라이언이다. 라이언이라는 이름치고, 그는 최악이 아니었다. 내가 마지막으로 만난 라이언은 교외로 이사하기 위해 바텐더 일을 그만둔 직후에 버지니아에서 만난 사람이었다. 그 라이언은 애완 도마뱀을 키우고 있었고 내 성생활에 대해 궁금한 게 많았다.

애완 도마뱀 라이언 이후 남자는 애완 뱀을 기르는 브래드였다. 그때까지 나는 뱀에 대한 공포를 아직 극복하지 못한 상태였다. 새로운 마리화나 거래상이 애완 뱀을 키운다면 새로운 거래상을 찾는 것이 상책이다. 그는 아마 뱀에게 먹이 주는 모습을 보여줄 것이다. 그저 시간문제일 뿐이다. 그러나 나는 계속 브래드에게 가야만 했다. 당시 여자친구였던 어텀의 고등학생 시절 친구였기 때문이다.

한번은 그가 자신이 얼마나 좋은 정자 기증자인지에 관해 어텀과 이야기를 나눴다. 그는 자연스러운 방법으로 기증하고 싶어 했고, 어텀은 내게 그 얘기를 하지 않았다. 내가 컴퓨터 화면에서 그의 캐릭터가 다른 중무장한 군인을 처리하고 시체 주변에서 앉았다 일어났다를 반복하는 것을 지켜보는 동안, 그는 항상 시시콜콜하게 이런저런 이야기를 했다. 셔츠를 벗은 채 소파를 차지하고 있는 남자가 웃었다.

항상 어떤 남자가 소파에 앉아 공짜 마리화나를 피우고 있다. 셔츠는 선택 사항이다. 소파의 남자는 거의 말이 없다. 그는 대개 소파에 앉아 숨을 거칠게 몰아쉬며 무릎 위의 Xbox 게임기 컨트롤러를 만지작거리고 있다. 그는 자신이 라이언이나 그레그나 브래드에게 빠져 있다는 사실을 애써 숨긴다. 소파의 남자가 뭔가 얘기를 할 때마다, 나는 곧바로 거친 숨소리가 그리워진다.

셔츠를 벗는 쪽을 선택한 이 남자는 브래드가 마리화나를 가지러 침실로 들어가기를 기다리고 있었다. 그 참에 소파의 얼간이들이 레즈비언에게 공통적으로 묻곤 하는 시답잖은 질문을 하기 위해서다. 예를 들어 "당신들이 딜도를 사용한다면, 그럼 뭐가 다른 거요?" 같은 질문. 하지만 그는 다음 기회를 기다려야 했다. 브래드가 나한테 찍찍거리는 생쥐가 유리 사육장으로 떨어지는 모습을 좀 보라고 말했기 때문이다.

다행히 나는 뱀이 허기를 느끼기 전에 마리화나 봉지를 가지고 떠날 수 있었다.

나는 이미 취한 상태여서 좋았다. 마리화나 거래상들은 고객이 도착하자마자 마리화나를 피우기를 원한다. 그러면 좀 안전한 기분이 들기 때문이다. 그러면 나는 소리 지르고 싶은 충동을 덜 느낀다.

나는 공황 발작을 무디게 하기 위해 마리화나를 구입하고 있었다. 처음에는 그것이 공황 발작인지 몰랐다. 가끔 숨을 쉴 수 없고 주변 세상이 나에게 거리를 좁혀오는 기분이 들었다. 나는 룸메이트가 라디오를 틀어놓고 아파트를 청소하거나 하우스 파티에서 사람들이 음악을 틀어놓고 이야기를 나누는 것과 같은 단순한 행동에도 쉽게 압도되어 손이 떨리고 진땀이 난다는 사실을 알았다. 내가 썩은 나뭇잎이나 파출리 같은 냄새를 맡으면 화장실에 숨어 주먹으로 다리를 치며 구토를 하게 된다는 사실을 알았다. 그리고 라이터를 켤 수 없는 상태가 되기 전에 마리화나를 피우면, 괜찮아질 수 있다는 것도 알았다. 이 모든 증상은 공군에 있을 때 술 취한 개망나니에게 강간을 당한 뒤로 시작되었다. 나는 그냥 그 문제를 뭐라고 콕 집어 말하고 싶지 않았다. 거기에 이름을 붙이면 그것을 받아들이게 되는 것처럼 느껴졌다. 나는 괜찮았다. 약간의 마리화나를 피웠다. 누군들 안 그러겠는가.

그러나 2000년대 초반의 이케아 가구와 길에 누가 내다 버린 물건, 부모에게 물려받은 물건, 물담뱃대 컬렉션 따위를 듬성듬성 채워 넣은 어떤 멍청이의 아파트에서 시간을 보내며 남자들이 〈콜 오브 듀티〉 게임을 로딩하는 모습을 지켜보고, 대체로 웃통을 벗은 남자가 내 성생활에 대해 물어보는 동안 레이지락 플레이리스트에 대한 농담을 들어야 하는 건, 일터에서 어떤 놈에게 가슴을 붙잡히는 더러운 상황을 감당하는 데 필요한 마리화나를 구하기 위해 치러야 하는 대가치고는 조금 과도해 보였다. 하지만 대안이 없었다. 이곳은 메릴랜드 교외였고, 캘리포니아나 콜로라도조차도 이후 몇 년 동안 마리화나를 합법화하지 않았다.

케이블 기사로 일하면서 공황 발작은 더욱 악화되었다. 낯선 사람의 집에 들어가서 어떤 남자에게 완전히 휘둘리게 되는 상황이 많았기 때문이다. 그즈음 나는 구치소에 들어가서 콘크리트 블록 독방에 일주일간 갇혀 지냈다. 이후 보호 관찰 처분을 받았기 때문에 마리화나 사용을 중단했다.

잠을 자는 것도 중단했다. 나는 점점 더 밤늦게까지 잠을 자지 않았다. 잠이 들었다가 내 마음 밑바닥에 있는 기억할 수 없는 악몽에 마비된 채 깨어나고 싶지 않아서였다. 근무 시간에 몽유병자처럼 걸어 다니고 새벽 4시까지 깨어 있다가 다시 몽유병자처럼 하루를 보내기를 반복했다. 내 근무 일정은 이틀 일하고, 하루 쉬고, 이틀 일하고, 이틀 쉬도록 짜여 있었다. 하루 걸러 금요일인 셈이었다. 나는 쉬는 날에는 내내 잠을 잤다. 창문으로 들어오는 햇살이 나에게 이곳이 감방이 아님을 말해주었다.

그렇게 두어 주가 지났다. 고객의 지하실 콘크리트 블록 벽에 접지선을 연결하고 있는데 갑자기 눈물이 주르륵 흘러내렸다. 눈물은 주기적으로 흘렀다. 그래서 가능하면 선글라스로 눈을 가리고 다녔다. 그렇게 할 수 없을 때는 "그냥 알레르기야. 주사를 맞아야 하는지 알아봐야겠어. 벌꿀이 효과가 있다고? 한번 먹어봐야겠네"라고 둘러댔다.

어쨌든 나는 나사를 조여서 이 작은 접지선을 고정하고 있었다. 그다음에 기억나는 상황은 내가 지하실 콘크리트 바닥에 주저앉아 있고 정말로 친절한 여성이 내 가슴에 손을 얹은 채 이제 괜찮다고 다독여주고 있었다는 것이다. 나는 안전했다. 그녀의 치마 옆 바닥에 깨진 물잔. 마감 처리되지 않은 계단 옆에 떨어진 빨래 바구니. 나는 오줌을 지렸다.

여자는 걱정하지 말라면서, 자신은 임신 중인데 항상 그런다고 했다.

그녀여서 정말 다행이었다. 바로 직전에 내가 만난 고객은 마치 그날 아침에 바퀴벌레라도 잡으려는 듯 방향제를 잔뜩 뿌려대던 총기광 남자였다. 공황 발작이 덮쳤을 때 그 자리에 그가 있었다면 얼마나 위로가 됐을지 모르겠다.

상사는 나를 집으로 보내면서 의사 소견서를 받아오라고 했다. 나는 PTSD로 인한 일시적 장애를 신청할 수 있었다. 재향군인 병원 의사는 서류에 서명하고 말했다. "나는 그냥 당신이 지하실이나 남자들 근처에 가면 안 된다고 쓸 겁니다. 회사에서 당신이 그렇게 하지 않고 업무를 수행할 수 있는 대책을 마련하지 못하면, 잠시 휴가를 얻을 수 있을 거예요."

나는 평소에 틈만 나면 하던 것을 해야겠다고 생각했다. 책을 읽는 것이다. 나의 세상, 나의 삶을 똑바로 직시할 수 있을 때까지 다른 세상, 다른 삶으로 도망치는 것. 그러나 나의 뇌는 오랫동안 방치되고 파괴된 탓인지 평소답지 않은 이기적인 반응을 보였고 단어들을 인식하는 방법을 잊었다. '실어증' 같은 어려운 단어를 잊었다는 얘기가 아니다. '책' 같은 기본적인 단어도 기억할 수 없었다는 얘기다. 나는 내용을 이해하기 위해 한 페이지를 다섯 번이나 읽어야 했고, 다음 페이지로 넘어가는 도중에 방금 읽은 것을 잊어버렸다. 하지만 자꾸만 눈에서 흘러나오는 눈물 때문에 사람들과 함께 있기는 싫었고, 어차피 사람들 대부분을 그리 좋아하지도 않았다. 그래서 텔레비전을 볼까 싶었다. 그러나 낮 시간대 텔레비전 프로그램은 실업자들이 주 시청자였고, 중피종* 소송과 영리 대학 사기, 장애 사기와 관련된 광고를 보고 있으면 나의 미래를 고려할 때 내 우울증이 합리적인 증상처럼 느껴졌다. 다행히도 룸메이트에게 Xbox 게임기가 있었다.

내 비디오 게임 관련 경험은 간혹 사교적으로 추정되

* 흉부 및 복부 외벽에 붙어 있는 막인 중피에 발생하는 암으로, 석면 노출과 관련이 깊다고 알려졌다.

는 환경에서 비디오 게임을 하는 사람들을 봐야 했던 것뿐이다. 그들은 대부분 남자였다. 어디서나 비디오 게임을 하는 사람들은 그것이 누구나 재미있어할 게임이라고 생각한다. 나는 그런 게임을 하느니 차라리 불 붙인 담배를 내 질 속에 밀어 넣겠다고 생각해왔다. 그런데 때마침 룸메이트가 집에 없었다. 나는 게임기를 켜고 뭔가 로드되기를 기다렸다. 〈콜 오브 듀티〉가 나왔다. 나는 애국주의 음악을 견디고 튜토리얼을 급하게 훑어야 했다. 그리고 게이머로 다시 태어났다. 처음에는 멀티 플레이어 모드로 시도했지만, 다른 재수 없는 인간들이 나에 대해 하는 얘기가 들렸다. "이 호모 좀 봐. 제길, 어디다 총을 쏘는 거야?" 나는 거기서 빠져나와 싱글 플레이어 모드로 플레이했다. 적어도 이 게임 자체는 나를 호모라고 부르지 않았다.

나치 쏘기 게임은 인생의 한 달을 낭비하기에 훌륭한 도구였다. 아무 생각도 할 필요가 없다. 언덕을 올라가서 나치를 쏜다. 죽는다. 죽은 캐릭터가 다시 생성되고 나치를 또 쏜다. 오븐에서 파이를 꺼낸다. 파이는 게임이 아니다. 나는 뭐라도 할 수 있다는 느낌을 받고 싶어서 빵 굽기를 시작했다. 그래서 빵을 구웠다. 먹지는 않았다. 식욕이 없었다. 하지만 룸메이트는 뛸 듯이 기뻐하며 파이와 쿠키와 머핀과 케이크를 직장에 가져갔다.

나는 누구에게도 말을 걸지 않았다. 개를 산책시킬 때

말고는 집 밖에 나가지도 않았다. 나는 마치 절전 모드에 들어간 컴퓨터처럼 근근이 목숨을 이어가고 있었다. 사람들이 제정신이 아니라고 생각할까 봐 일주일에 한 번 샤워를 하고 재향군인 병원에 의사를 보러 갔다.

이미 나는 구치소에 가기 전에 어텀과 깨지고 PTSD를 진단받은 적이 있었다. 나를 진단한 의사는 수많은 올바르고 합법적인 항정신병 약들 중 일순위 약을 처방했다. 그런데 프로작이 효과가 없어서, 우리는 웰부트린을 시도했다. 웰부트린도 효과가 없어서, 졸로푸트를 추가했다. 심발타로 바꿔볼까요? 트라조돈을 추가해봅시다. 아직도 제정신이 아니라고요? 좋아요. 웰부트린 용량을 늘려보죠. 나흘 동안 잠을 못 잤고, 모든 사람의 행동에서 패턴이 보이고, 그들이 당신을 지켜보는 것만 같다고요? 그럼 자낙스를 추가해야겠군요. 아, 당신이 십만 단어짜리 선언문을 썼고 피부 밑에서 벌레들이 기어 다니는 것 같다고요? 알겠습니다. 전혀 효과가 없군요. 클로나제팜으로 바꿔보죠. 우리가 시탈로프람을 시도해봤던가요? 팍실로 바꿔봅시다. 시간을 어떻게 보내고 있는지 좀 더 얘기해보세요. 뭘 했는지 기억할 수 없다는 말인가요? "누군가를 폭행한 것 말고 말인가요?" 그리고 당신 안에 당신이 없다고 말씀하신다면……, 리튬을 시도해봐야겠습니다.

내가 하고 싶은 말은 이거다. 이 약들은 대개 사람들에게 기적을 일으킨다. 어쩌면 그 약들은 항우울제로서 효과가 있었는지도 모른다. 이제는 내가 우울증인지 확신할 수 없었으니까. 나는 이전과 같이 멍해졌지만, 약을 복용한 뒤로는 웃지도 울지도 소리치지도 못했다. 전기가 머릿속을 관통하는 듯한 찌릿한 느낌 말고는 아무것도 감각할 수 없었고, 그런 느낌이 오면 나는 뇌졸중이라고 확신했다. 뇌가 찌릿찌릿한 느낌은 처음엔 조용할 때, 내가 잠을 청하려고 시원한 쪽을 찾아 베개를 뒤집을 때만 나타났다. 그러더니 점점 소리가 커졌다. 나는 다른 사람에게는 그 소리가 들리지 않는다는 걸 알고 충격을 받았다. 뇌가 옛날 브라운관 TV에 접속한 느낌이었다. 한심한 공포 영화처럼 나는 화면 안에 갇혀 누군가에게 나가게 해 달라고 소리쳤다. 하지만 그들은 바삐 삶을 살아갈 뿐이었다. 그들에게 보이는 건 그저 약에 찌든 사람의 멍한 눈빛이 전부였으니까. 나는 잠을 잘 수 없었다. 먹을 수도 없었다. 죽고 싶다는 생각은 할 수 있었지만, 트라조돈이건 클로나제팜이건 그 주에 병원에서 처방해준 약을 복용하고 나면 죽고 싶은 충동에 빠져 어떤 행동을 취하기 전에 잠들 수 있었다. 다만 잠들면서 다시 깨어나지 않으면 좋겠다는 생각은 들었다. 매일 아침 깨어나서 또 다른 의미 없는 하루를 보내는 게 빌어먹게 무서웠다. 나는 대부분의 나날을 전혀 기억하지 못한다. 하지만 계속 약을 복용했다.

약은 효과가 있어야 마땅했다. 나는 홍역을 치료한다며 다진 마늘로 발을 문지르고 독감을 낫게 한다며 기도하고 외이염을 치료한다며 마늘로 귀를 틀어막은 히피들 손에서 자랐다. 그래서 의약품을 철저히 신뢰했다. 백신의 유효성도 믿는다(수영을 하고 나서 면봉을 사용하는 건 말할 필요도 없다). 내게 적절한 조합만 찾으면 된다고 말하는 의사들을 진심으로 믿었다.

한 달 후에 다시 직장에 복귀했다. 눈에서는 이제 눈물이 흐르지 않았고 공황 발작도 잦아들었지만, 나는 빈 껍데기였다. 내겐 함께 일하는 안드레라는 동료가 있었다. 웃는 모습이 바보 같고 뚱뚱한 남자였다. 그는 해군 출신이고 아버지가 동성애자였기 때문에, 우리는 직장 친구가 되었다. 직장 친구는 그리 많을 필요가 없다. 그는 내게 일을 도와 달라고 호출했고, 일을 끝내고 나서 우리는 그의 밴 옆에서 담배를 피웠다. 안드레는 내게 무슨 약을 쓰냐고 물었다. 나는 아무 약도 안 쓴다고 대답했다.

그는 마치 내가 거짓말을 한다는 듯 고개를 갸우뚱했다. 실제로 나더러 거짓말하지 말라고도 했다. "지금 깨어 있기는 한 거야?"

그것도 잘 모르겠다고 말했다. 나는 약을 조절할 필요가 있었다. 그리고 약을 조절할 필요가 있는 미친 사람처럼 대답한 게 너무 싫었다. 안드레는 다시 한 번 내게 무슨 약을 쓰냐고 물었고, 나는 목록을 읊기 시작했다. "무슨 약을 쓰냐?"는 질문에 세 가지가 넘는 항목을 대는 건 의사가 환자의 말에 귀 기울이지 않고 있다는 증거일 수 있다고 나는 어느 정도 확신한다.

안드레가 말했다. "야, 그게 다 뭐야? 먹으면 행복해지는 약들이야? 넌 원래 행복한 사람이 아니잖아. 괜찮아. 난 투덜대고 웃기는 네가 좋아."

나는 지금 직장 동료가 약물에 대해 조언하는 말을 받아들이라고 주장하는 게 아니다. 하지만 그 조언이 뇌리에서 떠나지 않았다. 부분적으로는 그 약들의 새로운 부작용으로 나타나고 있는 맹렬하고 집착적인 사고 덕분이었다. 그래서 옛 바텐더 친구 에이미에게 전화를 걸어 만나서 술 한잔하자고 했다.

에이미는 내가 어렴풋이 아는 바텐더 두 명과 술을 마시러 이미 나와 있었다. 나는 공짜 술을 마실 수 있는 배드랜즈에서 그들을 만났다. 그들은 다른 술집으로 자리를 옮기려고 했는데, 도중에 잠시 어딘가에 들러야 했다. 그래서 나는 우연히 필로폰 거래 현장에 들어가게 되었다.

바텐더들과 어울려 다니면 항상 기분이 좋았다. 고개를 끄덕여 인사하는 기도들과 공짜 술, 그리고 '보드카 소다. 첫 잔 이후로는 팁을 안 주는 손님'으로 알고 있는 누군가가 가끔 흔드는 손. 나는 우리 네 명이 함께 있다는 게 기뻤다.

아니면 내가 한 발짝 뒤처져서 걸었다고 표현하는 게 맞을지도 모르겠다. 분명 폼 나는 상황은 아니지만 말이다. 우리는 로건 서클에 있는 한 영국인의 지하실로 들어가게 되었다. 여기서 내가 마이크라고 부를 바텐더가 미리 전화를 해 뒀건만, 족히 5분 동안 문을 두드린 뒤에야 금방이라도 뼈가 살을 뚫고 나올 듯한 뽕쟁이가 나왔다. 그 뽕쟁이는 우리 넷을 빤히 쳐다보더니 길을 위아래로 훑어보고 말했다. "배터리는 가져왔소?"

배터리? 나는 에이미를 쳐다보았고, 에이미는 '필로폰 거래상이잖아'라고 말하는 듯이 어깨를 으쓱했다.

뽕쟁이는 문을 활짝 열어젖혔고, 거실 바닥에는 다양한 상태로 분해된 경찰용 손전등이 잔뜩 널려 있었다. 뽕쟁이는 렌즈와 전구의 광도 차이에 대해 자신이 연구한 결과를 줄줄 읊었다. 그는 모든 것을 파악하게 될 순간이 가까워졌다고 했다. 대체 뭘 파악하려고 하는지는 그에게 직접 물어봐야 할 것이다. 나는 밖으로 나와 계단에서 기다렸다.

다시 나온 바텐더들이 배터리를 사러 가게에 갔다 와야 한다고 해서 나는 로건 서클에서 기다리기로 했다. 그 동네 성매매업 종사자들은 내게 담배를 얻어 피우며 자신들이 들어본 얘기 중에 가장 웃기고 가장 백인스러운 얘기라고 생각했다. 그들이 말했다. "마약상은 분명 사람을 죽일 수 있지만, 적어도 심부름을 보내진 않아."

나는 그들을 보냈다. 나는 생각하려 애쓰는 동시에 생각하지 않으려 애썼다. 다른 뭔가에 대해 생각해보려 했지만, 그럴 수 없었다. 방금 거울에 비친 나를 보았다. 그 순간 까무러치게 놀랐다. 몸무게가 7킬로그램이나 빠져 있었다. 나는 몇 달 동안 팔에 생긴 똑같은 딱지를 계속 뜯어내고 있었다. 절대 아물지 않을 거라고 확신했다. 그렇게 계속 뜯어내고 있으니 제대로 아물 리가 없었다. 그리고 나는 아까 그 뽕쟁이처럼 손전등을 분해하지는 않지만, 사지도 않을 카메라를 조사하고 내게 잘못을 한 모든 사람의 이름을 구글로 검색하는 등 그 못지않게 온갖 것에 정신없이 집착하곤 했다. 나는 필로폰 중독자처럼 눈이 게슴츠레했지만, 내가 복용하는 약들은 내게 재미조차 주지 않았다.

마침내 사람들과 헤어지고 에이미를 집까지 태워다줄 때, 그녀에게 내가 이상하게 행동하는 것처럼 보이는지 물었다. 에이미는 D.C.에 있는 다른 누구보다 나를 오래 알아왔고, 에이미라면 진실을 말해줄 것 같았다. 그녀는 잠시 뜸을 들였고, 나는 대답을 짐작했다. 그러나 대답은 내 짐작보다 훨씬 심각했다. 에이미가 말했다. "네가 전화했을 때 전화를 안 받을 뻔했어." 내가 할 수 있는 일이라곤 간신히 차선을 유지하는 것뿐이었다.

나는 가진 알약을 전부 변기 물에 흘려보냈다.

원래 정신과 약은 이렇게 끊는 것이 아니다. 의사의 도움을 받아서 끊게 되어 있다. 하지만 나는 지금까지 여러분이 내가 논리적인 생각이란 걸 하지 않고 있었다는 점을 똑똑히 확인해왔으리라고 여긴다. 그래서 나는 정상적인 뇌의 화학 반응 따위를 조용히, 천천히 돌아오게 만드는 대신에 한 주 동안 우리 개를 두려움에 떨게 할 만큼 극심한 감정 기복과 머릿속의 번개 폭풍을 겪어냈다. 불쌍한 우리 개는 나와 지내면서 좋은 시절을 누려본 적이 없다. 그럼에도 녀석은 떨리는 내 몸이 진정되지 않을 때 내 가슴팍 위에서 잠을 잤고, 머리에 박치기를 해 나를 악몽에서 깨웠다. 그리고 녀석 때문에 나는 좋든 싫든 밖으로 나가야 했다.

나는 뭔가를 다시 느끼게 될 거라고 스스로를 다독였다. 그것이 비록 고통일지라도. 뭐가 됐든 마다하지 않고 기꺼이 느끼리라. 나는 그저 다시 내가 되고 싶었다. 내가 그리웠다. 몇 개월을 울지도 못하고 보낸 뒤, 어느 날 나는 정체된 도로 위에서 울음을 터뜨렸다. 아이팟에서 '남십자성'이 흘러나왔기 때문이다. 나는 다시 어떤 감정을 느끼게 된 것이 우라지게 행복해서 웃기 시작했다. 내가 빌어먹을 미친 사람처럼 느껴졌다. 하지만 뭔가를 느낄 수만 있다면 차라리 조금 미쳐 있다 해도 좋았다.

나만큼 오랫동안 우울증을 겪으면 거기에 능숙해진다. 생존 기술을 익히게 된다. 그렇지 않으면 오래 배겨내지 못할 것이다. 나는 밖으로 나가야 한다는 것을 안다. 수면 계획이 도움이 된다는 걸 안다. 내가 어떻게든 잠깐이라도 운동을 하게 만들어야 한다는 것을 안다. 상황이 너무 안 좋을 때 누구에게 전화를 걸어야 하는지 안다. 내가 전화를 걸게 만들어야 한다는 것을 안다. 그리고 내 머릿속이 허구로 가득 찼다는 걸 안다. 그건 마치 환각제에 취한 것과 같다. 나는 '넌 지금 취해 있어. 이건 현실이 아니라서 곧 지나갈 거야'라고 스스로를 설득할 수 있다. 약을 복용할 때는 이런 것들을 몰랐다. 감정을 기억하지 못하는데 다시 기쁨을 느끼게 될 거라고 스스로에게 말하기는 어렵다.

나는 여전히 보호 관찰 대상이었다. 여전히 두 달에 한 번씩 소변 검사를 받아야 했다. 그러니까 계산을 해보면 30일간 마리화나를 피울 수 있고, 30일간 고통스럽게 참다가 소변 검사를 한 뒤에 다시 피울 수 있었다. 망할 놈의 마리화나. 마리화나는 가장 유해성이 적은 마약이지만, 젠장, 가장 오랫동안 소변에 성분이 남아 있는 마약이기도 하다. 코카인이나 헤로인, 바르비투르산, 필로폰, 코데인, PCP, 엑스터시, LSD는 하루에서 사흘이면 깨끗해진다. 나는 마리화나를 조금 피웠다. 항상 경계를 풀지 못하는 상태부터 낯선 사람의 지하실에서 오줌을 지리는 현상까지, 내가 겪는 PTSD의 모든 증상에 마리화나가 실제로 도움이 되었기 때문이다. 스스로 마리화나의 용량을 조절할 수 있고, 내가 얼마나 취하고 얼마나 오랫동안 취할지 알았기 때문이다. 내가 여전히 기쁨을 느낄 수 있고, 마리화나가 내 소변에 7일에서 30일 동안 잔류한다는 사실을 알았기 때문이다. 마약 사용은 내가 받은 보호 관찰 처분의 금기 사항을 위반하는 행동이 아니었다.

나는 위험을 감수할 가치가 있다고 판단했다. 그러려면 그레그의 아파트에서 그가 봉지의 무게를 다는 동안 그의 아바타가 지도 위를 돌아다니며 반짝이는 물체들을 집어 드는 장면을 지켜봐야 했다. 마리화나 거래상들이 종종 그러는 것처럼 그레그가 더 이상 문자 메시지에 답장을 보내지 않았을 때, 나는 브래드를 만났다. 그다음에는 다른 그레그나 다른 라이언을 만났다. 그다음에는 또 다른 브래드를 만났다. 가끔은 라이언에서 라이언으로 돌고 돌기도 했다. 어쩌면 브래드와 라이언을 섞은 브라이언도 있었던 것 같다. 이게 무슨 말인지 다들 알 것이다.

내가 이렇게 자주 거래상을 바꿔야 하는 이유는 주기적으로 마리화나를 구입해서 거래상들의 상황을 꿰고 있을 만큼 마리화나를 자주 피우지 않기 때문이다. 30그램이면 6개월을 간다. 문제는 꼭 최악의 시기에 마리화나가 바닥난다는 점이다. 이를테면 이별하고 난 다음처럼.

나는 가슴이 아팠다. 술로 해결해보려 했다. 술에 모든 걸 쏟아부었다. 그러나 결국 남는 건 숙취뿐이었고 아픈 가슴도 나아지지 않았다. 재향군인 병원에서는 내게 알약을 처방하며 몇 달 이내로 치료 약속을 잡자고 했다. 나는 휴대전화에 연락처가 저장된 모든 마리화나 사용자에게 문자를 보냈지만, 마리화나를 공급해줄 사람을 찾지 못했다.

나이가 들면 이렇게 된다. 드디어 마약에 쓸 돈푼이 생겼는데 마약을 구할 수가 없는 것이다. 모두 마약 사용을 꽁꽁 숨기고 있어서 누구에게 물어야 할지도 알 수 없다. 그리고 모두가 여전히 살짝 피해망상에 빠져 있어서 주변의 책임감 넘치는 성인 친구들에게 자신이 마약 사용자로 비치는 걸 원치 않는다. 그렇다고 지역 고등학교에 가서 취해 있는 학생들에게 물어볼 수도 없다. 나는 이제 빌어먹을 어른이 아닌가. 내가 아는 유일한 마약 사용자는 코카인과 필로폰에 빠진 사람들이었다. 만약 당신이 집에 와서 청소를 해주고 가끔 정치 문제로 당신에게 소리를 지르거나 드라마 〈뱀파이어 해결사〉 때문에 징징대는 사람을 원한다면, 그들이 딱이다. 하지만 마리화나를 구하는 데는 별로 도움이 되지 않는다.

사람들은 상심이 큰 누군가에게 기분 전환을 하고 자원봉사를 하고 몰두할 만한 의미 있는 일을 찾으라고 조언한다. 나는 마리화나를 구하는 데 몰두했다. 한 직장 친구에게서 소량을 얻었다. 그러나 그것이 바닥났을 때, 스탠드 업 코미디까지 시도했다. 농담이 아니다. 지역에서 코미디언으로 활동하는 라스라는 친구가 있었는데, 그는 스탠드 업 코미디가 내게 좋은 치료법이 될지도 모른다고 생각했다. 나는 정말로 오픈 마이크 나이트* 무대에 올라가서 혹시 마리화나를 소지한 사람이 있냐고 묻고, 내가 마리화나를 구할 수 없는 이유는 내가 경찰처럼 보이기 때문이라고 설명했다. 어느 날 밤 술집에 들어갔는데 누가 봐도 마약 거래상인 배낭 멘 남자가 나를 보고 당황해서 달아났다는 이야기를 들려주었다. 청중은 그 얘기에 배꼽을 잡고 웃었다. 하지만 그건 딱히 촌극이 아니었다. 젠장. 내게 마리화나를 주겠다는 사람은 단 한 명도 없었다.

공식적으로 덧붙이고 싶은 말이 있다. 나는 마약 사용을 공개한 뒤로 마약을 사용하고 싶어 하는 모든 책임감 있는 성인들, 말하자면 친척, 직장 상사, 이웃, 친구 들이 마약에 대해 물어보는 사람이 되었다. 변화를 원한다면, 먼저 실천하라.

내가 아는 범위에서 마리화나를 구할 수 있는 장소 가운데 하나는 콘서트장이었다. 그리고 내게는 입장권이 있었다. 내가 "우리가…… 흑흑…… 같이 가기로 했는데……, 흑흑" 하며 훌쩍이던 애처로운 순간에 불쑥 이 생각이 들었다. 나는 상태가 정말 엉망이었다. 나 같은 상태에서는 누구든 시티즌 코프 콘서트에 가지 않아도 된다. 하지만 내게는

* 무대에 올라 공연할 수 있는 기회를 누구에게나 제공하는 행사.

9:30 클럽에서 열리는 코프의 매진된 공연 입장권이 두 장 있었다. 상황이 좋았을 때도 혼자 공연에 갈 수는 없었을 것이다. 나는 사람이 많은 곳을 좋아하지 않는다. 하지만 동행과 함께 있으면 대체로 괜찮다. 나는 크레이그리스트*에 광고를 냈다. "액면가 또는 무엇이건 가지고 있는 마약." 한 시간도 채 안 되어 내 수신함은 마약의 보고가 되었다. D.C.와 코프의 고향에 사는 모든 코프의 팬이 내게 온갖 마약 사진을 보내왔다. 마리화나, 엑스터시, 코카인, LSD. 대부분은 마리화나와 LSD였다. 실로 시티즌 코프 음악의 위력을 입증하고도 남았다. 정말이다.

나는 내 기발한 아이디어에 뿌듯해하고 있었다. 그 남자가 나타나기 전까지는. 그는 폴로셔츠를 면바지 속에 단정하게 넣어 입고, 손으로 광을 내 반짝반짝한 구두를 신고 있었다. 그리고 눈 주위를 전부 가리는 형태의 오클리 선글라스를 끼고 있었다. 경찰처럼 보였다. 내가 그렇다고 말했다.

그가 대꾸했다. "네, 그렇죠. 그런데 그쪽도 그렇군요."

나는 경찰처럼 보이지 않으려고 나름 노력했다. 정말이다. 구멍 뚫린 청바지를 입고 머리칼을 한껏 헝클어뜨렸다는 얘기다. 달리 내가 무엇을 할 수 있겠는가? 그 남자가 도착하기 직전에 나는 룸메이트와 함께 거실에서 얼마 남지

* Craiglist. 누구나 판매, 구인, 구직 등 다양한 목적을 위해 광고를 낼 수 있는 웹사이트.

않은 마리화나를 피웠다. 하지만 그것도 도움이 되지 않았다. 게다가 그의 말이 틀린 것도 아니었다. 나는 과속 딱지 때문에 울고 있는 사람을 비웃는 레즈비언 경찰처럼 보인다. 대체로 헤어스타일 때문일 것이다.

어쨌거나 우리는 교착 상태에 빠졌다. 그의 두려움을 누그러뜨리겠다고 그의 앞에서 마리화나를 피울 수는 없는 노릇이었다. 그 역시 딱 봐도 경찰처럼 생긴 누군가 앞에서 마리화나를 피울 리가 없었다. 우리가 그 문제를 어떻게 해결해야 할지 고민하며 족히 10분을 거실에 그렇게 서 있는데, 발기 강화 링을 귀에 걸고 있는 내 수상쩍은 룸메이트가 지하실에서 올라와 라이터를 달라고 했다. 그녀는 딱 봐도 경찰처럼 생긴 남자가 거실에 있는 것을 보고 화들짝 놀라 파이프를 떨어뜨리더니, 무릎을 꿇고는 카펫을 쥐어뜯으며 말했다. "아이고, 내 마약. 아니, 아니, 내 마약이 아니지."

언젠가는 마리화나가 합법이거나 합법화될 곳으로 이사를 갈 것이다. 언젠가. 그때까지는 현재의 마약상과 거래할 것이다. 최소한 그는 뱀을 키우지 않으니까.

물침대를 가지고 있는 라이언과 헤어진 이후에 나는 게이 바에서 기도 일자리를 얻었다. 내 업무 중 하나는 사람들에게 제발 테라스에서 마리화나를 피우지 말라고 당부하는 거였다. 정말 여기서 피우려고요? 그러지 말고 모퉁이를 돌아 가서 우리 땅이 아닌 곳에서 피우세요. 하지만 나는 그저 단골손님이 테라스에서 불을 붙일 때까지 기다렸다가, 그에게 마리화나를 어디서 구했는지 물어보고 모퉁이를 돌아 가서 피워 달라고 부탁했다. 그리고 드디어 파충류나 음반 컬렉션이나 물침대를 소유하지 않은 마리화나 거래상을 찾았다. 그의 소파에 있는 남자는 가위치기 체위에 관한 농담을 술술 던지는 드래그퀸이었다.

나는 거래상에게 마약을 사면서 상대적으로 안선한 느낌을 받을 수 있다. 누군가는 LA나 포틀랜드나 덴버의 상점에 들어가 신분증을 보여주고 고급 브랜드의 마리화나나 마약 젤리나 새로 나온 전자담배 스타일의 마약 펜을 고를 수 있다. 하지만 경찰에게 밉보였기 때문에, 피부색 때문에, 경찰이 자기가 싫어하는 팀의 범퍼 스티커가 붙은 자동차를 보고 번호판을 조회해서 점검일을 지나쳤다는 사실을 알아냈기 때문에 몇 년을, 때로는 수십 년을 감방에서 보내는 사람들이 있다. 그리고 경찰은 피부색 때문에, 또는 그들이 경찰에게 '선생님'이라는 호칭을 붙이지 않아서 알량한 자존심을 건드렸기 때문에 그들의 차를 수색해 시트 밑에서 오랫동안 잊고 있던 마리화나 꽁초를 찾아내기도 한다.

내가 텍사스가 아닌 다른 주에 산다면, PTSD와 우울증 치료에 의료용 마리화나를 사용해도 된다고 허가받을 수 있을 것이다. 물론 재향군인 병원에서는 아니다. 현재 나를 담당한 재향군인 병원 의사는 내가 어떻게 증상을 치료하는지 알고 있기에 할 수만 있다면 마리화나의 효능을 입증하는 수많은 연구 결과에 근거해 기꺼이 마리화나를 처방하겠지만, 연방법은 그녀가 마리화나를 처방하지 못하도록 금지하고 있다. 의사들은 내게 필요한 딱 하나만 빼고 뭐든 처방할 수 있다. 처방약이 효과가 없었기 때문에, 나는 마약상의 집에서 차를 몰고 집으로 돌아올 때마다 감방에 갈 위험과 변호사 수수료로 상당한 돈을 지불해야 할 위험을 무릅쓰고 있다.

케이블 기사

나는 케이블 기사로서 겪은 어떤 구체적인 날에 대해 말할 수 없다. 첫 번째 고객이 고양이 호더였다는 것도 확실하게 말할 수 없다. 하지만 세부 사항은 말할 수 있다. 고양이 오줌에 절은 카펫과 벽, 소파 덮개의 악취를 상쇄하려고 입술에 멘톨 향 빅스 크림을 발랐다는 것. 부츠의 진흙을 카펫에 묻히지 않기 위해서가 아니라 고양이 오줌을 부츠 밑창에 묻히지 않기 위해 덧신을 신었다는 것. 고객의 케이블 신호 오작동 문제가 고양이들이 전선을 잘근잘근 씹은 결과였다는 것. 전선을 교체하기 위해 미라화된 수척한 고양이를 텔레비전 뒤로 옮겨야 했다는 것. 고양이 오줌의 암모니아 냄새가 거친 파란색 유니폼의 폴리에스터 섬유에 스며들고 머리칼 땀에 들러붙었다는 것. 다음 일을 하는 동안에도 그 냄새가 계속 나한테 들러붙어 있었다는 것 따위 말이다.

하지만 다음 일이 뭐였더라? 특정한 날이 어떻게 펼쳐

졌는지 도무지 기억나지 않는다. 아마 다음 집은 버지니아 그레이트 폴스에서 노출이 심한 검은 뭔가를 걸친 주부가 문을 열어주었던, 바로 그 집이었을 것이다. 나는 맥락 없는 노출에 직면하면 시선을 피하려고 기를 쓰며 상대의 눈만 쳐다보기 때문에 사실 잘 보지 못했다. 그녀는 남자가 올 거라고 기대하고 있었다. 나는 1미터 80센티미터 장신의 레즈비언이다. 내가 이발사들에게 국제 레즈비언 옵션 넘버 2로 알려진 헤어스타일을 한 채 유니폼까지 입고 문 앞에 서 있으면 집주인은 나를 남자로 오인할 테다. 모두 그런다. 그녀는 내가 여자인 걸 알아본 드문 사람이었다. 우리는 함께 웃었다. 내가 셋톱 박스를 교체하는 동안 그녀는 로브를 찾았다. 그녀가 화장실을 사용하겠냐고 물었고, 나는 그녀가 좋았다.

10년 동안 나는 워싱턴 D.C.의 버지니아 교외에서 케이블 기사로 일했다. 그 10년의 세월과 수많은 아파트와 맥맨션*, 고객들, 벌레와 뱀, 전신주, 교통 체증, 추위와 더위, 비가 머릿속에 희미하게 뒤섞여 있다. 그때도 나는 뭔가 특별한 일이 없는 한 하루의 일을 잘 기억하지 못했다. 특별한 일이란 주관적이며, 사무실에서 일하는 사람들이 결코 보지 못할 이들, 가령 주중에 집에 있는 그들의 직장 동료, 검

* 주로 미국 중산층을 위해 대량 생산된 대규모 주택을 맥도널드에 빗대어 경멸적으로 일컫는 표현.

색 이력을 잊지 않고 삭제했는지 걱정하는 팬티 차림의 아메리칸 본능남*을 목격하며 보내는 일상의 변화를 뜻한다.

대체로 내가 기억하는 건 소변이 마려웠던 일뿐이다.

그리고 기괴한 것들에 대한 짧은 경험을 기억한다. 지금 떠오르는 사람은 반 동성애 로비스트다. 로비스트의 사무실에는 근본주의 기독교 단체인 포커스 온 더 패밀리에서 받은 감사패와 팻 부케넌과 제리 폴웰과 함께 찍은 사진이 늘어서 있었지만, 핑크색으로 칠한 아들 방에는 바비 인형이 여기저기 널려 있었다. 그 위선자의 아들은 자신이 아직 어린아이일 뿐이고, 자신의 여름 원피스가 정말 귀엽다고 생각할 따름이라고 말했다. 내가 동의하며 데이지 꽃무늬가 예쁘다고 말했더니 아이의 얼굴이 밝아졌다. 아이의 아버지는 내게 고맙다고 했지만, 나는 그에게 꺼지라고 말하고 싶었다. '어떻게 세상을 당신의 사랑스러운 아들에게 더 위험한 곳으로 만드는 일에 앞장설 수 있지?'라고 묻고 싶었지만 관뒀다. 그냥 거기 서서 그가 시선을 돌릴 때까지 노려보았다. 나는 일자리를 지켜야 했다. 그리고 아이가 자라면서 그를 미워하게 될 거라고 생각했다.

아마 그날의 다음 고객은 작업 지시서에 '격분형'이라고

* '아메리칸 본능남'은 오디션 프로그램 〈아메리칸 아이돌〉을 패러디한 표현으로 보인다.

쓰여 있는 사람이었을 것이다. 작업 지시서에서 보고 싶지 않은 단어였다. 특히 늦게 도착했는데 하필 소변이 마려울 때는 더욱 그랬다. '격분형'은 다음 일이 란제리 차림의 여자가 아니리라는 걸 뜻했기 때문이다. 내가 텔레비전 설정을 조정하는 동안, 거시기를 내놓고 있는 남자일 수 있었다.

나는 말 한 마리를 보고 차를 길 한쪽에 댔다. 그레이트폴스의 유일한 장점은 그리 오래되지 않은 과거에 그곳 대부분이 작은 농장과 큰 사유지 들이었다는 것이다. 지금은 맥맨션이 농장보다 많아졌지만, 여전히 버티고 있는 농장들이 있다. 나는 그 지역으로 자주 나갔기 때문에 점심 도시락에 당근이나 사과를 챙겨서 다니기 시작했다. 말이 작업용 밴을 알아보기까지 오랜 시간이 걸리지 않는다. 나는 말을 펜스 쪽으로 불렀고 말은 내 머리에 코를 비볐다. 나는 사과를 먹였다. 숨 쉬는 법이 기억나지 않을 때 말에게 말을 하면 도움이 된다.

어쩌면 그 '격분형'은 72번 채널이 안 나와서 화가 난 건지도 모르겠다. 폭스 뉴스 채널. 우리가 두려워하는 것이다. 여기에 '반복 호출'이라는 문구가 뒤따르면 상황은 더 안 좋아진다. '반복'이란 누군가 그곳에 갔다는 걸 의미했다. 만일 그 누군가가 내가 전화를 걸어서 물어볼 수 있는 사람이라면, 그는 이렇게 말할 것이다. "조심해요. 그 개망나니가 나를 줄곧 '야'라고 불렀어요. 아니, 그냥 일어나서 내게 [XX]라고 하더군요. 예, 물론 회사에 알렸죠. 지금 그 이메일을 보내줄게요. 기다려봐요, 지금 병합해야 하니까. 어쨌든 그자의 TV가 문제였어요. 멍청이가 벽난로 위에 플라스마 TV를 둔 거예요. 내가 그러지 말라고 경고했으니까, 그 멍청이한테 수리비를 청구하세요. 부디 즐거운 시간 보내요."

나는 알 수 없는 상황에 대비하며 들어가곤 했다. 울고 있는 남자나 여자도 있었다. 그런 건 대수롭지 않았다. 언어 폭력도 있었다. 물리적인 위협도 있었다. 이렇게 그저 위협이라고 묘사하는 건 그 공간을 잘 모르고, 복도가 어디로 이어지는지, 문 뒤에 무엇이 있는지, 그들이 총을 가지고 있는지, 나를 벽에 몰아붙이고 소리칠지 모르는 상황에서 누군가의 집에 머무는 것이 어떤 기분인지를 온전히 표현하기에 적절하지 않다. 더군다나 내가 뭘 어떻게 하건 그들이 대뜸 불만 신고 전화를 걸지도 모르는 상황에서는 말이다. 물론 우리가 위협을 느끼면 그 집에서 나올 수 있었다. 하지만 우리가 정말 그럴 수 있는지 항상 확신할 수는 없었다. 어차피 우리가 취소한다 해도, 나중에 다른 누군가를 같은 집에 보낼 것이다. '격분형. 반복 호출.' 그리고 우리는 건수를 채우는 데 필요한 점수를 잃게 된다.

점수. 모든 일에 점수가 할당되어 있다. '케이블 불통' 호출 시 10점, 회선 해지에 4점, 인터넷 설치에 12점. 월간 할당치를 맞추려면 하루에 120점 정도가 필요했다.

케이블 회선 절단은 우리가 고치려 시도했건 그렇지 않건 10점이었다. 우리가 절단된 부분을 발견하면 이어 붙여볼 수 있다. 아니면 임시 회선을 설치할 수도 있다. 그러나 이웃집 잔디밭이나 도로 또는 보행로를 가로질러 회선을 설치할 수는 없다. 집에 수영장을 새로 만들고 있던 '격분형' 고객에게 딱 그런 일이 일어났다. 인부들이 땅을 파면서 회선을 끊어놓은 거였다. 나는 집에 들어가기도 전에 그 사실을 알아챘다. 그런데 고객은 여전히 나더러 들어가서 먹통이 된 셋톱 박스를 살펴보라고 했다. 폭스 뉴스 광신 집단은 무례한 기사들에 대해 불만 전화 걸기를 좋아하기 때문에 나는 시키는 대로 했다.

케이블 회선을 연결하는 탭이 이웃집 마당에 있었다. 마당 뒤쪽 테라스에 개가 한 마리 있었다. 나는 개를 좋아하지만 바보가 아니다. 고객에게 새로운 회선이 들어오려면 일주일에서 열흘 정도 시간이 걸릴 거라고 말했다. 그는 정확한 날짜를 알아야 한다고 이를 악물고 대꾸했다. 나는 그에게 담당 관리자의 전화번호를 건네주었다. 그러는 내내 그의 아내는 깨끗한 조리대를 행주로 닦고 또 닦았다.

내가 모든 케이블 기사가 사랑해 마지않는 '분노 광신 집단'의 일원에게 전화가 걸려왔을 때를 대비해 경고해주려고 작업 지시서를 작성해서 관리자에게 보내고 있는데 그의 아내가 밴 창문을 두드렸다. 부인은 한 발 물러서서 나를 “선생님”이라고 불렀다. 듣기 좋은 호칭이다. 폴로셔츠를 바지에 넣어 입은 그녀의 남편은 좀 전에 내게 이름을 물었고, 나는 로렌이라고 대답했다. 그는 자신이 본 내 모습에 들어맞는다고 생각했는지 로렌을 로렌스로 알아듣더니 내게 래리라고 불러도 되겠냐고 물었다. 이런 부류의 남자들은 이름을 무기로 이용한다. “래리, 왜 내가 1시에서 3시까지 앉아서 당신을 기다려야 했고 당신은 왜 3시 17분에 나타난 거죠? 이게 당신이 보기에는 좋은 고객 서비스입니까? 그래 놓고 이제 일주일에서 열흘을 기다리라고 하는 거요? 래리, 난 이런 개소리를 듣는 게 지겹소.” 이런 부류의 남자들은 그냥 나를 남자라고 생각하게 놔두는 편이 차라리 더 안전하다.

부인은 남편 때문에 미안하다고 말했다. 나는 “괜찮습니다”라고 대답했다. 그리고 내가 할 수 있는 게 없다고 덧붙였다. 그녀는 언제부터인지 모르지만 그동안 참아온 눈물이 왈칵 쏟아지려는 걸 억누르려고 눈을 깜빡였다. 그녀는 말했다. “남편에게 폭스 뉴스가 있으면, 미워할 대상이 오바마예요. 그런데 그게 없으면…….” 부인은 고개를 돌려 뒤를 보았다. 그녀는 남편을 무서워했다. 부인이 말했다. “죄송해요. 남편에게는 꼭 폭스 뉴스가 있어야 해요.” 나는 밴에서 내렸다.

공격을 할지도 모르는 개를 키우는 이웃집에는 사람이 없었다. 옆집에도 사람이 없었다. 그러나 나는 그의 계정을 찾아보았다. 운이 좋았다. 그는 케이블 TV 서비스를 이용하지 않았다. 나는 노트북 컴퓨터에 그의 모뎀을 연결했다. 신호가 완벽하게 잡혔다. 케이블이 연결된 그의 집 배선에는 신호를 억제하기 위한 감쇠기가 있었다. 지나치게 강한 신호도 문제가 되기 때문이었다. 그리고 숀 해니티*가 그 개망나니의 분노를 치유할 수 있도록 그들네 집까지 선을 연결하기에 충분한 신호였다. 이웃집에는 옆집의 인터넷 서비스가 매우 긴급히 수리되어야 하는 상황이었다며 애매모호한 거짓말을 쪽지에 적어 남긴 기억이 난다. 폭스 뉴스보다 인터넷 서비스라고 말하면 이웃집이 이해해줄 가능성이 더 크다고 생각했기 때문이다. 틀림없이 그럴 거라고 확신했다.

아마 다음 일은 어느 쪽으로도 특별하지 않았을 것이다. 나는 그 일이 좋았다. 딱히 기억할 만한 건 없지만 귀여운 개가 한 마리 있었던 것 같다. 어쩌면 거미도 몇 마리 있었을 것이다. 나는 거미에 익숙해졌다. 모기에 물려도 크게 느낌이 없다. 고객이 어떤 종류건 육체노동을 하는 사람이면, 내게 물을 권하곤 했다. 대개 나는 사양했다. 하지만 그건 친절한 제스처였다.

* 폭스 뉴스 채널의 뉴스쇼 〈해니티〉의 진행자.

블루칼라 노동자들은 항상 내게 좋은 고객이었다. 그들은 사람을 하인처럼 취급하지 않는다. “일하는 사람들은 옆문을 이용하면 좋겠다”는 식의 말도 하지 않는다. 그들은 내가 일하기 위해 이름표를 달고 있고 손에 굳은살이 박혔다는 이유로 나를 멍청이라고 생각하지 않는다. 그들의 책꽂이에 꽂힌 책들은 가죽 장정이 아니다. 그러나 사람 손을 타서 책등에 금이 가 있다. 대체로 그들의 TV를 켜면 화면이 폭스 뉴스 채널에 맞춰져 있지 않다. 그들은 팁을 주는 유일한 고객이고, 팁을 받는다는 이유로 상대를 함부로 대하지 않을 유일한 고객이다.

우리는 팁을 받지 못하게 되어 있다. 그러나 간혹 서라운드 음향을 설치해주는 등의 편의를 봐주거나, 집 안 전체를 케이블 선으로 감싸다시피 해서 뒤쪽 침실까지 가야 하는 특별히 힘든 작업을 하거나, 다락에서 추가로 시간을 보내야 하는 경우에는 보상을 받기도 한다. 항상 그런 건 아니다. 엉뚱한 개망나니에게 팁을 받았다가, 케이블이 어느 입력 단자에 연결되어 있는지 잊어버려서 그가 불만 신고 전화를 걸었을 때 대뜸 그 얘기를 할 수도 있다. 그래서 팁을 받으면 안 되는 것이다.

어쩌면 다음 일에서 나는 다락을 기어올라가야 했을 것이다. 바깥 온도가 섭씨 32도, 다락 내부 온도는 무려 71도였다. 체중의 절반을 땀으로 배출했고 단열재 때문에 두드러기가 난 것처럼 온종일 피부가 근질거렸다. 어느 시점에 코를 풀어보니 코에서 검은 무언가가 묻어 나왔다. 다락에서는 신속하게 일해야 한다. 다락에서 내려오지 않으면, 이 고객들 중에는 내가 미디엄 레어로 익었는지 확인하는 수고를 굳이 하지 않을 사람들도 있을 테니까. 그 고객에게 일말의 인간애가 있으면, 아침으로 시간을 조정하자고 요청할 수 있었다.

내가 처음 이 일을 시작했을 때는 상상한 것보다 인간애가 드물었다. 어떤 여자는 내가 1미터 정도 물이 차 있고, 그 위로 겨우 30센티미터 정도의 여유 공간이 있는 마루 아래 크롤 스페이스*로 비집고 들어가기를 원했다. 벌어진 틈으로 뱀 한 마리가 헤엄쳐 지나가는 것이 보였다. 그녀는 그 뱀이 독사는 아니라고 했다. 제길, 퍽이나 그게 문제겠다.

1년에 한 차례, 아니 사실은 두어 차례쯤 눈보라가 쳤다. 스노우마게돈, 스노우버킬, 스노우마이갓. 내 생각에는 WTOP 라디오 방송국에서 이름을 붙인 것 같다. 우리는 일을 해야 했다. 호출을 받고 어느 집에 가보니 리모컨 배터리가 나간 게 문제였다. 그들은 배터리는 자기네 책임이 아니라고 생각했다. 그다음 고객은 내게 늘어진 전선을 교체해 달라고 했다. "그래요, 나무에 걸려버린 송전선 말이에요.

* 천장이나 마루 밑에 있는 배선과 배관 등을 위한 좁은 공간. 외부에서 물이 새어 들어오는 경우가 많다.

물론 전신주는 도로에 누워 있지만, 우리는 당신이 뭔가 할 수 있을 거라고 생각했어요." 나는 밴에서 내리지 않는 이유를 설명하지 않았고, 그냥 사진을 찍어서 '헛소리'라는 문구와 함께 내 관리자에게 보냈다.

80센티미터가 넘게 쌓인 눈 때문에 도로 대부분이 꽉 막혀 있었다. 교통을 통제하던 경찰관이 내게 도로에서 나오라고 했다. 내 관리자는 말했다. "안 돼. 우린 전화 일을 하잖아. 그러니까 응급 서비스라고 볼 수 있지." 나는 전화 일을 하지 않았다. 다른 어떤 기사도 마찬가지였다.

관리자들은 우리가 작업할 장소에 무사히 도착했는지 걱정하는 척하느라고 애썼다. 배치 담당자는 가능한 한 작업들을 취소했다고 했다. 우리 기사들은 말을 아꼈다. 그래도 이따금 누군가가 넥스텔*의 마이크를 켜고 소리쳤다. "이건 헛소리야! 저들은 우리를 죽이려 하고 있다고!" 또 누군가가 말했다. "저들은 관심도 없어. 어차피 사고가 나도 보상해줄 필요가 없을 테니까. 우리 시체로 소변 검사를 하고선 약에 취해 있었다고 말할걸. 이런 후레자식들."

"내가 밴으로 건물 정면을 들이받으면 그때는 관심을 보이겠지."

"이봐. 나는 내 눈에 처음 들어오는 포드 레인저를 들

* 무전기와 휴대전화가 결합된 서비스를 제공하는 이동 통신 회사.

이받을 거야." 관리자들은 레인저를 몰았다.

"닥쳐! 나는 경찰을 들이받을 거야."

"제기랄, 뭘 들이받을지 어떻게 알아? 눈앞에 있는 제 설기도 안 보이는 판에."

나는 응답할 수 없었다. 내 목소리는 도드라질 테니까. 우리는 다른 사람들의 인간애, 고객들의 인간애에 기대를 걸 수밖에 없었다. 회사에서는 관심도 없을 테니까. 그들은 눈보라를 뚫고 운전할 필요가 없었다. 내 기억에 눈보라는 여러 번 찾아왔다.

또 어떤 날들은 머릿속에 뒤죽박죽 섞여 있다. 가상의 어느 날로 돌아가보자. 아마도 다음은 오토라는 이름의 불마스티프를 키우는 여자였던 것 같다. 나는 멍청해 보이는 큰 머리의 불마스티프를 좋아하기 때문에 그 여자에 대해서는 별로 기억나는 게 없다. 나는 지하실에 내려가야 한다고 설명했다. 그녀가 말했다. "정말이요? 거긴 엉망인데." (그게 절대 이유일 리가 없다.) 나는 집 외부에서 들어오는 신호는 양호한데 텔레비전 뒤쪽 신호가 형편없이 약하다고 대답했다. 콘크리트 블록 벽 속에 선이 한 가닥밖에 없어서 지하실에 분배기가 있을 거라고 했다. 여자는 나보다도 장신이었다. 일전에도 말했다시피 내 키가 커서, 이런 걸 기억한다. 내가 이 뒤에 발견한 것을 고려할 때 큰 키는 아마 그녀에게 유용한 특징이었을 것 같다. 나는 내가 사생활 침해를 꺼리는 모든 사람에게 똑같이 하는 말을 읊었다. "철창에 가둔 아이만 없다면, 저는 아무 상관 안 합니다." 당시에 철창에 갇힌 아이들은 상상도 할 수 없는 공포였다. 선을 긋기에 좋은 방법이다.

이제 말할 때가 된 것 같다. 혹시 여러분이 다량의 마리화나를 재배할 계획이라면, 좋다. 나는 존중한다. 하지만 직접 케이블 회선을 깔 때 편의점에서 파는 3달러짜리 분배기는 사용하지 마시라. 조만간 케이블 기사를 지하실로 불러야 할 테니까. 그리고 본인의 피해망상증을 해소하기 위해 기사에게 마리화나가 가득 담긴 지퍼 백을 줘야겠다고 느낄 테니까 말이다. 그래 준다면 나야 고맙지. 그리고 오해하지 말기 바란다. 나는 마약 사용자를 좋아한다. 진심이다. 그들은 소리 지르지 않는다. 그리고 늘 취해 있기 때문에 화장실을 써도 되겠냐고 물어볼 수 있다. 불만 신고 전화도 걸지 않는다. 하지만 텔레비전 뒤편은 케이블 기사가 왔을 때 마리화나용 물담뱃대를 숨기기에 훌륭한 장소는 아닐 것이다.

어쨌거나 오토의 엄마는 웃으면서 말했다. "아이는 아니에요." 그 말을 이해하는 데 잠시 시간이 걸렸다. 여자는 그의 허락을 구해야 한다며 지하실로 내려갔다. 그 후 나는 한 남자가 철창에 갇혀 있는 지하 감방으로 내려가도 좋다고 허락받았다. 이 집에 불량 분배기가 있었는지 어땠는지는 기억나지 않는다. 이때는 아마 내가 일을 시작한 초기였을 것이다. 몇 년이 지난 뒤로는 지하 감방도 흥미롭지 않았으니까. 하지만 성매매 종사자들은 팁을 준다. 항상 대번에 알아보는 건 아니지만.

어떤 집들은 지하실에 섹스 그네가 있다는 사실을 주방에서부터 확실하게 알아차릴 수 있었다. 집주인이 비슷한 용도로 쓰려고 샀겠지만 지금은 빨래를 거는 용도로 사용하는 타원형 기구 옆에 놓여 위에는 세탁물이 쌓여 있다. 나는 문을 두드리기도 전에 집에 누가 있는지 없는지 알 수 있었다. 거실에 서 있기만 해도 그들이 지하실에 하켄크로이츠를 걸어뒀는지 어떤지 알 수 있었다. 나치들은 이 당시에도 그렇게 은밀하지 않았다. 생존주의자건 나치건 뭐건 나는 그렇게 놀라지 않았다. 그들의 전술화와 전술 벨트는 그들의 정체를 드러내주는 경향이 있다. 그러나 나는 절대로 그런 곳에 필요 이상 오래 머물지 않았다.

그런 집 가운데 한 곳에서 소규모 생존주의자 집단을 발견했다. 문 옆에 수북이 쌓인 신발을 보고 과도하게 많은 사람이 살고 있다는 걸 눈치챘다. 여드름이 잔뜩 난 십 대 소년이 집으로 안내했다. 교실로 개조한 거실에는 칠판과 시간표, 아침에 충성을 맹세하는 데 쓰이는 기독교 깃발이 완비되어 있었고, 뒷벽을 따라 컴퓨터들이 늘어서 있었다.

여덟아홉 살쯤 된 다섯 아이들이 카펫에 앉아 어떤 휴

거 소설의 더 좋은 구성에 대해 토론하고 있었다. 그 얘기를 듣는 것만으로도 턱에 힘이 들어갔다. 우리가 아이였을 때 그렇게 티가 났을지 궁금했다. 아마 그랬을 것이다.

상황을 보아하니 전자 기기 소매 체인점 라디오섁에서 구입한 허접한 전선으로 직접 설치한 케이블이 안테나 역할을 해서 온갖 라디오와 텔레비전 신호가 모뎀으로 유입되는 바람에, 인터넷에 문제가 생겨 컴퓨터가 쓸모없어진 것이었다. 모뎀은 거실에 없었다. 나는 십 대 안내자의 체취를 따라 복도를 걸어가서 이층 침대가 가득한 방들과 십 대 소녀가 우는 아기를 적어도 하나 이상 달래고 있는 방을 지나쳤다. 지하실 계단에 이르기 전에 도망치고 싶었다. "하나님은 죽었어"라고 소리치면 그들은 아마 나를 쫓아낼 테고, 상사에게 그 얘기를 하면 너무 황당해서 내 말을 믿지 않을 것이다.

지하실은 그야말로 어느 생존주의자의 몽정이었다. 돼지기름 통부터 통밀 자루까지 온갖 식료품이 쌓인 채 줄줄이 늘어선 선반, 수북하게 쌓인 배터리 상자, 거즈와 붕대만 따로 보관된 선반. 그리고 뒷벽에서 깜빡거리는 모뎀 위쪽에 무기고까지 있었다.

나는 총에 대해 완강하게 고수하는 의견이 하나 있다. 총을 가지고 싶어 하는 사람들 중 대부분이 총을 소지하면 안 된다는 것이다. 공군에 있었을 때 나는 시골에서 콘크리트 블록 위에 병을 쭉 세워놓고 총을 쏘면서 토요일을 보냈다. 재미있었다. 우리는 사격 연습을 충분히 했으니 책임감 있는 사람이라고 자찬했다. 우리 아빠와 삼촌과 사촌과 친구 들은 사냥을 한다. 내 친구 중에는 총기류를 수집하는 이들도 있는데 지금은 수가 줄었다. 샌디 훅 총기 난사 사건 이후에 상당수가 총을 없앴다. 하지만 나는 '총을 든 좋은 남자'라는 표현은 "우리는 전제적 정부로부터 스스로를 지켜야 할 경우를 대비해 준비하고 있을 뿐이야"라는 말과 마찬가지로 스스로를 위안하는 환상에 불과하다는 사실을 알 만큼 많은 것을 읽고 많은 것을 보았다. 그리고 나는 광신 집단을 한눈에 알아본다.

나는 소년에게 내가 엄청난 작업 비용을 청구하거나, 아니면 그들이 무단으로 설치한 모든 배선을 소년이 철거하고 우리 회선을 모뎀에 연결해 영웅이 되는 방법도 있다고 설명했다. 그는 올바른 선택을 했다. 나는 그에게 혹시 HBO를 구독하고 싶은지 묻지 않고, 그냥 거기서 빠져나왔다.

어차피 물어보려고 하지도 않았을 것이다. 나는 뭔가를 판매하는 일이 지독히 싫었다. 남의 집 문을 두드리는 것도 어렵게만 느껴졌다. 한번은 시에라 클럽*을 위해 남의 집 문

* 비영리 민간 환경 단체.

들을 두드려야 했는데, 거의 네 시간을 견디다가 점심시간 뒤에 돌아가지 않은 적도 있다. 거기에 도통 익숙해지지가 않았다. 노크를 하기 전에 매번 뜸을 들인다. 공구를 왼손으로 옮겼다가 오른손으로 옮겼다가 심호흡을 하고 셋까지 세고……. 그러고 나서 노크를 한다. 마치 높은 다이빙대에서 다이빙을 하는 것처럼. 하지만 그건 판매다. 내게는 금기 행위다. 그냥, 할 수가 없었다.

어쩌면 전단지와 테이프를 팔았던 어린 시절, 친절한 사람들을 먹잇감으로 삼아 그들이 원하지도 필요로 하지도 않은 뭔가를 사게 만들었던 어린 시절 때문인지도 모르겠다. 어쨌든 나는 판매를 할 수가 없다. 몇 개월 동안 인터넷이 제대로 작동하지 않아 고민하는 누군가에게 더 빠른 속도 등급으로 업그레이드하면 문제가 해결될 거라고 말할 수 없었다. 침대 프레임도 살 여유가 없는 사람들에게 밤에 잠드는 데 스포츠 패키지가 필요할 거라고 말할 수 없었다. 그리고 무엇보다 그들의 문제를 해결하기 위해 무료 프리미엄 채널을 연결해주겠다고 꼬드기면서 한 달 안에 취소 전화를 하지 않으면 다음 달 청구서를 보고 입에서 헉 소리가 날 거라는 언급을 생략하는 짓은 할 수 없었다. 우리는 판매를 위해서라면 그렇게 해야 한다고 들었다. 내 저조한 판매 실적 때문에 한마디 조언을 해야겠다고, 케이블 수리를 하는 기술자도 판매를 해야 한다고 생각하는 모든 사람이 그렇게 말했다. "그냥 사람들에게 무료로 연결해준다고 해. 어차피 전화를 하면 해지할 수 있잖아. 누가 신경 쓰겠어." 내가 신경 쓰였다. 누군가에게 뭔가를 파는 행위, 누군가에게 그들이 원치 않고 내가 좋다고 생각하지도 않는 뭔가를 사라고 부탁하는 행위. 그건 마치 억지 주장을 해서 상대가 그로 인해 피해를 입었는데 자신도 어쩔 수가 없다고 발뺌하는 것 같은 느낌이었다. 엿 같은 기분이었다. 그래서 나는 판매를 하지 않았다. 대신 우리 영업사원들이 새로운 주문을 받으려고 강매한 터무니없는 패키지들을 조정해서 판매 수량을 채웠다. '게임광인 당신과 한국인 할머니가 과연 축구를 얼마나 볼까요? 그 채널을 빼면, 당신은 약 한 달 동안 한국어 채널을 2달러에 볼 수 있습니다. 당신은 뿌리 염색도 할 시간이 없는 싱글맘인데 뉴스 패키지를 신청했다고요? 같은 가격에 더 유용한 어린이 패키지가 있습니다.' 아마도 다음 고객은 영화 채널이 필요하지 않지만 영화 채널 대신 더 많은 뉴스 채널을 볼 수 있다는 사실을 모르고 있던 금융 관련 일을 하는 남자였을 테다.

어쩌면 이번 고객은 작은 찻주전자처럼 걸어 다니고 아이들을 때리는 왜소한 개자식이었을 것이다. 가끔은 그냥 알 수 있다. 우리 중에는 그들 눈빛에서, 그리고 공기 중에 감도는 공포 분위기에서 낌새를 알아차리는 이들도 있다. 그는 나를 따라 사무실로 들어왔다. 그리고 내가 모뎀

플러그를 뽑을 때 내 엉덩이에 몸을 비볐다. 나는 내버려뒀다. 간혹 어떤 남자들과는 맞서 싸울 수 없다는 걸 안다.

그런 남자들은 많았다. 결코 잊을 수 없는 남자들. 그들은 고양이 오줌처럼 피부 속으로 스며든다. 샤워를 해도 이 흔적은 지워지지 않는다. 사람들 대부분이 나를 남자로 오인해도 신경 쓰지 않은 이유 중 하나이기도 하다. 매번 내가 무사히 밴으로 돌아갈 확률과 그보다 더 안 좋은 상황이 벌어질 확률을 계산해야 했다.

한번은 엘살바도르 남자 여러 명이 복작대며 사는 방 두 칸짜리 작은 아파트에서 일이 일어났다. 그런 아파트는 흔했다. 날품팔이 노동자들은 돈을 모아 밀입국 브로커에게 지불하거나 고향 집으로 보내기 위해 아파트에 바글바글 모여 살았다. 벽 쪽에는 개켜진 초라한 이부자리가 있었고, 문 옆에는 월마트표 작업화가 쌓여 있었다. 한 달이면 해어질 것 같은 신발들이었다. 텔레비전 위에는 성자가 그려진 기도용 양초가 늘어서 있었다. 집에서는 땀 냄새와 토르티야 냄새가 났다. 나는 그런 집들이 좋았다. 바퀴벌레가 우글거리는 거지 소굴 같은 집이었지만, 날품팔이 노동자들은 보통 거실에 하나밖에 없는 콘센트에서 각 침실로 끌어가야 하는 선들을 고정하는 일을 도와주었다.

그때 남자들이 내 비명 소리를 듣고 뛰어들어 왔다. 텔레비전 위로 몸을 구부린 순간 그들의 룸메이트가 내 가슴을 더듬고 손을 가랑이 사이에 집어넣었던 것이다. 내가 그를 벽으로 몰아세우는데, 그들 가운데 영어를 할 줄 아는 남자가 나섰다. 그는 자신들이 이 문제를 해결하겠다고 했다. 두어 명의 남자가 그를 뒷방으로 끌고 갔다. 십장으로 보이는 사내가 말했다. "부탁입니다. 경찰은 부르지 말아주세요. 다시는 못 그러게 하겠습니다." 나는 그의 눈빛이 좋았다. 그리고 어차피 나도 점수가 필요했다.

그들은 설치를 마칠 수 있게 도와주었다. 십장으로 보이는 사내가 맥주를 권했지만 사양했다. 그는 나를 도와서 공구를 옮기고 사다리를 밴에 실었다. 아내와 딸을 데려오기 위해 돈을 모으고 있다고 설명했다. 아내와 딸은 별 탈 없이 안전하게 지내고 있었다. 하지만 기다리는 데에는 한계가 있을 것이다. 그는 딸의 사진을 보여주었다. 경찰에게 신고하지 말아야 할 이유를 보여준 것이다. 내가 신고했다면, 나의 첫 번째 신고가 되었을 테다. 그들은 우리 정부로부터 당하게 될 일을 당해도 싼 사람들이 아니었다. 나를 도와준 사람들이고, 그저 생존하려고 발버둥 치는 사람들이고, 우리가 꺼리는 험한 일을 거리낌 없이 시키려고 고용하는 사람들이고, 우리 지도자들이 우리 또한 이들과 마찬가지라는 사실을 눈치채지 못하도록 기꺼이 중상하고 비방하는 사람들이다. 나는 지금 이 얘기를 쓰면서도 개망나니들이 내 글을 읽고 '그러면 그렇지'라고 생각할까 봐 두렵다.

십장은 자신이 그 일을 해결하겠다고 약속했다. 나는 그를 믿었다. 우리는 악수했다.

그런 소름 끼치는 작자들 중 하나는 내 차보다 비싼 정장을 입고 다녔다. 나는 그의 미소의 대가가 무엇인지 알지 못한다. 남자의 삼층짜리 맥맨션에는 엘리베이터가 있었다. 아마 나도 자기 소유물이라고 생각한 것 같다. 나는 전공 펜치로 그의 코를 부러뜨렸다. 전공 펜치 무게는 휘두르기에 딱 좋았다. 그는 나를 '다이크'라고 불렀다. 나 때문에 정장이 망가졌기를 바란다. 비록 나는 점수를 잃었지만.

나는 밴으로 돌아갔다. 이 밴은 나의 집이었고 사무실이었고 식당이었다. 밴에 있으면 안전했다. 나는 공원 근처에 몇 분간 차를 대놓고 밴 안에서 담배를 피우고 신문을 읽고 페이스북을 확인할 수 있었다. 떨리는 몸이 진정될 때까지, 눈물이 멈출 때까지 호흡을 가다듬을 수 있었다. 하지만 차를 댈 공간이 있을 때나 가능한 얘기였다. 그늘진 곳이면 더 좋았다. 우리는 GPS를 통해 위치 추적을 당했다. 하지만 도로와 가까운 곳에 있으면, 항상 교통 정체를 핑계로 댈 수 있었다. 여기는 노던 버지니아였다. 항상 교통이 꽉 막혔다.

어쩌면 그래서 내가 다음 집으로 갈 때 늦었고, 내 배치 담당자와 관리자와 또 다른 배치 담당자와 관리자가 내게 전화를 걸어 도착 예정 시간을 물었는지도 모르겠다. 결국 그 일은 취소되었다.

'격분형'이 항상 격분을 뜻하는 건 아니다. 때로는 인터넷을 수리하러 기사 세 명이 왔는데 한 명도 자신의 이야기를 귀담아듣지 않은 걸 의미했다. 기사들은 다 고쳤다고 말했다. 그는 간밤에 열차 경매에 참여했다. 특별한 물건이었다. 그가 5년 만에 이베이에서 딱 한 번 본 물건이었다. 딱 한 번. 남자는 소장품을 보여주었다. 그의 차고는 내가 다니던 학교 체육관만 한 크기였다. 그런데 거기에는 실용적인 통근용 도요타 차량 한 대만 덩그러니 주차되어 있었다. 그 차고는 열차용으로 만든 거였다. 서쪽에는 옛 서부, 동쪽에는 스위스가 있었다. 하지만 인터넷이 또 끊겨 경매에서 지는 바람에 남자가 갖고 싶어 했던 열차는 오하이오에 있는 누군가에게 돌아갔다. 그는 격분한 게 아니었다. 상심한 거였지만, 아무도 그의 말을 듣지 않았다.

내가 모뎀 뒤쪽 신호는 좋다고 말했을 때 그가 개 훈련용 클리커를 누르기 시작하던 것이 기억난다. 그는 미안하다며, 감정에 압도될 때 클리커가 도움이 된다고 했다. 내가 대답했다. "저도 한번 해봐야겠네요." 치과의사는 이를 악무는 내 습관을 싫어했다. 남자가 말했다. "기사들이 와서 괜찮다고 했는데, 인터넷이 또 끊겼소."

아마도 이때쯤 관리자는 내가 남들이 하지 못하거나 하지 않으려는 일을 해결하는 데 제법 소질이 있다는 사실을 깨달은 것 같다. 실제로 나는 질릴 대로 질려버린 고객을 상대하는 일을 곧잘 해냈다. 남자 기사들은 케이블을 과학으로 보았다. 그들은 채널 이름을 대고 주파수에 대해 설명했다. 모든 브랜드의 케이블 100피트당 감쇠에 대해 읊을 수 있었다. 고객들은 패킷 손실로 인한 비트 전송 속도 오류를 모르는 바보들이었다. 반면 나는 케이블을 배관 같은 것으로 보았다. 나는 수리 일을 좋아한다. 어떤 고객들은 바보였다. 하지만 대부분은 그저 뭔가가 원래 약속된 대로 기능하기를 바랄 뿐이었다. 이 남자의 배관은 새고 있었다. 나는 수업 시간에 강사가 왜 밤에는 전파 간섭이 더 심해질 수 있는지 설명할 때 별로 집중하지 않았거나 시험을 보고 곧바로 까먹었다. 하지만 나는 그게 뭔지 알았다. 그래서 그가 밤에만 그 문제가 일어난다고 말했을 때, 새는 부분을 찾기 시작했다. 밖에 연결이 불량한 지점이 있었다. 세 기사는 그의 말을 듣고 싶지 않았기에 그 사실을 놓쳤다. 그가 자신들과 달랐기 때문이다. 그가 고객이었기 때문이다. 고객들은 모두 바보이기 때문이다.

6년차에 접어들었을 무렵 내가 한 남자를 훈련시킨 기억이 난다. 그는 나보다 5달러 더 많은 시급을 받고 고용되었다. 내 시급보다 31퍼센트나 높은 시급이었다. 나는 여기저기 물어보고 다녔다. 우리는 임금에 대해 말하는 것이 금지되어 있었다. 하지만 마리화나도 금지되어 있었지만 우리 대부분이 피웠다. 아편을 하고 일하는 것도 금지였다. 우리는 아픈 몸을 이끌고 일했다. 나는 아편은 감당할 수가 없다. 그러나 내가 원하기만 하면, 고객의 화장실에서 훔쳐올 기사들은 얼마든지 있었다. 나는 어떤 팀 미팅이든 끝나고 나면 필요한 걸 구매할 수 있었을 테다.

사람들이 아편 중독에 대해 말하지 않는 사실이 있다. 대학을 졸업하지 않고도 괜찮은 생활비를 벌 수 있는 유일한 방법은 자기 몸을 망가뜨리거나 목숨을 걸고 일하는 것이다. 배관공, 전기 기술자, 증기 파이프 시설공, 용접공, 기계공, 케이블 기사, 전선 보수 기술자, 어부, 청소부 등, 그런 일은 셀 수 없이 많다. 그래서 사람들은 몸이 아프다.

그런 일들은 모두 다소 힘이 필요하기 때문에 남자들에게 적합한 일로 여겨진다. 위험이 클수록 월급도 두둑해진다. 하지만 바람이 불면 돛처럼 흔들리는 40킬로그램짜리 사다리를 짊어지고 다니느라 허리가 아파도 맘 편히 쉴 수 있는 형편이 못 된다. 다락과 책상 밑과 좁은 공간을 기어다닌 뒤에 무릎이나 발목이 아파도, 케이블을 분리하다 급전선의 중성선 역할을 하게 된 몸통에 220볼트 전기가 흐르는 사고를 겪고 나서 여전히 팔꿈치가 아파도, 9미터 높이 전신주에서 두 손이 쓸모없는 갈고리발톱이 되고 금속 탭에 피부가 차갑게 얼어붙어 고통스러워도, 얌전히 책상에 앉아 있을 형편이 못 된다. 그래서 하루, 한 주, 한 해를 버티기 위해 약을 한두 알 먹는다. 마약 검사에서 만약 진통제

성분이 나오면 지난번 지붕에서 떨어졌을 때 받은 처방전을 보여준다. 이런 직업들의 또 다른 문제가 바로 이것이다. 일하다 다치면 회사가 마약 검사를 받기를 요구한다. 즐거움을 위해서건 너무 아파서 잠을 이룰 수 없어서건 어느 날 마리화나를 피우면, 3주 후에 밴이 빙판길에서 미끄러져도 회사는 부상에 따른 비용을 지불하지 않아도 되는 것이다. 나는 매일 밤 마리화나로 머리와 몸을 멍하게 만드는 쪽을 선택했다. 그러나 이건 위험이 더 컸다.

어쩌면 나는 차라리 마약을 훔쳤어야 했다. 그랬다면 내가 급여를 물어보았던 다른 기사들보다 덜 받는 돈을 만회했을 것이다. 직원들이 봉급에 대해 말하는 것을 회사가 싫어하는 데는 다 이유가 있다. 어떤 이들은 나보다 오래 일했지만, 대부분은 그렇지 않았다. 나는 유일한 여자 기사였는데 내가 이 빌어먹을 일을 하는 이유는 대학에 가지 않았기 때문이다. 나는 공군에 입대했다. 군대는 동성애자라는 이유로 나를 쫓아냈다. 그때부터 게이 바와 홈 디포, 스타벅스, 로우스, 세븐일레븐, 콜택시 업체, 건설 현장, 애견 미용실 등 아마도 열 가지가 넘는 일터를 전전했다. 그러다가 딱 집세를 낼 만큼 몇 달러를 더 벌 수 있는 케이블 기사 자리를 제안받았다.

내 관리자는 우리의 급여를 알지 못했다. 아니, 알지 못한다고 말했다. 하지만 한번 알아보겠다고 했고, 알아보았다. 문제는 내가 처리한 건수가 대부분의 남자들보다 항상 적은 데 있다고 그는 설명했다. 앞서 언급한 점수를 말하는 거다. 그래서 몇 년 동안 내 임금 상승률은 항상 남들보다 낮았다. 계산이 꽤 정확한 것은 아니었지만 대체로 맞았다. 내 건수는 항상 낮았다. 건수의 기준은 내가 하루에 얼마나 많은 일을 완수했느냐였다. 회사의 평가 기준으로 봤을 때 서류상 나는 한심한 직원이었다. 내가 훌륭한 기술자라는 점도 중요하지 않았다. 중요한 건 점수였다. 그리고 지금 생각해보니, 내가 일한 10년 중 상당 기간을 화장실에 대해 고민하며 보낸 것도 다 그 점수 때문이었다.

남자들은 으슥한 골목이나 살짝 숲이 우거진 곳이면 어디서든, 또는 차 문을 열어서 가리고 벽에다, 아니면 밴에 모아둔 게토레이 병에 대고 소변을 볼 수 있었다. 내게는 그런 선택지가 없었다. 나는 웬만하면 화장실을 써도 되냐고 묻지 않았다. 소변을 꼭 봐야겠으면 차를 몰고 세븐일레븐이나 맥도널드 또는 식료품점으로 갔는데, 이런 곳에 공중화장실이 없는 경우도 있었다. 나는 그 카운티에서 깨끗한 화장실을 모두 알고 있었고, 화장실 칸이 하나뿐인 화장실도 파악해두었다. 내 용모 때문에 공중화장실이 항상 안전한 것도 아니어서다. 그러나 그레이트 폴스의 맥맨션들 사이에는 세븐일레븐조차 없었다. 한번 화장실을 사용하면, 난 이미 늦었다.

남자들은 일하면서 도와 달라고 호출할 수 있었다. 문제없었다. 하지만 내가 호출하면 일부는 응답하지 않았다. 그리고 예전에 몇 사람에게 도움을 요청했다가 그들도 할 수 없었을 뭔가를 내가 하지 못했다는 이유로 굴욕을 받아야 했다. 그들 중 하나는 나를 위해 사다리를 잡아주는 동안 내 사타구니에서 기막힌 냄새가 난다고 했다. 또 한 명은 남자랑 자본 적이 있냐고 줄기차게 물었다. 자기와 자볼 필요가 있다고도 했다. 대체로 나는 그들의 놀림과 희롱에 대처할 수 있다고 자찬하곤 했다. 하지만 다시는 그들에게 도움을 요청하지 않았다. 때로는 주변에 도움을 요청할 사람이 없어서 일정을 다시 잡아야 했다. 일정을 다시 잡는다는 건 그날 더 많은 점수를 잃는다는 뜻이었다.

그래서 나의 건수가 남자들보다 적은 것이었다. 사실 회사 기준에서 좋은 직원이 되려고 노력한 적은 없었다. 음, 좋은 직원이 될 수 있는 방법이 한 가지 있긴 했다.

나는 가끔 나이가 좀 있고 나처럼 재향군인인 남자와 함께 일했다. 나는 주로 재향군인들과 잘 지냈다. 그도 예외는 아니었다. 한번은 내가 왜 도움을 요청했는지 설명했더니 그가 이해한다고 답했다. 그는 재향군인이라면 자신을 흑인이라는 이유로 개똥 취급할 가능성이 낮다고 말했다. 재향군인들은 군대에 있을 때 흑인과 함께 일했을 가능성이 높기 때문이다. 말이 되는 얘기였다. 그러나 그에게 다른 남자들보다 일하는 속도가 더딘 것 같은데 어떻게 점수를 유지하냐고 물었더니, 그는 매일 7시에 퇴근한다고 말했다. 지난번 일은 공짜로 했다고 했다. 그래서 평균 점수를 올렸다고. 하지만 나는 공짜로 일할 생각은 추호도 없었다.

그런데 어느 해인가 회사에서 작은 실험을 했다. 각 팀에서 두 명씩 뽑아 다른 기사들이 해결하지 못한 '문제 호출'을 담당하게 하고 실제로 문제를 해결할 시간도 주기로 한 것이다.

시간은 중요하다. 내가 어떤 일이 어느 날, 어느 주, 어느 해에 일어났는지 확실히 말할 수 없는 이유가 바로 시간 때문이다. 10년 동안 나는 케이블 기사였기 때문에 늘 시간이 없었다. 항상 허겁지겁 차를 몰고 이 일에서 저 일로 달려갔다. 때로는 그 와중에 노트북 컴퓨터에 입력을 했고, 대체로 배치 담당자나 관리자나 고객, 다른 기사와 통화를 하고 있었다. 소변을 봐야 한다. 늦는다. 고객이 회사로 전화를 걸어 내가 늦었다고 불평하지 않도록 서둘러 다음 집으로 간다. 배치 담당자가 그 호출을 다른 사람에게 넘긴다. 점수를 잃는다. 처음 이삼 년 동안 나는 집을 찾기 위해 지도책을 읽었다. 그러고 나서 예를 들어 내가 일하러 가야 할 집 번지수가 70028번이면 그 집을 찾기 위해 70012번지부터 세면서 천천히 거리를 내려갔다. 70012번지에 사는 사람을 제외하면, 그 길에 사는 누구도 자기 집에 번지를 표시해

놓는 걸 중요하게 생각하지 않았기 때문이다. 회사에서는 내게 작업 건수를 늘려야 한다고 말했다. 한 달만 더 실적이 형편없으면 일자리를 잃게 될 거라면서. 이쯤 되면 당신도 내가 가장 위험한 일을 제외하고 어떤 일도 웬만해선 취소하지 않으려 한 이유를 이해할 것이다.

이삼 년이 지난 뒤부터는 쉬는 날의 대부분을 회복하는 데 썼다. 집에 와서 나는 책 한 페이지도 읽지 못했고 읽은 내용을 기억하지도 못했다. 나는 우울했다. 하지만 그렇다는 걸 알지 못했다. 피곤에 찌들어서 내가 왜 잠들 수 없는지, 왜 음식을 못 먹는지, 왜 지금의 내 삶이 그토록 수치스러운지 생각할 여력이 없었다.

잠들지 못하는 밤이면 무릎이나 발목이 더 버티지 못하거나 허리가 나갈 때까지 앞으로 10년 동안 매일 똑같은 짓을 반복하고 있을 내 모습을 상상했다. 실현 가능한 최선의 상황이라는 것이, 심각하게, 하지만 항상 보냉통에 넣고 다니는 인공 소변*을 잊어버릴 정도로 심각하지는 않게 부상을 당하면 근로자 보상으로 목숨을 이어가는 것이었다. 아침마다 깨어나서 잠시 생각했다. 오늘 죽어버릴까? 아니, 하루는 더 버틸 수 있을 것 같아. 쉬는 날까지 버틸 수만 있다면 좋겠는데. 나는 한동안 학교에 다녀보려고 노력했지

* 인공 소변의 용도는 다양하나 마약 검사를 통과하기 위해서 많이 쓰인다. 가루형과 액체형이 있다.

만 너무 피곤해서 코딩을 배울 수 없었다. 그리고 어차피 늦게까지 일해야 해서 수업을 대부분 놓쳤다.

그러나 그해에는 케이블 기사로 사는 것이 그리 나쁘지만은 않았다. 나는 두어 건의 일을 하며 아침을 시작했다. 나머지 시간 동안에는 그들이 '문제 호출'을 한 번에 하나씩 맡겼다. 내게 그런 문제를 해결할 시간이 충분히 주어진 것이다. 그렇게 해서 나는 체니의 케이블 기사가 되었다.

관리자가 전화를 걸어 말했다. "방금 보낸 작업 지시서를 봐. 나한테 고마워해야 할 거야." 나는 그 이름을 알아보았다. 메리 체니. 전 부통령 딕 체니의 딸. 왜 내가 고마워할 거라고 생각하는지 알 수 없었다. 나는 다시 전화를 걸었다. "대체 뭐 하자는 거예요?"

"좋아할 줄 알았는데. 그 집 사람들은 레즈비언이잖아."

"이봐요, 둘이 결혼했잖아요."

관리자는 아무 말도 하지 않았다. 내가 말했다. "구글로 그 여자 이름을 검색해보고, 그래도 여전히 내게 호의를 베풀었다고 생각하는지 말해줘요."

그는 그들이 공화당이어서 내가 그렇게 질색하는 거라고 답했다. 나는 딕 체니가 빌어먹을 전범이어서 질색하는 거라고 말했다. 그는 나더러 공산당이라고 했다. 그러고는 두어 명이 그 집에 출동한 적이 있고, 인터넷 문제라고 덧붙였다. 주의 사항을 읽어보라고 했다. 사실 내게는 선택의 여지가 없었다. 하지만 하루에 열두 건씩 일을 마쳐야 한다는 압박이 없으니 일터에서도 즐거울 수 있다는 걸 처음으로 알게 되었다. 우리 모두 레즈비언이라는 이유만으로 체니 집안이 선물 같은 존재인지 아닌지, 상사와 농담을 주고받을 정도로 말이다.

메리 체니는 집에 없었다. 다행이었다. 딕 체니라는 존재에서 멀리 있을수록, 내가 입 다물고 있을 가능성이 더 높았다. 메리의 아내는 친절했고 수다스러웠다. 크리스마스 이래로 방문자가 한 명도 없어서 친절하고 수다스러워진 노인들과 비슷했다. 그 집에는 몇 가지 문제가 있었다. 나는 그중 하나를 해결했다. 그녀가 관리자에게 또 전화를 걸었고, 나는 다른 문제를 해결하러 또 그 집에 가야 했다. 그리고 그 문제를 완전히 해결했다.

두어 달이 지난 뒤 상사가 전화를 걸어서 대뜸 "나 좀 살려줘"라고 했다. 그는 나를 딕 체니의 집으로 보냈다. 딕은 집에 있었다.

그 집에는 보좌관인지 비서인지, 아니면 경호원인지가 있었는데, 내가 연결과 신호 수준을 확인하는 동안 줄곧 따라다녔다. 나는 이미 외부에서 시스템 문제를 찾아냈다. 나는 그저 다시는 이 집에 발을 들이지 않아도 되게끔 만들고 싶었다. 내가 일하는 동안 딕이 사무실로 들어왔다. 그는 나를 무시하고 잔뜩 쌓인 서류를 읽었다. 나는 보좌관에게 아마 일주일 정도 걸릴 거라고 말했다. 주문서를 보내겠다고 했다. 보좌관은 내 관리자의 번호를 가지고 있었다.

그는 내게 '이분이 전 부통령이라는 걸 알고 있느냐'는 취지의 말을 했다.

체니가 눈을 들었다.

나는 당황해서 마음속에 처음으로 떠오른 생각을 말했다. "네, 알죠. 음, 그렇게 해서 저분의 기분이 좀 나아진다면 물고문이라도 하세요. 그래도 일주일 걸리는 건 변함없습니다." 그러고 나서 걸어 나왔다.

그 건이 그날 내 마지막 호출이었다. 차를 몰고 집으로 오는 내내 내가 할 수 있었을 더 나은 말을 백 가지쯤 생각했다. 결국 관리자에게 전화를 걸어 실수로 물고문 얘기를 했다고 털어놓았다. 그는 웃으며 내가 이겼다고 말했다. 그리고 더는 나를 체니 집안에 보내지 않았다. 그들이 불평했는지 어땠는지는 모르겠다. 만약 불평을 했다면, 관리자가 그저 전달하지 않은 것이다.

그해에는 이반이라는 이름의 러시아 조직 폭력배를 만났는데, 한동안 그 생각만 하면 웃음이 나왔다. 회사에는 조직 폭력단의 집들에 대한 이런저런 소문이 있었다. 케이블 기사들은 폭력단의 집에 간 적이 있다고 떠들었다. 나를 훈련시킨 선배는 페어팩스에서 어떤 집을 손가락으로 가리키며 말했다. "저런 집에 들어가야 할 일이 생기면, 자네가 보고 싶지 않은 걸 보려고 애쓰지만 않으면 돼." 자세히 말해달라고 졸랐지만 그는 말하려 들지 않았다. 나는 그가 허풍을 떤다고 생각했다.

그 러시아 폭력배의 집은 웨이플스 밀 로드 근처에 있었다. 올리브 가든 레스토랑을 부풀린 것처럼 보이는 거대한 맥맨션이었다. 나는 일렬로 늘어선 허머* 뒤에 주차했다.

이반은 귀가 콜리플라워처럼 생긴 덩치 큰 남자였다. 그는 문에서 나를 맞았다. "따라와요." 나는 그를 따라 사무실로 갔다. 대부분의 맥맨션 서가에 꽂혀 있는 것과 똑같은 가죽 장정 책들이 있었다. 나는 그 책들이 집과 함께 딸려온 거라고 생각한다. 모뎀은 작은 배선실에 있었다. 신호를 보니 어딘가에 불량 분배기가 있는 것 같았다(내가 앞서 싸구려 분배기에 대해 말한 걸 기억하는가?). 나는 이반에게 불량 분배기가 있는 것 같으니 지하실을 확인해봐야겠다고 말했다. 그가 제지했다. "안 됩니다."

내가 말했다. "그럼 제가 고칠 수 없어요." 그는 아무 말도 하지 않았고, 나는 정확히 우리 사이의 어디쯤에 언어 장벽이 있는지 확신할 수 없었다. 그래서 덧붙였다. "지하실이 안 되면, 인터넷도 안 돼요."

* 군용 트럭에 기반을 둔 대형 SUV 차량.

그는 걱정스러운 듯이 보였다. 물끄러미 문을 쳐다보았다. 그러더니 나를 보았다. 마치 어디에서 오줌을 싸야 할지 모르는 강아지처럼. 잔뜩 문신을 한 대형 강아지 말이다. 내가 말했다. "이봐요. 철창에 가둔 아이만 없으면, 저는 아무 상관 안 합니다."

그가 고개를 끄덕였다. "여기 있어요. 물어보고 올게요." 나는 그러겠다고 했다. 복도를 걸어 내려가는 소리가 들렸다. 알아들을 수 없는 러시아어가 들렸다. 두어 개의 문이 열렸다 닫혔다.

이반이 돌아와서는 손바닥을 펴서 코카인 1그램이 든 봉지를 보여주었다. 친절하게도 캐비어 스푼까지 같이 챙겨왔다. "이걸 맛봐야 합니다." 나는 정말로 웃었다. 그는 내가 웃어서 슬픈 것처럼 보였다. 내가 말했다. "보세요. 전 못해요. 지금 일하는 중이에요. 하지만 집으로 가져가서 오늘 밤에 맛볼게요." 그 건은 이날 내 첫 번째 일이었다. 나는 코카인에 취한 채 전신주에 올라가면 기분이 어떨지 알고 싶지 않았다.

그가 대꾸했다. "안 돼요. 맛봐야 합니다." 이번에는 더 단호하게 강조했다. 나는 부비강염에 걸릴 거라고 설명했다. 이건 사실이다. 정말 짜증스럽다. 그는 이해하지 못했다. 나는 몸짓과, "코, 코카인, 나빠, 숨 못 쉬어" 같은 단어로 부비강염을 설명했다. 그랬더니 그가 기뻐했다. 이건 그가 해결할 수 있는 문제였다. "기다려요." 이제 내가 강아지가 되었다.

그가 코카인이 야트막하게 쌓여 있는 동그란 손거울을 가지고 돌아왔다. "좀 낫죠. 다른 거는 안 섞였어요." 나는 그냥 거기 서 있었다. 어떻게 해야 할지 정말 알 수 없었다. 내가 만난 모든 러시아 사람이 보드카를 강제로 마시게 한 뒤 친구가 되는 것처럼 이것도 그저 조직 폭력단의 이상한 습관이길 바랐다. 하지만 난 보드카에 약하다. 그리고 코카인에는 정말로 약하다. 마약은 내게 큰 영향을 미친다.

이반이 가까이 다가왔다. 가까이서 보니 더 나이 들고 아주 슬퍼 보였다. "맛보면 안전해요. 맛보지 않으면 안전하지 않을 수 있어요." 어쩌면 나를 죽이는 것이 이 남자의 일일지도 모른다고 생각했고, 그는 정말로 마음이 안 좋은 것처럼 보였다. 나는 코카인을 맛보았다.

이반은 안도한 듯이 보였다. 바보 같은 미소를 지으며 삐딱하게 섰다. "좋아요. 똑똑한 결정을 했어요." 그리고 나를 지하실로 데려갔다.

계단에서부터 심장 발작이 시작된 것 같았다. 하지만 기분이 좋았다. 겪어본 것 중에 최고의 심장 발작이었다. 그 소리를 귀로 들을 수 있었다. 내가 눈을 그렇게 크게 뜰 수 있는지 몰랐다. 그렇다고 보는 데 도움이 된 건 아니지만.

테이블 위에 게임용 컴퓨터가 일렬로 정렬되어 있었다.

하지만 인터넷이 안 되니 남자들이 전부 소파에 앉아 축구를 보며 시간을 보내고 있었다. 월드컵 경기였다. 한 남자가 나를 가리키며 이반에게 뭔가를 물었다. 이반이 대답했다. "그래, 물론이지." 나는 러시아어를 그 정도는 알아들었다. 그 남자가 엄지를 치켜세우며 말했다. "끝내주죠?" 나는 끝내준다고 동의했다. 그러고 나서 분배기를 교체하고 거기서 나왔다. 그들이 내가 그 컴퓨터에서 보지 않기를 바란 것이 과연 무엇이었는지 알지 못한다. (이반, 당신이 이 글을 읽고 있다면, 나는 그게 뭔지 몰라요. 하나도 못 봤어요.)

그 후에 새로운 지역 관리자가 왔다. 그는 나를 '아가씨'라고 불렀고, 나는 그러지 말라고 했다. 내 재향군인 친구는 내가 방에서 나간 뒤에 그가 나를 '다이크'라고 불렀다고 알려주었다. 회사는 케이블을 신청하는 사람이 더는 없어서 적자를 내고 있었다. 그래서 나는 다시 점수를 쫓는 신세로 돌아갔다. 그러다가 결국 발목이 나갔다.

마지막 날이 기억난다. 큰 모임이 있었다. 나는 이런 모임이 싫었다. 여기서 유일하게 기분 좋을 가능성이 있는 시간은 고객들이 케이블 기사에게 만족해하며 보낸 메시지를 틀어주는 시간이었다. 모범 기사가 메시지 하나를 받으면 체인점 베스트 바이의 20달러짜리 상품권을 주었다. 나는 전화를 많이 받아봤는데, 주로 할머니들이 나를 좋아했기 때문이다. 나는 할머니들의 리모컨 프로그램을 설정해주곤 했다. 그런데 그들이 모임에서 내가 받은 메시지를 재생해 준 적은 한번도 없었다. 나를 '좋은 청년'이라고 생각하는 고객들을 어떻게 해야 할지 아무도 생각해내지 못했기 때문이다. 마지막 모임에서 그들은 한 남자에게 상을 주었다. 그는 10년 동안 병가를 낸 적도, 휴가를 쓴 적도 없었다. 그는 자식이 넷이었다. 나는 그들이 휴가를 즐겼어야 한다고 생각했다. 하지만 그런 마음가짐이 내가 이 회사에서 유망한 직원이 된 적이 없는 이유였다.

나는 수술을 받고 나서 복귀할 수 없었다. 발목은 잘 치유되지 않았다. 장애 수당을 받으려면 인사부에서 서류를 발급해주어야 했다. 전화를 걸었다. 하지만 회사는 인사부를 다른 곳으로 옮겼다. 그들은 내가 보낸 이메일에 답신하지 않았다. 그래서 나는 게이 바에서 일한다. 급료가 형편없다. 하지만 나는 일하러 가는 게 좋다. 어디서 소변을 봐야 하는지 걱정하며 밤을 보낼 필요가 없다. 그리고 몇 년 동안 나를 래리라고 부른 사람도 없었다.

모든 아름다운 것은 내 마음을 아프게 한다

실존적 위기를 겪고 있을 때 텍사스 농지 사이로 굽이지는 이차선 도로를 따라 빵 상자처럼 생긴 캠핑카를 몰고 달리면 꽤 도움이 된다. 몇 마일 동안 차가 한 대도 보이지 않는다. 몇 시간 동안 휴대전화가 터지지 않는다. 색을 띤 것이라곤 담장 기둥 주변에 옹기종기 피어 있는 야생화와 믿기지 않을 만큼 파란 하늘뿐이다. 들리는 소리는 바람 소리와 무엇인지 식별할 수 없는 뭔가가 뒤쪽에서 달그락거리는 소리, 그리고 오래된 아이팟에서 흘러나오는 음악 소리뿐이다. 그 음악들은 2007년경에 라임와이어*에서 다운로드한 것들이다. 마치 나쁜 관계들이 간직되어 있는 타임캡슐은 거르기라도 한 것처럼 콘과 도트리, 파파로치의 음악이

* 개인 간(P2P) 파일 공유 프로그램.

많았고, 놀랍게도 존 덴버의 모든 앨범도 있었다.

때는 2016년 9월이었다. 며칠 전 역시 광신 집단 출신인 친구의 전화를 받았다. 그녀는 댈러스로 가서 누군가가 발견한 패밀리 문서 상자를 가져올 수 있겠냐고 물었다. 달리 해야 할 더 좋은 일이 없었기에 그러겠다고 대답했다. 물론 호기심도 발동했다.

그래서 댈러스에 갔다. 나는 마치 크레이그리스트에서 중고 커피 테이블을 사려는데 판매자에게 연쇄 살인범같이 보이고 싶지 않은 사람처럼 "안녕하세요. 저는 사라의 친구 로렌입니다. 아마 20분쯤 후에 도착할 것 같은데 어디서 만나면 좋을까요?"라고 상냥하게 문자를 보냈다. 그랬더니 친절하게 보이려는 의도가 손톱만큼도 없는 답장들이 하나씩 도착했다.

골목으로 들어오세요.
전조등을 깜빡이세요.
한 번만. 경적은 울리지 마세요.
시동을 계속 켜두세요.
제가 뒷자리에 탈 때까지 내리지 마세요.

마약 거래상도 이처럼 피해망상에 빠져 있지 않다.

접선 장소는 마치 삼류 스파이 영화에나 나올 법하게

보였다. 영화 제작진이 돈이 떨어져서 굳이 더 좋은 위치를 물색하지 않고 어머니가 사는 교외에서 개들이 짖어대는 막다른 골목을 배경으로 중요한 장면을 찍은 듯한 장소였다.

나는 패밀리 문서가 담긴 상자가 어떻게 텍사스 교외의 한 차고로까지 흘러들게 되었는지 정확히는 모른다. 패밀리 문서 대부분은 오래전에 불태워졌어야 했다.

열네 살이었던가 스위스에 살고 있었을 때 유럽의 다른 집들은 계속 급습을 당했고 아이들은 위탁 보호 시설로 옮겨졌다. 당국이 이 책들을 손에 넣는다면 증거가 될 터였다. 엄청난 증거다. 《천국의 소녀》(적그리스도와 싸우고 병사들에게 기꺼이 윤간을 당하면서 그들에게 예수님에 대해 말할 기회로 삼는 십 대 소녀에 관한 일종의 청소년 소설). 두툼한 모 레터 뭉치. 추파의 낚시질, 섹스, 십 대 교육에 관한 알찬 교범들. 《최후의 나라》(아이를 침대에 묶어놓고 사탄이 빠져나올 때까지 회초리로 때리는 방법이 나오는 책).

우리는 언제나 로마인들, 즉 경찰 때문에 마음을 졸였다. 여기저기서 급습 소식이 들려서 우리는 로마인들이 마침내 다가오고 있다는 걸 알았다. 이젠 시간문제일 뿐이었다. 그래서 여러 달에 걸쳐 매일 밤 책을 불태웠다.

나는 걱정하지 않았다. 오히려 경찰이나 어느 당국이 나를 구해주기를 바랐다. 나는 할머니의 전화번호를 외우고 있었다.

어쨌든 책을 태우는 건 식은 죽 먹기였다. 아무도 우리가 얘기하는 소리를 듣지 못할 만한 야외에서 이웃들 눈에 띄지 않게, 실수로 샬레를 태워먹지 않도록 불길을 작게 유지했다. 그리고 농담을 주고받으며 《천국의 소녀》를 쪼개서 조금씩 던져 넣었다.

우리가 몇 권을 빠뜨린 것은 분명했다. 어떤 신도들이 문서를 파괴하고 싶지 않아서 자신의 서재에 간직한 것이다. 피해망상에 빠진 늙은 신도들에 대해 훤히 아는 처지에서 추측하건대, 아마도 패밀리 책을 보관하고 있던 사람들 중 한 명은 이사를 하거나 이혼하면서 딸네 집 차고에 숨겨두었던 게 아닐까 싶다. 내가 아는 사실은 그 딸이 아이들이나, 오, 맙소사, 남편이 발견하기 전에 그 책들을 집에서 없애버리고 싶어 했다는 것뿐이다. 그래서 그녀가 한 친구에게 전화를 했고, 그 친구가 다른 친구에게 전화를 했고, 그 친구가 내게 전화를 한 것이었다.

우리가 신성함과는 관련이 없고, 누군가가 패밀리를 떠나지 않으려 드는 부모로부터 아이를 데려와야 할 경우에 벌어질 양육권 소송과는 깊은 관련이 있을 이 책들을 보존하는 데는 나름의 이유가 있다. 이상하게 들리겠지만, 이 책들은 우리의 역사다. 우리가 말하는 이야기, 치료사들에게 설명할 수 없는 이야기, 우리를 사랑하는 사람들에게 그들을 사랑하고 그들에게 상처를 주고 싶지 않기에 말하지 않는 이야기의 증거다. 그러나 나는 언젠가 사람들이 '마가MAGA'* 모자와 '모든 생명은 소중하다'** 티셔츠를 상자에 담아서 벽장을 열고, 우리가 지금은 이야기하지 않는 할아버지의 백색 복면***이 담긴 상자 옆에 깊숙이 밀어 넣을 거라고 믿고 싶다. 마침내 트럼프를 지지했던 누군가를 찾는 일이 이라크 전쟁을 지지했던 누군가나, 종말론을 믿는 광신 집단 큐어넌에서 두각을 드러낸 구성원을 찾는 일만큼 어려워질 거라고 믿고 싶다. 우리가 모든 사람의 마음을 변화시킬 수는 없다. 때로는 그저 그들이 수치심을 느낀다는 사실을 아는 것만으로 충분하다.

그때 내가 캠핑카를 타고 텍사스에서 대체 뭘 하고 있었는지 설명하는 게 도움이 될 것 같다. 당시 나는 일종의 중년의 위기를 겪고 있었다. 사람들이 직장을 그만두고 집을 팔아 캠핑카에서 생활하며 전국을 돌아다니게끔 만드는 중년의 위기 말이다. 평범한 일이다. 우리는 영화들을 봤다. 한

* Make America Great Again. 미국을 다시 위대하게. 트럼프의 미국 우선주의를 상징한다.

** All Lives Matter. 흑인의 생명은 소중하다(Black Lives Matter) 시위에 대한 반박으로 읽히는 슬로건.

*** 백인 우월주의를 내세우는 극우 비밀 결사 단체 KKK가 뒤집어쓰고 다니던 흰색 복면.

동안 내게도 그러고 싶은 충동이 있었다. 그런 충동에 불을 지핀 건 한 시간 걸리는 저녁 퇴근길에 라디오에서 틀어준 스프링스틴의 노래였다. 나는 생각했다. '제기랄. 계속 달려. 화요일이면 캘리포니아에 도착할 수 있어.' 어느 날 밤에는, 회사에서 내 작업용 밴에 무선 응답기를 달아놨다는 점이 내가 계속 달리지 않은 유일한 이유가 되기도 했다.

나는 세상이 나에게 기대하는 일을 하며 살아왔다. 일, 집, 42인치 평면 TV, 체육관 회원권, 합리적인 이케아 소파, 1년에 두 번 끊는 콘서트 잔디밭 좌석 티켓, 저렴하지만 좋은 곳으로 떠나는 2주 간의 휴가.

한동안 나는 그 모든 것을 소유했다. 이른바 아메리칸 드림을 이루었다.

허름한 집이 으레 그렇듯 항상 어딘가가 개보수되어 온 나의 집은 마침내 남들 앞에 내놓을 만한 번듯한 자태를 어느 정도 갖추었다. 나는 한때 꽃분홍색이었던 벽을 청회색과 회색으로 칠했고 커튼을 달았고 화장실에 회반죽을 다시 발랐다. 양쪽 변기 모두 물이 잘 내려갔고, 굴뚝을 때워서 더는 벽난로로 연기가 새지 않았고, 벽장 대부분에 문을 달았고, 베란다 난간의 칠을 긁어내고 나서 새로 칠했고, 잡초 사이에서 잔디가 자라도록 손보아 정원을 만들었다. 다른 조명을 나가게 하지 않고 조명 몇 개를 동시에 켤 수도 있었다.

그래서 나는 메릴랜드 교외의 썩 괜찮고 견실한 미국

인 집주인으로서 해야 할 일을 했다. 사람들을 초대해서 게를 쪄 먹었다. 나는 섭씨 37도가 넘는 무더위에 밖에서 게를 찌고 있었다. 그러면서도 이따금 안을 들여다보며 거실에서 친구들이 손에 음료를 들고 담소를 나누는 모습을 지켜보았다. 지인들의 남자친구와 남편 몇 명이 빠져 있는 걸 보고, 그들이 다른 침실에서 내 여자친구와 축구를 보고 있을 거라고 짐작했다.

내가 계속 안을 들여다본 이유는 어떤 남자가 나타나기를 기다리고 있었기 때문이다. 어린 시절 스위스에 살 때 알던 남자였다. 지금 생각해보니 우리는 몇 차례 함께 책을 불태우기도 했다. 그건 중요하지 않다. 그의 이름은 톰이었다. 그리고 나는 어린 시절의 그를 알았다. 그는 항상 착한 아이였고 또 항상 말썽에 휘말렸다. 이에 대한 '천성 대 교육' 논쟁에 관해 숙고해보고 싶다면, 내가 지금 어울리는 사람들은 톰과 같은 부류라는 것을 밝혀둔다. 고자질쟁이나 규칙에 목매던 아이들, 종교적인 아이들은 커서 개망나니가 되었다. 톰은 시내에 산다고 말했고, 나는 그를 초대했지만 답신을 받지 못했다. 그때 그가 걸어 들어왔다. 내가 알던 열세 살 소년이 덩치만 커진 것처럼 보였다. 여전히 머리칼이 소가 핥은 것처럼 곧추서 있었다. 턱에 살짝 팬 보조개도 여전했다. 누군가가 뒷문을 가리켜서 나는 손을 흔들었다.

그러고 나서 우리는 지금까지 내가 해온 것 중에 가장

슬픈 '너의 삶을 보여줘' 게임을 했다. 그는 내게 아이들 사진을 보여줬다. 나는 내 개들을 소개했다. 그는 화면을 이리저리 움직여 집 사진과 새로 손본 계단, 만든 지 얼마 안 된 테라스를 보여주었다. 나는 새로 칠한 벽을 집게로 가리켰다. 그는 유럽 여행 사진을 보여주며 거기서 우리가 적그리스도 대 천국의 소녀 놀이를 했던 장소의 오래된 잔해를 발견했다고 했다. 나는 누군가가 크로아티아에서 돌아와 선물로 준 병따개로 그의 맥주병을 따주었다. 그는 다니고 있는 건설 회사에 대해 이야기했다. 나는 일에 대해 뭔가 말했을 수도 있지만, 아마 하지 않았을 것이다. 그는 이미 문 앞에 주차된 내 작업용 밴을 보았다.

우리는 경쟁하는 게 아니었다. 만약 경쟁을 했더라도 내가 첫 라운드만 이겨서 이렇게 말하는 게 아니다. 그건 경쟁이 아니었다. 그는 나 때문에 진심으로 기뻐했다. 나는 그 때문에 흥분되었다. 그는 나에게 바닥을 다시 칠하는 데 유용한 정보를 알려주었다. 나는 그가 좋아할 만한 밴드의 이름을 알려줬다. 그랬더니 그는 순전히 내가 멋지다고 생각할 것 같아서 블랙 키스 티셔츠를 입었다고 인정했다. 나는 아주 멋지다고 말하며 안심시켜줬다. 나는 그에게 좋은 인상을 주려고 노력할 필요가 없었다. 그는 광신 집단 출신이었다. 마치 알코올 중독자 모임이나 집단 치료 모임, 기초 군사훈련에서 누군가를 알게 되는 일과 어느 정도 비슷했다. 우리는 서로 우는 모습을 봤다.

서로 무너지는 모습을 보았기에, 우리는 그토록 열심히 우리가 괜찮다고 서로를 안심시키려 했다. 그들이 졌다. 우리는 모두 잘되었다. 우리는 살아남았고, 심지어 잘나간다. 우리가 해냈다. 우리는 행복하다. 그들이 틀렸다. 우리는 괜찮다. 그리고 행복하다.

그가 행복했는지 또는 행복한지 나는 모른다. 우리는 공통의 과거를 보유하고 있기 때문에 친구다. 우리는 고작해야 서로의 사진에 '좋아요'를 누르는 정도의 관계다. 그는 아마 행복했을 것이다. 나는 빌어먹게 비참했다.

나는 내가 해야 하는 일들을 했다. 대부분은 그랬다. 그가 앞섰을 수 있지만, 그는 캐나다에 사는 백인 이성애자 남성이다. 무료 대학에 다녔다. 나는 몇 년 동안 감방에 가지 않은 것을 여전히 자랑스러워하는 처지였다. 그러나 방금 말했다시피, 우리는 경쟁하는 게 아니었다. 그리고 우리는 서로에게 상대평가를 적용한다. 톰은 내 감방 이야기를 듣고 무척 깊은 인상을 받았다. 남자들에게 D.C. 유치장에 관한 조언을 들려주면 항상 좋아한다. "똥 쌀 때도 여차하면 싸울 수 있게 한쪽 다리를 바지에서 빼라." 어쨌거나 나는 해냈다. 집이 있고, 직장이 있고, 나를 사랑하는 사람과 동물이 있다. 내 앞가림을 하며 살았다. 사람들이 사랑할 만한 누군가가 되었다.

그가 떠나고 몇 주 동안 불면증에 시달렸다. 모든 것을 최대한 미뤘다. 이발도 몸단장도 세탁도. 친구들은 우울하냐고 묻기 시작했고, 어쩌면 그런지도 몰랐다. 그러나 가끔은 우울증으로 보이는 증상이 사실은 생각을 하기 위해 뇌 움직임이 더뎌지는 현상일 때가 있다. 마치 몸이 얼어갈 때 팔다리에서 산소를 끌어가는 것처럼. 나는 누군가가 어떻게 하라고 말해주기를 간절히 바랐다. 그러나 나는 서른다섯 살이었고, 누구도 첫 번째 단서를 가지고 있지 않다는 점을 빠르게 깨닫고 있었다. 제 앞가림을 잘하며 사는 것처럼 보이는 사람들도 사실은 그저 자신이 방금 모든 것을 망치는 단 한 번의 선택을 하지 않았기만을 바라고 있었다. 두 손 모아 행운을 비는 것이다.

궁극적으로 모두가, 부모건 친구건 자극적인 낚시 글이건 자기 계발서건 치료사건 비벌리 클리어리건 댄 새비지건 간에 모두가 어차피 똑같은 조언을 한다. 질문이 무엇이건 중요하지 않다. 그들은 그저 내면의 목소리에 귀 기울이라고, 본능을 믿으라고 말한다. 모두 기꺼이 조언하지만 누구도 그 결과에 책임을 지고 싶어 하지 않는다. 따라서 이는 현명하게 보이는 동시에, 나중에 혹시 모든 것이 잘못되었을 때 책임을 회피하며 "내가 뭐랬어?"라고 말할 여지를 남기는 쉬운 방법이다. 사실은 달리 무슨 말을 해야 할지, 아무도 모르는 것이다.

나를 캠핑카에 올라타게 한 것이 내가 겪은 중년의 위기였을까? 아니면, 우리 대부분이 벽에 부딪치게 되면서 따라잡는 건 어떻게 했더라도 앞서가는 건 불가능하다는 현실을 깨달았을 때, 우리는 그것을 중년의 위기라고 부르는 걸까? 그저 내가 조금 일찍 위기를 깨달은 걸까? 많은 사람처럼, 나도 성인이 된 뒤로 대체로 주 40시간에서 80시간까지 일에 바쳤다. 그런데 한 번의 임금 체불이나 한 번의 동물병원 청구서, 한 번의 심각한 감염, 한 번의 자연재해, 한 번의 부상이나 질병으로 모든 것을 잃을 수 있는 아슬아슬한 상황에서 단 한 번도 벗어나본 적이 없다.

어쩌면 '중년의 위기'란 우리가 아무리 열심히 일하고 아무리 문제에 휘말리지 않으려고 발버둥 치며 살아도 큰 병에 걸리거나 총에 맞지 않는 한(이 나라에서는 정말로 그럴 가능성을 염두에 둬야 한다), 여든 살까지 계속 일해야 한다는 사실은 변하지 않는다는 걸 깨닫는 순간이 그맘때이기 때문에 그렇게 불리는 건지도 모른다. 그리고 우리는 이미 지쳤다.

우리는 모두 살아남으려고 몸부림치느라 바빠서 사는 것처럼 살 시간이 없다. 우리가 경험하는 즐거움은 오로지 우리 삶을 편리하게 만들어줄 물건을 사들이는 데 있을 뿐이다. 집을 산다. 주택 소유는 당연한 일이다. 비싼 임대료에 더는 돈을 낭비하지 않는다. 하지만 현실에서는 10년 동안 돈을 내다가 겨우 방 한 칸 소유한다. 부엌은 없다. 어쩌면 침실이 더 작아졌을 수도 있다. 30년 만기 주택 담보 대출을 20년간 상환하다가 해고되어 몇 번 상환을 놓치면 우리가 정확히 무엇을 소유하고 있는지 깨닫게 된다.

하지만 좋은 게 좋은 거니까 그냥 넘어가자. 이제 집이 생겼다. 거의 다 왔다. 그런데 집을 채워야 한다. 벽을 꾸미지 않고 두는 건 사이코패스나 하는 짓이다. 앉을 의자와 누워서 잘 침대, 물건을 넣을 장이 필요하다. 삶을 좀 더 편리하게 해줄 것들도 필요하다. 우리가 세금을 납부할 시간을 낼 수 있도록 우리 대신 일해줄 로봇 청소기. 우리가 저녁식사를 준비할 시간을 낼 수 있도록 세금 정산을 간소화해줄 제품. 우리가 조리만 하면 되도록 상자에 담겨 배송되는 저녁거리. 우리가 쉴 시간을 확보하기 위해 저녁식사를 주문할 수 있는 앱. 이제 프리미엄 케이블 패키지로 광고를 건너뛸 수 있다는 사실은 신경 쓰지 말자. 우리를 행복하게 해줘야 할 60인치 LCD 화면으로 시청하는 TV 프로그램은 우리에게 '필요한' 다른 무언가를 홍보하는 광고에 불과하다. 사세요. 이것이 당신을 행복하게 만들어줄 거예요.

그러나 그것도 잠시뿐이다. 그래서 페이스북에 사진을 올린다. 빨간 불이 들어오고 알림을 받는다. 누군가 우리 사진에 '좋아요'를 눌렀다. 달콤하고 달콤한 도파민이 우리 뇌를 자극한다. 우리는 모두 빌어먹을 실험실의 생쥐들이기 때문이다. 또 다른 알림이 뜬다. 누군가 댓글을 달았다. "부럽." 문투가 이런 건 우리에게 문장 전체를 제대로 쓸 시간이 없기 때문이다. 알게 뭔가. 어쨌든 그것도 또 하나의 자극이다. 이제 받은 걸 커뮤니티에 돌려준다. 스크롤을 움직여 누군가가 2시간 18분마다 올리는 휴가 사진에 '좋아요'를 누른다. 우리의 실제 경험이 우리가 갈망하는 만큼의 자극을 주지 못하고, 오직 누군가가 우리 경험을 찍은 사진에 '좋아요'를 누를 때만 그런 자극을 느낄 수 있다.

우리가 모두 우울한 것도 이상할 게 없다. 우리 문화는 경험이나 삶을 중시하지 않는다. 우리는 물건을 살 수 있게 해주는 노동을 중시한다. 심지어 우리는 물건을 사는 행위를 '쇼핑 치료'라고 부를 만큼 우리의 정신 건강과 내면도 중시하지 않는다.

내가 마지막으로 참석한 회사 모임에서, 그들은 어떤 남자에게 10년 동안 하루도 쉬지 않고 일했다고 상을 줬다. 단 하루도 병가를 내지 않았고, 폭설이 내렸다고 결근하지도 않았고, 휴가를 떠나지도 않았다. 그에게는 아이들이 있었다. 나는 오히려 그에게 공개적으로 망신을 줘야 한다고 생각했다. 오래전에는 그랬다. 아마 그가 휴가를 쓰지 않은 첫 번째 해였을 것이다. 물론 휴가를 반납하면 어느 정도 보상을 받을 수 있다. 하지만 어느 정도일 뿐 전부는 아니다. 회사는 자선 단체가 아니다. 그런데 무려 10년이라고? 정신이 똑바로 박힌 사회라면, 그는 이러면 안 된다는 걸 보여주는 경고의 사례가 될 것이다. 우리 사회에서 그는 최고의 사원에게 주는 상패와 50달러짜리 상품권을 받았다.

이제는 매일 출근해서 일하고 집에 가는 것만으로 충분하지 않다. 임금 인상을 건너뛰어 돈을 절약하는 방법과 회사를 광신 집단으로 변모시켜서 똑같은 충성도를 확보할 수 있는 방법을 제시하는 똑같은 자기 계발서를 모든 회사가 구입한 듯하다. 그러나 나를 회사에 붙잡아둔 건 충성심이 아니었다. 그저 다른 선택의 여지가 보이지 않았을 뿐이다. 그것은 내가 하기로 되어 있는 일이었다.

다른 누군가에게 자신의 삶을 설명해야 하는 나의 거울 같은 존재, 톰이 방문한 뒤 나는 더는 두고 볼 수 없었다. 더는 내 마음에 귀를 닫고 TV만 들여다보고 있을 수 없었다. 문제는 내가 실패에 다가서고 있다는 게 아니었다. 말했다시피 나는 내가 해야 하는 일을 하고 있었다. 빌어먹을 꿈을 실현하고 있었다. 문제는 내가 그런 것들을 진정으로 원하지 않는다는 거였다.

일단 내 눈에 보이고 나니 그것은 마치 천장의 얼룩과 같았다. 이제 그것만 보였다. 그리고 다른 모든 얼룩도 눈에 띄기 시작했다. 금이 간 석고판이 헐거워지다가 곧 무너질 것이다. 그게 언제일지 모를 뿐이다. 우리를 납득시키는 논리가 한동안은 통한다. 구멍이 보일 때까지는. 우리는 일한다. 소비한다. 병이 난다. 죽는다.

회사의 가치와 문화를 칭송하는 모임에 또다시 앉아 있을 수는 없었다. 날마다 그저 출근하지만 말고 친구와 이웃에게 우리를 홍보하라. 기사로 시작해 경영진으로 올라간 인물을 불러와서 혈관에 회사 상징색인 푸른색 피가 돌 만큼 회사를 얼마나 사랑하는지 간증하게 한다. 로니를 위해 잠시 묵념의 시간을 가진다. 로니는 30년 동안 창고에서 일하면서 매일 아침 정년퇴직까지 며칠이나 남았는지 세곤 했다. 그는 가족하고 친지와 가까이 살기 위해 노스 캐롤라이나로 이사하려고 했다. 가서 낚시도 하고. 그는 4년 3개월 더하기 7일 전에 은퇴하기로 예정되어 있었다. 그런데 회사가 매각되었고, 새로운 회사는 그의 근속 연수를 제대로 산정해주지 않았다. 그래도 그는 해냈다. 마침내 은퇴했다. 그리고 한 달 뒤에 급사했다.

나는 광신도들에게 둘러싸여 살던 어린 시절로 돌아간 느낌이었고, 오랫동안 내가 덫에 갇혀 있다고 생각했다. 하지만 사실은 모든 것을 잃을지도 모른다는 두려움에 갇혀 있을 뿐이었다. 그리고 따지고 보면, 그 '모든 것'이라는 게 어차피 내게는 필요도 없는 것들이었다.

그래서 내 본능을 믿었다. 광신 집단만큼은 내가 본능적으로 알기 때문이다. 나는 오랫동안 미뤘던 발목 수술 날짜를 잡기에 좋은 날이라고 결정했다. 크라운 몰딩을 달고 바닥 시공 일정을 잡고 있을 때, 휴직 기간을 이용해 목발을 짚고 돌아다니라는 내면의 목소리를 들었던 것이다. 나는 이케아 소파와 TV, 옷장을 팔았다. 팔 수 없는 물건은 거저 주었다. 그러고 나서 집을 팔았다.

저축한 돈으로 얼마간은 생활할 수 있을 거라고 생각했다(나는 힘든 일을 겪고 있었지만 멍청이는 아니었다). 정식으로 퇴직한 건 아니었다. 그렇다고 복직하지도 않았다. 장애 휴직 기간이 끝날 무렵, 나는 캘리포니아에 있었다. 어쩌면 내 내면의 목소리는 그저 세계를 돌아다니며 제멋대로 성장한 아이의 잔여물이고, 그것이 나를 재미있지만 궁극에는 외로운 파멸의 길로 이끌었는지도 모른다. 그러나 그 아이는 물건들을 원하지 않았다.

나는 사는 것처럼 살고 싶었다. 작가가 되고 싶었다.

그렇게 해서 서른일곱 살에 누군가가 불태우지 못하고 고장 난 샤워 시설 뒤에 숨겨두었던 광신 집단 문서가 담긴 낡은 바나나 상자를 캠핑카에 싣고 시골길을 달리게 되었다. 그래서 내면의 목소리가 '난 목장을 찾을 수 있을 거야' 같은 더 황당한 생각을 속삭였을 때, 나는 상점가로 들어가서 인터넷 신호가 잡히는 파네라 브레드* 옆에 주차한 뒤 노

* 베이커리 카페 체인점. 과거에 무료 와이파이를 쓸 수 있는 지점이 많은 것으로 유명했다.

트북 컴퓨터에 구글 창을 띄우고 "텍사스 영혼 치료소"라고 입력했다.

일반 사람들에게는 영혼 치료소, 광신 집단 출신에게는 TSC로 알려진 목장은 우리 부모님이 패밀리에 합류했던 곳이다. 어떤 사람들은 남북전쟁 당시 전투 현장을 방문한다. 우리 아버지는 도로에 멈춰 서서 역사적 기록이 새겨진 안내 명판들을 읽는다. 물론 나는 옛날 공동체들을 찾아볼 작정이다.

지도에서는 텍사스의 서버를 찾을 수 없다. 서버는 식당 한 곳과 서버 벽돌로 지은 벽돌 박물관이 하나 있는 유령 도시다. 벽돌에 관심 있는 사람이라면 그곳에서 서버 벽돌에 대해 알아볼 수 있을 것이다(나는 이날 구글을 검색하며 많은 시간을 보냈다). 4기통 도요타 픽업트럭 위에 비좁은 집이 자리 잡은 내 캠핑카는 내리막길에서도 최고 속력이 시속 80킬로미터 정도다. 그래서 구시가에 가까워질 때까지 뒷길로 가기로 했다.

'레스토랑'이라는 식당에 차를 세우고, 주유소에 딸린 서브웨이보다 더 건강한 선택지가 있는 것에 감사하며 차와 샐러드를 주문했다. 노인들 두어 명이 옆 테이블에서 천천히 커피를 마시고 있었다. 나는 그들에게 물어야겠다고 생각했다. 그들이라면 기억할 거라고 확신했다. 서버는 사람들이 이사를 올 만한 곳이 아니다. 하지만 이내 포기했다. 나는 여기에 소속된 사람이 아니었다. 명백한 사실이다. 게다가 나는 무엇을 찾는지, 왜 찾는지 설명할 방법을 알지 못했고, 내가 어떤 시선을 받고 있는지 알았다.

차라리 벽돌 박물관에서 물어보는 편이 낫겠다 싶었다. 그래서 차를 몰고 가서 텅 빈 주차장에 주차를 했다. 그날은 서버 벽돌의 역사를 알고 싶어 하는 사람이 하나도 없었던 모양이다. 안내원의 얼굴은 1930년대 황진 이래로 물을 구경한 적 없는 얼굴처럼 보였다. 그녀는 내게 캠핑카 주차장을 찾느냐고 물었다. "그냥 지나가는 길인데, 혹시 1960대와 70년대 초에 여기에 광신 집단이 있었는지 궁금해서요."

나는 나지막이 말했다. 내가 광신 집단에 대해 묻고 있어서가 아니라, 여기가 박물관이었기 때문이다. 하지만 그녀가 전자 때문이라고 생각했거나 아니면 아예 내 말을 듣지 못했으면 어쩌나 싶어 걱정이 되었다. 그래서 안내원이 속삭이지 않는 말투로 "하나님의 자녀들 말이군요"라고 대답했을 때 안심했다. 그녀는 내가 정신병자인지 아니면 광신 집단 구성원인지 아니면 그저 트라우마 포르노*를 찾아 웨이코에 가는 길에 잠깐 들른 누군가인지 파악하려는 듯 한동안 나를 유심히 쳐다보았다.

* 다른 집단의 고통과 충격적 이미지를 과도하게 제공해 비뚤어진 흥미를 이끌어내는 매체.

"내가 처음이 아니군요?"

안내원이 미소 지었다. "하지만 텍사스 사람 중에는 처음이에요. 이삼 년마다 묻는 사람들이 있죠. 전부 당신 또래예요."

어처구니없게도 '텍사스 사람'이라고 불린 게 기뻤다. 난 여전히 텍사스 사람처럼 말할 수 있었다. 텍사스의 그리운 점이 바로 이 말투였다. 할머니는 이렇게 말씀하곤 하셨다. "말에는 돈이 안 들어."* 이건 완벽하게 텍사스 사람 말투다. '우리는 당신이 맥락 속에서 나머지를 이해할 거라고 생각해요. 그렇게 못 하면, 그건 당신 책임이지'라고 하는 듯한. 완전한 문장으로 말해야 할 뿐만 아니라 오해를 피하기 위해 농담을 할 때마다 얼굴에 미소를 장착해야 하는 동해안 지역에서는 내 그런 말투가 문제였다.

안내원이 일러준 방향은 전혀 앞뒤가 맞지 않는다는 점에서 완벽하게 앞뒤가 맞았다. "두 개의 흙길이 있는데, 첫 번째 길, 혹은 자갈길인지는 무시하세요. 아마 지금은 자갈길일 거예요. 그리고 내려가세요. 능선 가까이 올라가세요. 거기에는 이제 아무것도 없어요. 그런데 그 쓰레기 같은 데서 자랐나요?"

그 순간 그녀의 얼굴에 내가 두려워하는 표정이 떠올

* '좋은 말을 하는 데는 돈이 들지 않는다'는 속담을 줄인 말이다.

랐다. 동정의 표정이었다.

나는 운행 기록계를 통해 주행 거리를 계산해보았다. 그러나 능선이 보이는 순간 내가 제대로 온 걸 알 수 있었다. 마치 예전에 와본 곳처럼 느껴졌다. 역사적 기록이 새겨진 안내 명판 같은 건 없었다. 그러나 이곳에서 무슨 일이 일어났다. 우리 모두에게는 우리를 만들거나 우리를 변화시키기 위해 무슨 일이 일어났던 장소가 있다. 나는 이곳과 이후 모든 장소들 때문에 지금 여기에 있다. 그러나 이곳은 나의 시작이었다. 맹세하건대 눈앞에 보이는 메스키트 나무가 점점이 박힌 능선만큼이나 실감나게 그것을 느낄 수 있었다. 이곳에서 무슨 일이 일어났다. 우리 부모님이 여기 있었다.

나는 흑백 사진과 옛날 뉴스 영화, 그리고 지직거리는 70년대 홈 비디오에서 이곳을 많이 봤다. 오두막과 합숙소에 있는 히피들. 위아래가 붙은 옷을 입고서 산발한 채 사방을 뛰어다니는 아기들. 나팔 청바지를 입은 홀쭉한 남자. 긴 원피스를 입은 여자들. 긴 머리. 칫솔들 옆에 걸려 있는, 멍에 모양 장식이 달린 긴 목걸이들. 아기 같은 얼굴과 빛나는 눈. 만면의 미소. 맙소사, 그들은 뭔가를 하고 있었다. 그들은 학교를 중퇴했다. 세속적인 소유를 포기했다. 세상을 변화시키려 했다. 그건 예수를 위한 혁명이었다. 그리고 그들은 세상의 끝을 준비하기 시작했다.

나는 계속 능선을 향해 갔지만 뭔가 이상했다. 히피가 있을 거라고 기대하진 않았다. 그들은 오래전에 떠났다. 설령 옛날 건물에 뭔가 남아 있더라도, 울타리를 쳐놓은 위치에서는 볼 수 없을 터였다. 그러나 나는 진짜 목장이나, 어쩌면 유전을 찾을지도 모른다고 생각했다. 이곳은 텍사스가 아닌가. 이곳에 있을 만한 것이 많지 않았다. 그러나 능선에 가까워지면서 점차 속도를 낮춰 기어가다시피 했다.

울타리가 뭔가 이상했다. 목장 울타리는 각 기둥 사이에 가시철조망이 걸려 있다. 농장에는 아예 울타리가 없을 수도 있다. 그런데 이 울타리는 검은색 강철로 되어 있었고, 높이도 2미터가 훌쩍 넘었다. 울타리를 정신없이 보고 있는데 뿔이 휜 야생 염소 가족이 메스키트 나무 사이에서 불쑥 튀어나왔다. 이건 자연이 내리는 형벌이 아니다. 그때 나는 눈을 들어 위를 올려다보았다. 기린 한 마리가 앞에 우뚝 서 있었다. 녀석은 어쩌면 왜 나무가 자신이 뜯어먹을 만큼 높이 자라지 않는지 의아해하고 있었는지도 모르겠다. 나는 천천히 차를 멈추고, 그 어색하고 외롭고 갈 곳 잃은 불쌍한 동물을 바라보았다. 어이없게도, 나는 텍사스에 속하지 않은 담장 안 기린에게 동질감을 느꼈다.

우리 부모님은 좀 더 의미 있는 무언가를 찾아, 좋은 일을 하고 사람들에게 도움을 줄 길을 찾아 이곳에 오게 되었다.

아빠는 아무것도 구하지 못하는 전쟁에서 지구 반대편에 있는 베트남 농민들을 죽이고 싶지 않았다. 하지만 그들이 아빠를 군대에 보내려 했을 무렵에는 이미 전쟁이 끝났다. 우리가 아직 그 사실을 받아들이지 못했을 뿐이었다. 엄마는 전사자 명단에서 친구들의 이름을 보는 데 지쳤다. 두 사람은 우리 역사상 최고의 번영기에 성장했다. 그리고 그들이 성년이 되었을 무렵에 그런 번영이 와해되기 시작할 기미를 보였다. 그들이 본 건 탐욕이 빚어낸 비참함, 가난과 전쟁, 그 모든 것의 빌어먹을 잔인성과 외로움뿐이었다. 그래서 그들은 공동체에 합류했다. 사람들이 자신이 가진 얼마 안 되는 것을 나누고 사랑과 평화를 이야기하는 곳. 돈도 명분도 없는 세상. 가족. 그런데 잘못된 공동체를 골랐다. 하긴, 누군들 안 그랬을까.

텍사스에는 다른 지역보다 유독 광신 집단이 많을지도 모르겠다. 다윗교, 웰스 교회*, 시온을 향한 갈망**, 라즈니쉬푸람 말고도 많은 집단이 있다. 70년대에 한동안 광신 집단

* Church of Wells. 2011년에 세워진 소규모 종교 집단으로 수차례 논란을 일으켰다. 텍사스의 소도시 웰스를 기반으로 하고 있다.
** Yearning for Zion. 텍사스의 엘도라도 근처에 자리한 '말일 성도 예수 그리스도 근본주의 교회' 공동체. 당국의 수사로 여기서 수백 명의 아이와 여성이 성적으로 학대받은 사실이 드러났다.

에 합류하는 건 몇 년 전에 크로스핏 헬스장에 등록하던 것 만큼이나 흔한 일이었다. 광신 집단이라 부르건 새로운 종교 운동이라 부르건, 그것은 새로운 현상이 아니었다. 대부분은 흐지부지된다. 일부는 지속된다. 일부는 세력을 더 키워 종교로 불리게 된다. 사람들은 공동체 의식과 숭고한 목적을 추구하기 때문에 광신 집단에 합류한다. 그리고 보통은 거기서 결속을 통한 공동체 의식과 숭고한 목적을 발견하기 때문에, 그들이 실상을 꿰뚫어보지 않는 한, 그리고 실상을 꿰뚫어볼 때까지 거기에 남는다.

광신 집단의 가장 효과적인 전략 가운데 하나는 모든 사람을 끊임없이 바삐 움직이게 만들어서 자신들에게 무슨 일이 일어나고 있는지 알아차리지 못하게 하는 것이다. 항상 큰 변화와 새로운 위기와 새로운 사명과 새로운 복음이 있다. 공동체에는 뭔가가 필요하다. 먹을 것과 집. 그리고 패밀리의 경우에는 배고픈 아이들과 기저귀를 갈아줘야 하는 아기들. 우리는 패밀리 지도부에게 계속 좋은 평판을 받을 수 있도록 집세를 벌고 십일조를 내기 위해 끊임없이 노력했다. 떠나고 싶지 않다. 밖에서 무엇을 해야 할지 고민하는 건 고사하고, 공동체를 버리고 싶지도 않다. 이렇게 되도록 만드는 수법은 광신 집단에서만 통하는 게 아니다.

'광신 집단cult'은 요즘 들어 자주 회자되는 말 중 하나다. 트

위터와 페이스북 곳곳에서 수시로 발견된다. 2016년 여름 공화당 전당대회 때쯤에 시작해서 지금까지 계속된 현상인데, 나는 올해가 마지막일 거라고 생각하지 않는다. 누가 처음 언급했는지는 모르겠다. 하지만 당신이 빠르게 이해하지 못했을 리가 없다. 당신은 광신 집단 같아, 라고 말했다. 붉은 모자를 쓴 과격한 백인 소년들의 사진을 게시했다. "이것은 광신 집단이다." 지역 뉴스 댓글란을 캡처했다. "이들은 죽음을 숭배하는 광신 집단이다." 깡마른 금발 여자가 가식적으로 거짓말을 하는 것을 보고 말했다. "마치 광신 집단 사람과 논쟁하는 것 같다." 그 남자가 자신의 지력과 자신이 거느린 사람들의 규모와 자신의 거래에 대해 고래고래 허풍을 떠는 모습을 보고 말했다. "그는 세계의 종말을 가져올 거야." 그런 것들을 보다 보면 의붓아버지가 하레 크리슈나* 신도와 영역 다툼을 벌였을 때가 떠오른다. 동물원 바로 앞은 우리 구역이었다. 게이브가 하레 크리슈나 신도에게 그의 팀이 다른 곳으로 가야 한다고 말했다. "당신들은 광신 집단처럼 보인단 말이요. 이것 보쇼. 당신들은 광신 집단이잖소. 당신들 때문에 경찰이 우리 모두를 쫓아낼 거란 말이요." 하레 크리슈나 신도는 화가 폭발해서 우리에게 책을 집어던지며 우리가 얼마나 심한 광신 집단인지 소

* 크리슈나 신을 숭배하는 힌두교 종파.

리쳤다. 내가 하면 로맨스, 남이 하면 불륜이라더니.

이때 나는 이 머저리 같은 각료들이 돌아가면서 서로 경쟁하듯이 구세주(?)를 끝없이 찬양하는 행태를 지켜보았다. 그리고 생각했다. 엿 먹어라.

목장을 떠난 뒤에 광신 집단에서 성장한 사람들을 돕는 안전한 통로 재단Safe Passage Foundation을 운영하는 친구에게 그 책들을 우편으로 보냈다. 전부를 보내지는 않았다. 어쩌면 나는 크게 믿을 만한 사람이 못 될지도 모르겠다. 하지만 나 자신을 변호해보자면, 두 권 이상 있었던 책들에서 딱 한 권씩만 챙겼다. 그래서 어린 시절 읽었던 만화책 여러 권을 소장하게 되었다. 그리고 하나님의 자녀들은 종말론을 설파하는 광신 집단이기 때문에 상당수의 책이 종말, 세상의 멸망, 아포칼립스를 다루고 있다.

내가 몇 번이고 다시 읽게 되는 이야기들이다. 이유는 모르겠다. 나는 해답을 찾고 있는 게 아니다. 그렇다고 대단히 흥미로운 이야기들도 아니다. 내 뒤틀린 유머 감각으로 봐도 그리 재미있지 않다. 어쩌면 그저 패밀리가 틀렸다고 스스로에게 상기시킬 필요가 있기 때문인지도 모르겠다.

문제는 그들의 모든 것이 틀렸다고 전적으로 확신할 수 없다는 것이다.

나는 종말을 다룬 픽션을 그리 좋아하지 않는다. 내가

유일하게 즐긴 패밀리의 만화책은 종말에 관한 책이 아니었다. 서바이벌 매뉴얼이었다. 적들이 불빛을 보지 못하도록 다코타 화덕을 만드는 방법. 비닐봉지와 나뭇가지로 물을 만드는 방법. 철사와 꼬챙이, 돌멩이로 덫을 만드는 방법. 혹시 벌을 먹을 수 있는 방법을 아는가? 침만 떼어내면 된다. 적어도 이 만화책들에는 "나는 육군 IQ 테스트에서 178점을 받았다. 그들이 본 최고점이었다"와 같이 자신의 위대함을 작은 여담으로 아무렇지 않게 덧붙이는 우리 지도자의 목소리가 없었다.

데이비드 버그가 늘 하던 미친 소리가 없었다는 점이 어쩌면 내가 그 만화책들을 좋아한 이유인지도 모른다. 아니면 사람들이 좀비 종말론이나 디스토피아적 파시즘 독재 체제에 저항해 싸우는 일에 환상을 품는 것과 같은 이유로 그것들을 좋아했을지도 모른다. 여기서 디스토피아적 파시즘 독재 체재란 내 실제 삶이 지독히 비참하고 나에게 심술궂게 구는 사람들에게 둘러싸여 있는 상황을 말한다. 내 주변 사람들이 대부분 죽을 거라고? 속이 다 시원하네.

내가 부득이 예언들을 믿었던 건 아니다. 그렇다고 예언을 안 믿은 것도 아니었다. 나는 일찍 죽는 것을 거의 기정사실로 확신하며 1980년대 대부분을 보내지 않은 또래를 한 명도 알지 못한다. 체르노빌이 아니라면, 다음번 노심 용융 때일 것이다. 오존층 구멍이 우리를 튀긴다면. 또는 러시아가 미사일을 발사해서 미국도 미사일을 발사해야 한다면. 컴퓨터 시뮬레이션이 잘못된 관계로 북미항공우주방위사령부NORAD에서 러시아인들이 미사일을 발사했다고 생각했는데 페리스 뷸러가 전쟁을 막지 못한다면.* 이건 굵직한 예시들일 뿐이었다. 우리 세상은 온통 죽음의 덫이었다. 사탕 속 면도날 조각, 밴을 모는 남자들, 음식을 먹고 30분 이내에 수영하기, 뇌우 속에서 전화 통화하기, 버스 좌석에 남겨진 에이즈 바늘, 놀이터의 금 간 파이프, 위험한 모래 구멍, 창문을 열어놓아서 연쇄살인범 불러들이기, 지나치게 많은 껌 삼키기, 뇌우가 칠 때 목욕하기(나는 폭풍우가 몰아칠 때는 위험할까 봐 심지어 소변도 보지 않았다), 자연연소, 녹슨 못, 냉장고 안에 숨기, 버뮤다 삼각 지대, 콜롬비아 마약왕 등등. 나는 사실 〈마이애미 바이스〉를 너무 많이 봤다. 그래서 패밀리가 세계가 곧 끝난다고 했을 때, 나는 생각했다. '말해 뭐해.'

패밀리에서 나와 발견한 사실 중에 가장 이상한 건 복음주의자들도 우리가 배웠던 미친 소리의 상당 부분을 믿는다는 점이었다. 그들은 예루살렘 성전산에 성전을 재건하면 예수가 재림할 거라고 정말로 믿는다. 지구가 더는 인

* 존 배드햄의 냉전 시대 영화 〈워게임스〉와 존 휴스의 청춘 코미디 영화 〈페리스의 해방〉을 합친 내용. 둘 다 매튜 브로데릭이 주연을 맡았다.

간의 삶을 지탱할 수 없게 되면, 자신들은 휴거할 거라고 믿는다. 그리고 적그리스도와 짐승의 표를 믿는다.

우리가 애머릴로로 돌아갔을 무렵에 나는 이미 패밀리 교리 대부분과 함께 적그리스도에 대한 믿음을 버렸다. 그건 사실 의도해서 내린 결정이 아니었다. 그 얘기를 더 듣지 않아서, 생각도 하지 않게 된 거였다. 어느 일요일에 교회로 갈 때까지 그런 믿음을 버렸다는 사실을 알아차리지도 못했다. 부모님은 우리가 뭔가를 믿어야 한다고 생각했다. 그래서 밴드가 생음악을 연주하는 대형 교회에 우리를 데려갔다. 그런데 목사가 세상의 종말에 대해 이야기하기 시작했고 나는 얼어붙었다. '제기랄, 우리가 여기 나와서까지 그런 이상한 소리를 들어야 하나?' 우리는 그 교회에 다시는 가지 않았다.

나는 패밀리에서 하던 그 얘기가 분명 다른 어딘가에서 나온 얘기일 거라고 추측한다. 데이비드 버그에게 창의력 점수를 주지 않아도 되어서 다행이다. 그는 오순절주의 신자로 자랐다. 그가 한 일은 이미 〈요한계시록〉을 해석한 이상한 구절에 몇 마디를 덧붙인 것뿐이었다.

세상이 시작된 이래로 사람들은 끊임없이 종말을 예측해왔다. 마야인과 메소포타미아인, 그리고 물론 기독교 성서. 마음속 깊은 곳 어딘가에서, 우리는 개인뿐 아니라 우리 사회 전체가 한 발짝만 잘못 디디면 붕괴할 수 있는 불안한 위치에서 아슬아슬하게 균형을 잡고 있다는 사실을 늘 알고 있었다. 그래서 세상의 종말에 대한 예언이 미국인들에게 그토록 잘 먹히고, 포스트 아포칼립스 픽션이 철저한 허구처럼 보인 적이 없는 것이다.

문명의 종말은 우리의 오락물은 말할 것도 없고 우리의 집단의식 속에도 항상 존재해왔다. 주식 시장 폭락과 주택 위기, 가속화하는 지구 온난화를 겪으면서도, 우리는 화면에서 세계 종말을 거듭거듭 지켜보며 위안을 받았다. 〈로드〉, 〈칠드런 오브 맨〉, 〈투모로우〉, 〈좀비랜드〉, 〈아마겟돈〉, 〈익스팅션〉, 〈딥 임팩트〉, 〈인디펜던스 데이〉, 〈나는 전설이다〉, 〈워킹 데드〉와 모든 스핀오프. 어쩌면 그건 재난 포르노일 뿐인지도 모른다. 어쩌면 우리는 결코 피할 수 없다는 걸 아는 무언가에 스스로를 무디게 만들려고 애써왔는지도 모른다. 그도 그럴 것이, 우리는 결코 보지 못할 미래를 애도하며 성장했다.

세상의 종말은 누군가에겐 항상 판타지였다. 예수가 백마를 타고 구름 속에서 내려올 거라고 믿는 사람들은 정작 천국에서 예수를 만나는 일보다 불구덩이에서 고통받는 성도착자와 죄인 들을 몽상하는 작업에 더 큰 공을 들인다. 똑같이 잔인하고 망상 가득한 자들에게 악랄한 좀비 떼는 그저 악몽이 아니라 언젠가 그들이 마침내 누군가를 쏘게끔 부채질해주는 자아도취적 연료였다. 남자들은 다시 남자다워질 것이다. 여자들은 본연의 경건한 역할로 돌아가서 자신을 지켜주는 남자다운 남자들에게 필요한 것을 내어줄 것이다. 인사부에 있는 빌어먹을 케빈은 1라운드도 살아남지 못할 것이다. 엿 먹어라. 나머지 우리는 때로 세상의 종말에 안도감을 느꼈다. 어쩌면 우리는 검게 탄 도시를 어슬렁거리며 폭력을 휘두르는 갱들보다 더 빨리 달리고 똑똑할지도 모른다. 물론 아닐 수도 있다. 아무려면 어떤가. 적어도 우리는 학자금 대출과 신용카드 대금을 갚지 않아도 될 것이다. 적어도 우리는 야간 근무를 피할 수 있을 것이다. 적어도 우리는 종말이 다가오는 걸 예측할 것이다.

우리가 더 나은 결과를 희망하지 않았던 건 아니다. 우리는 변화를 약속하는 흑인이 선거에서 당선되는 순간을 지켜보았고, 희망을 품었다. 우리는 실제로 믿었다. 빌어먹을, 정말로 믿었다. 그러나 이 나라는 변화를 위해 세워지지 않았다. 이 나라는 시작부터 현상을 유지하고 부자를 지켜내고 권력자와 백인과 그들의 돈을 보호하기 위해 세워졌다.

이 점에서만큼은 패밀리가 옳았다. 빌어먹을. 그 책들 중에 《미국의 꿈은 악몽이다》라는 만화책이 있다. 많은 초기 만화책과 마찬가지로, 그 책 역시 종교를 전도하는 책자처럼 보인다. 아마도 그때 그들은 거리에서 이 책을 돌렸을 것이다. 그리고 교리 부분을 제외하면, 그 책의 내용은 사실이다. 재능이 탁월하거나 인맥이 넓거나 운이 좋지 않으면,

이 나라에서 출세할 길은 없다.

우리는 일한다. 소비한다. 병이 난다. 죽는다.

자유 대신, 기회 대신, 평화 대신 우리는 거짓말을 산다. 그들은 열심히 일하는 자세와 애국심과 탐욕이 미덕이라고 가르친다. 그들은 우리에게 맞서 싸울 시간이나 에너지가 생기지 않도록 날마다 살아남으려고 발버둥 치게 만든다. 그들은 모든 권력이 우리에게 있다며, 우리가 해야 할 일은 투표뿐이라고 말한다. 그래 놓고 투표소를 닫고 신분증을 요구하고 투표기를 한 대만 작동시킨다. 투표일에 휴가조차 주지 않는다. 그렇게 해서 우리가 기껏 정권을 쥐여 주면, 그 투표에 감사할 줄 모르고 우리보다 돈 있는 백인들을 신경 써야 한다며 미안해한다. 그들이 다음번 선거에서도 이기려면 돈이 필요하다. 그리고 다음 선거 때가 되면 그제서야 우리를 기억할 것이다.

이곳은 지구상에서 가장 위대한 나라다. 국기에 대한 충성을 맹세하라. 어떤 질문도 하지 마라. 계속 고개를 숙여라. 열심히 일해라. 저기 있는 저 남자가 보이는가? 그는 10억 달러의 가치가 있다. 그는 맨손으로 시작했다. 조금만 더 열심히 노력하면 당신도 할 수 있다. 그 다른 남자가 없다면, 그 이민자가 없다면, 가난한 백인 쓰레기들이 없다면, 복지 예산을 뜯어먹고 살아감으로써 당신의 발목을 잡는 여자들이 없다면, 당신은 성공할 수 있다. 계속 열심히 일하

라. 그것이 당신의 나라, 당신의 사회에 대한 의무다.

광신 집단들은 그런 식으로 사람들을 세뇌하고 싶어 한다.

최근에는 광신 집단이 배후에서 조종하는 흑막들에게 도움이 되고 있다. 2007년 어느 날, 자신이 시트콤 〈브레이디 번치〉의 등장인물 중 어느 인간 유형에 해당하는지 알아내려고 한번 퀴즈를 풀어본다. 그때부터 어떤 버전의 현실을 피드로 공급받는다. 무슨 현실이냐고? 우리를 인터넷에 더 오래 붙들어둘 수 있다고 알고리즘이 이해한 현실이다. 우리의 믿음을 확인해주는 뉴스. 그래서 우리는 항상 옳았다. 우리 피드에서 보는 사람들은 모두 우리 생각에 동의한다. 바깥은 볼 필요도 없다. 우리가 화면을 바라볼 때 화면에서 진실을 말하고 있으니 그걸로 됐다. 우리가 클릭할 때마다 알고리즘은 그 행동의 의미가 무엇인지 조금 더 배웠다. 꼭 광신 집단 사람들과 논쟁하는 것 같다고? 말해 뭐하겠는가.

책과 음악에 대한 접근, 질문에 대한 해답을 찾는 단순한 능력, 우리가 배운 게 진실이라는 믿음, 우리의 영웅과 우상이 포식자가 아니라는 믿음, 우리가 신뢰하는 제도가 우리를 실망시키지 않을 거라는 믿음. 우리는 이 모든 것을 당연하게 받아들인다. 나는 오래전에 내가 배운 모든 것, 내가 믿는다고 생각한 모든 것에 의문을 제기해야 했고, 역사와 세계, 나의 나라, 그리고 나의 삶과 내가 생각한 나의 모습의 거짓투성이 서사를 해체해야 했다. 정보의 세계가 바로 우리 손안에 있는데 사람들이 밈*이나 자극적인 제목으로 조회 수를 높이는 허접쓰레기 글을 믿는 걸 보면 참으로 화가 난다. 나의 어린 시절을 앗아간 똑같은 확증 편향과 똑같은 신념 집착, 똑같은 인지부조화와 자기합리화가 나라 전체를 무표정한 광신 집단으로 탈바꿈시키는 상황을 지켜보는 일도 지극히 비현실적이다. 그러나 광신 집단을 떠나지 않으면 자신이 광신 집단에 있다는 사실을 결코 모를 것이다. 미국은 지구상에서 가장 위대한 나라다.

우리가 상상할 수 있는 유일한 변화, 유일한 탈출, 유일한 끝이 폭력이고 전멸이라면, 힘 있는 자들은 우리에 대해 뭐라고 말할까? 쳇! 죽을 놈들은 죽어야지. 그들은 현상을 유지하기 위해 수백만을 죽일 것이고 우리 시신을 길거리에 높이 쌓을 것이다. 그들은 이 나라를 세우기 위해 민족 전체를 노예로 만들고 감방에 가두고 살육했다. 몇 백만을 더 추가한다고 뭐 대수랴. 그들이 우리를 계속 바삐 움직이게 만드는 한, 그것이 다른 사람의 일인 한, 페이스북이 우리에

* meme. 리처드 도킨스가 《이기적 유전자》에서 처음 사용한 용어로, 유전자처럼 재현과 모방을 되풀이하며 전파되는 관습 문화를 뜻하는데, 여기서는 주로 모방 형태로 인터넷을 통해 전파되는 생각이나 자료 따위를 지칭하는 인터넷 밈을 뜻한다.

대해 좋은 이야기를 해주는 한 우리는 기꺼이 그렇게 살아 왔다. 무언가가, 극도로 힘겨운 위기, 어쩌면 한 번의 팬데믹이 발생할 때까지. 그러다가 그 모든 시스템이 동시에 치부를 드러냈다. 한 번도 제대로 존재한 적 없는 우리의 보건 시스템, 우리가 소비할 때만 작동하는 경제, 살인을 해도 처벌받지 않도록 묵인해줄 때만 우리를 보호하는 경찰, 번성하기 위해 최저 임금 노동자들에게 피나는 희생을 요구하는 서비스 산업, 일렬로 늘어선 피 묻은 도미노 패들처럼 언제고 무너질 준비가 되어 있는 먹이사슬, 가난하고 취약한 사람들을 희생시키지 않고서는 가장 작은 위기조차 해결하지 못하는 정부 기관들. 다시 한 번 우리는 화면에서 그것이 무너지는 모습을 지켜보았다. 우리는 거리로 나가 마침내 벌거벗겨진 진실을 직시하고 있다고 그들에게 알렸다.

〈요한계시록〉은 결코 종말을 의미하지 않았다. 〈요한계시록〉이 계시록이라고 불리는 데는 그럴 만한 이유가 있다. 바로 진실을 폭로하기 때문이다. 우리를 보호하기 위해 존재한다고 배운 시스템과 제도가 사실은 우리를 통제하기 위해 고안된 것임을 마침내 깨닫게 되었을 때, 시스템이 실패해서 진실이 가면을 벗고 얼굴을 드러냈을 때, 그들은 진짜 권력을 획득하지 못하고 우리는 그들을 수적으로 압도한다. 항상 그렇다.

내가 톰과 함께 책을 불태웠던 스위스의 집은 급습을

당했다. 우리는 이미 한참 전에 그곳을 떠났다. 한밤중에 아이들을 밴에 가득 태우고 뒤에 오는 모든 차량을 따돌리기 위해 불필요한 회전을 하며 12시간을 달렸다. 우리는 산중에 있는 낡은 호스텔에 이르렀다. 운전자들은 우리를 비상 대피용 가방과 함께 내려주고 다른 사람들, 아마도 더 어린 아이들을 실으러 갔다. 십 대 청소년 30명쯤과 어른 두 명이 있었던 걸로 기억한다. 다음 날 깨어나 보니, 호스텔 뒤편 초원과 숲이 마치 동화처럼 30센티미터 높이의 눈으로 뒤덮여 있었다. 그 누구도 아무 말 하지 않았던 것 같다. 우리는 그저 줄지어 계단을 내려와서 외투와 부츠를 착용하고 일렬로 문밖으로 나가 초원에서 한바탕 시끌벅적하게 눈싸움을 벌였다. 어른 한 명이 우리를 데려가기 위해 밖으로 나왔지만 우리는 그러거나 말거나 계속 놀았다.

별것 아닌 얘기로 들릴 것이다. 하지만 패밀리 아이들은 낮에는 절대 길 쪽으로 나 있는 창문 앞을 지나쳐 걷지 못하고, 말을 해도 된다고 허락받은 경우에도 절대 목소리를 높이지 못하고, 절대 격렬하게 놀지 못하고, 절대 권위 있는 사람에게 불복하지 못하고 살아왔다. 그런 패밀리 아이들에게 그건 교도소 폭동과 다름없었다.

비록 그날 아침뿐이었지만, 우리는 그들에게 권력이 없다는 사실을 깨달았다. 지금도 마찬가지다. 그들에게 권력이 있는 이유는 오직 우리가 그렇다고 믿기 때문이며, 그들이 우리에게 그들을 필요로 하게끔 가르쳐왔기 때문이다.

내가 뿌듯해하는 순간들이 있다. 내가 그들을 꿰뚫어본 순간들. 그들이 나를 깨부수려 할 걸 알면서도 피하지 않고 버틴 순간들. 주변의 모든 사람이 믿는 주입된 거짓말에 의문을 품은 순간들. 주변의 모든 사람이 고개를 숙이고 눈을 꼭 감아도, 눈을 부릅뜨고 주변을 둘러보는 법을 나는 일찍부터 배웠다.

나는 연단에 서는 누구나 반사적으로 의심한다. 자, 당신이 답을 가지고 있다고 말해보시지. 그러면 당신이 약을 팔려 한다는 걸 단번에 알아볼 테니까. 나는 좋은 느낌과 긍정적인 생각을 갖췄지만, 그에 못지않게 확신을 경계한다. 확신은 현실을 무시하게 하고, 힘들게 사는 사람들을 탓하게 만드는 망상일 수 있다. '그들은 법을 따르지 않았거나 긍정적인 사고를 하지 않아서 그래. 자업자득이지.'

나는 답을 가지고 있지 않다. 어쩌면 우울증은 잔인함과 고통으로 가득한 세상에 직면하여 우리가 보이는 자연스러운 반응일 것이다. 그러나 내가 우울증에 대해 아는 사실 한 가지는 그 우울증을 극복하고 싶으면 버티는 훈련을 해야 한다는 것이다. 계속 살아갈 이유가 보이지 않을 때, 지켜볼 만큼 가치 있는 미래를 상상할 수 없을 때, 그래도 계속 움직여야 한다. 그건 망상이 아니다. 희망이다. 필요할 때 쓸 수 있도록 강하게 단련하는 근육이다. 책과 예술, 우리의 다리를 베고 자는 개, 그리고 우리에게 진심으로 흥미와 관심을 보여주는 사람들과 맺은 인간관계로 그것을 살찌운다. 토마토를 키우고 사워도우를 굽고 아기를 웃게 만들고 바닷가를 산책하고 손바닥으로 말갈기를 느끼는 일, 힘찬 포옹과 늦은 밤 위스키를 마시며 나누는 대화, 목에 느껴지는 따뜻하고 행복한 숨결, 라디오에서 예기치 않게 흘러나오는 완벽한 음악, 나무들이 이상하다며 시종일관 킬킬대는 친구와 함께하는 버섯 체험 여행, 개울에서 폴짝거리기, 풀밭에 누워 별 보기, 자동차 창문을 열고 구불구불한 이차선 도로를 달리기. 이런 것들로 살찌운다. 얇게 썬 쇠고기와 분유, 탄약을 몇 통씩 사들이는 빌어먹을 생존주의자처럼 그것을 비축한다. 어둠 속에서도 자신의 일부분이, 이런 세상에서도 이 모든 것에는 지킬 만한 가치가 있다는 걸 깨닫고 기억하도록 비축한다.

다음에 무슨 일이 일어날지 안다면 안심이 될 것이다. 그러나 내가 아는 한 가지가 있다면, 그것을 아는 사람은 아무도 없다는 것이다. 그래서 무척 무섭다.

나는 집도 가족도 경력도 경제적 안정도 꿈꾸지 않는다. 나는 사는 것처럼 사는 것을 꿈꾼다. 그리고 비록 불완전할지 모르지만, 내 내면의 목소리는 여전히 행복과 평화, 소속감과 사랑이 모두 다음 길모퉁이, 다음 도시, 다음 나라에 있다고 속삭인다. 그저 계속 움직이며 다음 장소는 더 나은 곳이기를 희망하라고 말이다. 반드시 더 나은 곳이어야 한다. 다음번 굽이만 돌면, 모든 것이 아름다울 것이다. 그리고 그것이 내 마음을 아프게 한다.

감사의 글

먼저 내가 갈피를 못 잡고 헤매고 있을 때 나를 발견하고 내가 신념을 잃었을 때 나를 믿어주고 내 횡설수설 속에서 항상 이야기를 찾아내고 내게 글을 쓸 수 있다는 믿음을 갖게 해주는 에이전트 제이미 챔브리스의 절대적인 힘에 감사한다. 당신의 예리한 편집과 짜증나는 질문과 우정에, 나는 평생 빚을 졌다. 이야기를 좀 더 재미있게 만들라고 나를 채찍질하고 내가 공황 상태에 빠져 허둥대며 보낸 문자에 항상 답신하고 내가 완전히 실패해서 전화기를 부숴버렸을 때 그냥 웃어넘겨준 에이전트 스티브 트로하에게도 감사를 표한다. 폴리오 리터러리 매니지먼트 팀에게도 감사를 보낸다.

내 가능성을 믿고 에세이를 써보라고 나를 설득한 빈티지의 편집자 팀 오코넬. 나에 대한 믿음과 인내심, 예리한 편집, 그리고 기린 얘기를 언급해야 한다고 주장해준 것에 감사한다. 정말이지 나로서는 영광이었다. 내게 의견을 제시하고 계속 일정을 만들어주고 나의 끝없는 질문에 답해 준 애나 코프먼과 롭 샤피로에게 감사를 표한다. 나를 믿어 주고 내 트윗의 절반은 안 보는 척해준 레이건 아서에게도 감사하다. 이 책이 출판될 수 있도록 일해준 팀 전체(홍보 담당자 줄리 어틀, 댄 노박, 멋진 표지 디자인을 해준 마크 애브램스, 닉 알가이어, 에드워드 앨런, 베스 램, 수잔 허르츠, 루안 월터, 안트와네트 마로타, 멜리사 윤, 바바라 리처드, 제시카 데이처)에 큰 감사를 보낸다.

내가 나 자신을 진짜 작가라고 생각하기 오래전부터 나를 진지하게 받아들여준 샌드라 뉴먼에게 감사한다. 늘 격려해주고 언제나 초안을 기꺼이 읽어준 것, 의견을 써준 것, 대화를 통해 여러 번 자살 충동에서 구해준 것에 대해 정말 감사한다. 당신이 보여준 우정은 내게 영광이었다. 나를 깨부수지 않고 글을 편집해서 내가 하는 말이 좀 더 똑똑하게 들리도록 해주고, 때로는 나 자신도 내가 좀 더 똑똑해진 것 같다고 믿게 만들어주는 하워드 미틀마크에게 감사한다. 엘리자벳 매크라켄, 나는 당신의 친절을 절대 이해하지 못할 것이다. 나를 인도하고 지도하고 믿어주고 계속해서 격려해준 것에 대해 고맙다는 말 말고는 어떻게 감사를 표현할 수 있을지 모르겠다. 팬데믹으로 인해 생긴 고양이가 없었다면 평생 빚을 진 기분이었을 것이다.

굽다 만 빵처럼 어설픈 글을 읽고 뭔가 칭찬할 것을 찾아준 레타 셀레츠키와 안드리아 어베리에게도 감사한다. 당신들과 함께 현장에 있어서 큰 영광이었다. 스코 밸리 그룹텐보다 더 나은 작업실을 상상할 수 없을 것이다. 나를 그 커피숍에 데려가고 타코와 맥주와 우정을 나눠준 제니퍼 그레이엄에게도 감사를 표한다. 모이라 도네건이 보여준 우정과 나이 든 레즈비언의 숙제를 도와준 점에 감사한다. 이 헛소리를 읽고 개인적인 조언자의 역할을 자청해서 맡아주고 지속적인 응원을 보내준 헤더 하브릴레스키에게 감사한다. 나의 옹호자이자 친구가 되어준 록산 게이에게도 감사한다. 이 책의 초안을 읽고《래쓰 베어링 트리》에 내 이야기를 싣고 우정을 보여준 안드리아 윌리엄스에게도 감사한다.

나를 지원하고 내 글을 읽고 나를 홍보하고 내게 조언하고 내 징징거리는 소리를 들어주고 내 원수들을 험담해주고 책이 완성될 수 있게 만들어준 많은 작가와 예술가와 괴짜에게 감사를 보낸다. 메건 스택, 줄리 파웰, 자넷 피치, 타냐 타르, 마이클 샤웁, 안드리아 피처, 알렉산더 치, 샬롯 클라이머, 루카스 셰퍼, 빈센트 스카파, 토마스 플럭, 벤자민 드레이어, 더치스 골드블랫, 앨리스 앤더슨, 타미 잉그램, 제니퍼 벤데르, 애슐리 포드, 리 햄프턴, 애덤 새비지, 니콜 클리프, 휘트니 브라운, 줄리아 파크 트레이시, 에린 카르, 윌리엄 팻진저, 리즈 렌즈, 캐리 루나, 닉 아빈, 메리 차일즈, 애이미 블룸, 제이슨 로버츠, 케이트 매니언, 셰이

머스 벨라미.

계속해서 내가 글을 쓰도록 강제하고 진실을 쓰도록 격려하고 포기하지 못하도록 다그친 친구 테일러 스티븐스에게 특별한 감사를 보낸다. 당신에게 결코 갚을 수 없는 빚을 졌다. 광신 집단 출신 동료들, 특히 휘스퍼와 사라, 제니퍼, 자넷, 카일리, 줄리아나, 디아에게 감사한다. 그레첸 램케, 당신의 우정과 LSD에 감사하지만, 공포 영화는 사양하겠다. 타이 브루스터, 케이트 블란쳇, 라스 러빙, 애니타 스테렛, 제이 존스, 아처 헬릭, 조이 올데이커에게도 감사한다.

내가 카메라 앞에서 미소를 지을 수 있을 만큼 데킬라를 제공해준 웹 디자이너이자 포토그래퍼인 칼 포스 4세에게 감사한다.

바 '아이언 베어'의 전체 직원과 몇몇 고객에게 감사한다. 제이슨 그로진스키와 벤 베시보다 더 나은 직장 상사를 만날 수 없었을 것이다. 그들은 내게 돈을 지불하면서 내가 앞문 쪽에 앉아 가끔 신분증을 확인하며 글을 읽고 쓸 수 있게 해주었고, 교대 시간마다 한 시간씩 늦게 나타난 달에도 해고하지 않았다.

내가 작가만 빼고 화가든 배관공이든 아무거나 되기를 바랐지만 결국 응원해준 부모님과 형제자매, 조카들, 이모와 고모 들, 그리고 칼리에게 감사한다. 나를 위해 개를 돌봐주고 글을 읽고 이 책과는 관련이 없는 대화를 나눠줘서 고맙다.

이 에세이는 대부분 오스틴에 있는 '윈스 오버 커피'와 '라디오 커피 앤 비어'에서 썼다. 언젠가 다시 가서 테라스에 앉아보고 싶다. 내 정신 치료에 도움을 준 시트콤 〈시트크릭〉의 출연진과 제작진에게 감사한다. 제이슨 이즈벨과 존 프린, 에밀루 해리스, 패티 그리핀의 음악에 감사한다. 당 충전에 도움을 준 사워 패치 키즈 젤리도 고맙다. 내 동물병원 청구서를 해결하는 데 도움을 준 패트리온* 구독자들에게도 감사한다. 구독자들은 본인을 알 것이다.

마지막으로 내 인생의 사랑 테디에게도 감사한다. 네가 없었다면 이 책을 6개월 전에 끝냈을지 모르지만 지독히 지루했을 거야. 너는 최고의 개야.

* 창작자가 작품을 선보이면 사용자가 구독료를 지불하는 방식으로 후원할 수 있게 해주는 콘텐츠 플랫폼.

떠나는 것은 어려운 일이 아니다

초판 1쇄 2021년 12월 20일 발행

지은이 로렌 허프
옮긴이 정해영

기획편집 유온누리
편집도움 강경희
디자인 조주희
마케팅 김성현, 최재희, 김규리, 맹준혁
인쇄 한영문화사

펴낸이 김현종
펴낸곳 메디치미디어
경영지원 전선정, 김유라
등록일 2008년 8월 20일 제300-2008-76호
주소 서울시 중구 중림로7길 4
전화 / 팩스 02-735-3308 / 02-735-3309
이메일 meeum@medicimedia.co.kr
인스타그램 @__meeum
블로그 blog.naver.com/meeum__

ISBN 979-11-5706-246-1(03840)

창문, 몸의 ㅁ, 마음의 ㅁ
ㅁ은 메디치미디어의 인문·교양·에세이 브랜드입니다.